그대가

있 는

풍 경

그대가 있는 풍경

1판 1쇄 찍음 2017년 10월 12일
1판 1쇄 펴냄 2017년 10월 19일

지은이 | 신현정
펴낸이 | 정 필
펴낸곳 | (주)뿔미디어

편집장 | 박경희
기획 · 편집 | 이영은, 김수정
표지 디자인 | 김수지

출판등록 | 2002년 9월 11일 (제1081-1-132호)
주소 | 경기도 부천시 원미구 소향로 17, 303(두성프라자)
전화 | 032)651-6513 / 팩스 032)651-6094
E-mail | scarlets2012@hanmail.net
블로그 | http://blog.naver.com/dahyangs
비북스 | http://b-books.co.kr

값 9,000원

ISBN 979-11-315-8302-9 03810

그대가

있는

풍경

SCARLET
ROMANCE
STORY

신현정
장편 소설

CONTENTS

프롤로그
그녀의 결혼식

대지를 태울 듯 강렬하게 타오르던 태양의 기세가 수그러들고 계절은 이제 성숙하고 깊어진 색채를 자랑하는 가을로 접어들고 있었다. 때문에 아침저녁으로는 선선하고 낮엔 이마에 땀방울이 맺힐 정도로 볕이 좋은 날씨가 이어졌다.

그런 축복받은 계절과 날씨에 가족과 친구들이 모인 자리에서 결혼식을 올리는 선남선녀의 모습은 행복으로 가득해 보였다. 서로만을 바라보는 신랑 신부의 강렬하고 짜릿한 눈빛에 어떤 사람들은 흐뭇하게 미소 지었고 어떤 사람은 공연히 얼굴이 붉어져 슬그머니 눈길을 돌리기도 했다. 그건 스물셋, 내년 2월이면 대학 졸업을 앞둔 강아리 역시 마찬가지였다.

"어."

붉어진 얼굴로 시선을 돌린 아리는 한 남자의 모습을 발견하고 심장이 지끈거리는 듯한 아픔에 입술을 꼭 깨물었다. 주례의 성혼 선언이 있은 후 신랑 친구인 사회자의 키스 요청이 있었다. 그러자 멋진 신랑은 주저 없이 아름다운 신부를 끌어안고 열렬히 키스를 퍼부었다. 순간 여기저기에서 환호성과 야유, 웃음과 박수 소리가 터져 나왔다. 하지만 아리는 '그 남자'의 모습에서 시선을 떼지 못하고 있었다.

'바보, 멍청이!'

신랑의 집 정원에서 이루어지는 작은 결혼식이었고 그는 신랑 친구들이 잔뜩 모여 있는 무리 중에 섞여 있었다. 그렇지만 그 남자의 시선은 신랑의 무한한 사랑과 신뢰의 눈빛을 받으며 눈부시게 빛나는 신부에게 머물러 있었다.

아리는 그 남자의 입가에 맺힌 옅은 미소와 깊은 눈빛에서 전해져 오는 아릿한 아픔에 반응하는 자신이 싫었다. 그래서 있는 힘껏 그를 째려보며 속으로 외쳤다. 그때 마치 그녀의 시선을 느끼기라도 한 것처럼 갑자기 그 남자가 고개를 돌렸다. 순간 아리는 심장이 떨리는 기분을 느꼈지만 무시하고 그를 향해 혀를 쏙 내밀어 보였다.

'흥! 메롱이다, 이석현!'

그녀와 눈이 마주치자 석현이 놀란 듯 몸을 굳혔지만 이내 가늘게 뜬 차가운 눈빛으로 쏘아보았다. 아리는 기죽지 않고 그런 그에게 악동 같은 우스꽝스러운 표정을 지으며 윙크를 해 보인 뒤 아무렇지 않은 것처럼 고개를 돌렸다. 그러면서도 마음 어딘가가 자꾸만 욱신거리자 아리는 심술이 났다. 죽었다 깨어나도 이석현이란 남자가 오늘의 신부를 바라보는 것과 같은 눈빛으로 자신을 보아 줄 일은 없을 거란 사실을 잘 알고 있기 때문이었다.

'이 죽일 놈의 짝사랑! 오늘로 나도 끝낼 거야, 좋이다! 끝이라고, 끝!'

그녀는 마음속으로 허공에 주먹질을 하며 다짐했다. 그때 언제 다가왔는지 평소에 아리가 잘 따르는 선우진이 그녀의 머리카락을 헝클어뜨리며 놀렸다.

"야, 항아리! 오늘 너 좀 여자 같다? 대체 무슨 짓을 한 거냐?"

"아 씨! 선우진, 오빠야. 나 원래 여자거든?"

그녀는 진이 잡아당긴 짧은 단발머리를 재빨리 정돈하면서 곱게 흘겨보았다. 사실 아리는 오늘을 위해 공들여 짧은 머리를 드라이 하고 예쁜 꽃모양 보석 머리띠에 보랏빛 미니 원피스까지 차려입었다. 물론 그동안 아르바이트를 해서 틈틈이 모은 거금을 들여 메이 크업도 받고 새 구두에 백까지 샀다는 건 비밀이다. 그것까지 눈치 채면 선우진을 비롯해 소위 독수리 5형제들은 그녀를 놀리느라 밤이 새는 줄도 모를 테니 말이다.

"그리고! 항아리라고 부르지 말랬지! 난 다섯 살이 아니라 스물 셋이라고!"

아리가 뿌루퉁한 얼굴로 입술을 쑥 내밀며 덧붙인 말에 선우진이 키득거리는 웃음을 터뜨렸다.

"그럼 강아지라고 부를까?"

"오빠! 정말 이럴 거야?"

"자식아, 네가 아무리 나이를 먹어 봐라. 호호 할머니가 돼도 나한테 넌 언제나 엄마 보고 싶다고 울던 다섯 살의 꼬맹이니까, 강아리 양. 가자! 이제 우리 여왕님도 시집보냈으니 실컷 먹고 마시면서 즐길 시간이야!"

진은 심통 난 아이처럼 신경질을 부리는 아리를 가뿐히 무시하고 그녀의 손목을 잡더니 화려한 차양 아래 차려진 뷔페 테이블로 이끌었다. 아리는 뭐라 툴툴거리면서도 못 이기는 척 진의 손에 끌려갔다. 파랗고 청명한 가을 하늘 아래 그런 그녀의 모습이 싱그럽고 귀여운 요정처럼 비치고 있다는 걸, 그 모습을 석현이 놓치지 않고 지켜보고 있다는 걸 아리는 몰랐다.

"흐음."

이거 이상하게 거슬리네. 석현은 결혼식이 끝나자 손님들 사이를 물 흐르듯 다니며 술과 음료를 제공하는 직원의 쟁반에서 샴페인 잔을 집어 들며 인상을 찌푸렸다. 그러면서도 그의 시선은 선우진과 함께 웃고 먹고 떠드는 강아리에게서 떨어지지 않았다.

아리를 처음 만난 건 그가 스무 살이고 아리가 열여섯 살일 때였다. 하지만 첫 만남부터 아리는 그가 마음에 들지 않았던지 그때부터 지금까지 석현을 놀리거나 괴롭히는 일에 쾌감을 느끼는 것처럼 보였다. 반면 선우진에게는 무한한 애정과 신뢰를 보이는 걸 감추지 않았다. 바로 지금처럼 말이다.

'나랑 상관없는 애야. 신경 끄자, 좀.'

그는 입가를 일그러뜨리며 냉정하게 생각했다. 그러면서 목구멍으로 넘어가는 샴페인이 쓴 이유가, 강아리 때문은 아니라고 생각했다. 그의 시선은 다시 오늘의 주인공인 신랑 신부에게로 향했다. 아니, 정확히 말해 아름다운 신부에게 고정되었다.

"행복해라, 정세아!"

그때 신랑의 말에 귀를 기울이던 세아가 석현이 있는 곳으로 시선을 돌렸다. 석현은 들고 있던 샴페인 잔을 살짝 들어 올리며 옅은 미소를 보냈다. 그러자 세아가 그에 대한 답례로 티 없이 빛나는 행복의 미소를 지어 주었다.

"이걸로 됐어."

석현은 나직이 중얼거렸다. 오랜 습관처럼 마음에 담아 온 무언가를 놓아 버린 기분, 그것은 가뿐한 느낌이기도 했고 다시 빈자리가 생겼다는 걸 자각한 외로움이기도 했다. 맹세코 소유하려는 마음을 먹은 적 없었고 불순한 욕망을 품었던 적도 없었던 대상에 대한 존중과 애정. 석현은 오늘 자신의 유년 시절에 마침표를 찍는 듯한 아쉬움과 달콤쌉쌀한 슬픔 비슷한 감정을 느꼈다.

그런 그의 마음과 상관없이 결혼식에 참석한 사람들은 흥겹고 즐거운 시간을 보내고 있었다. 신랑이 해외 입양아 출신이라 머리색과 눈동자 색이 다른 외국인들도 많이 눈에 띄었고 완벽하게 기쁨에 겨운 표시를 팍팍 내는 신랑 아버지와 그 가족들이 인상적이었다. 그에 비해 신부의 가족들은 어딘지 어색하면서도 불편해 보이는 기색을 완벽하게 숨기지 못한 채 결혼식과 피로연이 치러지는 이 아름다운 가을 정원 한쪽에 모여 담소를 나누고 있었다.

순탄치만은 않았던 신랑 신부의 만남과 결혼에 이르기까지의 과정을 모두 지켜본 석현은 세아가 선택한 남자 준과 눈길이 마주치자 가볍게 눈인사를 보냈다. 저 남자라면 이 험한 세상에서 그의 여자를 안전하게 지킬 거라 믿었다.

'세아, 잘 부탁합니다.'

이게 정말 마지막이다. 석현은 심장 깊은 곳에서 뭔가 울컥하는 기분을 간신히 가누며 준에게서 시선을 돌렸다. 그런데 눈길이 옮겨 간 곳에 아리가 있었다. 깜찍한 웃음을 지으며 진에게 뭐라 재 잘재잘 수다를 떨며 웃고 있는 아리의 주위엔 평소와 같이 친구들 이 많았다.

"이건…… 뭐지?"

문득 그의 머릿속에 오늘의 주인공들 대신 그 자리에 아리와 진 이 함께 있는 영상이 펼쳐졌다. 그 순간 석현은 심장을 강타하는 묘한 통증에 숨을 삼켰다. 그건 명백한 불쾌감이었기에 당황한 석 현은 눈살을 찌푸리며 샴페인 잔의 목을 부러뜨릴 듯이 꽉 움켜쥐 었다. 그때였다.

"야, 이석현! 여기서 혼자 뭐 하나?"

"뭐, 그냥. 왜?"

석현은 자신을 이상한 감정에서 깨어나게 해 준 친구에게 내심 고마워하며 물었다.

"오늘 밤 신랑 신부 신혼여행 가기 전에 신나게 놀기로 했어. 같 이 가자. 예쁜 여자들 많이 올 거래."

친구가 대뜸 석현의 팔을 잡아끌며 상기된 얼굴로 말했다.

"어디서 모이는데?"

"진이 놈이 자기 클럽을 통째로 내놨거든. 같이 갈 거지?"

석현은 잠시 생각하는 듯하더니 아리가 있는 곳으로 눈길을 돌 렸다. 오늘 신부가 던진 부케를 잡은 아리가 깔깔 웃으며 그 꽃다 발을 요술봉처럼 이리저리 휘둘러 진과 친구들을 놀리고 있었다. 그 순간 석현은 애초의 마음과 달리 이렇게 말하는 자신의 목소리 를 들었다.

"가지 뭐."

"오케이! 그럼 우리도 가서 뭐 좀 먹자. 신랑이 아낌없이 돈을 쓴다는데, 오늘 같은 호사를 놓치면 안 되지!"

친구는 싱긋이 웃더니 앞서 걸어갔다. 바로 진과 아리가 있는 뷔페 테이블을 향해서였다. 석현은 빈 샴페인 잔을 지나가는 웨이터의 쟁반에 올려놓고 친구들이 모여 있는 테이블로 걸어갔다. 그런데 진과 열심히 대화를 하고 있던 아리가 갑자기 고개를 돌려 그를 향했다. 그리고 씩, 심술궂은 미소를 지었다고 느낀 순간이었다.

"석현 군? 받아요!"

"무슨…… 음?"

오직 강아리만이 그를 석현 군이라고 불렀다. 이 나이에, 그것도 한참 어린애한테 군 소리를 듣다니. 석현은 나직이 체념의 한숨을 삼키며 고개를 돌렸다. 하지만 그가 미처 무슨 일인지 깨닫기도 전에 신부의 부케가 그를 향해 날아왔다. 석현은 본능적으로 그것을 허공에서 낚아채고 어이없다는 표정으로 아리를 보았다. 그런데 아리는 그가 아닌 진을 향해 이렇게 말하고 있었다.

"봤지? 이제 나보고 6개월 안에 남자 안 생기면 평생 시집 못 간다는 말 하지 마! 그런 저주는 이제 석현 군한테 넘어갔거든?"

"허!"

석현은 자신에게 혀를 쏙 내밀어 보인 아리가 총총총 또래 친구들과 오늘의 신부가 함께 있는 곳으로 가는 모습을 멍청하게 쳐다보며 쓴웃음을 지었다. 그런 석현의 귀에 선우진과 다른 녀석들의 낄낄거리는 웃음소리가 들렸다. 그가 찌푸린 얼굴로 그들을 쏘아보았을 때에야 다들 딴청을 피우거나 웃음을 삼키며 음식과 음료를 먹는 척했다.

"이석현, 넌 어째 아리한테는 그렇게 당하기만 하냐?"

선우진은 안됐다는 듯한 표정을 지었지만 입가를 비집고 나오는 유쾌한 웃음은 숨길 수 없었다. 그가 자신을 노려보는 석현의 굳은 어깨를 툭 쳐 주고는 다른 곳으로 가 버렸다.

"젠장!"

석현은 나직이 투덜거렸다. 실은 그가 강아리의 밥이라는 사실을 모두가 알고 있었다. 그리고 표현한 적은 없지만 그가 오늘의 신부를 오랫동안 짝사랑해 왔다는 사실 또한 그랬다. 아마 아리는 그렇게 미련스러운 그를 비웃고 싶었는지 모른다. 아니, 이젠 정신 차리라고 한 방 먹이고 싶었는지도 모르겠다.

석현은 힘없이 웃으며 신경질적으로 머리를 쓸어 넘겼다. 고개를 들어 바라본 가을 하늘은 눈이 시리도록 파랬다. 그리고 곧 자신도 모르게 옮겨 간 시선은 오래오래 아리가 있는 풍경에 머물렀다.

'강아리, 이 못된 강아지야! 너 대체 나한테 왜 그러냐.'

석현은 긴 한숨을 내쉬며 마지못해 눈길을 돌렸다.

하지만 그날 하루 종일 이상하게도 석현의 망막에서 아리의 모습들이 지워지지 않았다. 그래서인지 친구들의 장난과 심술궂은 놀림에 못 이기는 척 넙죽넙죽 받아 마신 술은 그를 완벽하게 케이오 시켰다.

그날 밤, 석현은 현실인지 환상인지 모를 혼란스러운 꿈을 꾸었다. 석현의 꿈속 주인공은 세아가 아닌 강아리였다. 엉망진창이 된 그를 부축해 일으켜 준 사람. 그리고 지독히도 감각적이고 달콤한 키스를 나눈 여자. 모두 아리였다.

그런데 다음 날 아침 머리가 깨질 듯한 두통과 속 쓰림, 타는 갈증을 느끼며 깨어났을 때, 그는 혼자였다.

· · ·

"그날, 내가 본 건 정말 환상이었을까?"

2년이 지난 지금도 석현은 문득문득 궁금했다. 왜냐하면, 그에게 그날의 진실에 대해 말해 줘야 할 아리가 모두의 인생에서 사라졌기 때문이다. 그는 여전히 답을 알 수 없었다.

'그날, 우리에게 무슨 일이 생겼던 걸까?'

그림자처럼 떨쳐 낼 수 없는 궁금증. 그 순간 석현은 깨달았다. 자신의 인생에 작은 구멍 하나가 생겼고, 불행히도 그건 그 무엇으로도 대체할 수 없을 거란 사실을……

1장
재회

덥고 후텁지근하게 이어지던 여름날도 이제 막바지로 치닫고 있었다. 그래도 여전히 한낮에는 햇빛이 뜨거웠지만 아침저녁 공기엔 어느새 서늘한 기운이 감돌았다. 여름내 짙푸른 빛을 뽐내던 가로수들도 조금씩 가을 옷으로 갈아입을 준비를 했고, 길을 지나는 사람들의 옷차림도 한결 따뜻해졌다.

석현은 그런 계절의 변화를 무감한 눈빛으로 바라보며 운전석에 앉아 있었다. 지금 그는 아버지와 큰형을 만나 점심 식사를 하고 회사로 들어가는 길이었다.

그는 지난해까지만 해도 할아버지가 창업하셨고 현재 아버지가 대표로 있는 회사에서 일했다. 그러다 올해 친구 둘과 함께 창업을 해 집안으로부터 경제적으로 완벽하게 독립했다. 그리고 신학기부터는 일주일에 두 번씩 모교에서 강의를 맡는 등 바쁜 나날을 보내고 있었기에 가족과의 식사 자리에 참석하는 것이 쉽지 않았다. 그래서 가족 회사가 경영상 어려움을 겪고 있다는 걸 오늘에서야 알게 되었다.

'사업 확장을 했던 시기가 조금 나빴던 건 인정해. 하지만 최근 들어 자금난은 우리 회사만의 문제는 아니다. 석현이 너도 알다시피 요즘 세계 경제가 디플레이션 쪽으로 움직이고 있으니, 발전 가능성 있는 우량 기업이라고 평가받아 해외에서 투자자를 찾는다 해도 소극적으로 추이를 지켜보는 말만 하더구나. 그래도 걱정 마라. 아버지와 내가 열심히 뛰고 있고, 이현이 놈도 제 인맥을 동원해 나름대로 돕고 있으니 점차 나아질 거다.'

큰손 투자자의 전화를 받고 서둘러 자리를 떠나시는 아버지의 뒷모습을 걱정스럽게 바라보는 그에게 큰형 일현이 위로하듯 말했다. 그래도 석현이 표정을 풀지 못하자 일현이 그의 기억을 환기시켜 주었다.

'할아버지께서 지인을 통해 큰손 한 분을 소개받으셨다. 불행한 일을 겪으시고 한동안 그쪽 방면에서 모습을 감추고 지냈던 분인데, 너도 이름 들으면 알 만한 양반이야.'

'성함은요?'

'아직은 섣불리 말하기가 그렇구나. 혹시 네 손이 필요한 일이 생기면 말할 테니 그때 도와주면 된다. 그건 그렇고 막내 넌 요즘 어떠냐? 만나는 여자는 있고? 이현이도 작년에 결혼했으니 할

아버지께서 이번엔 너에게 눈독 들이고 계신다는 거. 알지?'

골치 아픈 회사 문제에서 잠시라도 벗어나고 싶은 듯 일현이 자
못 짓궂게 말했다. 할아버지 이 회장이 손주들 짝지어 주는 재미에
푹 빠져 있다는 건 모두가 아는 사실이었기 때문이다. 형제는 그것
을 계기로 제법 유쾌한 대화를 나누었다.

하지만 식사를 끝내고 회사로 들어가는 길, 석현은 내내 마음이
무겁고 좋지 않았다. 솔직히 집안 사업에 대해 의무나 책임감을 가
져 본 적이 없는 그였다. 당연히 큰형이 할아버지와 아버지의 대를
이어 가업을 이을 터였고, 둘째 형인 이현은 자신의 힘이 닿는 대
로 회사 일을 지원하긴 했지만 좋아하는 음악과 연기를 하면서 자
신만의 새로운 영역을 구축하며 살고 있었다. 그 덕분에 셋째인 석
현은 모든 면에서 자유로운 편이었던 게 사실이다.

그런데 이제 그도 나이를 먹고 철이 들어 가는지 오늘처럼 가족
들에게 관심을 갖게 되었다.

"투자자라, 어쨌든 나도 알아보긴 해야겠어."

석현은 회사가 입주한 오피스 빌딩의 지하 주차장으로 진입하며
중얼거렸다.

그런데 그가 막 주차를 하고 차에서 내릴 때였다. 갑자기 스마트
폰 벨이 울렸다. 액정을 확인한 그의 표정이 살짝 굳었다.

"오랜만이다, 선우진."

통화 버튼을 누른 석현은 무뚝뚝하게 인사를 건넸다. 그러자 잠깐
의 침묵 끝에 평소와 달리 낮게 가라앉은 선우진의 음성이 들려왔다.

— 그래. 잘 지내지?

"그럭저럭. 그런데 무슨 일 있어?"

운전석에서 내린 석현은 한 손에 노트북을 들고 다른 손으로 스마트폰을 귀에 댄 채 엘리베이터를 향해 걸었다. 그때 진의 한숨 섞인 음성이 들려왔다.

— 오늘 아침에, 세아 할아버님께서 돌아가셨다는 소식을 들었어.

"……그래. 장례식장은?"

석현은 잠시 멈칫했지만 이내 차분하게 물었다.

— 서울 병원. 평일이라 다들 저녁에나 갈 것 같은데, 넌?

"나도 퇴근하고 갈게."

— 그럼 모두 그때 얼굴 보겠구나. 그럼 이따가 보자.

진이 전화를 끊으려고 했다. 그 순간 석현은 자신도 모르게 다급히 물었다.

"강아리는?"

미처 통제하기 전에 말이 튀어나와 버렸다. 그건 그동안 친구들 사이에서 금기시되었던 질문이었다. 가장 친했다고 할 수 있는 선우진조차도 아리가 흔적도 없이 사라진 이유를 몰랐기 때문이다. 진이 최근까지도 강아리의 행방을 수소문하고 있다는 걸 보육원 친구들 모두 알고 있었다.

— 아직이다. 하지만 내가 누구냐? 한번 물면 절대 놓지 않는 선우진이야. 아리 녀석 절대 포기 못 하지. 대체 어디에 왜 숨어 있는지 모르지만 내가 반드시 찾아낸다. 찾아내서…….

"찾아내면?"

— 정신 번쩍 들게 엉덩이를 때려 줄 거다! 감히 이 오빠들 속을 까맣다 못해 시커멓게 태워? 다시는 그러지 못하게 아주 혼쭐을 내

줄 거야, 내가!

전화기를 통해 들려온 진의 목소리엔 장난기가 묻어났지만 석현은 친구가 전혀 웃음기 없는 눈빛을 하고 있을 거란 사실을 잘 알고 있었다. 기다리던 엘리베이터에 오르며 석현은 씁쓸하게 말했다.

"이따가 보자, 진."

그는 전화를 끊고도 먼 곳을 헤매는 눈빛으로 엘리베이터의 숫자 판이 변하는 모습을 바라보며 서 있었다. 어째서 강아리가 자신을 이토록 흔들어 놓는지 이해할 수가 없었다. 하지만 분명한 건 지금 그가 느끼고 있는 이 혼란과 공허함이 여동생 같았던 여자아이를 향한 걱정이나 그리움이 아니라는 사실이었다. 그 일이 있기 전까지는 맹세코 아리를 여자로 느꼈던 적이 없었기에 더욱 당혹스러웠다.

그렇기에 해결책은 단 한 가지. 그 아이를 다시 만나야 풀어질 문제인데 당사자가 하늘로 솟았는지 땅으로 꺼졌는지 찾을 수 없으니 가슴만 답답할 뿐이었다.

사실 석현은 얼마 전부터 아리의 행방을 조용히 찾고 있었다. 행운이 자신의 편이 되어 선우진보다 먼저 그녀를 찾을 수 있기를 바랐다. 엘리베이터에서 내리며 석현은 가만히 한숨을 삼켰다.

석현이 사무실로 들어서자 다른 직원들은 점심을 먹으러 나갔는지 보이지 않고 동업자인 두 친구가 심각한 얼굴로 대화를 나누고 있다가 그를 발견하고 반색을 했다.

"안 그래도 우리 지금 네 얘기 하고 있었는데, 커피 마실래?"

"아니, 됐어. 그런데 나 뭐?"

석현은 자신의 파티션으로 다가가 노트북을 내려놓고 버릇처럼 데스크톱 컴퓨터를 부팅시키며 물었다. 그러자 차윤재가 흥분한 얼굴로 답했다.

"석현이 너 3개월쯤 전에 할아버님과 식사 자리에서 진 회장님 뵌 적 있다고 했었지? 그 전설적인 큰손 말이야."

"어, 그분이 왜?"

무심히 대답하던 석현은 문득 짚이는 게 있었다. 그래서 관심을 보이자 옆에 있던 상민이 끼어들어 설명해 주었다.

"진 회장이 업계로 돌아왔다는 소문이 파다해. 이미 한다 하는 대기업 총수들도 그쪽에 선을 넣고 있다는 말도 공공연히 돌고 있고 말이야. 석현이 너도 알다시피 요즘 기업들 돈줄이 막혀서 난리 잖아. 그 여파로 우리 같은 재정 컨설팅 자문을 하는 업체들도 고전을 하고 있고 말이지. 오늘 점심에 전에 함께 일했던 동료를 우연히 만났는데 이쪽 업계에서도 진 회장님한테 줄을 대려고 벌써 움직이고 있다는 소릴 들었다. 아직은 정보력 빠른 몇 곳에서만 움직이는 실정인데 소문이 퍼지는 건 순식간이니 경쟁이 더 치열해질 거야."

"우리도 도전해 볼 가치가 있단 말이군. 좋아 내가 한번 알아보지."

석현이 고개를 끄덕였다. 일에 관한 한 까다롭고 원칙주의적인 성향을 가진 그가 이리 선선히 나오자 두 친구는 놀란 눈빛을 주고받았다. 윤재가 반신반의하며 물었다.

"정말 해 볼래?"

"마침 개인적인 용건이 생겨서 그분을 한번 찾아뵐 생각이었어. 진 회장님 연락처 알아내는 대로 약속 잡아 보겠지만 너무 큰 기대는 하지 마."

젊은 시절 지하 경제와 어두운 주먹 세계까지 주름잡다가 완벽하게 사업가로 변신한 진승필 회장. 70대 후반이라고 보기엔 젊고 활력 넘치던 모습과 상대를 꿰뚫어 보는 깊고 날카로운 눈빛을 한 진 회장의 모습을 떠올린 석현은 신중한 표정으로 말했다. 하지만 윤재와 상민의 얼굴엔 마치 승리의 트로피라도 눈앞에 둔 사람처럼 기쁨의 빛이 떠올라 있었다.

"자식, 겸손하기까지! 요즘 너만 찾는 고객들이 많아져서 내가 기죽을 정도거든? 아무튼 우린 너만 믿는다!"

현재 회사의 경영을 맡은 윤재가 환한 미소를 지으며 석현에게 말했다. 그러자 상민이 거들었다.

"부담 팍팍 느끼게 좀 더 압력을 넣어야지, 사장님아. 솔직히 우리로서는 진 회장을 잡으면 업계에서 인정을 받는 셈이니 한번 멋지게 해 보자, 이석현!"

"작작해라, 이상민. 아, 난 고객 상담이 잡혀서 나가 봐야 하거든? 사무실 잘 부탁한다, 이사님들."

윤재가 싱긋 웃더니 책상에 올려놓았던 서류 가방을 들고 사무실 문으로 걸어갔다. 그런 친구에게 상민이 투덜거리는 투로 소리쳤다.

"우리 포함해 직원이 달랑 다섯인데 사장, 이사 다 해 먹는 건 좀 그렇지 않냐? 내 말대로 신입 직원 몇 더 뽑자니까?"

"고려해 볼게! 나 간다. 다들 수고!"

윤재가 뒤도 돌아보지 않고 사무실을 나갔다. 닫히는 문을 노려보며 상민이 툴툴거렸다.

"예전엔 저런 짠돌이는 아니었는데. 처자식 먹여 살리는 게 무섭긴 무섭구나. 휴! 난 결혼하지 말고 자유롭게 즐기며 살아야지. 이

석현, 오늘 시간 괜찮으면 저녁에 술 한잔할래?"

"미안, 난 초상집 가야 돼."

"저런……. 그럼 다른 놈들을 물색해 봐야겠군. 그건 그렇고 독신으로 외롭게 늙어 죽지 않으려면 미리미리 술친구를 많이 만들어 놔야겠어."

석현은 농담 반 진담 반인 상민의 말을 웃어넘기며 오전에 미팅을 했던 고객에게서 넘겨받은 자료를 검토하기 시작했다. 하지만 마음이 산란해서 집중을 할 수가 없는 날이었다.

'일현 형이 말한 그 큰손이라는 사람, 진승필 회장일 가능성이 높아. 여러모로 복잡하게 얽히게 생겼군.'

눈과 머리로는 기계적으로 자료를 분석하고 있었지만 마음은 무겁기만 했다. 어쨌든 그날 오후는 밀려드는 일들을 처리하느라 빠르게 지나갔다.

석현이 해월 그룹 창업주이자 세아의 할아버지인 정 회장의 빈소가 차려진 서울 병원에 도착한 건 조금 늦은 저녁 시간이었다. 일을 마치고 독립해 나와 살고 있는 아파트에 들러 옷을 갈아입고 와야 했기에 시간이 약간 지체된 탓이었다.

"이석현!"

장례식장으로 들어선 그를 먼저 발견하고 다가온 건 선우진이었다.

"다른 놈들은?"

"아직. 밤새우려면 하던 일 대충 마무리라도 짓고 와야 하니 시간이 걸리겠지. 본격적인 조문객들도 그때나 들이닥칠 테고 말이야. 가서 상주하고 인사 나눠야지?"

"그래야지. 그런데 넌 왜 나와 있어? 어디 가?"

석현은 진의 손에 들려 있는 자동차 열쇠를 흘낏 쳐다보며 물었다. 그러자 진이 한숨을 푹 내쉬더니 대답했다.

"가게에 취객들 때문에 문제가 좀 생긴 모양이야. 가서 해결하고 바로 올 테니까 너라도 여기 좀 지켜라. 세아 남편이 잘하고 있긴 하지만 아기 돌보랴 빈소 지키랴 세아가 자리 비울 일이 종종 있거든."

"걱정 말고 다녀와."

석현은 선선히 대답했고 진은 그런 그의 어깨를 툭 한 번 치고는 서둘러 자리를 떠났다. 제법 큰 규모의 클럽을 운영하자니 크고 작은 문제들이 자주 발생하는 듯했다.

"석현아, 와 줘서 고마워."

장례식장 입구에서 그를 본 세아가 반갑고도 쓸쓸한 표정으로 다가와 말했다. 석현은 조용히 미소 지으며 답했다.

"당연히 와야지. 미향이도 태어나고, 할아버님께서 조금 더 버티실 줄 알았는데 유감이야. 할머님은?"

석현이 모습을 보이지 않는 세아의 할머니 금 여사의 행방을 묻자 세아가 한숨을 내쉬었다.

"쓰러지셔서 지금 병실에서 수액 맞고 계셔. 정신 돌아오시더니 내려오겠다고 고집을 부리고 계시고."

"강한 분이시니까 걱정 마. 그건 그렇고 미향이는?"

"내 고등학교 친구 지남철 알지? 우리 외할아버지가 운영하셨던 보육원에 있었던 지은이라는 친구하고 결혼했잖아. 지은이가 우리 아기 맡아서 보살펴 준다고 데려갔어. 언니, 오빠들이 있으니까 미향이도 낯설어하지 않고 잘 지낼 거야. 진도 제일 먼저 달려와서

도와주고. 너도 이렇게 와 주고. 내가 친구들 덕을 많이 봐."

세아가 창백한 얼굴에 엷은 미소를 지으며 말했다. 결혼한 후 한결 더 우아하고 성숙한 여인이 된 세아는 아름다웠다. 그 순간 석현은 이제 정세아라는 여자가 자신의 마음에 친구로 자리 잡았다는 것을 깨달았다. 미련도 그 어떤 감정도 사라진, 그저 아름다운 시절을 함께해 준 좋은 친구라는 이름으로 말이다.

"알면 더 잘 살아. 이제 나, 회장님께 마지막 인사 드려야겠는데."

"아, 그래. 할아버지도 생전에 널 참 많이 아끼셨었지."

세아는 잠시 회상에 잠긴 눈빛으로 웃고는 그를 데리고 남편이 상주 역할을 하고 있는 빈소로 갔다.

'이제 편히 쉬세요, 회장님.'

석현은 영정 사진을 바라보며 마음속으로 말했다.

오랫동안 사업을 해 오셨고 동종 업계에서도 존경받는 어른이셨기에 그런지 조문객들이 많았다. 석현은 세아의 곁에서 상주 역할을 하고 있는 준과 인사를 나눈 뒤 고인에 대한 조문을 마쳤다.

"아직 저녁 전이지? 가서 뭐 좀 먹어. 진이 말이 곧 친구들이 온다니까 혼자 외롭지는 않을 거야."

"내가 알아서 할 테니까 가서 네 자리 지켜."

석현이 담담하게 말하고는 돌아서는데 세아가 혼잣말하는 소리가 들려왔다.

"이럴 때 아리가 있으면 좋을 텐데."

석현은 잠시 멈칫했지만 이내 조문객을 위해 음식을 준비한 곳으로 걸어갔다.

어느새 강아리라는 이름은 친구들의 기억에서 그리움과 추억이라는 의미로 자리하고 있었다. 그리고 그가 방심하고 있을 때면 그 못된 강아지는 불쑥 석현의 생각 속으로 끼어들어 정신을 산란하게 만들었다.

그는 음식을 먹는 둥 마는 둥 하고 자리에서 일어났다. 담배를 끊은 지 십 년이 넘었는데 오늘 밤 저 낯선 남자들에게 다가가 한 개비 빌려 입에 물고 싶은 이유는, 자꾸만 새어 나오는 이유 모를 한숨을 숨기고 싶은 탓인지도 모르겠다. 석현은 잠시 바깥바람이라 도 쐬고 싶은 마음에 장례식장에서 조용히 빠져나왔다. 그래서 한 무리의 조문객 속에 그에게 아주 낯익은 인물이 섞여 있었다는 걸 미처 알지 못했다.

· · ·

멀리 보이던 병원 건물이 점차 가까워지자 가슴을 짓눌러 오는 압박감과 심란한 기분을 떨쳐 내기 힘들었다.

아리는 어둠 속에서 하얀 탑처럼 우뚝 서 있는 건물을 가만히 바 라보며 자신이 한국을 떠나 있던 시간이 벌써 2년이나 흘러 다시 가을이라는 사실을 자각했다. 그사이 그녀에겐 많은 일들이 일어났 고 무엇보다 가장 큰 변화는 유일한 가족이었던 외할머니 없이 살 아가는 일상에 익숙해졌다는 거였다. 어떤 의미에서 지난 2년은 친 구들이 놀림 반 부러움 반으로 소위 독수리 5형제라고 불렸던 오빠 들과 어린 시절 잠시 머물렀던 보육원 친구들이 철저히 그녀의 인 생에서 배제된, 온전히 강아리라는 존재로 사는 방법을 배운 시간 이었다. 아리가 짧은 상념에 잠겨 있을 때 그 모든 것을 가능하게 만들어 준 인물이 묵직한 어조로 그녀를 불렀다.

"아리야."

"네? 아, 네, 회장님!"

"마음 내키지 않으면 차에 남아 있어도 된다."

"아니에요, 회장님. 한국에 돌아왔으니 이제 만나야 할 사람들과 마주해야죠. 어차피 일을 시작하려면 그래야 하고요."

희미한 미소를 떠올리며 아리는 자동차의 뒷좌석에 앉아 있는 진 회장에게 말했다. 그러자 잠시 말이 없던 진 회장이 고개를 끄덕였다.

"그래, 넌 그런 생각을 하고 있었구나."

"염려 마세요. 회장님께 드린 약속은 절대 잊지 않고 있으니까요."

아리는 안심하시라는 표정으로 활짝 웃으며 부드럽게 말했다. 진 회장은 그런 아리의 속내를 파악하려는 듯 한참 동안 물끄러미 응시했다. 그러다 무뚝뚝하게 고개를 한 번 더 끄덕인 후 차창 밖으로 고개를 돌렸다. 그들을 태운 세단은 잠시 후 서울 병원 장례식장 앞에 도착했고 앞서 도착한 경호 차량에서 대기하고 있던 경호원들이 두 사람이 차에서 내리자 자연스럽게 호위를 해 주었다. 이제 아리는 이런 방식에 익숙해진 터라 무표정하게 진 회장에게서 한두 발자국 떨어져서 뒤따랐다. 현재 그녀의 공식 위치는 진 회장의 수행 비서였기 때문이다.

"어, 혹시 저 양반, 진승필 회장 아니야?"

"소문에 외국에서 들어오셨다고 하더니, 정말이군."

그들이 장례식장 안으로 들어서자 진 회장을 알아본 사람들이 수군거리기 시작했고 점차 큰 술렁임으로 바뀌어 사람들의 시선을 집중시키는 효과를 발휘했다. 때문에 자연스럽게 상주인 세아의 관심도 새로 등장한 인물을 찾아 입구 쪽으로 향했다.

"아아, 어?"

진승필 회장을 발견한 세아의 얼굴이 조금 놀란 듯했다면 진 회장의 곁에 있는 아리를 알아본 순간 기쁨과 반가움으로 눈이 휘둥그레졌다. 아리는 그런 세아에게 짓궂게 윙크를 해 보이고는 나중에 이야기하자는 신호를 보냈다. 세아도 곧 그녀의 의중을 이해하고 보일 듯 말 듯 고개를 끄덕여 보였다.

"오랜만에 뵙습니다, 회장님. 이렇게 와 주셔서 감사해요."

아내와 아리의 눈짓을 지켜본 준이 다가온 진 회장에게 먼저 공손히 인사를 건넸다. 아리가 알기로 진 회장과 준 그레이엄은 사업상 안면이 있는 사이였다.

"정 회장님 집안과는 오래전부터 친분이 깊었었다네. 내가 당연히 와야지."

진 회장이 준에게 말했다. 그리고 성숙한 여인이 된 세아에게 깊은 눈빛을 주며 말했다.

"정 회장님께서도 정 사장 자네가 회사를 잘 이끌어 갈 걸 믿고 편히 가셨을 걸세."

"고맙습니다, 회장님. 다시 뵙게 되어 기뻐요."

정중하게 인사한 세아는 진 회장의 어깨 너머에 잠시 시선을 주었다. 그러자 진 회장이 뜻 모를 눈빛으로 나직이 말했다.

"살다 보면 만나야 할 사람은 반드시 만나게 된다는 걸 알게 되지. 다만 자네 할아버님을 생전에 한 번 더 뵙지 못했던 게 안타까울 뿐이야."

"할아버지께서도 회장님 말씀을 가끔 하셨어요."

"벌써부터 그분이 그립군. 그래도 이젠 고인에게 마지막 인사를 드려야겠지."

진 회장이 영정 사진 속에서 근엄한 표정을 짓고 있는 정 회장에게 눈길을 고정하고 말했다. 그러고는 망자에게 정성과 예를 다해 향을 피우고 절을 올렸다. 진 회장이 자리를 비켜 주자 아리도 생전에 몇 번인가 뵌 적 있는 정 회장에게 절을 했다.

'할아버지, 그곳에 가시면 저희 외할머니 잘 계신지 한번 살펴봐 주세요. 그리고 저는 잘 살고 있다고, 이제는 울지 않고 행복하게 웃고만 살 거라고 전해 주세요.'

절을 올리고 나서 일어서는 아리의 가슴이 뜨거운 감정을 삼키느라 먹먹해졌다.

"이렇게 오셨는데 회장님을 뵙고 싶어 하는 사람들과 인사라도 나누시죠. 제가 안내해 드리겠습니다."

아리가 진 회장의 곁에 서자 준이 진승필에게 권했다. 하지만 진 회장은 고개를 저었다.

"미안하지만 다음 일정이 있어서 이만 가 봐야 한다네."

"아, 그러시다면 붙잡을 수 없겠군요. 나중에 따로 자리 마련해 찾아뵙겠습니다."

"그러지. 그리고 아리 너는."

진 회장이 준에게 고개를 한 번 끄덕여 보인 후 아리에게로 시선을 돌렸다.

"오랜만에 친구를 만났으니 이야기 나누고 와라."

"아닙니다, 회장님. 10분만 시간을 주세요. 곧 가겠습니다."

아리가 상냥한 미소를 지어 보이며 말하자 진 회장은 흡족한 얼굴로 고개를 끄덕였다.

"그래, 알겠다."

진 회장은 세아에게 마지막으로 위로의 눈빛을 주고는 이내 돌아서서 그곳을 떠났다. 그러자 준이 아내에게 진 회장을 배웅하고 오겠다는 눈짓을 하고 자리를 떠났다. 마침 문상객이 뜸한 터라 세아는 그나마 사람이 적은 곳으로 아리를 이끌었다.

"대체 어떻게 된 거니? 그동안 어디에 있었던 거야? 아니, 그것보다 지금 내 눈앞에 있는 아이가 내가 아는 그 아리 맞는 거지?"

세아가 2년 전과는 많이 달라진, 심지어 키도 더 자란 듯한, 아리의 모습을 머리끝부터 발끝까지 살피며 고개를 절레절레 흔들었다. 오늘 아리는 숱 많은 긴 생머리를 검은색 리본 핀으로 하나로 고정했고 흰색 블라우스와 검은색 치마 정장을 입고 있었지만 여성스럽고 늘씬한 몸매와 예쁘장한 얼굴은 소녀의 티를 완전히 벗어버린 아름다운 여인의 그것이었다. 아리는 믿을 수 없어 하는 세아의 손을 다정하게 잡았다.

"오랜만이야, 세아 언니. 그런데 이렇게 슬픈 소식으로 언니를 다시 만나게 되어서 정말 마음 아파."

"나도 그래. 그런데 어떻게 진 회장님과 함께 왔어? 그동안 어디 있었고? 애들이 너 찾느라고 백방으로 뛰었는데. 혹시 나쁜 일이라도 있었던 거니?"

세아가 그녀의 손을 꼭 쥐고 걱정스러운 눈빛으로 물었다. 아리는 잔잔히 미소 지었다.

"말하자면 너무 길어. 나중에 따로 자리 만들어서 얘기할게, 언니."

"음. 아무래도 그래야겠지? 그런데 석현이 이 녀석은 대체 어딜 간 거지? 내내 여기 있었는데 하필 이럴 때 자리를 비웠네."

세아가 잠시 뜸했던 조문객들이 들이닥치는 걸 보며 중얼거렸다. 순간 아리의 눈빛이 흔들렸고 세아에게 잡혔던 손도 슬그머니 빼냈다. 결혼했음에도 불구하고 석현은 여전히 세아에게 무슨 일이 생기면 가장 먼저 달려오는 모양이었다. 이제는 자신과 상관없는 일이라고 생각하면서도 마음이 헛헛해지는 걸 보면 기억이란 참 잔인한 회복력을 가진 것 같았다.

"다음에 보면 되지 뭐. 회장님을 오래 기다리게 할 수 없어서 난 이만 가 봐야 해, 언니."

"녀석들이 너 돌아온 걸 알면 까무러칠 거야. 이렇게 널 보내면 안 되는 건데 붙잡을 수가 없네."

세아가 몸을 돌리는 아리를 보며 마음이 놓이지 않는다는 얼굴로 중얼거렸다.

"나 회장님께 딱 붙잡혀 있는 거 언니도 봤잖아. 나 이제 어디 안 가. 연락할게요!"

개구쟁이처럼 살짝 콧등에 주름을 잡고 말한 아리는 조문객이 다가오는 걸 흘끗 보고는 마지막으로 세아를 가볍게 포옹한 뒤 그곳을 빠져나왔다.

아리가 빈소가 차려진 곳을 나설 즈음 잠시 바람을 쐰 석현이 장례식장으로 돌아왔다. 막 진 회장을 배웅하고 오던 준이 그런 석현을 보고 말을 걸었다.

"어디 다녀오는 길인가 보군요."

"좀 답답해서 옥상에 갔다가 내려오는 길입니다. 그런데 왜 나와 있습니까?"

조문객을 상대하고 있는 세아 쪽에 흘깃 눈길을 준 그가 무뚝뚝하게 묻자 준이 말했다.

"방금 진승필 회장님께서 조문을 다녀가셔서 배웅하고 들어오는 길입니다. 그런데 그 아가씨도 벌써 간 모양이군요."

"그 아가씨요?"

준과 나란히 장례식장으로 걸어 들어가며 석현이 무심히 물었다.

"아리라고 하던가? 그 아가씨가 조문을 왔는데 내 아내가 무척 반가워했……."

석현은 더 이상 준의 말을 듣지 않았다. 이미 그는 장례식장 출구를 향해 달려 나가고 있었다.

"빌어먹을!"

석현은 지그시 어금니를 물고 전속력으로 달렸다. 복도를 오가던 사람들이 놀란 얼굴로 쳐다보았지만 그의 안중에는 아무것도 들어오지 않았다.

'그 녀석을 붙잡아야 해!'

그 한 가지 생각만으로 심장이 깨어나고 가슴이 한껏 부풀어 오르고 있었다. 그는 행여 아리를 눈앞에서 놓칠세라 주변을 빠르게 살피며 달렸다. 그러다 현관 로비로 향하는 길과 지하 주차장으로 가는 갈림길에서 멈칫했다. 순간 석현은 거칠어진 숨을 삼키며 눈을 질끈 감고 자신의 운을 시험하기로 했다. 그는 현관 로비 쪽으로 몸을 틀었다.

그리고…… 마침내 그녀를 발견했다. 아니, 하마터면 그녀를 알아보지 못하고 놓칠 뻔했다.

"강아리!"

조문을 오는 사람들이 그러하듯 검은색 정장 스커트 차림에 긴 생머리를 검은색 리본으로 묶은 늘씬한 여자를 그대로 스쳐 갈 뻔했다. 석현의 기억 속의 강아리는 어느 청명한 가을날 요정처럼 짧은 단발머리에 달콤한 솜사탕 빛깔의 시폰 원피스를 입고 있던 통통한 아이였기 때문이다. 그럼에도 불구하고 오직 본능적인 이끌림에 따라 아리임을 확신했다.

이름을 부르자 흠칫 굳어지는 걸 분명히 목격했는데 아리는 아무 일도 없었다는 듯 곧은 자세로 걸어갔다. 석현은 이를 악물고 이번에는 확실하게 아리를 세울 호칭을 소리쳤다.

"망할 강아지! 거기 안 서?"

그의 외침을 들은 순간 아리는 우뚝 걸음을 멈추고 몸을 휙 돌렸다. 그리고 정확히 석현을 찾아내 차갑게 쏘아보았다. 역시 별명을 부른 건 예나 지금이나 효과 만점이었다.

석현은 자신을 향한 그녀의 눈빛에 심장이 두근거리는 것을, 자신이 살아 있다는 것을 벅차게 인식하며 그녀를 향해 걸어갔다. 마침내 그는 아리와 눈을 마주하고 섰다. 그런 두 사람의 모습을 다른 사람들이 흥미롭게 지켜보고 있다는 사실 따위는 아무 상관이 없었다.

"그렇게 부르지 말라고 했죠! 도대체 몇 번을 말해야……."

아리는 두 주먹을 불끈 쥐고 화난 얼굴로 톡 쏘아붙였다. 하지만 석현의 돌발 행동에 놀란 그녀는 말을 다 끝맺지 못했다.

"앗, 석현 군! 이, 이게 뭐 하는 짓이에요?"

그에게 덥석 손목을 잡힌 아리는 방어할 틈도 없이 그에게로 몸이 확 기울었고 본능적으로 뭔가를 잡기 위해 손을 뻗었다. 그런 그녀의 손에 석현의 단단한 가슴팍이 닿았다. 깜짝 놀란 그녀가 숨을 몰아쉬며 황당하다는 얼굴로 노려보자 석현이 나직이 혼잣말처럼 중얼거렸다.

"진짜 강아리였어. 나를 그렇게 부르는 여자는 너뿐이니까."

"그럼 내가 귀신이라도 된 줄 알았어요?"

아리는 농담 섞인 비웃음으로 당혹감을 감추었다. 석현의 손을 떨쳐 내려고 했지만 그럴수록 그녀는 점점 더 그의 몸 가까이 끌려가고 말았다. 급기야 거의 끌어안긴 듯한 자세로 서로의 눈을 마주 보게 되자 아리는 진심으로 당황해서 외쳤다.

"왜, 왜 이래요? 놔줘요!"

"싫은데? 네가 말했다시피 귀신이 된 강아리가 나한테 또 못된 장난을 치는 건지, 확인하기 전엔 안 돼."

"설마, 그걸 농담이라고 한 건 아니겠죠."

그녀의 빈정거림에 그의 깊은 눈동자에 언뜻 웃음기가 스친 듯했지만 확신할 수는 없었다. 석현은 새카맣게 잦아든 눈빛으로 그녀를 강렬하게 응시했다. 아리는 그에게서 뿜어져 나오는 열기와 마음을 어지럽히는 그만의 향기에 사로잡혀 꼼짝도 하지 못했다.

'혹시, 이 남자 그날의 일을 기억하고 있는 건 아니겠지? 아니야…… 그건 아닐 거야! 마음 강하게 먹자! 끝까지 태연하게 보여야 해.'

짧은 순간 오만 가지 생각들이 그녀의 머릿속을 스쳤고 그런 갈등은 고스란히 아리의 눈동자에 드러났다. 그걸 포착한 석현의 눈빛이 매처럼 날카롭게 빛났다.

"강아리…… 너 혹시 2년 전에."

"이거 놔요!"

위험을 직감한 아리는 힘껏 그의 손을 뿌리치고 뒤로 물러났다. 하지만 얼굴은 붉어졌고 심장은 도둑질하다가 들킨 어린아이의 그 것처럼 마구 쿵쾅거렸다.

"너……."

석현의 눈매가 의심을 품고 가늘어졌다. 망했다! 머릿속에서 북처럼 울리는 소리에 아리는 좌절하며 입술을 꼭 깨물었다. 그런데 바로 그 순간 가벼운 헛기침 소리와 함께 묵직한 남자의 목소리가 두 사람 사이에 흐르는 긴장감을 끊고 끼어들었다.

"아가씨? 말씀 중에 죄송하지만 회장님께서 아가씨를 모셔 오라고 하셨습니다."

경호원인 박 실장이었다. 그제야 아리는 정신이 번쩍 들었고 이곳이 어디인지 자각했다. 순식간에 그녀의 얼굴에서 표정이 사라지고 속을 헤아릴 수 없는 눈빛이 되었다.

"무슨 말을 하고 싶었는지 모르지만 오늘은 바빠서 이만 가 봐야겠어요. 나중에 기회 되면 또 봐요."

아리는 굳은 의심 가득한 눈빛으로 자신과 박 실장, 로비 밖에 대기 중인 검은색 세단을 차례로 주시하는 석현에게 냉담하게 작별 인사를 남기고 돌아섰다. 제발 다리가 꼬이지 않고 저 회전문을 통과할 수 있기를 간절히 바라면서 아리는 걸음을 떼어 놓았다. 그때 그녀의 등 뒤에서 싸늘하게 울리는 석현의 음성이 날아왔다.

"누구야? 설마, 그동안 애인이라도 만든 거니?"

그의 말투에서 느껴지는 의미한 냉소와 경멸이 아리의 몸을 뻣

뻣하게 만들었다. 걸음을 멈춘 그녀는 입가에 부드럽고 달콤한 미소를 머금고 고개를 돌려 석현을 똑바로 응시했다. 그리고 낮고 쌀쌀맞은 음성으로 말했다.

"내가 누구와 사귀든 말든, 그건 석현 군과 상관없는 일이죠. 오빠는 내 가족도 뭣도 아니니까."

"……!"

깨진 유리에 베인 듯한 눈빛으로 미소 짓는 그녀를 본 순간 석현은 자신이 어쩌면 실수했을지 모른다는 생각이 들었다. 그렇지만 무슨 말을 해야 할지 몰라 망설이는 사이 그녀가 지나치게 상냥한 눈빛으로 작별을 고했다.

"오늘, 만나서 반가웠어요. 가시죠, 박 실장님."

도도하게 눈인사를 한 아리는 박 실장의 경호를 받으며 여왕처럼 우아하게 회전문을 통과해 밖으로 나갔다. 아리가 박 실장이 열어 주는 검은색 세단의 뒷좌석에 타자마자 승용차는 지체 없이 서울 병원 장례식장을 빠져나갔다. 그 세단의 뒤를 두 대의 경호 차량이 따르고 있는 걸 석현은 지그시 어금니를 물고 노려보며 서 있었다.

'그래. 난 너에게 아무것도 아니지. 그런데 내 가슴은 그걸 모르나 보다. 널 본 순간부터 이렇게 미친놈처럼 구는 걸 보면. 마치 네가 돌아와서 좋아 죽겠다는 듯이. 널 붙잡지 않은 날 책망하는 것처럼.'

석현은 한 가지로 정의하기 어려운 뜨거운 감정으로 가슴이 뛰는 걸 느끼며 자신을 조롱했다.

제 감정이 무엇인지도 파악하지 못한 상태에서 본능적으로 느낀 맹목적인 질투였다. 석현은 그런 스스로에게 어이없어하면서도 벌써부터 방금 떠나간 아리가 보고 싶었다.

아리가 왜 떠났든, 무슨 비밀을 숨기고 돌아왔든 석현은 상관없었다. 이제부터 직접 알아내면 되니까.

석현은 그녀가 빠져나간 빈주먹을 지그시 움켜쥐며 몸을 돌렸다. 아리가 돌아온 이상 다시 그녀를 놓칠 일은 없을 것이다. 그런데 그때 로비의 회전문으로 들어오던 선우진이 그를 발견하고 불렀다.

"이석현? 왜 나와 있어?"

"선우진, 강아리가 돌아왔다."

석현은 친구의 질문에 대답하는 대신 강아리의 귀환을 알렸다.

"뭐? 정말이야? 어디? 그 자식 지금 어디 있는데?"

진의 호기심 어린 눈빛이 순식간에 기쁨과 걱정이 교차하며 확 날카롭게 변했다. 석현은 입가에 흐릿한 미소를 머금고 돌아서며 대답해 주었다.

"갔어."

"뭐라고? 어디로?"

"몰라. 하지만 곧 만나게 될 거다. 그런데 말이야. 아리, 이제 진짜 여자가 되었더라."

아리를 떠올린 석현의 입술에 맺힌 미소가 짙어졌다. 놀라 입을 딱 벌리고 멍청히 서 있는 진을 뒤에 남겨 두고 석현은 빈소가 차려진 곳으로 향했다. 아무래도 오늘 밤이 아주 길 것 같았다.

2장
어떤 인연

　어둠이 짙을수록 별은 빛난다고 누군가 말했었다. 별빛이 차지할
자리를 잃은 도시의 밤거리엔 화려한 조명들이 쏟아 내는 불빛들로
휘황찬란했다. 이런 이질감을 더 뚜렷하게 느끼게 되는 건 방금 떠
나온 곳이 누군가의 영면을 애도하는 장례식장이기 때문일지 모른
다. 아리는 어쩔 수 없이 가라앉는 기분을 가누며 조그맣게 한숨을
내쉬었다.

　"좋아하는 녀석이냐?"

　"네? 아, 아닙니다, 회장님. 아니에요."

　낮고 건조하게 들리는 진 회장의 목소리에 놀란 아리는 재빨리
자세를 고쳐 앉으며 단호하게 대답했다. 그런 아리에게 진 회장이
냉정하게 추궁했다.

　"나를 속일 생각은 하지 마라. 지금 네 표정은 좋아하는 남자에

게 실연당한 어린 계집애의 모습이야."

"그 사람은, 어릴 때 보육원에서 잠시 머물며 알게 된 오빠예요. 하지만 사춘기 시절 잠깐 열병처럼 좋아했던 것뿐이에요. 정말, 그뿐입니다."

습관적으로 부인하던 아리는 진 회장과 눈이 마주치자 결국 솔직하게 대답했다. 그런 아리를 무표정한 얼굴로 물끄러미 응시하던 진 회장이 이내 짧은 한숨을 내쉬며 말했다.

"보육원……. 흠! 좋다. 철없을 때 일이니 누굴 좋아할 수도 있었겠지. 하지만 이제부터 아리 너는 과거의 인연들에서 적당히 거리를 두어야 한다. 나는 네가 과거의 배경 때문에 지저분한 소문이나 스캔들 따위에 휘말리는 걸 용납할 수 없다. 무슨 뜻인지 알겠지?"

"네, 조심할게요. 제 걱정은 하지 마세요."

"네 걱정이 아니라 내 걱정을 하는 것이야."

진 회장이 가늘게 뜬 눈으로 아리를 노려보며 말했다. 하지만 아리는 기죽지 않고 생긋 웃으며 대답했다.

"그게 그거죠. 전 이제 회장님 사람이잖아요."

"내 사람?"

"진 회장님 편이라고요. 2년 전 그날, 제 할머니 생명을 구해 주셨을 때부터 그렇게 마음먹었었어요. 그러니까 외할머니도 돌아가시기 전에 회장님께 저를 잘 부탁한다는 유언을 남기셨을 거예요."

아리가 순진한 얼굴로 환하게 미소 지으며 말하자 진 회장은 굳은 표정으로 도심을 벗어나기 시작한 바깥 풍경 쪽으로 시선을 돌리며 중얼거렸다.

"그런 대책 없는 긍정 에너지는 도대체 어디서 나오는 건지. 쯧쯧!"

"그래야, 계속 살 수 있으니까요."

낮게 떨리는 아리의 조용한 음성에 진 회장은 고개를 돌렸다. 그러자 아리가 보기에도 아까울 만큼 예쁜 미소를 지으며 덧붙여 말했다.

"누가 그러는데요. 저는 우는 것보다 웃는 게 더 예쁘대요."

"누가?"

진 회장이 궁금한 얼굴로 묻자 아리는 장난꾸러기처럼 콧등을 찡긋하며 부루퉁하게 대답했다.

"아주, 미운 사람이요. 제가 우니까 더 못생겨 보인다고 놀렸거든요."

"어릴 때 널 괴롭혔던 녀석인 모양이지?"

이런 가볍고 시시한 대화에 재미가 붙은 듯 진 회장의 엄격한 얼굴선이 조금 부드럽게 풀렸다. 아리는 일부러 과장되게 한숨을 푹 쉬며 고개를 크게 저어 보였다.

"아니에요. 차라리 그랬다면 죽자고 싸웠을 텐데 평소에 저 같은 아이에겐 관심도 없던 오빠가 그러니까 더 자존심이 상하잖아요. 그래서 웬만한 일에는 이 악물고 눈물을 참았죠. 그리고 나한테 그런 소리 한 사람에게 두고두고 복수해 줬죠, 뭐!"

아리의 눈동자에 짓궂은 빛이 떠올랐고 표정도 한결 밝아지는 걸 진 회장은 가만히 응시하다가 픽 웃음을 터뜨렸다.

"상대는 영문도 모르고 너에게 당했겠구나. 잘했다."

"어머, 이럴 땐 그러면 못쓴다고 야단치셔야죠! 회장님도 저처럼 어딘가에 심술보가 장착되어 있는 게 분명해요."

긴장이 풀린 아리가 악동처럼 씩 웃으며 진 회장을 놀렸다. 그러자 진승필이 자못 무섭게 노려보며 말했다.

"내가 그리 착하게만 살았다면 지금 살아 있지도 않았을 거다. 내게 은혜를 베푼 사람에게는 그 이상을 돌려주고 날 짓밟은 사람에겐 배로 돌려줄 줄도 알아야 해. 그래야 이 험한 세상에서 살아남을 수 있다. 알겠니?"

"명심하겠습니다, 회장님. 하지만 저는 제 방식대로 할게요."

아리는 진지하게 말하다가 문득 아이처럼 생글 웃어 보였다. 그런 아리를 밉지 않게 노려보던 진 회장이 툴툴거리며 고개를 돌렸다.

"버르장머리 없는 녀석. 고집 세기는!"

쌀쌀맞게 말하면서도 진승필의 입가에 희미한 미소가 어리는 걸 아리는 놓치지 않았다. 그녀 또한 진 회장이 어떤 면에서는 지독할 만큼 고집 세고 독선적인 노인이라는 것을 잘 알고 있었다. 그 때문에 두 사람은 이제 어느 정도 서로의 의견을 존중하는 선에서 타협을 할 줄 알게 되었다. 그렇게 되기까지 2년이라는 적지 않은 시간이 걸렸다.

물론 곁에서 지켜본 진 회장은 결코 편하고 호락호락한 평범한 노인이 아니었다. 외모 또한 70대라고는 믿기지 않을 정도로 젊고 건강했으며 사업가다운 명석함과 통찰력이 깃든 눈빛은 상대를 주눅 들게 할 정도였다. 아마 가족사에 큰 시련을 겪지 않았다면 그녀 같은 어린 여자에게 눈길조차 주지 않았을 계층의 인물이었다.

아리는 진승필 회장을 처음 만났던 날, 자신의 운명이 바뀌었던 그날을 떠올리며 차창 밖 풍경에 눈길을 주었다.

• • •

그날은 비가 내렸다. 여름의 끄트머리에서 대형 태풍이 온 나라를 휩쓸고 지나가더니 며칠째 부슬거리며 비가 내렸다. 습도와 함께 사람들의 불쾌지수가 하늘 높이 치솟는 때였다.

아리는 여름 내내 카페에서 아르바이트를 하고 있었다. 반액 장학금을 타서 부족한 다음 학기 등록금과 용돈을 벌려면 일을 쉬어서는 안 되었기 때문이다. 외할머니는 작은 분식 가게를 하고 계시는데 얼마 전에 주인에게서 세를 올려 달라는 말을 들었고 최근엔 두 사람이 살고 있는 아파트 전세금도 올라간 탓에 경제적으로 어려운 처지였다. 그래서 아리는 진에게 부탁해 클럽에서 필요한 대리운전을 해 볼까 고민하고 있었다.

그런데 아리가 아르바이트를 마칠 즈음 문제가 생겼다. 함께 아르바이트를 하는 여자아이 하나가 술 취한 손님에게 추행을 당해 울음을 터뜨린 것이다. 우연히 그 장면을 목격한 아리는 화가 나서 술 취한 그 개자식에게 사과를 요구했고, 남자는 적반하장으로 나왔다. 오히려 아르바이트생이 자신을 유혹해 돈을 뜯으려 했다고 뻔뻔스럽게 주장했다.

참을 수 없었던 아리는, 겁을 집어먹고 바들바들 떨면서 내내 울기만 하는 아르바이트생 동료를 대신해 격렬한 언쟁을 벌였다. 뒤늦게 상황을 보고받은 주인이 달려온 건 그때였다.

"아까 네가 뭣도 모르고 대든 남자가 누구 아들인지나 알고 그런 거야? 이 동네에서 소문 한번 잘못 나면 문 닫는 건 시간문제라고, 젠장! 당사자는 가만히 있는데 아리 네가 뭔데 생난리 굿을 해? 이거 어떻게 책임질 거야!"

성추행한 취객에게 굽실거리며 사과하여 돌려보낸 카페 사장은 그 자리에서 아리를 해고했다. 억울하고 분했지만 어쩔 수 없는 일이었다.

"저도 그런 생각 가진 사장님 밑에서 일하고 싶지 않아요! 오늘까지 일한 알바비 정산해 주세요!"

잘못했다고 고개 숙이고 나올 줄 알았던지 주인은 무척 당황하고 화가 난 얼굴로 그녀를 노려보았다. 그렇지만 아리가 굽히지 않고 마주 쏘아보자 결국엔 지배인을 시켜 돈을 쥐여 주고는 그녀를 카페에서 쫓아냈다. 잠시 그쳤던 비가 다시 부슬부슬 내리는 한밤중이었다.

"미, 미안해! 나 때문에 괜히."

아리를 따라 나온 예쁘장한 얼굴의 친구가 울상이 되어 말했다. 친구에게 이딴 아르바이트 때려치우고 같이 가자고 말하고 싶은 걸 아리는 억지로 참았다. 왜냐하면 이 친구가 지금의 자신보다 처지가 훨씬 안 좋아서 일을 그만둘 수 없다는 걸 잘 알고 있기 때문이었다.

"네가 사과할 일 아니야. 안 그래도 이놈의 카페 언제 때려치울까 고민 중이었어. 다른 일자리 찾으면 그만이지, 뭐. 내 전화번호 알지? 사장 욕 하고 싶을 땐 언제든지 연락해. 난 이만 가 봐야겠다. 안녕!"

아리는 일부러 밝은 얼굴로 씩씩하게 말하고는 막 도착한 엘리베이터에 탔다. 하지만 문이 닫히자마자 온몸에서 힘이 쭉 빠지는 기분을 느끼며 한숨을 푹 내쉬었다.

"좀 참지. 앞뒤 안 가리고 욱하는 성질머리를 어쩌냐!"

거울 속에 비친 자신을 보고 투덜거리던 그녀는 이내 고개를 세게 흔들며 마음을 고쳐먹었다.

"아니지. 저런 마음을 가진 사장하고는 백 년을 일해도 시간 낭비일 뿐이야. 잘했어, 강아리! 그건 그렇고 당장 내일부터 새 알바 자리를 구해야겠네."

여름 방학이 시작되기 전부터 이미 웬만한 아르바이트 자리는 모집이 끝나 있었다. 이제 와서 일자리를 구하는 건 쉽지 않을 게 분명했다. 평소엔 자존심과 타고난 독립심이 강해서 아쉬운 소리 한 번 하지 않는 그녀였지만 비상사태인 만큼 이번엔 세아 언니나 석현 군 같은 부유한 지인들에게 도움을 청해야 할지도 모르겠다.

'아니, 석현 군은 빼고.'

아리는 입술을 삐죽 내밀며 생각했다. 죽으면 죽었지 그 오빠에게는 절대 초라하고 구질구질한 모습을 보이고 싶지 않았기 때문이다.

"어, 마지막 버스 놓치지 않으려면 빨리 가야겠다."

카페 건물에서 나오기 전 시간을 확인한 아리는 가방에서 접이식 우산을 꺼내 펼쳤다. 늦으면 택시를 타야 하는데 안 그래도 부족한 용돈을 아끼려면 뛰어야 한다는 마음이 급해졌다. 그녀는 앞뒤 살필 겨를도 없이 무작정 걸었다. 그때였다.

"어? 무슨…… 어맛!"

갑자기 들려온 자동차 소리에 놀라 고개를 돌린 아리의 눈에 하얗게 부서지는 헤드라이트 불빛이 확 쏟아져 들어왔다. 그 바람에 아리의 손에서 우산이 떨어져 바닥으로 나뒹굴었고 타이어가 빗길에 미끄러지며 급정거하는 모습에 놀라 뒷걸음질 치던 그녀는 그만 땅바닥에 넘어지고 말았다. 아까 주변을 살폈을 땐 분명히 차가 없었는데 대체 어디서 나타난 건지 알 수가 없다. 당황하고 놀란 아리가 저쪽에서 나뒹굴고 있는 핑크빛 우산을 멍하니 쳐다보며 인상을 찡그렸다. 그때 엄청 비싸 보이는 검은색 세단의 차 문이 열리는 소리가 들리더니 저음의 남자 목소리가 들려왔다.

"괜찮습니까, 아가씨? 어디 다쳤어요?"

"네? 아, 아니요. 괜찮은 것 같긴 한데."

고개를 든 아리는 검은색 우산을 쓰고 걱정스러운 얼굴로 자신을 내려다보는 중년의 남자를 쳐다보며 몇 번인가 눈을 깜빡였다. 그러고 나서야 놀란 마음이 조금 가라앉는 걸 느끼며 그제야 바닥에서 몸을 일으켰다. 그동안 남자가 그녀의 우산을 가져다주며 말했다.

"미안합니다. 제가 미처 아가씨를 발견하지 못했어요. 타시죠. 어디 다친 데는 없는지 병원으로 모시겠습니다."

"병원이요? 아니, 아니에요. 병원 갈 정도로 어디 부러지거나 상처 난 곳은 없어요. 그냥 조금 놀랐단 것뿐……."

"그래도 일단 병원으로 가셔야 합니다. 안 그러면 저희 회장님께서 나중에 곤란해지는 일이 생길 수도 있으니까요."

별것 아닌 짧은 해프닝이 큰일로 번지는 게 싫었던 아리가 그대로 가려 하자 남자가 그녀를 막으며 곤란해하는 표정으로 말했다. 그제야 아리는 가로등 불빛 아래 세워져 있는 고급 세단의 뒷좌석

창문이 열려 있는 걸 발견했다. 그리고 희미하긴 해도 그곳에 앉아 이쪽을 바라보고 있는 사람이 아까 소동이 일어나고 있을 때 카페를 나선 나이 지긋한 노신사라는 것을 알아보았다. 젊은이들이 주 고객인 카페에 어울리지 않는 점잖은 분위기의 노신사가 찾아왔기에 눈길이 갔던 손님이었다.

"아저씨, 전 정말 괜찮아요."

노신사에게서 시선을 돌린 아리는 아마도 비서나 운전기사인 듯한 남자에게 안심시키듯이 말했다. 하지만 남자는 완강했다.

"제 사정도 좀 봐주십시오. 나중에 문제가 생기면 전 일자리를 잃게 됩니다, 아가씨."

"휴! 알겠어요. 병원에 가요."

아리는 남자의 얼굴과 승용차 뒷좌석에 앉아 있는 소위 '회장님'이라는 노인 쪽을 번갈아 쳐다본 뒤에 어쩔 수 없이 수락하고 말았다. 혹시라도 나중에 자신이 뺑소니라고 덮어 씌울까 봐 염려한 것인 듯싶었기 때문이었다.

"고맙습니다, 아가씨. 그럼 가시죠."

안심한 얼굴로 미소를 지은 남자가 아리를 세단의 뒷좌석으로 데려가 문을 열어 주었다. 바로 그 회장님이 탄 옆자리였다.

"저기, 안녕하세요?"

아리는 어색한 기분을 어쩌지 못한 얼굴로 자신을 뚫어지게 쳐다보는 노신사에게 꾸벅 인사했다. 차에 타기 전에 손수건으로 대충 얼룩지고 비에 젖은 옷을 닦긴 했지만 시트를 더럽히는 게 아닌지 걱정이 될 정도로 무척 비싼 외제 차였다. 더구나 노신사에게서 풍기는 분위기는 결코 평범하지 않았기에 범 무서운 줄 모른다는 하룻강아지라고 불리는 그녀조차 살짝 주눅이 들었다.

"우리 운전기사가 실수를 해서 많이 놀랐을 텐데, 어디 다친 데는 없나?"

마침내 노신사가 무뚝뚝하지만 왠지 걱정이 묻어나는 음성으로 질문을 던지자 긴장이 풀린 아리는 저도 모르게 씩 웃고 말았다.

"다 큰 처녀가 볼썽사납게 엉덩방아 찧어서 자존심 구긴 것 빼고는 아픈 덴 없어요. 그것도 보상이 되나요?"

"뭐라고?"

노인이 당황한 듯 눈을 가늘게 뜨자 아리는 한숨을 푹 내쉬며 설명해 주었다.

"다시 말해 전 다친 데 없다고요. 멍 들면 파스 몇 장 사서 붙이면 그만인데 저 아저씨가 하도 난감해하셔서 차에 탄 것뿐이에요. 그러니까 정 마음에 걸리시면 택시비 대 주시는 셈 치고 집까지 데려다주시면 안 될까요?"

"참, 특이한 아가씨로군."

노인이 아리를 물끄러미 응시하며 중얼거렸다. 그녀는 가볍게 어깨를 으쓱해 보이며 대답했다.

"누구나 실수는 하고 사니까요. 일부러 다치게 하려고 한 것도 아니고 제 부주의도 있었으니까 이러는 거죠. 나중에 딴소리하지 않을 테니까 걱정 마시고 저기 보이는 정류장에서 내려 주시면 돼요, 할아버지."

"할아버지?"

노인은 마치 생전 처음 들어 보는 호칭인 것처럼 움찔하더니 표정이 굳어졌다. 아리는 아차 하는 기분이 들어서 얼른 사과했다.

"기분 상하셨다면 죄송해요. 그냥 전, 일반적으로 부르는 호칭에 익숙해서요."

"아니, 괜찮아. 그건 그렇고 아무리 아가씨가 괜찮다고 우겨도 병원은 가야 돼. 그래야 내가 괜찮아질 거 같거든."

언제 그랬냐는 듯 당혹감을 감춘 노신사가 완고하게 주장했다. 아리는 푹 하고 한숨을 내쉬었다.

"정말 고집 세시네요. 알겠어요. 대신 최대한 간단한 검사만 받고 갈게요. 할머니께서 제가 늦으면 걱정하시거든요."

"할머니? 부모님이 아니고?"

"부모님은 제가 어릴 때 두 분 다 돌아가셨어요."

아리는 굳이 외할머니와 함께 살고 있다거나 부모와 관련된 자세한 신상에 대해서는 대충 얼버무려 설명했다. 안 그러면 사람들은 그들의 호기심이 충족될 때까지 꼬치꼬치 개인사에 대해서 물어보는 경향이 있었기 때문이었다. 역시 이 노신사도 그쯤에서 관심을 보이지 않기로 결정한 듯 이렇게 말했다.

"내 주치의가 대기하고 있으니 아가씨 시간은 많이 뺏지 않을 거야. 그리고 김 비서가 집까지 안전히 데려다줄 테니 걱정되면 할머님께 미리 전화드려도 좋고."

"휴! 그러는 게 마음이 놓이신다면요. 어쨌든 고맙습니다."

아리는 시간을 확인한 후 노신사의 충고에 따라 할머니에게는 친구와 할 얘기가 있어서 조금 늦게 들어갈 터이니 걱정하지 마시고 먼저 주무시라고 말한 후 통화를 끝마쳤다. 그러는 내내 노신사의 따가운 시선이 느껴졌지만 별말은 걸어오지 않아 그들의 대화는 거기서 멈췄다.

그 후 차가 병원에 도착했고 아리는 이런저런 검사를 받는 번거로움을 꾹 참으며 시간을 보냈다. 그리고 그 과정에서 아리는 노신사가 진 회장이라는 호칭으로 불리는 엄청난 자산가라는 사실을 알게 되었다. 하지만 그런 건 그녀에게 별다른 감흥을 주지 못했다. 아리를 놀라게 한 건 검사가 끝날 때까지 진 회장이 그녀를 기다려주었고 심지어 그녀가 사는 아파트 앞까지 바래다주었다는 사실이었다.

"이건 내 명함이니까 혹시 문제가 생기면 전화해, 아가씨. 아참, 아가씨 연락처도 알아 두는 게 좋겠군."

차에서 내리기 직전 진 회장이 아리에게 명함을 주며 말했다. 아리는 재빨리 자신의 스마트폰을 꺼내 진 회장의 명함에 적혀 있는 번호를 찍었고 곧 노신사의 전화가 울렸다.

"그게 제 번호예요. 다시 연락드릴 일이 있을지는 모르겠지만요. 그럼 안녕히 가세요, 회장님!"

아리는 생긋 미소 지으며 차에서 내렸다. 그리고 뒤도 돌아보지 않고 그녀는 아파트 현관 로비를 통과해 달려 들어갔다. 그런 아리의 모습을 잠시 지켜보던 진 회장은 이내 그곳을 떠났다. 하지만 그것으로 끝이라고 생각했던 아리의 예상과 달리 그녀는 얼마 지나지 않아 다시 진승필 회장을 마주하게 되었다. 세상일은 마음먹은 대로 되지 않는다는 걸 다시 한번 깨닫는 그런 날에.

$\bullet \quad \bullet \quad \bullet$

아리가 상념에 잠겨 있는 동안 자동차는 번잡한 도심을 벗어나

도시 근교에 위치한 고급 주택가로 접어들고 있었다.

진 회장은 몇 년 전까지만 해도 서울에서도 노른자위 땅에 어마어마한 부동산 가치가 있는 빌딩들과 주택들을 소유하고 그곳에서 살았다고 들었다. 하지만 해외에 머무는 지난 2년 동안 도심에서 벗어난 한적하고 공기 좋은 땅을 매입해 건물을 짓기 시작했고 아리가 한국으로 돌아오는 시기에 맞춰 그 집에 입주를 했다. 때문에 그녀는 진 회장의 과거와 가족과 관련된 어떤 것도 연결되지 않은 완벽하게 새로운 공간에서 낯선 인물들과 생활하고 있었다.

'가족들과 연관된 장소나 물건을 보면 가슴이 아파서 살 수 없으셨을 테니까.'

아리는 진 회장이 단행한 일련의 결단에 대해 그렇게 짐작했다. 비서 겸 운전기사인 김 비서 아저씨는 3년 전 진 회장의 두 아들 내외와 손주들이 해외에 여행을 떠났다가 사고로 모두 죽었다고 귀띔해 주었다. 때문에 엄청난 충격에 빠진 진 회장은 1년 가까이 거의 폐인처럼 지내며 사업에서도 손을 떼었다고 했다.

'그럼 회장님에게는 가족이 한 분도 남아 있지 않나요?'

아리의 질문에 김 비서는 고개를 저었다.

'아닙니다. 회장님께는 나이 차이가 많이 나는 여동생 한 분이 계시죠. 같은 배에서 난 동생은 아니지만 성격이 워낙 사근사근하시고 영민하셔서 회장님이 아끼는 분이시죠. 아가씨도 곧 만나 뵙게 되실 겁니다. 참, 진 여사님께는 손자 손녀가 한 명씩 있는데

손녀분이 아리 아가씨보다 한두 살 위인 걸로 기억합니다.'

당시에 아리는 진 회장이 자신처럼 세상에 온전히 혼자 남겨진 건 아니라는 사실에 조금은 안도했다. 그리고 최근 김 비서는 그녀에게 넌지시 또 다른 정보를 알려 주었다.

'진 여사님의 아드님께서는 외교관이셔서 그동안은 가족 모두 해외의 여러 나라에 거주하셨는데 이번에 한국으로 발령을 받아 들어오신다고 하니 조만간 그분들과도 만나게 될 겁니다.'

아리는 아직 한 번도 만나 본 적 없는 진 회장의 친척이 어떤 사람들일지 궁금하면서도 조금은 걱정이 되었다.

"무슨 생각을 하기에 그렇게 심각한 표정을 짓는 거냐?"

문득 들려온 진 회장의 목소리에 아리는 무거워지는 마음을 애써 추스르고 입가에 미소를 담았다.

"다시 공부를 시작하려니까 좀 걱정이 되어서요."

2년 전 한 학기를 남겨 두고 휴학을 했던 아리는 이번 학기에 복학을 했다.

"설마 학점 때문은 아닐 테고, 뭐가 걱정이냐?"

진 회장이 가늘게 뜬 눈으로 묻자 아리는 찡긋 콧등에 주름을 잡으며 답했다.

"저 없는 동안 회장님 심술은 누가 다 받아 주나 걱정이 되네요."

"뭐야?"

"김 비서 아저씨도 이제 젊지 않다고요, 회장님. 건강 생각하셔서 혈압 올리지 마시고 웬만하면 성질 좀 죽이세요. 주치의 선생님 말씀 잊으셨어요? 회장님은 혈압만 조절 잘하시면 백 년은 훌쩍 넘게 사신다고 하셨잖아요. 기억나시죠?"

"이거야 원. 예쁘다 귀엽다 했더니 버르장머리 없이 구는군. 잔소리는 그만둬라, 강아리."

진 회장이 인상을 쓰며 화난 척했지만 아리는 노인의 눈동자에 담긴 웃음기를 놓치지 않았다. 때문에 아리는 입술을 삐죽 내밀며 툴툴거리는 것으로 응수했다.

"잔소리는 관심과 애정에서 나오는 거라고 돌아가신 할머니가 그러셨어요. 회장님은 말년에 복받으신 거라고요."

진 회장은 어떤 핀잔도 주지 않고 그녀를 가만히 쳐다보다가 차창 밖으로 고개를 돌렸다. 그런 진 회장의 입가에 보일 듯 말 듯 한 미소가 떠올라 있었다.

두 사람을 태운 승용차는 어느새 새로 지은 저택 근처로 진입하고 있었다. 그들보다 앞서 도착한 경호원이 이미 열린 대문 앞에 서 있었다. 아리는 진 회장과 함께 승용차의 뒷좌석에서 내리며 한숨을 삼켰다.

이 집에 들어올 때마다 느끼지만, 돈이 많은 게 마냥 좋은 것만은 아닌 듯했다. 생활이 편리해지긴 하지만, 재산을 지키기 위해 일신의 자유나 타인을 믿는 일에서 포기해야 할 부분이 있으니 말이다.

아리는 진 회장에게서 한두 걸음 떨어져 높은 철제 대문 안으로 걸어 들어가며 생각했다. 해외에 머물 때에도 진 회장이 부자인 건 알고 있었지만 어느 정도의 큰손인지 실감하지는 못했었다. 그러다 한국에 들어오는 걸 준비하면서 진 회장을 찾아오는 굵직한 재계의 거물들을 마주하게 되어 아리는 진승필 회장이 지하 경제를 지배하는 엄청난 인물이라는 것을 실감했다. 그제야 아리는 진 회장이 지난 2년 동안 어째서 자신을 그토록 엄격하게 단련시켰는지 깨달았다.

'한국 땅에 다시 발을 내딛는 그 순간부터 강아리 너는 내 이름 옆에 나란히 거론될 거다. 일종의 마스코트라 할 수 있지. 너는 이제부터 내가 계획하고 시작하려는 일의 이미지를 만들어 가는 중심에 서는 셈이지. 그러니 너를 통해 나에게 접근하거나 이득을 취하려는 사람들도 생겨날 거다. 나는 그 과정에서 나를 배신하지 않고 목적을 이룰 수 있게 도와줄 믿을 수 있는 인물이 필요해. 그 사람이 너였으면 좋겠다, 아리야.'

'회장님께서는 세상 누구도 믿지 않는다고 하셨어요. 그런데 어떻게 제가 회장님을 배신하지 않을 거라고 생각하세요?'

놀란 얼굴로 묻는 그녀의 질문에 진 회장이 빙그레 온기 없이 미소 지었다.

'강아리란 아이가 세상에 태어나 가진 거라고는 제 몸뚱이 하나와 할머니 한 분뿐이지. 그런 할머니를 지키기 위해서 너는 무슨 일이든 할 아이다. 아니냐?'

진 회장이 아무렇지도 않게 그녀의 아픈 곳을 짚었다. 아리는 움찔했지만 꼿꼿한 자세로 턱을 추켜올리며 물었다.

'회장님 말씀이 맞아요. 그럼 앞으로 제가 무엇을 해야 하죠? 그리고 회장님은 제게 무엇을 해 주실 수 있으세요?'

아리는 불안하고 두려운 마음을 감추며 진 회장에게 물었고 그 것으로 두 사람의 협상은 성립되었다. 그것이 벌써 2년 전의 일이 었다.

"오라버니!"

회상에 잠겨 있던 아리가 갑자기 들려온 여인의 목소리에 깜짝 놀라서 고개를 들었다. 그녀의 눈에 현관으로 이어진 계단을 걸어 내려오는 두 여자의 모습이 보였다. 진 회장을 반갑게 부른 건 연 한 보랏빛 투피스 정장을 입은 우아한 노부인이었다. 진 회장의 얼 굴이 살짝 찌푸려진 걸로 미루어 예상하지 못했던 손님인 게 분명 했다.

"연락도 없이 어쩐 일이냐?"

"나 보니까 반가우시면서. 무뚝뚝하신 건 여전하시다니까. 호호 호! 사정이 좀 생겼는데, 그 얘기는 들어가서 차차 해 드릴게요."

진 회장의 시큰둥한 반응에 익숙한 듯 여인은 고상한 외모답지 않게 애교스럽게 말하며 다가왔다. 그러더니 아리에게 흘끔 눈길을 준 뒤 진 회장에게 물었다.

"이 아이가 요즘 오라버니가 공들이고 있다는 그 아가씨인가 보 죠?"

상냥한 말투에 웃고 있지만 진 여사의 눈빛엔 온기가 없었다. 진
회장의 찌푸린 얼굴을 빠르게 살핀 아리는 경계심을 은근히 드러내
는 여인에게 미소 지으며 인사했다.

"안녕하세요? 처음 뵙겠습니다. 강아리라고 합니다."

"난 이 고집불통 회장님의 유일한 여동생이야. 만나서 반가워요.
우리 오라버니 옆에 있는 게 편하지만은 않죠?"

진 여사가 슬쩍 아리를 떠보는 말을 던졌지만 그녀는 표정 변화
없이 웃으며 상냥하게 대답했다.

"네, 쉬운 분은 아니시죠. 하지만 아무리 사나운 호랑이도 조련
사 하기 나름이겠죠. 염려해 주셔서 감사합니다, 사모님."

"뭐라고?"

아리의 당돌한 대꾸에 진 여사는 허를 찔린 표정을 지었다. 그러
자 잠자코 두 사람이 하는 양을 지켜보고 있던 진 회장이 웃음을
삼키는 듯한 음성으로 끼어들었다.

"쯧쯧! 어리다고 만만히 보면 큰코다치지. 그건 그렇고 승연이
넌 왜 거기 멀뚱히 서 있는 거냐?"

"어른들 담소 나누시는데 끼어들면 예의가 아니잖아요. 그동안
안녕하셨어요, 할아버지? 뵙고 싶었어요!"

진 여사의 곁에 서 있던 늘씬한 몸매의 미인이 상큼한 미소를 지
으며 진 회장을 스스럼없이 포옹했다. 그러자 진 회장의 엄격한 얼
굴에 보기 드문 따스한 미소가 떠올랐다.

"넌 점점 네 할머니를 닮아 가는구나. 못 본 사이 숙녀가 다 됐
어. 이제 시집가도 되겠다."

진 회장이 승연을 살며시 밀어 내며 말했다. 그러자 진 여사와

승연은 서로를 보며 다정히 미소 지었다. 그런 두 사람을 잠시 쳐다본 진 회장이 아리를 향해 말했다.

"오늘 수고 많았다. 아리는 그만 가서 쉬도록 해라."

"네, 회장님. 그럼 편히 쉬세요."

아리는 고분고분 답하고는 두 여자에게 예의 바르게 묵례를 하고 자신의 숙소를 향해 걸음을 옮겼다.

아리가 머물고 있는 곳은 본채와 연결된 부속 건물로 독립된 생활을 보장받을 수 있는 공간이었다. 때문에 이 저택을 관리하는 고용인들에게서도 사생활을 보호받을 수 있어 좋았다. 아리는 자신에게 따라붙는 세 사람의 시선을 모른 척하며 부속 건물의 현관문 비밀 번호를 누르고 안으로 들어갔다. 본채를 통하지 않고 정원에서 바로 자신만의 공간으로 들어갈 수 있어서 편리한 구조였다.

"여간내기가 아니네요. 하긴, 그러니까 오라버니가 곁에 두셨겠지만요."

아리에게서 눈길을 떼지 않은 진 여사가 혼잣말처럼 중얼거렸다.

"영리하고 눈치 빠른 아이지. 나이답지 않게 속도 깊고."

"어머, 저 아이에게 푹 빠지신 거 같네. 음, 그런데 아리라는 저 애 왠지 낯이 익은데 혹시 오라버니, 언니 몰래 밖에서 낳은 거 아니에요?"

진 회장의 시선이 끝까지 아리에게 머무는 걸 불안하게 지켜보던 진 여사는 자못 농담조로 말을 뗐다. 순간 희미한 웃음기를 거둔 진 회장이 싸늘한 눈초리로 응수했다.

"쓸데없는 소리! 그건 그렇고 정말 어떻게 된 거냐? 다음 주에나 얼굴 볼 줄 알았는데."

진승필이 본채 쪽으로 걸음을 옮겼다. 진 여사는 아리가 들어간 부속 건물을 차갑게 한 번 쏘아보고는 언제 그랬냐는 듯 다정한 미소를 머금고 오라버니를 따라 걸으며 대답했다.

  "일정에 변동이 생겨서 애들 내외가 스페인에 더 머물러야 돼서 우리 먼저 귀국한 거예요. 그런데 새로 싹 수리하고 들어가기로 했던 집에 문제가 많아서, 당분간 오라버니 집에서 신세 좀 져야겠어요. 집도 넓으니 그래도 되죠?"

  "흠, 사정이 그렇다면야."

  진 회장이 무심하게 수락하자 진 여사는 속으로 회심의 미소를 삼켰다. 아들 내외와 함께 살 집의 인테리어에 문제가 생겨서 여기 온 건 사실이지만 그게 전부는 아니었기 때문이다. 진씨 오누이의 뒤를 따라 걷던 승연이 명랑하게 말했다.

  "저는 정원 산책 좀 더 하고 싶은데요. 그래도 될까요, 할아버지?"

  "너 편할 대로 해. 여기가 남의 집도 아니고. 그렇죠, 오라버니?"

  진 회장이 뭐라 말하기 전에 진 여사가 온화한 얼굴로 허락했다. 그러고는 자연스럽게 진승필의 팔짱을 끼었다.

  진 여사는 현관문 안으로 들어가기 전에 손녀에게 아리가 사라진 부속 건물 쪽을 짧게 눈짓해 보였다. 그 의미를 단박에 알아차린 승연이 웃으며 고개를 끄덕였고 두 어른은 곧 본채 안으로 들어갔다.

  '가서 어떤 계집앤지, 어디서 굴러먹다가 내 오라버니 눈에 들어 이 집까지 들어온 건지 알아보렴.'

진 여사의 속내를 훤히 읽을 정도로 영악한 승연이었다. 정원을 둘러보는 척하다가 자신을 지켜보는 시선이 없다는 걸 확인한 승연은 아까 아리가 걸어갔던 방향으로 걸음을 옮겼다.

"강아리? 강아리라고 했지."

혼잣말을 중얼거리며 걷는 승연의 눈빛이 상냥함을 벗어던지고 차갑게 빛났다. 진 회장은 평소에 승연을 예뻐하는 편이었지만 당신의 친손주들이 있었기에 승연이 2순위로 밀려나는 건 당연했다. 태어나면서부터 친조부모와 부모, 오빠의 사랑까지 당연히 제 것으로 알고 자라 온 승연에게는 처음 맛본 열패감이었다.

그런데 이제 엄청난 부자이며 권력자인 진승필 회장의 유산과 애정을 차지하기 위해 다퉈야 할 경쟁자가 사라진 마당에 어디서 굴러온 건지 모를 계집애한테 제 것을 빼앗길지도 모른다는 위기감은 승연의 자존심을 상하게 했다.

더구나 진 회장은 지난 2년 동안 마치 보물단지, 아니 판도라의 상자처럼 그 누구도 강아리라는 아이 주변에 접근하는 걸 허락하지 않고 철저히 보호했다. 그 때문에 여동생인 진 여사조차 강아리라는 계집애의 존재를 알고는 있었지만 오늘에 와서야 만나게 되었다. 그것도 막무가내로 불시에 쳐들어와서야 겨우 아리의 얼굴을 대면하게 된 셈이었다.

그것이 얼마나 할머니의 비위와 자존심을 상하게 했는지 승연은 잘 알고 있었다. 승연은 그런 할머니의 외모뿐만 아니라 야망, 이기적인 기질까지 꼭 빼닮았기 때문이다.

딩동 딩동!

풀벌레 울음소리가 조용한 대기를 진동하며 퍼져 나가고 풀 냄새가 향기로운 초가을 밤, 아리의 숙소 현관 벨이 울렸다.

다소 신경질적이고 오만하게 느껴지는 현관벨 소리가 들린 건 아리가 옷을 갈아입고 나와 차 한 잔을 만들고 있을 때였다. 순간 방문객이 누군지 바로 짐작할 수 있었다. 아리는 낮은 한숨을 내쉬며 현관문으로 향했다.

"어서 오세요."

아리는 억지 미소를 짓고 서 있는 승연에게 생긋 웃어 보이며 옆으로 비켜섰다. 그러자 승연이 놀란 얼굴로 물었다.

"내가 올 줄 알고 있었니?"

언제 봤다고 대뜸 반말인지. 아리는 속으로 성질을 꾹 누르고 속 없는 사람처럼 밝게 미소 지으며 대답했다.

"처음부터 나한테서 눈을 떼지 않았잖아요. 들어오세요. 마침 차 마시려고 준비하고 있었거든요."

아리는 돌아서서 주방으로 향했다. 너무 당당하고 자연스러운 아리의 응대에 솔직히 한 방 먹은 기분으로 승연은 문을 꽝 닫았다. 그러고는 아리를 따라 집 안으로 들어서며 날카로운 눈빛으로 실내를 살펴보았다.

"주방보다 여기서 마시는 게 좋겠죠? 참, 로즈마리를 마음에 들어 하면 좋겠는데. 안타깝지만 차 상자에 그것밖에 남아 있지 않더라고요."

아리는 거실 가운데 서서 마치 까다로운 집주인처럼 실내를 둘러보고 있는 승연에게 말하고는 거실에 이어진 주방으로 들어갔다. 그러고는 찻주전자와 도자기 잔을 담아 놓은 쟁반을 들고 거실로 나왔다.

"여긴 고용인 숙소라기보다 휴양지에 있는 특급 코티지 같네? 우리 할아버지가 누군가를 위해 공을 많이 들이셨나 봐."

아리가 주방에서 나오는 걸 본 승연이 슬쩍 비꼬는 투로 말했다. 아리는 원목 티테이블에 쟁반을 내려놓고 승연의 관점에서 거실을 둘러보았다.

실내는 유명 인테리어 디자이너의 세심한 손길과 아리의 취향이 절묘하게 어우러져서 아늑하고 세련된 산장처럼 꾸며져 있었다. 주요 골재는 다양한 목재와 흑백의 대리석이었고 적재적소에 세계 각국에서 시간과 공을 들여 찾아낸 인테리어 소품들과 고풍스러운 램프가 자리하고 있었다.

그중에서도 가장 인상적인 건 거실 한 면을 차지하고 있는 책꽂이에 빽빽이 꽂혀 있는 다양한 책들과 그 맞은편에 위치한 검은색 대리석 벽난로였다. 그 앞엔 두툼하고 보드라운 퀼트 러그가 깔렸고, 넓은 창문은 지금 커튼이 드리워져 있지만 볕이 좋은 날엔 안락의자에 앉아 음악을 듣거나 책을 읽으며 휴식을 취하면 좋을 것 같았다. 또 별이 예쁘게 뜬 어떤 밤엔 연인과 함께 달콤한 와인을 나누어 마시며 분위기 있는 시간을 즐길 수도 있겠……

그만! 문득 머릿속에 그리고 있는 남자가 석현이라는 걸 깨달은 순간 아리는 생각하는 걸 멈췄다.

"회장님께서는 아끼고 공을 들인 만큼 상대가 기뻐하고 행복해하는 걸 보길 바라시죠. 상대가 어떤 식으로 보답을 해 줄지 기대하시면서 말이에요. 물론, 배신의 대가는 공들인 만큼 돌려받게 되는 거겠지만요. 아! 거기 소파도 좋고 어디든 편히 앉으세요."

무심하게 대꾸한 아리는 티테이블 앞에 앉아 찻주전자에서 우려 낸 차를 도자기 잔에 쪼르르 따랐다. 승연은 자신의 공격에도 끄덕 없는 아리가 얄미워 잠깐 흘겨보다가 톡 쏘아붙였다.

"너, 정체가 뭐야? 뭔데 이렇게 당당하니?"

차를 따르던 아리의 손끝이 순간적으로 조금 흔들렸다. 하지만 그녀는 입가에 엷은 미소를 머금은 채 차를 다 따른 후에야 승연을 똑바로 바라보았다.

"뭐가 그렇게 불안하죠? 혹시라도 내가 그쪽 할아버지를 빼앗을 까 봐 겁을 먹은 건 아닐 테고 말이에요."

"뭐, 뭐라고?"

"알고 있는 것처럼 제 공식적인 위치는 진승필 회장님의 고용인 이에요. 그렇다고 해서 제가 이승연 씨에게 회장님과의 관계에 대 해 추궁받거나 비굴해질 이유는 없는 것 같은데요. 제 고용주는 어 디까지나 회장님이시니까요."

웃음기를 싹 지운 아리는 분한 마음을 어쩌지 못하는 승연을 바 라보며 차분하게 말했다. 순간 승연의 얼굴이 분노와 당혹감으로 새빨갛게 물들었다. 아리는 이쯤에서 저 철부지 아가씨의 자존심을 건드리는 건 그만둬야겠다고 생각하며 한숨을 삼켰다.

"내가 좀 예민하게 굴었죠? 휴우, 이해해 주세요. 사실 한국에 들어오면서부터 회장님 곁을 지키는 절 보고 이런저런 수군거리는 소리를 듣다 보니 신경이 날카로워졌나 봐요. 회장님의 친척 되시 니까 당연히 저에 대한 것이 궁금하셨을 텐데 말이죠."

"흠, 그럼 우리 할아버지와 넌 그렇고 그런 사이가 아니란 말이 지?"

승연의 살기 어린 눈빛이 조금은 누그러졌지만 여전히 의구심을 풀지 못한 얼굴로 물었다. 아리는 쓴웃음을 지으며 허브티를 한 모금 삼켰다. 그러고 나서 승연을 물끄러미 응시하며 말했다.

"내가 분명히 밝힐 수 있는 건 회장님도 저도 그렇게까지 개방적이지 않고 도덕적으로 몰지각한 사람이 아니라는 거예요."

"그럼 꽃뱀, 아니 우리 할아버지 애인이 아니란 말이지?"

승연은 그제야 경계심을 좀 더 풀고 2인용 소파에 앉아 로즈마리 차를 집어 들었다.

"꽃뱀이요? 훗!"

아리는 픽, 실소를 터뜨렸다. 진 회장은 꽃뱀 따위에 물릴 위인도 아니거니와 꽃뱀이 접근한다 쳐도 그걸 잡아서 열 배의 이득을 챙길 무서운 양반이었다. 아마 세상 물정 모르는 이 도도하고 이기적인 아가씨는 진 회장의 진짜 얼굴을 모르는 듯했다.

"왜 그렇게 웃니? 기분 나쁘게."

승연이 예쁘장한 얼굴을 찌푸리며 톡 쏘아붙였다. 아리는 가볍게 어깨를 으쓱해 보였다.

"기분 상해 할 쪽은 오히려 나죠. 꽃뱀 따위로 전락할 뻔했으니 말이에요."

"네 말이 사실이라면 뭐, 그럴 수도 있겠지. 그런데 내가 왜 네 말을 믿어야 하지? 나중에 딴소리하면 나만 바보 되는 걸 텐데?"

잇따른 의구심에 승연이 인상을 찌푸리자 아리는 무덤덤하게 대꾸해 주었다.

"이승연 씨가 내 말을 믿고 안 믿고는 중요하지 않아요. 회장님은 제가 필요하고 저 역시 그분 곁에서 해야 할 일이 있다는 게 중요한 거죠."

"너 정말 맹랑하구나? 도대체 어느 집안 출신이야? 어떻게 우리 할아버지하고 알게 된 거니?"

승연은 어이없을 만큼 자신만만하고 당당한 아리의 태도에 호기심을 느끼고 물었다. 순간 아리의 얼굴에 떠돌던 미미한 미소와 온기는 씻긴 듯이 사라졌다.

"어느 집안 출신이라고까지 말할 건 없어요. 부모님은 어릴 때 돌아가셨고 한 분 계셨던 할머니도 얼마 전에 돌아가셨거든요. 제 신상에 대해 말할 수 있는 건 여기까지니까 혹시 더 궁금한 게 있다면 회장님께 직접 여쭤봐요."

"하, 도대체 우리 할아버지와 무슨 일을 하기에 비밀이 그렇게 많아?"

아리가 뜻대로 고분고분 실토하지 않자 승연이 짜증을 냈다. 아리는 피식 온기 없이 미소 지으며 답했다.

"그것 역시 말해 줄 수 없어서 유감이네요. 제가 대답해 줄 수 있는 질문은 없나요? 음악이나 책, 요즘 SNS에서 화제가 되고 있는 토론이라든가 뭐 그런 것 말이에요."

"됐어! 여기서 너랑 더 말씨름하다가는 내 성격만 버리겠다. 오늘은 이쯤 하자."

승연은 도자기 잔을 탁, 신경질적으로 내려놓고 자리에서 일어났다. 아리는 비어져 나오려는 심술궂은 미소를 삼키며 자못 공손한 태도로 승연을 따라 일어났다.

"이름이 아리라고 했던가? 좀 건방지긴 해도 어쨌든 자기 위치가 뭔지 주제파악은 확실히 하고 있는 것 같아서 봐주는 거야. 당분간 여기 머물 건데 서로 눈살 찌푸리는 일 없기를 바라.”

현관문을 나서기 전 승연이 오만한 주인집 아가씨처럼 말하고는 몸을 돌렸다. 아리는 대꾸하지 않고 흐릿한 미소를 머금은 채 현관문을 닫았다. 하지만 혼자 남게 되자마자 그녀의 얼굴은 피곤함과 울컥 치민 감정으로 확 찌푸려졌다.

“성질 다 죽었네, 강아리! 후우! 어쨌든 친해지고 싶지 않은 캐릭터인 건 확실하네.”

예전 같았으면 말 한마디 지지 않고 대들어 승연을 확 보내 버렸을지 모른다. 그러나 지난 2년 동안 냉혹하고 속을 헤아릴 수 없는 진 회장의 곁에서 사람 보는 안목과 진 회장의 사업 전반에 대한 이해를 키웠고 상류 사회에서 기죽지 않게 에티켓과 패션, 화장하는 방법까지 다양한 분야의 트레이닝을 받았다. 열심히 배운 결과 아리는 이제 상대를 통제하고 자기 감정을 숨기는 법을 익히게 되었다.

그렇지만 가끔 그런 자신의 모습이 서글퍼질 때도 있었다. 바로 오늘 저녁 석현을 만났을 때처럼 말이다. 솔직히 승연 같은 부류의 인간들을 상대하는 건 차라리 쉬웠다.

“망할! 또 그 남자 생각이네!”

아리는 허브티가 든 컵을 들고 창가로 걸어갔다. 커튼을 젖힌 그녀는 안락의자에 앉았다. 그러자 승연이 본채로 걸어가는 모습과 아름답게 가꾸어진 가을 정원의 모습이 눈에 들어왔다. 하지만 눈으로만 의미 없는 그 풍경을 보고 있을 뿐이었다.

‘바보처럼, 다시 가슴이 뛰었어.’

아리는 눈을 꼭 감았다. 그러자 아까 장례식장에서 만났을 때 석현이 자신을 바라보던 눈빛과 표정, 로비에서 그녀를 바짝 끌어당겼을 때 느껴지던 그의 손에서 전해져 오던 온기와 감촉, 숨결까지도 모두 되살아났다. 그에게 반응해 그녀의 심장은 알 수 없는 간절함으로 아파 왔다. 2년이라는 시간은 그녀의 몸과 마음을 성숙하게 만들어 주었지만 이석현, 그 남자에 대한 지독한 갈망만은 완벽하게 떨쳐 내지 못한 모양이었다.

"멈춰, 강아리. 상처받지 않으려면 불꽃에 가까이 가지 마!"

적당히 거리를 두고 바라보는 것, 그것만으로도 마음을 다쳤던 어린 계집아이는 이제 세상에 혼자 남았고 스스로를 지키기 위해 더 강해져야 했다. 더구나 그녀는 진 회장에게 약속으로 묶인 몸이었다. 현실감이 척추를 타고 온몸으로 싸늘한 전율을 흘려보내자 아리는 저도 모르게 부르르 몸을 떨었다.

그리고 마침내 눈을 떴을 때, 그녀의 까만 눈망울엔 진한 외로움의 그림자만이 드리워져 있었다.

"지금쯤 나 같은 건 잊어버리고 있을 텐데 뭘."

아리는 쓸쓸하게 중얼거리며 미지근해진 로즈마리 차를 삼켰다. 목구멍으로 넘어가는 부드럽고 향긋한 꽃향기가 해묵은 상처를 살며시 어루만져 주는 듯했다. 아리는 그 차를 다 마실 때까지 안락의자에 몸을 묻고, 깊어 가는 가을 정원의 밤 풍경을 오랫동안 바라보았다.

3장

그 아이, 강아리

생명이 주어진 순간부터 누구도 피할 수 없는 생의 마지막 길, 죽음. 하지만 누군가가 세상을 떠나도 살아 있는 이들의 시간은 멈추지 않고 흐른다. 그것이 삶이었다. 세아의 할아버지 정 회장의 추도식이 끝나고, 장지까지 동행했던 친구들과 함께 석현은 선우진의 카페로 자리를 옮겼다.

클럽 하나로 사업을 시작한 선우진은 작년에 클럽 하나를 더 열었고 올해는 제법 분위기 있고 고급스러운 카페를 오픈했다. 덕분에 하루 일과가 끝나고 가볍게 혼자 술 한잔할 생각이 나거나 소위 썸을 타는 여자가 생기면 녀석들은 으레 이곳을 찾았다.

그 때문에 미리 약속을 잡지 않아도 카페를 찾으면 아는 얼굴 한두 명은 어렵지 않게 만날 수 있었다. 사안이 사안이니만큼 춤추고 술 마시기보다 대화를 나눌 공간이 필요했던 친구들은 누가 먼저랄

것도 없이 이 카페를 찾게 된 것이다. 당연히 그들의 대화 주제는 강아리에 관한 것이었다.

"진이 녀석 대단하지 않냐? 요새는 구하기 힘든 LP판에 세계 각국의 다양한 술까지. 여기 인테리어 하는 데도 수억 깨진 것 같지?"

친구 하나가 분위기 있는 옛날 재즈가 흘러나오는 오디오와 카페 실내를 둘러보며 혀를 내두르자 다른 친구가 술잔을 입으로 가져가며 동의했다.

"네 짐작이 맞아. 요즘 여기가 입소문을 타서 유명 인사들이 심심치 않게 드나든다고 하더라. 처음 클럽 열었을 때만 해도 돈 구하기 힘들어서 쩔쩔매더니 어디서 투자자를 만났는지 요즘 승승장구하고 있어, 진이 녀석. 덕분에 우리가 덕 좀 보고 있고 말이지."

"그런데 너 혹시 아리 봤냐? 애들 말이 아리가 어떤 거물급 노친네와 함께 세아 할아버지 빈소에 다녀갔다고 하던데. 하필이면 일이 늦게 끝나서 난 못 봤거든."

"나도 간발의 차로 놓쳤어. 석현이 넌 우리보다 일찍 갔다고 들었는데, 아리 못 만났냐?"

친구의 질문에 묵묵히 술잔을 기울이고 있던 석현의 손끝이 조금 멈칫했다. 하지만 그는 사각으로 커팅된 얼음이 녹아내리는 황금빛 액체를 한 모금 삼킨 후에야 대답했다.

"장례식장 로비에서 잠깐 얼굴만 봤다. 급한 약속이 있다고 가더군."

"저런, 어떻게 보이든? 잘 지내는 거 같아? 목격한 사람들 말로는 엄청난 미인이 되어서 나타났다고 난리던데."

친구가 걱정과 호기심을 동시에 드러내며 물었다. 석현은 가늘게 뜬 눈빛으로 피식 웃음을 흘렸다.

"여자처럼 보이더라."

석현의 무뚝뚝한 답에 친구들 사이에서 휘파람과 한탄 어린 한숨 소리가 동시에 터져 나왔다. 모두들 아리를 어린 남동생처럼 여기며 보호했고 때로는 짓궂은 장난질에 동참시키는 재미에 푹 빠졌던 적이 있기 때문이다. 그런 과정을 통해서 소위 보육원 출신인 녀석들은 남매가 되고 가족이 되었다.

석현은 그들과 같은 출신은 아니었지만 어느 순간부터 그들은 그를 형제로 받아들여 주었다. 그 때문에 쥐와 고양이 같은 관계였던 두 사람의 모습을 잊지 않고 있었다. 그런데 석현의 입에서 아리를 동등한 어른 여자로 인정한다는 뜻의 발언이 나왔으니 모두들 놀란 것이다.

"강아리가 여자처럼 보인단 말이야? 그 선머슴 저리 가라 하는 애가? 야, 너희들도 기억하지? 우리 처음 계곡으로 놀러 갔을 때 아리가……."

친구들은 이내 어린 시절 아리와 관련된 추억과 에피소드들을 꺼내어 놓으며 대화의 꽃을 피웠다. 그러는 동안 석현은 묵묵히 술잔을 기울이며 혼자만의 상념 속으로 빠져들어 갔다.

「강아리 씨는 그동안 할머님과 함께 해외에 머물렀던 걸로 확인되었습니다. 최근에 할머님께서 돌아가셔서 귀국했고 현재 재계의 큰손이라고 알려진 진승필 회장님의 저택에서 함께 지내고 있고요. 그 두 사람의 관계에 대한 소문이 분분하지만 진 회장님 쪽에서 워낙 엄하게 주변을 단속하시는지라 알려진 정보가 거의 없습니다. 사실 강아리 씨가 개인적으로 움직일 때조차 근접 경호는 아니지만 경호원이나 경호 차량이 따라붙어서 접근하기가 어렵습니다. 아래에 원거리에서 촬영한 사진과 주소를 첨부합니다.」

석현은 오늘 아침 일찍 도착한 보고서 내용을 떠올리며 차가운 위스키를 삼켰다. 입 안을 얼얼하게 만들 정도로 싸늘한 액체가 목구멍과 식도를 적시며 넘어갈 때 뜨거운 불꽃이 되어 피를 달구어 놓는 것 같았다. 그는 잠시 숨 막힐 듯한 순간을 참았다가 천천히 호흡을 뱉어 냈다. 마치 삼키기 힘든 무언가가 명치에 턱, 걸린 것 같은 기분이었다.

'해외에, 그것도 진승필 회장의 날개 아래 숨어 있었으니 누구도 너를 찾지 못했던 거였군. 선우진조차 말이지.'

석현은 마침 카페 안으로 서둘러 들어오는 진을 발견하고 눈을 가늘게 떴다. 녀석의 얼굴에 드물게 밝은 미소가 걸려 있는 걸 보니 강아리에 대한 소식을 듣고 온 게 분명했다. 석현은 오랜 경험으로 직감할 수 있었다.

역시나였다. 친구들에게 대충 인사를 하고 자리에 앉은 선우진이 꺼낸 첫마디는 이거였다.

"아리, 우리 강아지에게서 연락이 왔다."

물 한 컵을 시원하게 비운 진이 씩 웃으며 말했다. 그러자 친구들의 얼굴에 기쁜 표정이 떠올랐다.

"역시 강아리는 선우진부터 찾네. 누구 질투 나게끔 말이지. 안 그러냐, 이석현?"

"그렇지 않아도 우리 아리 얘길 하고 있었는데! 뭐래? 언제 얼굴

보여 준대?"

"그동안 뭐 하면서 지냈다던? 나쁜 자식! 오빠들 속이 시커멓게 타는 것도 모르고 말이지."

쏟아지는 질문들에 진은 약간 불편한 미소를 지으며 대답해 주었다.

"그건 직접 만나서 말해 주겠단다. 강아리 보고 싶은 놈들은 다들 이번 주말 저녁 시간 비워 둬라. 이 형님이 여기서 우리 강아지 컴백 파티 열어 주마! 이석현, 너도 올 거지?"

선우진이 무표정한 얼굴로 연거푸 술잔만 기울이고 있는 석현에게 물었다. 그는 진의 얼굴도 보지 않고 짧게 대답했다.

"그래."

"하긴, 석현이가 와야 아리가 신이 나서 잘 놀지. 그 녀석 석현이 놀리는 재미로 살았잖아."

다른 친구가 끼어들어 말했다. 그러자 또 다른 녀석이 석현을 흘깃 쳐다보더니 말했다.

"솔직히 석현이가 참고 봐준 거지. 쥐방울 같은 게 이리저리 통통거리며 다니는 게 귀엽잖아. 그거 보는 재미도 쏠쏠했고. 아, 그 시절이 그립다!"

친구들은 그 말에 꼬리를 물고 저마다의 추억 한 자락씩을 꺼내 이야기하기 시작했다. 어느새 술자리는 화기애애한 분위기로 바뀌었다. 진이 석현의 빈 잔을 채워 주며 슬며시 물었다.

"석현이 너, 진승필 회장에 대해서 알아보고 있는 중이냐?"

"소문 한번 빠르군. 어떻게 알았어?"

석현은 놀란 내색도 없이 담담히 물었다. 이 바닥에서 잔뼈가 굵은 선우진의 정보력은 그도 익히 알고 있는 바였기 때문이다. 진이 자신의 잔에도 술을 부으며 퉁명스럽게 대꾸했다.

"모두가 진 회장의 행보를 주목하고 있고 나름 선을 넣으려고 안달이 난 상황이니까. 어찌어찌 알게 됐다. 아리가 진승필 회장과 관계가 있다는 걸 알고 솔직히 많이 놀랐다, 나."

"천하의 선우진도 손이 닿지 못하는 영역에 그 아이가 있어서?"

비웃음이 섞인, 그러나 진실인 석현의 말에 진은 성질을 내지도 웃지도 않았다.

"맞아. 등잔 밑이 어둡다더니 내가 딱 그 꼴이다, 젠장!"

"강아리 얘기만은 아닌 것 같군. 너 진 회장님과 무슨 일 있어?"

석현의 눈빛이 날카롭게 변했다. 진이 자신의 술잔을 단숨에 들이켜더니 퉁명스럽게 대답했다.

"내가 사업을 확장할 수 있게 도움을 받은 투자자, 진승필 회장이거든."

"뭐?"

석현이 놀란 얼굴로 눈살을 찌푸리자 진은 쓴웃음을 지으며 어깨를 으쓱해 보였다.

"꼭 뒤통수를 맞은 거 같다. 기분이 나쁜 건 아니지만 그렇다고 썩 개운한 느낌도 아니거든. 어떻게 생각하냐, 이석현? 그 양반이 내 사업에 투자한 이유가 정말 사업적인 이유 때문만이었을까?"

"아리와의 연관성에 대해 의심을 품고 있는 거로군. 자존심이 상한 거냐, 아니면 그 애가 걱정되어서냐, 선우진?"

날 선 석현의 지적에 진의 표정이 어둡게 물들었다.

"지금 내 자존심 따위가 문제가 아니야. 너도 알고 있는지 모르겠지만 진승필 회장은 세상에 보여지는 것처럼 단순한 큰손 투자자가 아니야. 이 바닥에서 주먹깨나 쓴다는 거물들은 물론이고 정·재계에서도 섣불리 건드리지 못하는 인물이지. 도대체 아리 그 녀석한테 무슨 일이 있었던 거지?"

"……."

진의 걱정 어린 혼잣말에 석현은 굳은 표정으로 술잔을 입으로 가져갔다. 두 남자는 각자의 생각에 빠져 조용히 술을 마셨고 시간은 빠르게 흘러갔다. 그리고 모두들 어느 정도 취기가 올랐을 때 석현은 조용히 자리에서 일어났다. 대부분이 자영업을 하거나 프리랜서인 친구들은 새벽이 올 때까지 술을 마실 테지만 그는 내일 중요한 미팅이 잡혀 있었다.

— 이석현 씨, 진승필 회장님께서 내일 오후에 점심 같이 하실 수 있는지 여쭤보라고 하셨습니다. 시간 내실 수 있으십니까?

이곳으로 오는 길에 진 회장의 비서라는 남자에게서 받은 전화 내용이었다. 당연히 석현은 수락했다. 이쪽에서 두 팔 걷고 달려들 판인데 저쪽에서 먼저 손을 내미니 거절할 이유가 없었다. 호랑이를 잡으려면 일단 그 굴 속으로 들어가야 한다.

'혹시 이 모든 게 진 회장의 계획 아래 있었던 건 아닐까?'

대리운전 기사의 손에 자동차 키를 넘겨주고 뒷좌석에 오르며 석현은 굳은 표정으로 생각했다. 현재 자신이 처한 상황과 선우진의 말을 참고하면, 전혀 근거 없는 추측은 아니었다.

'무슨 속셈일까? 강아리, 넌 어째서 그분 곁에 있는 거냐?'

결코 만만하지도 순진하지도 않은, 세상의 온갖 때가 묻은 늙은 남자 곁에서 티 없이 맑고 순수했던 아이가 무엇을 하고 있는지 걱정이 되어 마음이 영 좋지 않았다. 게다가 아리와 다시 만난 이후 시작된 그 꿈은 석현의 평온했던 정신세계를 마구 흐트러뜨려 놓았다. 그는 나른하게 번져 나가는 취기와 심장에서 시작된 거칠고 뜨거운 피가 영혼을 조금씩 잠식해 들어가는 걸 느끼며 빡빡해진 눈을 감았다. 그러자 며칠 전 마주쳤던 아리의 얼굴과 그녀에게서 풍기던 향긋한 꽃 내음, 보드랍고 따스했던 살갗의 감촉이 되살아났다. 그 순간 어찌할 사이도 없이 심장이 두근거리기 시작했다.

"손님? 목적지에 도착했는데요."

시간이 얼마나 흘렀는지 모른다. 잠이 든 것도 아니고 깨어 있는 것도 아닌 상태로 눈을 감고 앉아 있는 석현의 귀에 대리 기사의 조심스러운 목소리가 들려왔다. 눈을 뜬 그는 지갑에서 돈을 꺼내 요금을 치렀고 기사는 그곳을 떠났다. 늘 가지고 다니는 서류 가방을 든 그는 차에서 내려 흘깃 자신이 지난 1년 동안 머물고 있는 아파트의 전경을 바라보다가 걸음을 옮겼다.

그가 본가에서 독립하면서 할아버지가 선물로 주신 집이었다. 하지만 거의 잠만 자고 나와서 비어 있는 집이나 마찬가지였기에 이렇게 늦은 밤 현관문을 열고 들어갈 때면 싸한 냉기가 밀려들고는 했다. 석현은 거실 소파에 가방을 던지듯 놓고 곧장 침실로 향했다. 넥타이와 슈트 재킷, 바지를 벗어 걸어 둔 그는 셔츠 단추를 풀면서 욕실로 들어갔다.

잠시 후 샤워를 마친 석현은 가운 차림으로 침대에 쓰러지듯이 누워 눈을 감았다. 아마 세아의 결혼식 날 이후 처음으로 과음을 한 것 같다. 하루의 피곤함과 취기, 따뜻한 샤워로 노곤해진 그는 얼마 지나지 않아 잠 속으로 빠져들었다.

그러나 심술궂은 도둑고양이처럼 찾아든 꿈이 이른 새벽 석현을 깨웠다.

"젠장, 강아리!"

온몸이 땀에 젖어 뜨거웠고 가쁜 숨을 몰아쉬느라 가슴이 거칠게 들썩거리는 상태로 눈을 뜬 석현은 푸르스름한 새벽빛이 감도는 창문을 노려보며 나직이 중얼거렸다. 2년 전 그날 이전까지만 해도 그는 자신이 지적인 능력보다 성욕이 강한 남자라고 생각했던 적이 없었다. 그런데 아리가 그의 인생에 다시 등장한 이후부터 그는 마치 사춘기에 접어든 소년처럼 아침마다 이런 모양으로 잠에서 깨어나고 있었다.

'도대체 언제부터 여자로 보이기 시작한 거지?'

알 수가 없었다. 석현은 누운 채 어둠이 물러가는 모습을 멍하니 지켜보며 생각했다. 그 답을 찾으려면 그 아이, 아니, 그 여자 강아리를 만나 직접 확인해야 한다. 그렇지 않고서는 절정 직전에 거세당한 이 지독한 갈망에서 헤어나지 못할 것 같았다.

그는 몇 번이나 심호흡을 한 후에 침대에서 빠져나왔다. 기왕 이렇게 일찍 깼으니 피트니스클럽에 들러 땀을 빼고 출근하는 것도 나쁘지 않을 듯했다.

잠시 후 석현은 운동 가방을 차에 던져 넣고 차를 몰아 아파트 단지를 빠져나갔다. 그에게 있어 결전의 하루가 시작되고 있었다.

· · ·

　햇살도 좋고 적당히 기분 좋을 만큼 선선한 초가을 아침이었다. 아리는 정원을 가득 채운 싱싱한 초록과 다양한 꽃송이에서 뿜어져 나오는 달콤한 향기를 마시며 본채를 향해 걸어갔다. 사실 그녀가 거주하고 있는 부속 건물에도 본채로 통하는 문이 있지만 그녀는 이렇게 걷는 것을 더 선호했다. 아리가 주방으로 들어서자 이미 식탁 앞에 자리 잡은 진 회장이 식사를 하고 있었다.

　"안녕히 주무셨어요, 회장님? 오늘은 아침 식사가 조금 이르시네요?"

　"너도 일찍 일어났구나. 오랜만에 학교에 가려니 설레서 잠을 못잔 거니? 아니면 어제 승연이가 뭐라 해서 잠을 설친 거냐?"

　자리에 앉는 아리를 살피며 진 회장이 무뚝뚝하게 물었다. 아리는 자신의 앞에 밥그릇과 국을 놓아 주는 입주 도우미 아주머니에게 고맙다는 눈인사를 하고 자못 놀란 얼굴로 진 회장에게 물었다.

　"어머, 승연 씨가 저를 찾아온 거 알고 계셨어요?"

　"그 아이 하는 짓은 뻔히 예측 가능하니까. 그래, 마음 상하는 소리라도 들었니?"

　"승연 씨가 아니라 절 걱정해 주시는 거예요? 어머, 감동인데요? 음, 보기보다 순진한 구석이 많은 분이던데요? 저에게 할아버지 사랑을 빼앗길까 봐 걱정하는 것도 같고요."

　아리는 상처받은 내색 없이 어깨를 으쓱해 보이고 밥을 먹기 시작했다. 진 회장이 물끄러미 응시하다가 미역국을 한 수저 뜨는 그녀에게 넌지시 물었다.

"그래서 넌 뭐라 대답해 주었니?"

"당연히 걱정하지 말라고 했죠. 제가 아무리 회장님을 가까이에서 모셔도 핏줄은 아니니까요."

"피는 물보다 진하다? 식상한 변론이구나. 그랬더니, 뭐라든?"

진 회장이 입술 끝을 일그러뜨리며 비딱한 어조로 물었다. 아리는 밥을 먹는 척하며 그런 진승필의 시선을 슬그머니 피하고 심상하게 들리도록 답했다.

"안심하는 눈치였어요."

"그랬을 테지. 승연이 그 아이는 얕은꾀를 쓰고 속이 훤히 들여다보여서 마냥 밉지는 않거든. 제 할머니 따라잡으려면 세월이 좀 걸릴 거야. 그리고 다른 말은 없던?"

"그냥 여자들끼리 하는 이런저런 잡담을 조금 했을 뿐이에요. 참, 진 여사님과 승연 씨 아침 안 드시나요? 승연 씨 말로는 당분간 이 집에서 머물 것 같던데 식사 시간을 미리 알려 드려야 하는지 몰라서요."

진승필은 정확히 진 여사와 승연의 본질을 꿰뚫고 있었고 그것이 아리를 다시 한번 긴장하게 했다. 어물쩍 진 회장의 추궁을 넘긴 아리가 문득 궁금한 것을 물었다. 진 회장은 무엇이 못마땅한지 몰라도 살짝 눈살을 찌푸리더니 수저를 내려놓고 물컵으로 손을 뻗었다.

"둘 다 우리처럼 아침형 인간들은 아니다. 눈치껏 알아서 지낼 터이니 내버려 둬. 어차피 너와 난 이 집보다 밖에서 지내는 시간이 더 많을 테니 부딪칠 일은 별로 없을 거다."

"네, 알겠어요."

아리는 고분고분 대답하고는 먹는 것에 집중했다. 요즘 젊은 사람들은 시간에 쫓겨 아침을 먹지 않는 추세지만 할머니와 함께 산 아리는 그 범주에 들지 않았다. 이런 점에서 아리는 진 회장의 생활 패턴과 식습관이 비슷했다. 두 사람은 잠시 말없이 식사를 했다. 그러다 진 회장이 먼저 식사를 끝내고 자리에서 일어났다.

"서재로 커피 한 잔 가져다줘요, 아주머니."

"네, 회장님."

싹싹하게 말한 아주머니가 커피 머신으로 다가가자 진 회장이 아리를 보며 말했다.

"오전 강의라고 했지? 오늘 점심때 약속 있니?"

일주일에 두 번, 강의가 있는 날은 각자 개인 생활을 하는 날이 었기에 진 회장이 그녀에게 일정을 묻는 것이었다. 아리는 고개를 저었다.

"아니요. 뭐 시키실 일이라도 있으세요?"

"작은 연회를 열 계획이다. 사업상 앞으로 자주 얼굴 마주해야 할 젊은 친구들을 초대했는데 너도 알아 두면 좋을 것 같아서 말이다. 시간 괜찮다면 식사를 같이 해도 좋을 듯해서 말이지."

"장소와 시간을 말해 주시면 찾아갈게요."

아리는 망설임 없이 답했다. 진 회장이 사업상 만나야 할 인물이라고 언급했을 땐 그만큼 향후 일에 영향력을 미칠 중요 인물이라는 의미였기 때문이었다.

"그런데 그렇게 입고 오겠다는 건 아니겠지?"

진 회장이 아리의 옷차림과 헤어스타일을 쓱 보더니 찌푸린 얼굴로 물었다. 그녀는 여기저기 해진 청바지에 화려한 꽃무늬 패턴이 들어간 블라우스, 그 위에 엉덩이까지 내려온 아이보리빛 카디건을 걸치고 있었다. 화장기가 거의 없이 비비크림만을 바르고, 옆 가르마를 탄 긴 생머리는 어깨 아래로 자연스럽게 흘러내리게 해서 발랄한 느낌을 연출했다. 하지만 여성스럽고 우아한 스타일을 선호하는 진 회장의 엄격한 기준에는 맞지 않는 모양이었다.

"학교에 가려면 너무 꾸미는 건 어색하거든요. 혹시 격식을 갖춰 만나야 할 손님이신가요?"

아리가 콧등에 주름을 잡으며 묻자 진 회장이 고개를 저었다.

"그런 건 아니다. 하지만 그 바지만이라도 다른 걸로 갈아입는 게 좋겠다."

"스커트를 입으란 말씀이죠? 아! 전문가를 한 명 알고 있어요. 적당한 옷차림을 하고 갈게요. 걱정 마세요."

조금 부루퉁해졌던 아리는 문득 어떤 사람이 생각나자 활짝 미소 지으며 말했다. 진 회장이 그런 그녀를 잠시 쳐다보더니 냉정하게 말했다.

"세상 밖으로 나가면 너의 사소한 옷차림 하나까지도 입방아에 오르게 될 거다. 그러니 평소에도 각별히 신경 써야 한다. 너는 나의 이미지를 새롭게 만들어 주고 있다는 사실을 잊지 마라."

"명심하겠습니다, 회장님."

정곡을 찌른 진 회장의 지적에 아리도 흐트러졌던 자세를 바로 하며 대답했다. 그러자 만족한 듯 진 회장이 주방에서 나갔고 아리는 식사를 계속했다. 그렇지만 입맛이 어디론가 달아나서 더 이상 먹을 수가 없었다.

"왜, 더 먹지 않고. 반찬이 입에 안 맞아? 뭐 다른 거 먹고 싶은 거 있으면 말해요, 아가씨.”

의자를 밀고 일어나는 그녀의 밥그릇을 넘겨다본 아주머니가 말했다. 천성적으로 정이 많은 성격에 지난 한 주 동안 친해진 터라 이모처럼 챙겨 주는 여인이었다. 아리는 웃으며 고개를 저어 보였다.

“아줌마 음식은 다 맛있어요. 그냥, 오늘은 입맛이 별로 없어서 그래요. 그럼 이따가 저녁에 뵐게요.”

“회장님도 참. 아리 아가씨 밥 좀 편히 먹게 잔소리는 나중에 하시지 않고.”

아리는 아주머니의 혼잣말을 뒤로하고 주방을 나왔다. 사실 숙소에서 뭔가 만들어 먹을 수도 있지만 혼자 먹는 밥이 싫어서 일부러 진 회장과 함께 식사를 하기 시작한 것이 이젠 당연한 일이 되었다.

그런데 오늘같이 신경이 예민해지는 사안이 있을 때마다 어김없이 입맛을 잃게 되는 걸 보면 누군가와 함께 산다는 건 쉬운 일이 아니라는 씁쓸한 생각이 든다. 그래도 오랜만에 학교에 간다는 생각을 하자 기분이 한결 나아졌다. 그녀는 외출 준비를 하고 숙소를 나왔다.

“학교 다녀오겠습니다, 할머니!”

아리는 대문을 나서며 오래전 그랬던 것처럼 씩씩하게 말해 보았다. 그러자 그리움이 가슴 벅차게 차올라 와 눈시울이 따끔거렸다. 하지만 입가에 웃음을 머금은 그녀는 맑고 높은 가을 하늘을 올려다보았다. 돌아가시기 전, 외할머니의 손을 꼭 잡고 약속드렸던 대로 그녀는 이제 울지 않을 것이다.

"자, 그럼 어디 한번 달려 볼까, 붕붕아?"

스마트키의 버튼을 누르자 진 회장에게서 선물받은 빨간색 자동차가 경쾌한 엔진 소리를 내며 그녀를 반겼다. 운전석에 탄 아리는 들고나온 가방을 조수석에 놓고 자동차를 출발시켰다. 열린 창문으로 들어오는 바람이 상쾌한 아침이었다.

2년 만에 찾은 학교는 예전 그대로였다. 하지만 그녀가 알고 있던 친구들과 선배들은 모두 졸업을 하거나 해외로 유학을 떠나서 아리를 기억하는 사람이라고는 교수님 몇 분뿐이었다. 때문에 그녀는 신입생이 된 듯한 신선한 기분으로 교정 여기저기를 둘러보며 즐거운 시간을 보냈다.

오늘 들어야 할 강의는 한 과목뿐이었다. 첫 시간에 수업을 들은 그녀는 새로 생긴 테이크아웃 커피 전문점에서 따뜻한 라떼 한 잔을 사 들고 예전에 공강 시간이면 친구들과 몰려가 수다를 떨었던 장소로 향했다.

학생들이 간단한 음료를 마시며 휴식을 취할 수 있는 쉼터는 인문학부 건물과 경영대 사이에 위치한 데다 식당으로 향하는 지름길이기도 했다. 오늘도 어김없이 그곳엔 공강 시간을 때우는 여학생들의 모습이 눈에 띄었다. 아리는 디자이너 숍에 들르기 전에 30분 정도 조용히 시간을 보내고 싶어서 두 명의 여학생이 수다를 떨고 있는 벤치에서 조금 떨어진 곳에 있는 의자에 자리를 잡고 앉았다. 적당히 잘 익은 볕이 조금은 따가웠지만 빈자리가 없으니 선택의 여지가 없었다.

'여긴 하나도 변하지 않았네.'

지난 2년 동안 떠나 있었던 것이 믿기지 않을 정도로 여전한 풍경이었다. 아리는 마음을 감싸 주는 듯한 라떼를 마시며 만족스러운 한숨을 내쉬었다. 그러면서 조금 있다가 의상실에 들러 어떤 스타일의 옷을 골라 입어야 할지 잠시 고민하는데 문득 두 여학생의 대화가 귓가로 흘러들었다. 아니, 그 학생들의 입에서 나온 이름 하나가 아리의 신경을 확 잡아끌었다는 말이 맞았다.

"참, 너 이석현 교수님 강의 듣니?"

"아니. 하지만 소문은 들었어. 장세운 교수님께 사정이 생겨서 이번 학기만 경영학부에서 강의한다며? 머리 좋고 집안 좋은 훈남이라고 여학우들 사이에서 아주 난리가 났더라. 10대 아이돌 팬클럽도 아니고. 너도 그 교수님 강의 들어 봤니?"

한참 수다를 떨던 친구가 문득 생각났다는 듯 눈을 빛내며 묻자 다른 여학생이 심드렁하게 대꾸했다.

"못 들었어. 그런데 그렇게 삐딱하게 볼 것만도 아닌 게 직접 보면 생각이 바뀔걸? 애들이 하는 말 들어 보니까 어릴 때부터 천재 소리를 듣고 자랐는데 겸손하고 과묵하대. 국내 고등학교 다니다가 영국의 유명 고등학교와 대학, 대학원까지 속성으로 마스터했다더라. 미국에서 커리어 쌓고 지금은 친구들끼리 의기투합해 회사 차렸다던데. 이게 사람이니? 근데 여기서 더 놀라운 소식이 뭔지 알아?"

"뭔데?"

"이석현 교수님 형이 그 유명한 밴드 이프(IF)의 이현이라는 거. 게다가 이 교수님 애인도 없는 것 같대."

친구의 입에서 술술 흘러나온 정보에 심드렁했던 여학생의 얼굴이 확 퍼졌다.

"진짜? 정말 그 교수님이 우리 이현 오빠 동생이란 말이야?"

"흐흐흐! 내가 너 이럴 줄 알았어. 중학교 다닐 때부터 너 이현 오빠라면 사족을 못 썼지? 최근에 결혼 소식 듣고 속상해서 울었던 거 다 알아."

친구의 악의 없는 놀림에 당황한 여학생이 곱게 눈을 흘기며 대답했다.

"야, 조용히 해라. 이젠 완전 팬심으로 돌아갔으니까 놀리지 마. 그건 그렇고 이석현 교수님이 어떤 사람인지 호기심 생기네? 일어나. 가자!"

"어? 어딜 가려고?"

"아까 경영학부 애들이 하는 소리 들었어. 오늘 그 교수님 강의 있다더라. 가서 직접 봐야지. 우리 이현 오빠 동생이 얼마나 멋지기에 그 난린지 내 눈으로 직접 봐야겠어."

씩 악동처럼 웃어 보인 여학생이 나무 의자에 놓아두었던 책과 가방을 들었다. 그녀가 앞서 빠르게 걸음을 옮기자 남은 여학생도 허둥거리며 커피와 소지품을 챙겨 들고서 소리쳤다.

"아, 진짜! 같이 가!"

두 여학생은 봄날의 아지랑이처럼 깔깔거리는 웃음소리를 남기고 금세 멀어져 갔다. 아리는 손에 쥐고 있는 것도 잊었던 컵을 흘끗 쳐다보고는 입으로 가져가며 조용히 투덜거렸다.

"왜, 어째서 우리 학교람."

그것도 하필이면 자신이 강의를 듣는 날에 석현도 학교에 있을 거란 사실이 아리의 마음을 뒤숭숭하게 만들었다. 아무래도 학교에 오는 날엔 좀 더 신경 써서 피해 다녀야 할 것 같았다.

"에이! 기분 망쳤네. 옷이나 사러 가야겠다."

아리는 가방을 챙겨 들고 그곳을 떠났다. 하지만 주차장으로 향하는 그녀의 가슴은 묘한 기대감으로 두근거렸고 자신도 모르게 주변을 유심히 살피고 있는 걸 의식할 수밖에 없었다. 다행인지 어쩐지 석현과 마주치는 일은 없었지만 말이다. 얼마 뒤 아리는 해외에서 알게 된 친구가 한국에서 오픈한 의상실로 향했다.

· · ·

재력가로 소문난 진 회장답게 유명 호텔의 중간 규모 홀 하나를 빌려 초대한 손님들은 면면이 무척이나 화려했다.

뷔페 테이블에는 최고의 셰프가 요리한 음식들이 담겨져 있었고 원하는 음료와 술을 마음껏 마실 수도 있었지만 오늘 이곳에 모인 사람들의 관심은 진승필 회장의 말 한마디 행동 하나에 숨은 의도와 의미를 파악하는 데에 있었다. 공식적인 컴백 무대라고도 할 수 있는 자리에 초대받았다는 것만으로도 어깨가 한 뼘은 올라갈 만한 모임인 셈이었다. 이미 진 회장의 곁에는 유력한 청년 실업가들과 업계에서 기반을 다지기 시작한 야망 있는 젊은 경영자들이 자리를 잡고 열심히 무언가에 대해 토론 중이었다.

"저 친구는 대일 그룹 막내 아니냐? 저 사람은 이번에 엄청난 이슈를 뿌리며 상장한 제약 회사 장남이고 말이야. 이거 원, 시선 돌리는 곳마다 눈이 휘둥그레지는 녀석들 천지네."

뷔페 접시에 음식을 골라 담는 석현의 곁으로 다가온 윤재가 혀를 내두르며 말했다. 하지만 이른 새벽부터 운동을 하고 학교에 들러 첫 강의를 마친 후 까다로운 고객과 미팅을 끝내고 방금 연회장에 도착한 석현은 흘깃 진 회장 쪽을 쳐다봤을 뿐이었다.

"석현이 너도 가서 진 회장님께 인사드려야 하지 않아? 나야 너 따라 어부지리로 참석했지만 넌 공식적으로 초대받고 온 거잖아."

"배고파. 일단 먹고 나중에."

지금까지 먹은 거라고는 커피 석 잔뿐이었기에 석현은 무뚝뚝하게 말하고는 빈자리를 찾아 걸음을 옮겼다. 그러자 윤재도 그를 따라 앉으며 궁금한 얼굴로 물었다.

"그런데 진 회장 루트는 어떻게 뚫은 거야? 너한테 친분이 있었다는 소린 못 들은 거 같은데 말이지."

"진승필 회장님 비서를 통해 내 이력서와 자기소개서를 보냈지."

"뭐? 천하의 이석현이 취준생이 했을 법한 절차를 밟았다고?"

윤재가 의외라는 듯 놀란 얼굴로 물었지만 석현은 담담한 표정으로 어깨를 으쓱해 보이고는 포크와 나이프를 열심히 움직여 스테이크를 입으로 가져갔다.

"인맥을 통해 진 회장을 공략하는 것보다 비서를 통하는 게 훨씬 용이하니까. 저 양반 입장에서 보면 나나 넌 애송이 피라미에 불과할 테니 취준생과 다를 게 없지. 아무튼 그 방법이 먹혔으니 우리가 여기 있는 것일 테고."

석현은 처음부터 할아버지와 진 회장의 친분을 이용하지 않기로 마음먹고 일을 시작해 왔다. 경우에 따라서는 사적인 친분이 프로젝트를 추진하는 데 있어 걸림돌이 될 수도 있다는 걸 경험상 잘 알고 있기에 애초부터 그런 문제점을 배제한 정직한 접근 방법이었다.

"니의 능력과 우리의 패기가 저기 모인 수두룩한 경쟁자들을 이겨야 할 텐데 말이다. 아무튼 이석현 네 배짱과 뚝심은 알아줘야 한다니까."

"가능성이 조금이라도 보이면 일단 부딪쳐 보는 거지. 그리고 일이 성사되게 만들면 되고."

석현은 일상적인 대화를 나누듯 담담히 말하며 열심히 음식을 먹어 치웠다. 그러다 무심코 고개를 든 순간 그의 몸은 딱딱하게 굳어 버렸다. 이상 징후를 감지한 차윤재가 석현의 시선을 따라 움직이며 물었다.

"왜 그래? 뭐가 잘못됐어?"

"아니!"

바로 몸을 일으킨 석현은 나직이 중얼거렸다. 그러고는 친구가 뭐라 말하기도 전에 출입구 쪽을 향해 큰 걸음으로 걸어갔다. 시선은 오직 한 여자, 강아리, 그녀에게 고정한 채였다. 이곳에 발을 들여놓은 순간 느꼈던 일말의 실망감은 아리를 본 순간 벅찬 기대감으로 바뀌었다.

'어쩌면 나는, 처음부터 너를 기다리고 있었던 건지도 모르겠다.'

그녀에게 가까이 다가갈수록 석현의 심장 박동은 점차 빨라졌다. 예전의 그녀가 귀엽고 맑은 눈빛을 가진 소녀였다면 지금 그의 시선 속 그녀는 이제 막 피어난 꽃처럼 곱고 우아한 여성미를 물씬 풍기고 있었다.

석현의 눈이 아리를 빠르게 훑어 내렸다. 맑은 피부와 자연스럽게 컬을 해 어깨 아래로 늘어뜨린 윤기 흐르는 긴 생머리. 아리의 여전히 사랑스러운 이목구비와 가느다란 하얀 목덜미, 흰색과 검은 색으로만 구성된 단정한 원피스, 늘씬한 다리와 가느다란 발목을 강조해 주는 하이힐까지. 그때였다. 진 회장 쪽을 바라보며 몸을 틀던 아리가 그의 시선을 느낀 듯 갑자기 고개를 돌렸다.

"음, 어?"

석현은 동그래진 그녀의 입술과 커다래진 눈동자에서 아리가 정확히 자신을 인식했다는 걸 알았다. 그 순간 두 사람은 서로의 모습에서 눈을 떼지 못하고 잠시 그대로 굳어 버렸다. 하지만 석현은 이내 그녀를 향해 나아갔다.

"강아리."

그녀 앞에 선 석현의 입술 사이로 낮게 쉰 듯한 저음이 흘러나왔다. 그에 반응한 것처럼 아리의 긴 속눈썹이 가늘게 떨렸다.

"석현 군?"

아리는 놀란 마음을 가누느라 몇 번이나 눈을 깜빡였다. 그러자 그녀가 미처 반응하기도 전에 석현이 한 발자국 더 다가오더니 그녀의 손목을 잡았다.

"아리야?"

그런데 오지 않는 아리가 이상했는지 진 회장이 그녀를 불렀다. 그 순간 석현의 눈빛이 날카롭게 번뜩이더니 아리의 손목을 잡고 있던 손아귀에 힘이 꽉 들어갔다.

"아파요!"

그녀가 숨을 삼키며 조그맣게 신음했지만 석현은 힘을 조금 늦췄을 뿐 손목을 놓아주지는 않았다. 당황한 아리는 가까이 다가오는 진 회장 일행과 사람들의 호기심 어린 시선이 그들에게 쏠리는 걸 눈치채고 나직이 쏘아붙였다.

"제발, 이 손 좀 놔요!"

아리는 석현이 어째서 저런 표정으로 자신을 바라보는지 이해가 되지 않았다. 누가 보면 악의 구렁텅이에서 당장 제 여자를 끌고 뛰쳐나갈 것처럼 그의 눈빛은 지독한 어떤 감정에 휩싸인 것처럼 보였다.

그렇지만 이석현은 절대 감정과 충동에 지배당하는 남자가 아니었고 그럴 이유도 없다는 걸 누구보다 그녀가 잘 알고 있었다. 아리는 자신을 놀리려는 의도가 분명한 그에게 화를 내며 매몰차게 먼저 떨쳐 내야 옳았다. 그런데 너무나 진짜같이 느껴지는 석현의 눈빛과 진지한 표정과 마주하고 있는 지금, 그녀 안에 아직 남아 있는 미련스러운 희망의 추가 자꾸만 그에게로 기울었다.

하지만 아리의 그런 마음의 동요를 놓칠 리 없는 진승필 회장이었다.

"강아리! 왔으면 냉큼 내게 왔어야지. 여기서 뭘 하고 있는 것이냐?"

단숨에 아리와 석현 앞으로 다가온 진 회장의 싸늘한 음성에는 날 선 경고와 의심이 묻어났다.

"아, 죄송해요. 우연히 아는 오빠를 만나서 인사 나누고 있었어요."

진 회장의 싸늘한 눈초리와 표정은 아리를 단번에 현실로 돌려놓았다. 진 회장은 그녀의 변명을 순수하게 믿어 주는 눈빛이 아니었지만 입가엔 미소를 그리고 있었다.

"조금 늦었구나. 그런데, 이 친구와는 어떻게 아는 사이니?"

"네? 그게……."

저런 표정과 눈빛의 진 회장은 조심해야 한다는 걸 아리는 경험으로 잘 알고 있었다. 잔뜩 긴장한 아리는 신중한 눈빛으로 석현을 흘끗 쳐다보며 그를 어떻게 소개해야 할지 잠시 갈등했다. 그 짧은 순간 석현이 그녀에게 안심하라는 듯 씩 웃어 보인 후 자연스럽게 진 회장의 관심을 자신에게로 돌렸다.

"안녕하십니까, 회장님. 이석현이라고 합니다. 기억하실지 모르지만 전에 제 할아버지와 식사 자리에서 잠시 뵈었던 적이 있습니다."

석현이 정중히 고개 숙여 인사하자 진승필의 얼굴에 알아보는 기색이 떠올랐지만 말투는 무뚝뚝했다.

"아! 그래. 기억나는군. 점심 먹으러 갔다가 미래 대학 고 총장님과 함께 있던 자네 할아버님과 자네를 소개받았었지. 오늘 나의 초대 손님 명단에 자네도 있었던 모양이군."

"초대해 주셔서 감사합니다."

석현은 살짝 고개 숙여 인사한 후 한결 부드러워진 눈매로 아리를 바라보며 말을 이었다.

"덕분에 이렇게 아리를 만나게 된 것 역시 저에게는 행운인 것 같습니다."

"아리?"

친근함이 담뿍 묻어나는 석현의 말에 진 회장의 눈빛이 날카롭게 변했다.

"아리 이 녀석과는 어릴 때부터 아는 사입니다, 회장님. 갑자기 연락이 끊겨서 궁금해하고 있었는데 이곳에서 다시 만나니 정말 기뽑니다."

쾌활하게 미소 짓는 진 회장의 말에는 칼날이 숨어 있었지만 석현도 만만한 상대는 아니었다. 석현은 예의 바르고 공손한 태도를 유지하면서도 결코 진 회장에게 기죽지 않았다. 하지만 겉으로 느껴지는 친밀감과 달리 두 남자 사이에는 미묘한 긴장감과 경계심이 어린 기류가 흐르고 있었다. 진 회장은 여전히 석현에게 잡혀 있는 아리의 손을 날카롭게 쳐다본 뒤 담담한 어조로 입을 뗐다.

"이 친구와는 어떻게 알게 된 거니?"

부드럽게 울리는 진 회장의 목소리는 평소와 다르지 않았다. 하지만 아리는 진 회장이 이 상황을 무척 못마땅하게 여기고 있다는 걸 직감했다. 진승필 회장은 아리가 잠시나마 보육원에서 자랐다는 사실을 다른 사람들이 아는 걸 원하지 않았다. 그래서 웃음기 없는 진 회장의 눈빛에 흔들리지 않으려고 애쓰며 일부러 더 밝고 명랑한 표정으로 대답했다.

"어릴 때, 보육원에 봉사 활동을 다녔어요, 회장님. 그때 석현 군, 아니, 이석현 씨와 안면을 익혔고요."

"흐음, 그랬구나. 내가 아끼는 아이와 자네가 친분이 있는 사이라니, 이것도 보통 인연은 아니로군. 혹시 이번 일요일에 시간 있나? 특별한 약속 없다면 내 집에서 점심이나 같이 하지. 어떤가?"

진 회장과의 식사는 단순히 밥을 먹는 행위에 그치지 않는다. 진 회장의 갑작스럽고 놀라운 제안에 주변 사람들 사이에서 부러움과 시기심을 감추는 작은 한숨 소리가 들려왔다. 그렇지만 정작 석현은 별다른 동요 없이 담담히 진 회장의 초대를 받아들였다.

"초대해 주셔서 감사합니다, 회장님."

"그래. 그럼 우린 그날 보세."

진 회장 또한 무심히 고개를 한 번 끄덕였다. 그러고는 아리를 향해 너무나 사랑스럽다는 듯 다정한 눈빛과 목소리로 말했다.

"아리 너에게 소개해 줄 청년들이 아주 많단다. 저기로 가자꾸나."

진 회장이 그녀를 향해 손을 내밀었고 그것은 거부할 수 없는 명령이었다. 아리는 그제야 자신이 아직도 석현에게 손을 잡힌 상태란 것을 깨닫고 얼른 그에게서 손을 빼냈다. 그리고 석현에게 나중에 두고 보자는 의미로 곱게 눈을 흘긴 후 말했다.

"오늘 매우 인상적인 만남이었어요. 나중에, 기회 되면 봐요."

상냥한 미소를 짓고 있지만 속이 부글부글 끓는 듯 아리의 말 한마디 한마디에 분노가 녹아 있었다. 석현은 무심한 척 가볍게 응답했다.

"기꺼이."

그러나 진 회장과 아리가 마치 커플처럼 멀어져 가는 걸 지켜보는 그의 눈빛에 온기라고는 없었다. 석현은 제 빈손을 꽉 움켜쥐었다. 하마터면 진 회장의 손아귀에서 아리를 빼앗아 이곳에서 뛰쳐나갈 뻔했던 순간이 떠오르자 어이없고 당혹스러웠다.

"정말 대단한데, 이석현? 저 미인하고 어릴 때부터 아는 사이라고? 게다가 진 회장님의 초대까지 받아 내고! 정말 대박이다."

곁으로 다가온 윤재가 흥분과 기쁨을 숨기지 못하고 연신 감탄사를 터뜨렸다. 하지만 석현은 표정 변화 없이 아리에게서 눈길을 떼지 않았다.

진 회장은 내로라하는 집안의 청년들을 아리에게 소개하고 있었고 그녀는 특유의 밝고 기분 좋은 에너지를 봄꽃 향기처럼 뿜어내며 그들을 매혹시키고 있었다. 마치 이석현이라는 남자 따위는 안중에도 없다는 듯 당당하고 우아하게 움직이며 미소 짓는 그녀의 모습에 그는 왠지 모를 상실감을 느끼며 다시 한번 주먹을 움켜쥐었다. 그것은 이석현 인생에 처음 느껴 보는 열등감과 소외감이었다.

"그런데 저 상큼한 아가씨와 진 회장은 어떤 관계일까? 여기 오기 전에 소문을 들어서 내 레이더를 총 동원해 알아봤는데 정보가 영 시원찮더라고. 석현이 넌 뭐 좀 알고 있어?"

윤재가 궁금하다는 얼굴로 물었다. 그러나 석현은 대답해 줄 기분이 아니었다.

"여기 계속 있을 거지?"

"어? 응. 인맥 쌓고 얼굴 도장 찍을 좋은 기회잖아. 먹을 것도 많고."

윤재가 씩 웃으며 말했다. 사교성도 있고 사업가다운 마인드를 가진 윤재의 말에 석현은 고개를 끄덕였다.

"여기 온 목적은 달성했으니까 난 먼저 간다. 아, 그리고 고객 만나고 바로 퇴근할 거니까 그렇게 알고. 내일 보자."

석현은 그대로 연회가 열리는 홀을 나섰다. 그런 그의 모습을 아리가 속눈썹 아래로 훔쳐보고 있다는 사실은 알지 못한 채였다.

'정말, 그냥 가 버리는 거야?'

앞에 있는 누군가가 농담을 했는지 모두들 유쾌한 웃음을 터뜨렸다. 아리는 기계적으로 미소를 지으며 석현이 완전히 사라지는 것을 확인했다. 그 순간 그녀의 입가에 맺힌 미소가 비에 젖은 꽃잎처럼 축 늘어졌다.

진 회장은 그 모든 변화를 조용히 지켜보고 있었다. 그러다 고개를 돌린 아리와 눈이 마주쳤을 때 진 회장의 눈빛에 어렸던 싸늘한 빛은 어느새 따스한 봄바람처럼 변해 있었다.

"저 손 좀 씻고 올게요, 회장님."

대화와 농담이 쉼 없이 오가며 웃음꽃을 피우던 중, 아리는 눈치를 봐서 진 회장에게 양해를 구하고 홀을 나섰다. 그러자 진 회장이 연회장 안에 있는 누군가에게 눈짓을 했고 다부진 몸매를 숨긴 평범한 옷차림을 한 젊은 남자가 아리를 그림자처럼 뒤따랐다.

4장

장난처럼

물 떨어지는 소리가 시원했다. 차가운 물에 손을 씻고 아까부터 지끈거리기 시작한 관자놀이를 꾹 누른 아리는 조그맣게 한숨을 내쉬었다. 새로운 사람들을 만난다는 가벼운 마음으로 왔는데 막상 마주한 사람들은 절대 편하거나 평범하지 않았다. 하긴, 한국 경제를 이끌어 갈 차세대 젊은 경영인들이라니 그럴 만도 했지만 어떤 인물은 욕이 나올 만큼 오만하고 편협한 성격을 갖고 있었다. 물론 그것을 자신감이라는 방패 아래 교묘하게 숨기고 있지만 말이다.

옥석을 가리는 안목과 마음에 들지 않아도 이용 가치가 있고 도움을 받을 수 있다면 적으로 만들지 마라. 진 회장이 늘 강조하던 교훈이 새삼 떠올랐다.

'매 순간 저를 테스트하고 계시군요, 회장님.'

아리는 쓴웃음을 지으며 눈을 떴다. 그러자 긴장이 완전히 풀리지 않은 창백한 얼굴이 거기에 있었다. 하지만 아리를 진짜 기운 빠지게 만든 건 그렇게 단단히 마음을 무장시켰음에도 불구하고 석현과 눈이 마주친 순간 무작정 뛰기 시작한 심장과, 그의 부재에 바람 빠진 풍선처럼 맥이 풀려 버린 기분이었다.

"이러니 회장님이 날 믿지 못하는 거야. 미련 떨지 말고 정신 똑바로 차리자, 강아리!"

몇 번 심호흡을 해 마음과 표정을 가다듬은 그녀는 마지막으로 화장을 꼼꼼히 점검한 후 옷매무새를 살펴보았다. 그런데 발목 부근의 스타킹 올이 살짝 뜯긴 것이 눈에 들어왔다. 스타킹을 벗어 쓰레기통에 던져 넣으며 그녀는 한숨을 푹 쉬었다. 길들이지 않은 새 구두라 불안하더니 결국 이렇게 되었다. 아무래도 차에 잠깐 들러 갈아 신어야 할 듯했다. 아니면 이대로 집으로 가겠다고 진 회장에게 전화를 넣는 것도 좋겠다는 생각을 하며 아리는 엘리베이터에 올랐다.

그런데 문이 닫히려는 찰나 어떤 남자가 급히 안으로 들어왔다. 아리는 흘끔 무표정한 남자의 얼굴을 쳐다본 후 시선을 돌렸다. 남자는 그녀와 같은 지하 주차장에서 내리는지 따로 층 번호를 누르지 않았다.

어색한 몇 분의 시간이 흐른 뒤 아리가 먼저 엘리베이터에서 내렸다. 그리고 그녀가 자신의 차를 주차해 놓은 곳으로 가려는 순간, 어딘가에서 달려오는 자동차 소리가 들리더니 차가 그녀 앞에 멈췄다.

"어, 석현 군?"

깜짝 놀란 그녀는 운전석에서 내리는 석현을 발견하고 입을 딱 벌렸다. 석현은 조수석의 문을 열어 주며 무뚝뚝하게 말했다.

"타. 얘기 좀 하자, 강아리."

"아니요. 난 못 가요. 할 말도 없고요."

아리는 뒤로 한 걸음 물러나며 고개를 흔들었다. 그러자 못마땅한 표정으로 그녀를 쏘아본 석현이 불쑥 그녀의 손을 잡아끌었다.

"너에겐 선택권 없어, 강아리."

"뭐라고요?"

수갑처럼 죄어드는 손목의 통증은 석현의 싸늘하게 빛나는 검은 눈동자와 맞닥뜨린 순간 잊혔다. 어이없다는 얼굴로 자신을 노려보는 아리의 시선을 고집스럽게 맞받으며 석현이 말했다.

"넌 매번 도망쳤지. 그러니 강제로라도 널 데려가는 수밖에."

"난, 석현 군이 무슨 말을 하는지 모르겠어요. 대체 오늘 나한테 왜 이러는 거예요?"

그녀가 턱을 치켜들고 따졌다. 그런 아리의 눈동자를 응시하며 석현은 나직이 말했다.

"너, 내가 왜 이러는지 그 이유를 알고 있어. 아닌가?"

"아니요! 난 몰라요! 회장님께 돌아가 봐야 해요. 그러니까 이 손 좀 제발 놓아……."

아리는 그에게 잡힌 손을 뿌리치려 했다. 바로 그때 낯선 목소리가 그들 사이에 끼어들었다.

"무슨 문제 있습니까? 아가씨, 도와드릴까요?"

"네? 네, 아니, 그게 아니라."

아리는 조금 전에 엘리베이터를 함께 탔던 남자가 그들에게서 몇 걸음 떨어진 곳에 서 있는 것을 발견하고 당황했다. 그 남자는

온순해 보였던 첫인상과 달리 날카로운 눈빛으로 석현을 노려보고
있었는데 온몸에서 은근히 폭력적인 기운이 풍겼다. 그녀는 남자의
눈길이 자신의 손목을 움켜쥔 석현의 손에서 살짝 찌푸린 단정한
얼굴로 천천히 이동하는 걸 보았다. 석현 또한 상대를 차갑게 응시
하고 있었다.

"아무 일도 아니에요. 의견 차이가 있어서 그런 거지 아무 문제
없어요. 걱정해 주셔서 고맙습니다."

아리는 안심시키는 미소를 지으며 대충 변명하고 석현을 재촉했
다.

"어서 타요! 어디든 가서 얘기하자고요."

만약 일이 커진다면 진 회장의 귀에 들어가는 건 시간문제였기
에 아리는 상황을 빨리 수습하는 쪽을 선택했다. 하지만 석현은 무
언가 마음에 걸린다는 듯 남자와 눈싸움을 하며 버텼다.

"오빠!"

아리는 어금니를 물고 억지 미소를 지으며 석현을 불렀다. 그제
야 그는 아리를 조수석에 태웠다. 하지만 운전석으로 돌아가 앉으
면서도 석현의 시선은 누군가에게 전화를 걸며 그 자리에 서 있는
남자에게 머물러 있었다.

"아는 얼굴이야?"

"아니요. 처음 보는 사람이에요."

호텔 주차장을 빠져나와 묵묵히 운전만 하던 석현이 무뚝뚝하게
묻자 아리 역시 무심하게 답했다. 두 사람 다 말은 하지 않았지만
아까 그 남자가 진 회장이 붙인 경호원일 거란 가능성을 염두에 두
고 있었다.

"전화 안 해도 되니?"

마지못한 투로 꺼낸 석현의 질문에 아리는 바깥 풍경에 눈길을 준 채 조용히 답했다.

"아마 알고 계실 거예요."

"그래. 그런데, 그렇게 사는 거 답답하지 않니?"

석현의 질문에 아리는 쓴웃음을 지었다. 그녀는 하늘 어딘가 아득한 곳을 응시하다가 한참 후에야 대답했다.

"오래전에, 세상은 내 마음대로만 움직여 주지 않는다는 걸 깨달았어요. 그러니까 사는 게 좀 단순해지더라고요. 철든 거죠, 뭐."

"어른처럼 말하는구나, 강아리. 그런데 내 눈엔 네가 왜 여전히 위험한 장난을 하는 아이처럼 보일까?"

"그러는 석현 군은 어릴 때부터 애늙은이처럼 굴었죠. 그렇다고 이제 와서 치기 어린 사춘기 소년처럼 굴 필요는 없잖아요. 도대체 지금 어디로 가는 거예요?"

슬쩍 비꼬는 투로 이죽거린 아리는 어느새 도심에서 벗어난 바깥 풍경을 보며 눈살을 찌푸렸다.

"왜, 납치당할까 봐 겁나?"

"애늙은이 바른생활 청년 사업가인 이석현 씨가 뭘 한다고요?"

아리는 웃음기라고는 전혀 느껴지지 않는 그의 농담에 코웃음을 쳤다. 그런데 석현의 반응이 전혀 뜻밖이었다. 신호를 받고 차를 멈춘 그가 그녀를 똑바로 응시한 순간 아리는 저도 모르게 숨을 삼켰다.

"시간은 너뿐만이 아니라 나 역시 변하게 만들었다는 걸 잊지 마, 강아리. 우린 이제 더 이상 마냥 어리고 순진했던 그 시절에 멈쳐 있지 않거든."

"무, 무슨 뜻이죠?"

아리는 자신을 바라보는 그의 눈빛에 심장이 두근거리자 떨리는 음성으로 물었다. 순간 가을 햇살을 받은 석현의 까만 눈동자가 유리처럼 투명한 빛을 뿜어냈다.

"설마 몰라서 묻는 건 아니겠지? 아니면 모르는 척하는 건가?"

아리가 고집스럽게 그를 노려보기만 하자 석현이 피식 웃더니 어쩔 수 없다는 듯 고개를 저었다.

"좋아. 모른 척하고 싶다면 말해 줘야겠지? 강아리, 내 눈에 네가 여자로 보인다."

"내가…… 어, 어떻다고요?"

정말 놀랐다는 듯 동그래진 눈으로 입을 딱 벌리고 되묻는 그녀의 모습에 석현은 자조 어린 냉소를 지었다. 그러더니 글러브 박스에서 선글라스를 꺼내 걸치며 덤덤히 말했다.

"바로 이런 기분이로군."

"이런 기분이라니, 무슨 뜻이죠?"

"매번 날 놀리고 골탕 먹일 때 네가 어떤 기분이었을지 궁금했었거든."

"아아."

바보처럼 설레며 두근거리던 심장이 툭 떨어지는 기분이 바로 이럴 것이다.

붕 떠올랐다가 바닥으로 곤두박질치는 마음은 더 비참했다. 막을 사이 없이 코끝이 찡하더니 눈시울이 찡해지자 아리는 이를 악물고 낮게 쏘아붙였다.

"그래서, 나한테 복수하니까 이젠 속 시원하신가요, 이석현 씨?"

"아니 별로! 대신 깨달은 게 한 가지 있어."

"그게, 뭐죠?"

통쾌하다는 얼굴로 심술궂게 놀려 댈 줄 알았는데 석현은 그녀가 예상하지 못한 말을 돌려주었다. 그래서 아리는 경계심과 조심스러운 마음으로 그를 쳐다보았다. 차를 출발시키며 그가 낮고 부드러운 음성으로 입을 열었다.

"놀리는 말에도 나에 대한 네 진심이 담겨 있었을 거란 사실을 알겠더군."

"내…… 진심?"

설마, 내 오랜 짝사랑을 들켜 버린 건 아닐까? 순간 아리는 아득한 기분을 느끼며 놀란 숨을 삼켰다.

"말에는 마음이 담겨 있기 마련이니까. 하지만 시간이 너무 많이 흘러서 그게 뭐였는지 놓쳐 버린 거 같아 아쉬울 뿐이야."

짧게 그녀와 눈을 맞춘 석현이 진심으로 안타까워하는 어조로 말했다. 하지만 아리는 속으로 가슴을 쓸어내리며 자못 가볍게 놀리는 투로 대꾸했다.

"사춘기를 겪는 어린 여자애가 했던 말에 너무 큰 의미 두지 마요. 그냥 별 시답잖은 장난 같은 거였을 뿐이니까. 사실 또래 친구들이나 오빠들에 비해 석현 군은 지나치게 진지하고 어른 흉내를 내는 거 같아서 좀 밥맛이라 골탕을 먹이고 싶었을 뿐이에요."

아리는 어깨를 으쓱해 보였다. 솔직히 처음엔 그랬으니까. 석현이 전방을 응시하며 조용한 음성으로 물었다.

"처음부터 넌 나를 못마땅하게 봤었지. 내가 왜 그렇게 싫었냐,

강아리?"

"그게 궁금해서 날 납치한 거예요? 어쩐지 좀 심심하다. 뭐, 이유는 간단해요. 가만히 있어도 잘남이 뚝뚝 떨어지고 우리 같은 아이들은 무시하는 것처럼 느껴져서 재수 없었거든요. 지금 생각해보니 자격지심이었던 거 같네요."

사실은, 오빠의 눈길이 언제나 한 사람만을 향하고 있는 게 죽도록 싫어서 그랬어. 보기 드문 그 미소가 내가 아닌 다른 여자 때문이라는 게 질투 나서 그랬다고. 그래서, 어떻게든 나를 바라보게 만들려고 그랬던 거야. 아리는 차창을 내리고 서늘한 바람과 따사롭게 어루만지는 듯한 가을 햇살을 향해 얼굴을 들었다.

그렇지만 다 지난 일이다. 그때로 돌아갈 수 없는 지금 이제 와서 그에게 마음을 들키고 싶지는 않았다.

"솔직히 지금도 석현 군이 썩 마음에 들진 않아요. 오만하고 자기중심적인 남자, 내 취향 아니거든요."

"그래도 아주 싫은 건 아니라는 거 알아. 그랬다면 날 따라오지도 않았을 테지."

냉소적인 그녀의 말에도 불구하고 석현은 피식 웃더니 담담히 대꾸했다. 아리가 어이없다는 얼굴로 쩌려보자 석현이 웃음기 어린 음성으로 물었다.

"그런데 왜 날 석현 군이라고 부르는 거야? 다른 녀석들한텐 안 그러잖아."

"그건……. 흠, 참 빨리도 물어보시네. 별 뜻 없어요. 처음 보육원에서 봤던 날 원장 할아버지가 석현 군이라고 부르는 게 재미있어서 놀리는 마음 반으로 그렇게 부른 것뿐이에요."

사실이 그랬다. 하지만 좀 더 솔직하게 고백하자면, 그를 부르는 비밀스러운 애칭 같아서 좋았기 때문이다. 아마 이건 죽을 때까지 그녀만의 비밀이 되리라 생각하니 달콤쌉쌀한 기분이 들었다. 이런 게 첫사랑의 맛인지도 모르겠다.

　"왜요, 실망했어요?"

　아무 말 없이 운전하는 그의 단정한 옆모습을 흘끔 쳐다본 아리는 무심한 척 물었다. 그러자 그는 고개를 저으며 부드럽게 답했다.

　"아니, 어쩌면 그럴지도 모른다고 짐작했었어. 그런데도……."

　"그런데도, 뭐요?"

　"이상하지? 네가 날 부르는 그 호칭이 싫지 않더라. 아니, 왠지 기분 좋았던 거 같다."

　석현의 진솔한 고백에 아리는 순간적으로 가슴이 설레었다. 그의 말이 맞는 거 같다. 말에는 마음이 담겨 있어 상대에게도 그 진동이 전해지는 모양이다. 그 암호를 해독하지 못하더라도 말이다. 그녀는 차창 밖으로 눈길을 돌리며 공연히 툴툴댔다.

　"사디스트도 아니고, 참 별난 남자네요. 그건 그렇고 정말 어디 가는 거예요?"

　"밥 먹으러."

　"밥, 이요?"

　의외의 답을 들은 아리가 그를 쳐다보자 석현이 어깨를 으쓱하더니 말했다.

　"아까 보니까 사람들 상대하느라 제대로 못 먹는 것 같아서. 너 이탈리아 음식 좋아하지? 서울 근교로 조금 나가면 경치도 좋고 파스타 잘하는 집 있어."

"내가 뭘 좋아하는지 기억하고 있었어요?"

"그냥, 생각이 나더라. 아마 예전에 친구들하고 다 같이 식사했던 적이 있어서겠지."

"아직도 나를 잘 모르나 본데요, 난 아무거나 다 잘 먹거든요? 아마 그날따라 무척 배고파서 파스타를 흡입했던 모양이네."

아리는 대수롭지 않다는 듯 가볍게 대꾸했다. 하지만 차창 쪽으로 고개를 돌린 그녀는 쓴웃음을 삼켜야 했다.

아마 그날은 말로만 듣던 크림 파스타를 처음 먹어 본 날이었던 것 같다. 선우진이 처음 돈을 벌어서 친구들에게 한턱내던 날이었는데 너무 맛있고 신기해서 허겁지겁 먹던 와중에 석현과 눈이 딱 마주쳤던 기억이 난다. 그때 신기하고 재미있다는 듯한 눈으로 자신을 쳐다보던 그의 눈빛과 표정이 떠오르자 아리는 입술을 지그시 깨물었다. 입가에 묻은 소스를 닦으려다 오히려 더 엉망이 되어 친구들의 폭소를 자아냈던 걸 생각하면 지금도 창피해서 얼굴이 화끈거렸다. 어른스럽지 못한 모습을 석현에게 들킨 게 속상해서 밤에 이불을 뒤집어쓰고 울었던 기억도 났다.

'잊어 줬으면 하는 건 참 잘도 기억하고 있지. 아, 짜증 나!'

아리는 자신에게 무관심했던 그의 무심함이 미웠다. 그에 반해 여전히 순간순간 석현의 사소한 친절과 관심에 희망을 가졌다가 이내 실망하고 가슴 아파하는 자신이 바보 같아서 싫었다.

"메뉴가 마음에 안 들면 다른 거 먹을래?"

석현은 시무룩해 보이는 아리의 옆얼굴을 흘끔 보며 물었다. 솔직히 어째서 자신이 이 아이의 눈치를 보며 음식을 먹고 싶어 안달인 건지 스스로도 의아했다. 더 놀라운 건 자신이 아리에 대한 소소한 정보를 머릿속에 저장시켜 놓고 있었다는 사실조차 몰랐다는 것이다. 어쨌든 어리숙한 소년이 좋아하는 여자아이에게 잘 보이고 싶어서 전전긍긍하는 꼴이라 헛웃음이 나올 지경이었다.

"아니, 파스타 괜찮아요. 그런데 석현 군도 식사 못 했어요?"

"응, 어쩌다 보니."

무뚝뚝하게 말한 석현은 입을 다물었다. 그녀는 그의 옆모습에서 대화를 거부하는 분위기를 읽고는 차창 쪽으로 고개를 돌렸다.

이 남자와 밥을 먹는 건 사춘기 소녀 때 꿈꾸었던 일이다. 어린 꿈이 하나는 이루어진다니, 데이트는 아니지만 기분이 썩 나쁘지 않았다.

희미한 미소를 머금은 아리는 살포시 눈을 감았고 석현은 그런 그녀를 조용히 훔쳐보며 미소 지었다. 장난스럽게 머리카락을 헝클어 놓는 부드러운 바람과 볕이 좋은 오후였다.

그렇게 얼마나 달렸을까, 그림처럼 아름다운 전원주택들을 지나 야트막한 산을 배경으로 예쁘게 지어진 유럽풍 음식점들이 나타났다. 그 모습이 눈을 즐겁게 해 주자 아리의 기분도 점점 좋아졌다. 적어도 그녀의 가방 안에서 스마트폰 벨이 울리기 전까지는 꿈을 꾸듯 아련한 기분이었다.

"진 회장님?"

긴장한 표정으로 휴대 전화를 꺼내 액정을 확인한 아리의 표정이 바뀌는 걸 흘끗 본 석현이 무뚝뚝하게 물었다. 그녀의 입가에 머문 미소와 부드러운 표정이 신경 쓰였다.

"아니요. 지니 오빠예요."

지니, 아리는 무엇이든 원하는 소원을 들어준다는 요술 램프의 요정 지니를 선우진의 별명으로 붙여 주었다. 그걸 떠올린 석현의 표정이 굳었다.

"선우진이 어떻게 네 전화번호를 알게 된 거지?"

"내가 지니 오빠 번호를 알아내서 연락했으니까요."

아리는 너무나 당연하다는 듯 대답하고는 통화 버튼을 눌렀다.

'너에게 최우선은 여전히 선우진인 건가?'

석현은 이탈리안 레스토랑의 옥외 주차장으로 진입하며 지금까지 무심히 넘겼던 선우진의 별명이 왜 갑자기 마음에 들지 않는지 모르겠다고 생각했다. 아니, 그것보다 아리와 선우진의 관계에 어째서 새삼스러운 질투를 느끼는지 당황스러웠다.

"안녕, 지니 오빠? 무슨 일이야?"

— 이거 섭섭하다, 강아리? 무슨 일 있어야 전화하는 그런 사이냐, 우리가?

전화기를 통해 사뭇 화를 내는 듯한 선우진의 목소리가 들려오자 아리는 깔깔 웃었다.

"못 본 사이에 투정이 늘었네? 어울리지 않는 심통 부리지 마, 오빠. 정말 무슨 일이야?"

— 너 어디야?

"나? 음, 난 지금 석현 군하고 밥 먹으러 왔어. 오빠도 올래?"

— 잠깐, 지금 누구랑 같이 있다고?

수화기에서 깜짝 놀란 진의 목소리가 흘러나왔다. 다음 순간 석현이 그녀의 스마트폰을 휙 낚아채 갔다. 그리고 아리가 놀란 얼굴로 쳐다보는 가운데 그가 전화기에 대고 말했다.

"나다, 선우진. 급한 용건이야?"

석현은 어이없어하는 얼굴로 자신을 노려보는 아리에게 눈을 맞춘 채 전화기에 대고 물었다.

— 어? 친구들하고 만날 약속 때문에. 그런데, 그것보다 네가 왜 아리하고 같이……

"그거라면 나중에 전화해. 끊는다."

진의 말을 자른 석현은 통화 종료 버튼을 눌러 버렸다. 그러자 그녀가 즉각 항의했다.

"이러는 게 어딨어요? 왜 석현 군 마음대로 내 전화를 끊어 버려요?"

"급한 용건 아니니까. 나와 함께 있을 땐 내게만 집중했으면 좋겠다, 강아리."

무심하게 대꾸한 석현은 그녀의 스마트폰으로 어딘가로 전화를 걸었다. 놀랍게도 곧 그의 휴대 전화 벨이 울렸다. 아리는 기가 막힌다는 듯 물었다.

"지금 뭐 하는 거예요?"

아리는 아예 자신의 스마트폰 전원을 끄고 선글라스와 함께 글러브 박스 안에 넣어 버리는 그를 보고 당황한 얼굴로 물었다. 석현이 태연하게 대꾸했다.

"방해받지 않고 편하게 밥 먹고 싶어서. 다 왔어. 내려."

당연한 거 아니냐는 태도로 말한 석현이 먼저 운전석에서 내려 버렸다. 아리는 심호흡을 한 후 안전띠를 풀고 차에서 내렸다.

"석현 군 이렇게 무례한 사람 아니었잖아요? 대체 나한테 왜 이래요?"

"궁금해?"

앞서 성큼성큼 걷던 그가 갑자기 걸음을 멈추고 휙 돌아섰다. 그를 바짝 따라 걷던 아리는 거의 석현과 부딪칠 뻔했다. 석현이 놀란 그녀를 똑바로 응시하며 말을 이었다.

"네가 자꾸 날 어지럽게 하니까."

"뭐, 라고요?"

"언제부턴가 강아리 네가 계속 신경 쓰였어. 이제 난, 그 이유를 반드시 알아내야겠다."

심장을 정확히 겨눈 직구였다. 아리는 꿈에도 상상하지 못한 그의 선언에 입을 딱 벌렸다. 정말 이석현이 저런 멀쩡한 얼굴로 이런 엄청난 말을 한 걸까? 자신의 청력이 의심스러울 만큼 가을 햇빛 아래 서 있는 그는 침착해 보였다. 만약 그의 검은 눈동자에 이는 조용한 불꽃을 보지 못했다면 아리는 어지러운 쪽은 자신이고 잠시 정신을 놓아서 뭔가 잘못 들었다고 생각했을지도 모른다.

사실 2년 전 철부지 강아리였다면 무작정 기뻐서 난리 쳤을 고백이었다. 하지만 현실은, 이제 그녀는······.

"아니, 그러지 말아요! 난······."

아리는 겨우 냉정함을 되찾고 어렵게 입을 뗐다. 그런데 하필이면 그때 누군가 두 사람 사이에 끼어들었다.

"이석현? 혹시나 했는데 너 맞구나, 자식!"

반갑게 석현을 부르며 다가오는 사람은 하얀 요리사 가운을 입은 젊고 잘생긴 남자였다.

아리는 그제야 정신이 번쩍 들었다. 그들은 지금 이탈리안 레스토랑으로 통하는 작은 정원 한가운데에 선 채였고 주변엔 이름을 모르는 색색의 꽃 화단과 몇 점의 조형 예술품들이 꾸며져 있었다.

잘 손질된 잔디 위에 놓여 있는 나무 벤치 몇 개가 눈에 들어왔다. 그리고 벤치에는 한가로운 오후 시간을 즐기는 연인들이 늘어져 있었다. 아리는 그 사람들을 전혀 인식하지 못했던 것이다.

그럼 석현은 어땠을까? 아리는 석현이 살짝 찌푸린 눈썹이 꿈틀하는 것을 보고 그 역시 자신과 다르지 않았다는 사실에 위안을 받았다.

"토니, 가게 오픈했다는 소식 듣고 한번 들러 보려고 왔다."

"하하, 이게 얼마 만이지? 이탈리아에서 보고 한 1년 됐나?"

"아마도. 좋아 보인다."

"너도. 그런데 이 아름다운 아가씨는 누구실까?"

두 남자는 반갑게 악수를 나누며 안부 인사를 나눴다. 격의 없이 부드럽게 미소 지으며 친구와 포옹하는 석현의 모습이 낯설어 아리는 잠시 멈칫했다. 석현이 너무나 자연스럽게 그녀를 제 곁으로 잡아당기고는 호기심을 보이는 친구에게 소개시켜 주었다.

"토니, 이쪽은 강아리 양. 아리야, 이 친구는 유학 갔을 때 사귄 친구 앤서니."

"흠! 안녕하세요, 강아리예요."

아리는 얼떨결에 어색한 미소를 지으며 인사했다. 그러자 토니가 기분 좋게 미소 지으며 그녀의 손을 덥석 잡고 말했다.

"반갑습니다, 아리 씨. 난 이 녀석이 하도 여자 보기를 돌같이 해서 색다른 취향을 갖고 있는 건 아닌지 살짝 걱정했었거든요. 그런데 이렇게 예쁜 여자 친구라서 그동안 꽁꽁 숨겨 놓고 혼자만 봤던 거였네요."

"저기요. 우리는 그런 사이가……."

토니가 쾌활하게 지껄이는 말들에 당황한 아리는 착각을 바로잡아 주려고 했다. 그런데 석현이 매끄럽게 끼어들어 말을 가로채 갔다.

"토니, 여기서 이러지 말고 우리 맛있는 거나 만들어 줘라. 그런데 지금 브레이크 타임인가?"

석현이 요리복 차림으로 밖에 나온 친구를 살피며 물었다. 그러자 토니가 싱그레 웃더니 그들을 음식점 안으로 이끌며 시원시원하게 말했다.

"맞아. 그렇지만 내 친구 커플을 위해서라면 기꺼이 휴식 시간을 반납할 만큼의 우정은 있지. 어서 들어와!"

그렇게 해서 두 사람은 토니의 특별한 배려로 그 음식점에서 가장 전망 좋은 테이블에 자리를 잡고 앉게 되었다. 하지만 메뉴를 고르고 셰프인 토니가 자리를 떠나자 두 사람은 이내 긴장감 어린 침묵 속에 남겨졌다.

"흠! 이름이 참 특이한 친구를 가졌네요? 처음에 토니라고 해서 외국인인 줄 알았어요."

아리는 흰색과 짙은 코발트블루, 검은색이 주조를 이룬 인테리어와 이탈리아 전통 소품과 유럽 각국의 소품들이 적당히 배치된 실내를 둘러보며 말했다.

"부모님이 한국인이지만 실제로 토니는 이탈리아에서 태어났거든. 지금도 부모님은 나머지 형제들과 같이 그곳에서 살고 계시고."

"아, 그렇구나."

석현이 그녀를 빤히 응시하며 담담하게 설명해 주었다. 아리는 그의 시선을 피하며 의미 없이 하얀 식탁보를 만지작거리다가 물컵을 집어 들었다.

"계속 내 눈을 피하는군, 내가 그렇게 불편해?"

물처럼 담담하고 차분한 석현의 목소리를 들은 순간 그녀가 쥐고 있는 유리잔 안에서 투명한 소용돌이가 일었다. 하지만 아리는 애써 태연하게 물을 마신 후 딴청을 피웠다.

"여기 인테리어를 누가 했는지 궁금하네. 토니 씨가 공을 많이 들였나 봐요. 저 램프는 못 쳐줘도 100년은 넘은 거 같고 저 중세 기사 모양 도자기 인형들은……."

"아리야."

"회장님께서도 좋아하실 만한 골동품인데 토니 씨에게 어디서 구매한 건지 알아봐야겠어요. 안 그래도 손님 접견실의 인테리어가 마음에 안 드는 눈치셨거든요. 그리고 침실엔……."

"강아리."

부드럽지만 강한 어조로 자신의 이름을 부르는 석현의 목소리에 아리의 말이 딱 그쳤다. 휙 고개를 돌리고 석현을 노려보는 그녀의 눈빛에는 원망과 거부감이 교차했다.

"갑자기 나한테 왜 이래요? 한번 놀려 보니 만만해서 재미 붙였어요? 이런 장난, 난 하나도 재미없으니까 이제 그만해요. 안 그러면 정말 화낼 거예요."

"못된 장난을 하는 것도 농담하는 것도 아니야. 더구나 갑자기는 더더욱 아니고."

석현은 화가 나서 더 반짝이는 그녀의 눈동자를 정면으로 응시하며 단호하게 말했다. 순간 단단히 마음먹었음에도 불구하고 아리의 눈빛이 흔들렸다.

"무슨 말을 하려는 거예요?"

"강아리, 너에 대해 알고 싶어졌어. 네가 어떤 여자인지 궁금해졌다고."

그가 부드러운 어조로 말했다. 처음에 아리는 바보처럼 멍하니 숨도 쉬지 못하고 앉아 있었다. 그러다 마음 깊은 곳에 똘똘 뭉쳐 있던 무언가가 강력한 어떤 에너지와 부딪치며 팡, 터져 버린 것처럼 놀라 어떤 말도 생각도 할 수가 없었다.

죽을 때까지 이석현이란 남자에게서는 절대 들을 수 없을 거라고 생각했던 말이다. 당연히 기뻐해야 하는데, 통쾌해해야 하는데, 그런데 그 순간 아리는 울컥 화가 솟구쳤다. 가슴이 시큰거리며 아팠고 심통이 났다.

"어머……. 나 지금 석현 군에게 고백받은 거죠? 음, 그런데, 어떡하죠?"

아리는 천천히 물을 한 모금 마셨다. 그리고 나서 석현의 눈을 직시하며 상냥하지만 냉정한 어조로 말을 이었다.

"그렇게 말해 줘서 고마워요. 그리고 미안해요. 기회가 없어서 아직 아무에게도 말 못 했는데 사실은 나, 결혼할 사람 있어요."

"무슨…… 남자가 있다고?"

자신답지 않게 긴장하며 그녀의 답을 기다렸던 석현은 예상치 못했던 결혼이라는 단어에 그대로 얼음이 되고 말았다. 좋아하는 사람도 아니고 결혼할 사람이라니! 그건 완전히 다른 차원의 문제였다.

"1년 정도 있다가 결혼할 거 같아요. 사정이 있어서 그러니까 내가 먼저 말 꺼내기 전까지는 다른 친구들에겐 말하지 말아 줘요. 그래 줄 수 있죠?"

아리가 수줍은 듯 속눈썹을 내리며 설명했다. 하지만 믿었던 상대에게 뒤통수를 맞은 것 같은 충격에 석현은 어떤 대꾸도 할 수 없었다. 그가 굳은 표정으로 앉아 있는 사이 직원이 그들을 위한 음식을 가지고 왔다. 셰프들의 브레이크 타임도 끝이 난 듯 레스토랑 입구가 사람들의 대화 소리와 함께 소란스러워졌다.

"와인도 좋고 이거 정말 맛있어요! 토니 씨 실력 정말 훌륭한데요?"

그녀가 주문한 파스타는 해물 토마토 스파게티였다. 아리는 막 구워 낸 노릇노릇한 바게트와 고소한 옥수수 스프를 보고는 눈을 반짝였고 야무지게 면을 돌돌 말아서 입에 쏙 집어넣고 정말 맛있게도 먹었다.

한편 갑자기 속이 울렁거리고 머릿속이 하얗게 비는 기분에 석현은 손을 뻗어 찬물을 벌컥 삼켰다.

'강아리가, 내 어린 날의 소녀가 다른 남자와 결혼을 한다고?'

너무나 행복한 얼굴로 오물거리는 아리는 2년 전의 모습을 떠올리게 했다. 그러다 번개처럼 머리를 강타한 생각에 심장이 쿵 내려앉은 그는 비난조로 질문을 던졌다.

"혹시, 상대가 진승필 회장인가?"

"뭐라고요? 누구라고요?"

놀란 얼굴로 고개를 번쩍 든 아리는 석현의 말을 이해하고 헛웃음을 짓다가 이내 깔깔 웃음을 터뜨렸다. 그럴수록 석현의 얼굴은 생강 씹은 표정으로 변해 갔다.

"그만 웃어."

참다못한 석현은 결국 나직이 경고조로 내뱉었다. 그 순간 거짓말처럼 아리의 웃음이 그쳤다. 그녀의 두 눈에 엷은 물기가 어린 걸 본 석현의 표정이 돌처럼 굳었다.

"나쁜 놈!"

"아리야……."

"이석현 씨, 오빠는 방금 내게 무슨 짓을 했는지 죽어도 모르겠죠. 소위 말하는 금수저니까요. 그래서 나 같은 흙수저는 오빠 같은 사람이 사귀자고 하면 얼씨구나 감격해서 받아들여야 한다고 착각할 수 있어요. 고아에 그럴싸한 학벌도 집안 배경도 없는 여자애는 돈 많고 나이도 많은 할아버지뻘 되는 남자라 해도 꼬셔서 결혼해야 신분 상승, 인생 역전에 성공한 거라고 생각할 수도 있겠죠."

그녀의 말은 그를 향한 조롱인 동시에 세상 사람들이 자신을 어떻게 바라보고 있는지 뼈아프게 자각하고 있음을 드러내는 발언이었다. 그걸 깨달은 석현의 얼굴빛은 점점 어둡고 딱딱하게 변해 갔다. 아리는 고개를 흔들며 허탈하게 말을 이었다.

"어쩌면 우리가 사는 세상에서 그런 게 성공일 수도 있겠죠. 하지만 석현 군은 나를 정말 모르네요. 그래서, 슬퍼요. 정작 나에 대해서 알고 싶다고 말하고 있지만 이미 이석현이라는 남자의 머릿속엔 나에 대한 고정 관념과 선입견이 가득하니까요."

아리의 눈에 새겨진 상처가 날카로운 칼끝이 되어 고스란히 석현의 심장에 날아와 박히는 것 같았다. 순간 석현은 질투심에 눈멀어 멍청한 말을 뱉어 낸 자신의 혀를 뽑아 버리고 싶은 심정이 되었다.

"미안. 내가 오해했다면 사과할게. 난 단지……."

"아니, 됐어요! 이런 변명 하는 것도 구차하고 자존심 상하네. 먼저 갈게요. 이런 기분으로 밥 먹고 싶지 않아요."

"잠깐만! 기다려, 강아리!"

아리는 석현이 생전 처음 보는 고통 어린 표정과 냉정한 눈빛으로 말하고는 자리에서 일어났다. 그리고 미련 없이 그에게서 등을 돌리고 레스토랑에서 걸어 나갔다. 무언가에 세게 한 방 얻어맞은 듯한 기분으로 굳어 버린 석현을 남겨 둔 채였다.

"빌어먹을! 내가 무슨 짓을 한 거지?"

뒤늦게 정신이 번쩍 든 그는 자리에서 벌떡 일어나 레스토랑을 달려 나갔다. 두 사람에게 음식이 어떤지 묻기 위해서 주방에서 걸어 나오던 토니의 놀란 얼굴과 흥미로운 눈길로 그들을 쳐다보는 사람들의 시선은 안중에도 없었다. 그 사람들 속에 진여옥 여사의 손녀 승연이 친구들과 함께 있었다는 걸, 아리도 석현도 전혀 알지 못했다.

5장
터닝 포인트

　한낮의 햇살은 눈부셨다. 서늘한 실내에서 나오자 햇살에 달구어진 공기가 훅 하고 달려들어 아리는 잠시 숨이 막혔다. 하지만 이내 불어온 서늘한 바람이 열이 오른 뺨을 어루만져 주었고 분노와 자괴감으로 떨리는 그녀의 몸을 안아 주는 것만 같았다.

　'그동안 숱한 오해와 편견의 시선을 가볍게 웃어넘겼잖아. 그런데 왜 석현 군 앞에선 참지 못한 거니. 마음을 깨끗이 비웠다면 쿨하게 넘겼어야 했어!'

　그녀의 안에서 비웃는 소리가 들려왔다. 심지어 진 여사의 손녀에게 더 모욕적인 질문과 의심의 눈길을 받고도 담담하게 받아넘긴 그녀였다. 그런데 어째서 똑같은 상황인데 석현에게 성질을 부리고 뛰쳐나온 것일까? 아직도 그에 대한 미련이 남아 있어서 상처를 받은 거였다. 여자로서 자존심이 상했기 때문일 터였다.

"됐어, 잘했어! 이젠 정말 끝이야!"

여전히 석현의 앞에서는 바보 멍청이가 되는 자신에게 넌더리를 낸 그녀는 이제 여기서 어떻게 벗어나야 할지 방법을 찾기 위해 주변을 두리번거렸다. 이곳으로 올 때 버스 정류장을 본 기억이 없으니 걸어가다가 택시를 타야 할 것 같았다. 자존심 구기면서까지 석현의 차를 얻어 타고 가기 싫었기에 아리는 무작정 걷기 시작했다.

그런데 그녀가 인도를 따라 걸은 지 얼마 지나지 않아 뒤에서 자동차 경적 소리가 들려왔다. 혹시 지나가던 차가 태워 주려는 건가 하는 생각에 뒤를 돌아본 그녀는 석현의 차를 발견하고 딱딱하게 굳어 버렸다.

"타."

석현이 조수석 쪽 창문을 내린 채 그녀를 보며 소리쳤다. 하지만 아리는 혀를 쏙 내밀고 싶은 충동을 참고 차갑게 대꾸했다.

"싫어요."

"심통 부리지 말고 타! 그런 구두 신고 걸어가려면 발목 나갈지 몰라."

석현이 그녀와 보조를 맞춰 차를 운전하며 지적했다. 아리는 자신의 옷차림과 벌써부터 아파 오기 시작한 발의 통증을 애써 무시하고 쌀쌀맞게 코웃음 쳤다.

"흥! 내 발에 군은살이 생기든 흥부네 제비 다리처럼 발목이 똑 부러지든 석현 군하고 무슨 상관인데요? 구해 준다고 박씨 구해다 줄 일 없을 테니 관심 끄시죠!"

"후후! 그러니까 내가 아는 진짜 강아리 같군."

"뭐라고요?"

"솔직히 너무 침착하고 어른스러워져서 널 어떻게 대해야 할지 방향을 못 잡았던 게 사실이야. 내가 아는 강아리는 속에 먹은 마음 꾹꾹 눌러두는 것보다 사이다처럼 톡 쏘는 시원한 성격의 아이였으니까."

"그래요. 난 생각도 없고 감정적인 데다 충동적으로 행동하는 철딱서니 없는 아이였던 거네요. 뭐, 맘대로 생각해요. 난 신경 안 쓰니까. 그래서 말인데, 나를 그냥 지나가 주시겠어요?"

그녀는 한층 비딱하고 새치름하게 말한 뒤 고개를 획 돌렸다. 스스로도 자신이 꼬일 대로 꼬인 못된 아이처럼 굴고 있다는 걸 알고 있지만 멈출 수가 없었다. 그가 자신을 걱정해 줄수록 자꾸 투정을 부리고 싶어지는 마음을 스스로도 이해할 수가 없으니 말이다.

"토라지고 황당한 트집 잡아 화내고. 많이 변한 줄 알았는데, 아직 어린 티가 남았네."

"지금 나 토라진 거 아니거든요? 그러니까 나랑 싸울 거 아니면 시비 걸지 말아요."

한 마디 한 마디가 어쩜 저렇게 무심하고 사람 성질 돋우는 것뿐인지. 빈정거리며 톡 쏘는 아리의 볼이 개구리처럼 부풀어 올랐다가 꺼졌다. 석현이 차를 너무 천천히 몰자 뒤에서 빵빵거리던 차들은 이내 차선을 바꾸어 지나갔다. 하지만 그는 아랑곳하지 않고 아리에게 보조를 맞춰 차를 몰며 진지하게 제 할 말을 꺼냈다.

"너도 알다시피 어머니는 내가 태어나자마자 돌아가셨고 내겐 할아버지와 아버지, 두 명의 형이 있어. 게다가 조카들도 모두 사내 녀석들뿐이고."

"그래서요? 하고 싶은 말이 뭔데요?"

왜 뜬금없이 자신의 신상을 털어놓는 건지 의아해하면서 아리는 흘깃 석현을 쳐다보았다. 앞으론 이석현이란 남자는 쳐다보지도 말자던 굳은 결심이 연기처럼 흩어지고 말았다.

"요점은, 어린 여자애를 어떻게 대해야 하는지 내게 가르쳐 준 사람이 아무도 없다는 거야. 성격상 가볍게 여자들과 어울리는 걸 좋아하지도 않는 편이고."

석현다운, 투박하지만 솔직함이 느껴지는 고백이었다. 그제야 아리는 그가 무슨 말을 하는지 깨닫고 마음이 짠해졌지만 걸음을 멈추지는 않았다.

"그, 그래서 뭐요?"

"내가 어떻게 하면 화를 풀어 줄래? 난 모르겠다. 네가 말해 줘."

서툴지만 진심이 담긴 그의 말에 아리는 우뚝 걸음을 멈췄다. 그러자 석현도 차를 세우고 운전석을 돌아 그녀 앞에 섰다. 하지만 아리는 입술을 깨물고 바닥만 노려보았다. 그런 그녀의 시선 끝에 보도블록 틈을 비집고 올라온 노란색 풀꽃이 보였다.

"강아리…… 아리야?"

그녀의 머리 위로 한숨처럼 낮고 부드러운 석현의 음성이 살포시 내려앉았다. 그가 의도했든 아니든 석현의 말은 아리의 상처 난 심장을 치유해 주는 듯했다. 저 가냘픈 풀꽃 같은 작은 희망이 살며시 고개를 드는 게 느껴졌다. 자신도 모르게 고개를 든 그녀의 투명한 눈망울이 옅은 물기에 젖어 가늘게 떨렸다.

"나한테 왜 이래요? 아니, 왜, 하필 지금이죠? 아니요. 난, 석현 군을 선택하지 않을 거예요. 남자로, 또 여자로 어떤 것도 시작할 수 없어요, 우린!"

단조롭게 흘러나오는 그녀의 목소리에는 어떤 감정도 실려 있지 않았다. 하지만 그를 바라보는 눈빛엔 수만 가지의 감정이 교차했다.

은빛 가루처럼 흩뿌리는 가을 햇살 아래 서 있는 아리의 모습이 석현의 가슴에 들어와 날카로운 파편처럼 아프게 박혔다. 짓궂은 바람 한 줄기가 헝클어뜨린 그녀의 머리카락이 하얀 뺨을 간질였고 햇살에 녹아내린 공기 속에서 느껴지는 그녀의 향기가 석현을 어지럽게 만들었다. 도대체 이 애달프고 간절한 마음은 언제부터 시작된 것일까?

"그래, 넌 나를 좋아하지 않는다고 했지. 그런데 강아리…… 왜 내게 키스했어?"

"……아!"

눈을 감았다가 뜬 아리의 얼굴에서 혈색이 사라졌다가 순식간에 빨갛게 물들었다. 그 순간 석현은 확신을 얻었다. 그는 본능적으로 뒷걸음질 치는 그녀의 양팔을 꽉 움켜잡았다.

"어쩌면, 내가 만들어 낸 환상일지 모른다고 생각했었는데, 사실이었군. 그날 밤, 네가 내게 정말 키스했던 거였어."

"아니요! 아니에요!"

아득해지는 정신을 겨우 추스른 아리는 석현의 손을 힘껏 뿌리치고 돌아섰다. 그러고는 무작정 도망치기 시작했다. 2년 전, 세아와 준 그레이엄의 결혼식이 열렸던 그 밤에 있었던 일을 그가 절대 기억하지 못할 거라고 생각했었다. 하지만 저 빌어먹을 남자는 그녀를 다시 만난 순간부터 그날의 진실을 확인하겠다고 결심했던 게 분명하다.

아리는 어딘가에 숨고 싶었다. 그런데 적나라하게 드러난 진실을 숨기고 몸 하나 가릴 곳이 어디에도 없었다.

"아리야!"

"자꾸 내 이름 부르지 말아요! 그리고 계속 따라오면 가만두지 않을…… 어, 엄마야!"

지척에서 그의 인기척이 느껴지자 불안해진 그녀는 힐끔 고개를 돌리고 차갑게 소리쳤다. 그러다 틈이 벌어진 보도블록에 힐이 끼고 말았다. 순간 중심을 잃은 그녀의 몸은 속수무책으로 기울어졌다.

아리는 비명을 지르며 눈을 질끈 감았다. 이제 곧 고통과 함께 그것보다 더 아픈 쪽팔림이 파도처럼 그녀를 덮쳐 올 것이다. 그런데 그때 석현이 그녀의 팔을 붙잡아 확 잡아당겼다. 다행인지 불행인지 그녀는 그의 품에 안기는 모양새가 되었다.

"괜찮니?"

"하아, 아뇨! 하나도 안 괜찮아!"

그녀를 꽉 끌어안은 채 석현이 물었다. 아리는 의식적으로 그를 밀어 내며 숨찬 음성으로 소리쳤다.

"누가 구해 달랬어요? 넘어지든 말든 나한테 신경 끄라고요!"

억지도 이런 억지가 없었다. 그런데도 석현은 얼굴이 빨개져서 어쩔 줄 몰라 하는 그녀가 못 견디게 귀여워서 피식 웃음이 났다. 전혀 어울리지 않는 상황임에도 이 아이와는 늘 이랬다.

"미안, 남자한테 고백받았다고 땅바닥에 코 박고 죽겠다는 널 내버려 두기엔 내가 지나치게 신사적이라서 말이지."

"지금 웃었어요? 그래요, 내가 우습기는 하겠……."

벗어나려고 할수록 자신의 몸을 죄어 오는 그의 힘을 당할 수가 없었던 아리는 결국 포기하고 고개를 휙 치켜들었다. 그러자 놀랍게도 그녀의 코앞에 석현의 잘생긴 얼굴이 다가와 있었다. 그의 시선이 자신의 입술에 고정되어 있는 걸 본 아리는 당황해 숨을 삼켰다.

"말, 했잖아요. 나 결혼해야 할 사람 있다고."

그러니 그런 눈으로 날 보지 마요. 떨리는 숨을 애써 가누며 아리는 냉정하게 말했다. 순간 그녀와 시선을 맞춘 석현의 눈빛에 짙은 그늘이 드리워져 서늘하게 빛났다.

"그래, 그랬지. 그런데 난 왜 네 말이 믿어지지 않는 걸까? 솔직히 나도 널 어떻게 해야 할지 모르겠다, 강아리. 하지만 이것 하나만은 분명히 알고 있어."

"그게 뭐죠?"

한 팔로 그녀의 허리를 감싸 자신의 몸에 꼭 붙인 석현이 다른 손으로 아리의 뒷머리를 살며시 잡아당기자 고개를 든 그녀는 자신을 바라보는 그와 정면으로 눈을 마주하게 되었다. 그런 석현의 눈빛이 너무 짙고 깊어서 그녀의 숨결도 불안정하게 흩어졌다.

"지금 널 놓치면, 죽어서도 후회할 거란 사실."

"하, 하지만⋯⋯."

아리는 고개를 흔들었다. 석현은 더 이상 거부당하고 싶지도 않았고 전에는 없던 슬픔의 그늘이 그녀의 투명한 눈빛을 물들이는 것도 보고 싶지 않았다. 그래서 자꾸 미운 말만 하는 아리의 떨리는 입술에 뜨겁게 제 입술을 밀어붙였다.

"음⋯⋯."

석현은 당황하고 놀란 그녀가 자신을 밀어 낼 줄 알았다. 그런데 아주 잠깐 동안 숨도 쉬지 못하고 굳어 있던 그녀가 이내 파르르 떨리는 입술을 수줍게 열어 주었다. 그 순간 석현은 저도 모르게 낮은 신음을 흘렸다. 이 느낌은 꿈속에서의 기억보다 훨씬 자극적이고 현실적인 감각이었다.

미끄러지듯 진입한 혀에 감지된 그녀는 따뜻하고 새콤달콤했다. 그의 입술 아래에서 부드럽게 뭉그러지던 입술은 금세 탱글탱글한 과육처럼 단맛을 자아내며 그의 입 안으로 빨려 들어갔다. 그럴 때마다 그녀가 토해 내는 작은 신음과 뜨거운 호응은 그의 내부에서 잠자고 있던 욕심을 흔들어 깨우기에 충분했다. 그래서 더 가까이 안고 싶고 더 많이 느끼고 싶은 갈망으로 석현의 몸은 점점 더 뜨거워졌다. 그들이 지금 어디에 있는지 까맣게 잊어버릴 정도로.

"흐윽, 제발……."

석현에게 맞물린 그녀의 입술에서 저항인지 애원인지 모를 흐느낌이 새어 나왔다. 처음에 아리는 당황했고 다음엔 강렬한 기대감과 될 대로 되라는 자포자기한 마음으로 그의 입술을 받아들였다. 그러다 어느 순간 아리는 눈물이 날 만큼 자신이 이 남자를 그리워했다는 걸 인정하고 두려워졌다. 너무 달콤하고 좋아서 절대로 포기하지 못할 것 같아 무서웠다.

하지만 그녀는 이미 다른 약속에 매인 몸이니 절대 석현을 가질 수 없다. 그제야 소름 끼치도록 차가운 현실감이 폭주하려던 그녀의 열정을 멈추게 만들었다.

빠앙! 빵빵빠아앙!

지나가던 차가 요란한 경적 소리와 함께 야유인지 환호성인지 모를 소리를 남기고 멀어져 갔다. 그 순간 그들은 동시에 얼어붙었다. 이곳은 외곽에 위치한 한적한 도로였지만 아예 인적이 없는 곳은 아니었기에 어디서 누가 보고 있을지 모를 공개된 장소였다.

"맙소사……. 나 미쳤나 봐."

내가 석현 군하고 대체 뭘 한 거지? 겨우 그의 입술에서 벗어난 아리는 석현의 가슴에 붉어진 얼굴을 묻고 좌절의 신음을 흘렸다. 할 수만 있다면 어디론가 연기처럼 사라지고 싶었다. 그런데 자괴감에 빠진 그녀의 마음은 알 바 아니라는 듯 석현이 쿡쿡, 낮은 웃음을 터뜨렸다.

"지금, 웃어요? 남은 죽고 싶은 기분인데!"

그녀가 주먹으로 그의 등을 때리며 소리쳤다. 그러자 석현이 얄밉게 대꾸했다.

"내 키스가 죽여주게 좋았다는 뜻이겠지. 난, 그랬거든."

"아, 진짜! 저리 가요!"

키스 한 번에 어이없게 무너져 버린 자신이 부끄럽기도 하고 왠지 화가 나기도 한 아리는 그를 힘껏 밀쳐 냈다. 그러나 곧바로 다시 그의 품 안으로 끌려 들어가고 말았다. 아무리 밀어 내도 그는 꼬덕도 하지 않고 오히려 그녀를 더 강하게 안을 뿐이었다.

"석현 군!"

"나, 너 없이 어떻게 지난 2년을 견뎠을까? 어쩐지 사는 게 영 밋밋하고 재미없더라니."

이 남자가 이토록 짓궂고 솔직해질 수 있는 사람이었나? 아리는 그에게서 전해져 오는 온기와 따뜻한 웃음소리가 너무 좋아서 오히려 그가 미웠다. 왜 이제 와서 그런 모습을 보여 주는지 마음이 너무 아팠다.

"내가 석현 군 인생의 조미료인 줄 알아요? 꿈도 꾸지 마요. 난 메인 재료감이지 누구 인생에 소금, 후추, 설탕 따위의 역할 같은 건 안 해요……."

아리는 힘차게 두근거리는 그의 가슴에 눌린 채 멍하니 중얼거렸다.

'이 남자는 나를 자기 인생의 양념 정도로 생각하는 걸까? 부족함 없는 재료로 만든 건강식이라 맛이 없어서 인공 조미료 같은 자극적인 맛이 필요했던 거 아닐까?'

석현 앞에 설 때만 나타나는 소심한 악마가 아리를 콕콕 찔러 댔다. 당연했다. 지금까지 단 한 번도 그가 자신을 여자로 보아 준 적이 없는데 순식간에 태도가 변했으니 얼떨떨하고 믿을 수 없는 것이다.

"조미료가 아닌 메인 식재료? 역시 너다운 생각이야."

그녀의 기발한 발상에 석현은 웃음을 터뜨렸다. 충동적이었다 할 수 있는 키스 이후에 찾아온 다소 어색한 분위기는 금세 편안한 친밀감으로 바뀌었다. 역시 강아리는 가을바람처럼 상대의 마음을 청량하게 만들어 주는 매력을 가진 여자였다. 그녀를 살며시 풀어 준 석현은 아리의 손을 잡고 차를 향해 이끌었다.

"잠깐만."

조수석에 그녀를 태운 석현은 운전석으로 돌아와 앉으며 스마트폰을 꺼냈다. 그러고는 오후에 만나기로 했던 고객에게 문자를 전송했다. 미팅 약속을 미루는 양해의 메시지였다. 차는 곧 출발했다.

"회장님께서 걱정하실 텐데."

뒤늦게 멍한 상태에서 깨어난 아리는 차가 향하는 방향을 인식하고 인상을 찌푸렸다. 살짝 부풀어 올라 예민해진 입술은 조금 전 자신이 저지른 잘못을 일깨우는 것 같았다. 그래서 차마 그의 얼굴을 쳐다보지도 못하고 차창 밖에 시선을 고정한 채 말했다.

"내가, 널 돌려보내지 않겠다면, 어떡할래?"

예상치 못했던 그의 말에 아리는 놀라 고개를 휙 돌렸다. 그러다 피식, 실소를 머금고 고개를 저었다.

"아니요. 석현 군은, 오빠는 그러지 않을 거예요."

"어째서 그렇게 확신하지?"

"왜냐하면."

그녀의 답이 마음에 들지 않는지 석현의 잘생긴 얼굴이 살짝 찌푸려져 있었다. 아리는 시선을 다시 차창 밖으로 돌리며 무심히 말을 이었다.

"이석현이란 사람은 철저히 개인주의라 자기가 정해 놓은 선을 절대 넘지 않고, 상대 역시 그러기를 바랄 테니까요. 그래서 오빠는 상대가 원하지 않는 일은 절대 강요하지 못할 사람이에요. 좋게 말해 그걸 존중과 배려라고 할 수도 있겠죠."

그래서 세아 언니를 놓친 거겠죠. 아리는 그 말을 억지로 목구멍 안으로 삼켰다. 그러자 명치끝에 걸린 마음이 아파 숨이 막혀 왔다. 그러고 보니 자신을 신사라고 농담처럼 했던 그의 말이 맞는지도 모르겠다.

석현은 한참 동안 아무 대꾸도 하지 않았다. 차 안에는 무겁고 아련한 침묵이 내려앉았다.

"그렇군. 그게 네가 본 내 모습이었군."

"그래요."

"하지만 넌 지난 2년 동안 나를 보지 못했잖아? 네가 변한 것처럼 나도 변했을 거란 생각 안 해 봤어?"

부드럽고 담담한 음성이었지만 석현의 지적은 날카로웠다. 아리는 잠시 할 말을 찾지 못하다가 이내 고개를 저으며 대꾸했다.

"아니요. 사람은 그렇게 쉽게 변하지 않아요. 아마 이 차에서 내리는 순간 오빠는 오빠 삶을 살고 난 내 자리로 돌아가게 될 거예요. 아까의 일은, 음, 그래요. 그냥 사고 같은 거라고 생각해요. 의미 두지 않을 거예요, 난."

깊은숨을 들이마신 아리는 냉정하게 말했다. 하지만 그런 그녀를 비웃기라도 하듯 슬쩍 한쪽 입꼬리를 말아 올린 그가 단호하게 대꾸했다.

"못 본 사이 무슨 일이 있었는지 몰라도 많이 비겁해졌구나, 강아리. 좋아. 넌 네가 하고 싶은 대로 해. 나도 그럴 거니까."

"뭘, 어떻게 하려고요?"

자신이 알고 있는 대로라면 석현은 최소한 그녀의 제안을 신사적으로 받아들이는 척이라도 해야 마땅했다. 그런데 그가 이상한 방향으로 삐딱선을 타자 아리는 문득 불안해졌다.

"글쎄, 널 데리고 지구 끝까지 도망칠까?"

"장난해요? 그런 건 지니 오빠나 할 농담이잖아요. 웃기지도 않아."

그녀가 어이없다는 듯 코웃음을 치자 석현이 씩 웃더니 이내 진지하게 답했다.

"맞아. 선우진이 했다면 농담이겠지."

"무슨 뜻이에요? 설마, 정말로……?"

정색을 하는 그의 모습에 아리는 당황해서 눈을 커다랗게 뜨고 말까지 더듬었다. 전방을 주시하며 운전하고 있던 석현은 그런 아리를 힐끔 보고서 결국 웃음을 터뜨리고 말았다.

"꼭 놀란 토끼 같잖아!"

"놀린 거, 지금 나 놀린 거였어요? 여기 있는 분, 내가 알던 그 이석현 씨 맞아요?"

기가 막힌 아리는 화를 내는 것도 잊고 그를 빤히 쳐다보았다. 맹세컨대 그녀가 2년 전까지 알고 있던 이석현은 이런 장난을 칠 생각조차 안 할 남자였기 때문이었다. 그리고 이렇게 자주 웃는 사람도 아니었다.

"나도 신기해. 너와 같이 있으니까 내가 아주 다른 사람처럼 느껴지거든. 왜일까?"

흘깃 고개를 돌린 석현이 싱긋 미소 지었다. 그 순간 아리는 아련한 현기증을 느끼고 서둘러 시선을 피했다. 아리의 얼굴이 고운 분홍빛으로 물들었다.

"병이네. 그러니 나한테 묻지 말고 병원 찾아가 봐요. 흠! 아무튼, 아까의 일은 잊어요. 안 그러면 분명히 오늘 밤에 잠자리에 들기 전에 이불 차면서 엄청 부끄러워질 테니까요."

"내가 잠자리에 들기 전에 이불 킥을 할 거다?"

"그래요! 오늘 나를 실컷 놀려 먹은 걸로 우리 묵은빚은 청산하자고요. 오케이?"

아리는 자못 경쾌한 목소리로 말했다. 하지만 아무리 기다려도 석현의 답은 돌아오지 않았다. 그래서 속눈썹 아래로 슬쩍 훔쳐보니 그는 잔잔한 미소를 머금은 채 운전에만 집중하고 있었다. 마치 아무 일도 없었던 것처럼 여유롭게 드라이브를 즐기는 모습에 아리는 공연히 혼자 마음 졸인 것 같아 살짝 억울해지려고까지 했다. 그런데 그때 석현이 입을 열었다.

"내가 오늘 밤 잠들기 전에 무얼 어떻게 하든 그건 내 몫이니까 걱정하지 마. 널 탓하지는 않을 테니."

"하지만."

"그동안 선우진도 나도 네 행방을 찾았어. 그런데 네가 꼭 처음부터 세상에 존재하지 않았던 것처럼 어떤 단서도 발견하지 못했지. 네 뒤에 진 회장이 있다는 걸 알고 난 후에야 그 이유를 알겠더군. 대체 진승필 회장과는 언제 어떻게 알게 된 거지? 아니, 그분이 얼마나 무서운 사람인지 정확히 알고는 있는 거야?"

석현의 단호한 옆모습은 더 이상의 말장난은 거절하겠다는 뜻을 내비치고 있었다. 대신 그는 자신이 원하는 것을 물었고 아리는 어쩔 수 없이 한숨을 내쉬었다. 사실 아리 역시 사고 같았던 키스에 관한 얘기보다 차라리 진승필 회장에 대해 이야기하는 쪽이 조금 더 편했다.

"경고하는데 내 앞에서 회장님 험담하거나 욕하지 말아요."

조금 전까지만 해도 발랄하고 귀여운 아가씨였는데 그가 진 회장에 대해 언급한 순간 아리는 차가운 가면을 쓴 성숙한 여인의 얼굴이 되었다. 석현은 그것이 지난 2년 동안 그녀에게 일어난 변화와 관련이 있다는 걸 직감하고 진지하게 고개를 끄덕였다.

"좋아. 어설픈 정보로 그분을 예단하지는 않을게. 하지만 너도 그 양반이 평범한 노인이 아니라는 건 항상 명심했으면 좋겠다. 진심이야."

석현은 믿을 만한 경로를 통해 수집한 진승필 회장에 관한 보고서가 떠오르자 마음이 무거웠다. 젊은 시절의 진승필은 돈을 모으기 위해서 온갖 잔인하고도 불법적인 수단과 방법을 가리지 않았다. 그리고 어느 정도 기반을 잡은 후엔 냉혹하고 비정한 방법으로 숙적들을 제거하며 누구도 함부로 손대지 못할 지금의 부와 권력을 공고히 다졌다.

지난 2년 동안 예전의 사업에서 손을 놓고 있었다 해도 석현은 진 회장의 본성이 변할 거라고는 생각지 않았다. 하지만 아리는 다른 생각인 듯했다.

"석현 군을 포함해 모두가 나를 걱정하고 있을 거라는 거 알아요. 하지만 사람들이 생각하는 것처럼 회장님은 이유 없이 냉혹해지거나 잔인하기만 한 분은 아니에요. 최소한 내게는 우리 할머니가 돌아가실 때까지 편안하게 모실 수 있게 해 준 은인이에요. 그것 하나만으로도 내가 죽을 때까지 갚지 못할 빚을 진 분이니까요."

아리는 스쳐 지나가는 그림 같은 가을 풍경을 바라보며 조용히 말했다. 물론 아리도 진 회장이 얼마나 무서운 인물인지 알고 있다. 지난 2년 동안 진 회장의 곁에 머물며 아리는 진 회장이 어떻게 친구와 배신자를 다루는지 보고 들어서 알고 있었다.

진 회장은 그녀를 시험이라도 하듯 위험하고 중요한 사업상의 심부름을 시켜 납치를 당할 뻔한 상황에 맞닥뜨리게 한 적도 있었고 때로는 엄청난 자금을 맡겨 주변의 유혹에 어찌 반응하는지 살피기도 했다. 그리고 투자의 기술을 가르치고 아리가 어떻게 돈을 잃고 불려 나가는지 면밀히 관찰했다.

한마디로 지난 2년 동안 진 회장은 마치 새끼 호랑이를 절벽에서 굴러떨어지게 해 놓고 스스로의 힘으로 어디까지 기어 올라와 살 수 있는지 시험이라도 하는 것 같았다. 온갖 종류의 인간 군상을 상대하는 당신의 곁에서 머물려면 강해져야 한다는 게 그분의 생각이었고 아리는 최선을 다해 지금까지 버텨 냈다.

그리고 그 모든 시험에 통과하고 흡족할 만한 결과를 거뒀을 때 진 회장은 그녀를 인정해 주었다. 솔직히 처음엔 아리가 상상했던 것보다 진승필 회장의 주변 환경이 무섭고 두려웠던 게 사실이지만 그분은 배신하지 않는 한 믿음만큼의 보상을 주는 너그러운 사람이었다.

"내가 먼저 그분을 배신하지 않는 한 회장님은 나를 버리지 않으실 거예요. 그리고 난, 그분 곁에 있을 거고요."

아리는 스스로에게 약속이라도 하듯 다시 단호하게 말했다. 순간 석현의 눈빛이 낮게 가라앉았다.

'진 회장이 어떤 속셈을 갖고 이 아이를 붙잡아 두는지 몰라도 지금 당장 이 아이의 신뢰와 믿음을 깨려고 덤벼드는 건 무리수겠지.'

물끄러미 아리의 고집스러운 얼굴을 지켜보던 석현은 자신이 알고 있는 진승필 회장과 관련된 석연치 않은 정치 경제 스캔들과 이런저런 구설수들을 일단 마음 한쪽에 접어 두기로 했다.

"네가 그렇게 감싸고 입을 닫으면 불안과 억측만 키울 뿐이야. 말해 봐, 아리야. 그동안 너에게 무슨 일이 있었던 거지?"

석현은 부드럽지만 거부할 수 없는 단호한 어조로 그녀를 재촉했다. 그러자 아리는 잠시 망설이는 듯하더니 이내 체념의 한숨을 내쉬며 고개를 끄덕였다.

"그래요. 석현 군 말이 옳아요. 말할게요. 내가 처음 회장님을 만난 건 4학년 여름 방학 때 카페에서 야간 아르바이트를 하고 있을 때였어요. 그날……."

아리는 차분한 음성으로 진 회장과의 첫 만남에 대해서 털어놓기 시작했다.

"병원에서 받았던 검사도 문제가 없어서 그걸로 회장님과의 인연은 끝일 거라고 생각했어요. 그러다 세아 언니의 결혼식 날이 되었죠. 결혼식 끝나고 지니 오빠 가게에서 우리끼리 신나게 놀았던 거 기억하죠? 그날 석현 군이 엄청 취해서 나가는 걸 보고 나도 우리 할머니가 걱정하기 전에 집에 가야겠다고 말하고 조용히 빠져나왔어요."

"그날은 모두가 기분 좋게 취해서 놀았었지. 넌 무슨 일인지 몰라도 거의 파장 무렵에 도착했고 내가 있는 쪽으로는 오지도 않았지만. 그 후에 30분 정도 더 있다가 난, 집에 가려고 대리 기사를 불렀던 거 같다."

그는 기억을 더듬는 듯 눈을 가늘게 뜨고 잠시 사이를 두었다가 말을 이었다.

"그러고 나서 그 차를 탔던 것까지 기억해. 대체 그날 넌, 어디서 끼어든 거지? 내가 꿈을 꾼 거라고 우길 생각은 하지도 마, 강아리."

석현이 날카로운 눈빛으로 나직이 경고했다. 그가 끊어진 기억 어딘가에 그녀가 존재했다는 걸 기억해 낸 이상 발뺌해도 소용없는 일이 되어 버렸다. 아리는 체념의 한숨을 내쉬었다.

"그래요, 그날 밤 난 석현 군과 함께 있었어요. 그리고……."

· · ·

세아의 결혼식이 끝나자 친구와 지인들은 하나둘씩 흩어져 저녁에 선우진의 클럽에서 모이기로 했다. 아리는 어디 가서 커피 마시며 수다를 떨거나 쇼핑을 가자는 친구들의 제안을 거절하고 초등학교와 작은 시장 사이에 위치한 할머니의 분식점으로 향했다.

할머니는 오랫동안 반찬 가게를 하시다가 작년부터 업종을 바꾸어 작은 분식점을 시작하셨다. 그런데 최근에 이 근처에 대형 마트가 들어서서 전통 시장을 찾는 손님들의 발길이 줄었고 화창한 가을 날씨 덕에 야외로 나가는 사람들이 많아서 주말에는 분식집도 한산한 편이었다.

그래서인지 아니면 몸이 안 좋으신 건지 요새 할머니 안색이 좋지 않았고 밤이면 끙끙 앓는 소리마저 들려서 아리는 걱정이 되었다. 그 때문에 한사코 가게를 지키겠다고 고집을 부리는 할머니를 쉬게 하고 오늘은 문 닫을 때까지 자신이 일을 할 생각이었다.

그런데 그녀가 도착했을 때 분식집은 놀랍게도 꼬마 손님을 비롯해 어른들까지 가득 자리를 잡고 앉아 있었다.

"할머니? 어떻게 된 거야? 오늘 무슨 날이래?"

가게 문을 열고 들어가며 아리는 서빙을 하느라 바삐 움직이는 할머니에게 물었다. 그러자 오랜만에 할머니가 환하게 웃으며 그녀를 반겼다.

"요 앞에 있는 학교 있지? 오늘 거기서 아이들하고 학부모랑 같이 하는 무슨 행사가 있었다더라. 갑자기 손님들이 몰려와서 눈코 뜰 새가 없어. 참! 세아 결혼식은 잘 치렀고?"

"응! 너무너무 예쁜 신부였어. 손님들도 많이 왔고. 안 되겠다. 나도 도울게요."

아리는 아주머니 혼자 쩔쩔매며 서빙을 하는 걸 보고는 주방으로 향했다. 그런 손녀딸을 만류하며 할머니가 말했다.

"아서라! 예쁜 옷 다 버리면 어쩌려고. 넌 집에 가서 쉬어. 아르바이트도 쉬고 모처럼 밤에 친구들하고 모이는 거잖니. 신나게 놀려면 여기서 힘 빼면 안 돼."

"할머니도 참! 이 정도 일한다고 나가떨어지면 강순이 할머니 손녀 강아리가 아니죠! 그리고 이 옷은 영 불편해서 어차피 갈아입어야 해. 오랜만에 우리 할머니 신바람 났는데 나도 도와야지."

할머니가 못 말리겠다는 듯 웃으시자 아리는 장난스레 윙크를 해 보이고는 주방으로 들어가 앞치마를 꺼내 입고 일손을 돕기 시작했다. 그런데 운이 좋은 날이었던지 손님들이 끊이지 않고 계속 오는 통에 아리가 할머니에게 등 떠밀려 분식집을 나왔을 때는 꽤 늦은 시간이었다.

"이제 손님도 뜸해졌으니까 정리하고 들어가야겠다. 너도 어서 친구들한테 가. 아까부터 계속 전화기가 오더라. 어여 어여 가!"

"알겠어요. 그럼 조금만 놀고 들어갈게, 할머니."

그렇게 해서 아리는 선우진의 클럽으로 달려갔다. 하지만 주말이라 도로는 꽉꽉 막혔고 아리가 진의 가게로 들어갔을 때 이미 친구들은 한창 흥이 올라 반 이상 취한 채 정신 줄을 놓고 놀고 있었다. 그런 시끌벅적 정신없는 와중에도 아리는 자신의 눈이 단번에 석현을 찾아냈다는 사실에 속으로 혀를 찼다.

'뭐야, 아주 술독에 빠지셨군. 그래, 실연의 상처는 역시 알코올로 소독을 해야겠지. 그런데, 다들 저렇게 신나게 노는데 혼자 분위기 잡고, 너무하는 거 아냐? 이젠 정말 남의 여잔데 그렇게 상처받은 티 내면 어쩌라고?'

아리는 속이 상하면서도 자꾸만 그가 걱정되어서 친구들과 어울려 수다를 떨면서도 석현을 흘끔거리며 살펴보았다. 솔직히 오랫동안 짝사랑해 온 여자를 다른 남자에게 보내는 마음이 조금은 이해가 되었고 마음 한편으로는 혹시나 자신에게 어떤 기회가 오지 않을까 하는 얕은 희망을 품게 되는 자신이 초라해서 기분이 나쁘기도 했다.

'저렇게 취했는데도 자세 하나 흐트러지질 않네. 독하다, 독해.'

그때 다른 친구들과 웃고 떠들며 술을 마시던 선우진이 석현에게로 다가가더니 어깨를 두드리며 뭐라 말하고는 빈 잔을 채워 주는 장면이 아리의 눈에 들어왔다. 그녀는 속으로 발을 동동 굴렸지만 냉큼 다가가서 잔소리를 할 입장도 아니었기에 꾹 참고 얼음물만 벌컥벌컥 마셨다.

"넌 술 안 마실 거야?"

친구 하나가 연거푸 생수만 마시는 아리에게 물었다. 그녀는 애써 아무렇지도 않은 얼굴로 답했다.

"감기 기운이 좀 있어서. 오늘 이 언니는 안줏발이나 세우련다."

"오늘 같은 날은 좀 마셔 줘야 하는데. 저기 석현 오빠랑 다른 오빠들 봐라. 아주 물 만났다."

"그러게. 나름 알아서 즐길 테니 나 신경 쓰지 말고 니들은 마셔. 아, 저기 애들이 플로어로 나가는데 너흰 춤 안 출 거야?"

아리는 자연스럽게 친구들의 관심을 다른 곳으로 돌렸다. 때마침 빠른 음악으로 바뀌자 실내는 더욱 흥겹고 소란스러워졌다. 그걸 본 친구가 눈을 빛내며 아리에게 권했다.

"같이 나가자. 술은 안 마셔도 너 춤은 끝내주게 잘 추잖아."

"좋아! 대신 화장실 먼저 다녀오고 나서."

아리의 흔쾌한 대답을 들은 친구들은 플로어를 향해 달려갔다. 그러고는 신나게 놀기 시작했고 곧 아리의 존재감은 희미해졌다. 그때 석현도 자리에서 일어났는데 잠깐 그녀와 마주친 그의 눈빛은 공허했고 초점이 흔들렸다. 언제나 곧고 바르던 그의 모든 것이 약간씩 어긋나고 중심을 잃고 있음을 감지한 아리는 가만히 눈살을 찌푸렸다.

그녀는 석현이 지금 얼마나 위태로운지 느낄 수 있었다. 자신을 그림자 취급 하는 그가 미운데도 이상하게 석현을 안아 주고 위로해 주고 싶다는 생각이 들자 짜증이 났다.

'신경 꺼! 난 여기 놀러 온 거야. 그래, 놀자. 실컷 취해서 이석현 따위 잊어버리자고!'

그래서 일부러 석현에게서 휙, 고개를 돌린 아리는 친구의 자리에 있는 술잔을 향해 손을 뻗었다. 하지만 손끝이 잔에 닿으려는 찰나 그녀는 조그맣게 욕설을 중얼거리며 자리에서 벌떡 일어났다.

"오지랖은 태평양 수준이라니까!"

그렇게 자신을 쥐어박는 말을 하면서도 아리는 이미 석현이 사라진 방향으로 움직이고 있었다.

아리가 밖으로 나왔을 때 석현은 하얗게 변한 안색으로 한 손은 이마를 짚고 다른 손에는 자동차 키를 든 채 벽에 기대서 있었다. 대리운전 기사를 기다리고 있는 모양인데 아무래도 상태가 좋지 않아 보였다. 그때 한 남자가 그에게로 다가가 뭐라 말을 걸었고 석현은 눈을 감은 채 자동차 키를 건네주기 위해 손을 뻗었다. 하지만 차 키는 중간에서 힘없이 툭 떨어졌다.

"오빠!"

대리 기사가 바닥에 떨어진 차 키를 줍기 위해 허리를 굽힌 사이 순간적으로 비틀거리는 석현을 본 아리는 생각할 겨를 없이 달려가 가까스로 그를 부축했다. 그러자 석현이 그녀에게 무너지듯이 기대어 왔다.

"석현 군? 정신 좀 차려 봐요. 나 누군지 알겠어요?"

가장 먼저 후각을 자극한 건 지독한 술 냄새였다. 이어 훅 하고 밀려온 그의 향기와 뜨거운 숨결에 아리는 숨을 삼키며 걱정스레 물었다. 하지만 그는 정신을 놓은 듯 그녀가 흔드는 대로 움직일 뿐 눈조차 뜨지 못했다. 그런 두 사람을 난감한 표정으로 지켜보던 대리 기사가 물었다.

"아가씨, 이 양반하고 아는 사입니까? 어떻게, 같이 갈 겁니까?"

"네? 아니요, 네, 그러니까……."

아리는 어찌할 바를 몰라 입술을 깨물었다. 그때 가까운 곳에서 자동차가 미끄러지듯이 멈춰 서더니 어디선지 들어 본 듯한 남자 목소리가 들려왔다.

"아리 씨? 무슨, 문제 있어요?"

"어? 어머, 김 비서 아저씨! 여긴 어쩐 일이세요?"

놀랍게도 차를 세우고 이쪽을 보고 묻는 남자는 얼마 전에 접촉 사고를 냈던 회장님의 비서 겸 운전기사였다. 그날 하도 친절하게 대해 주어서 아리에게는 좋은 인상으로 남은 인물이었다. 김 비서가 차에서 내리더니 그녀와 석현, 그리고 대리 기사를 번갈아 쳐다보며 말했다.

"회장님 심부름으로 이 근처에서 볼일 보고 가던 중인데 아리 씨는요?"

"그게, 음, 이 오빠가 너무 취해서 집까지 데려다줘야 할 거 같아서요."

아리는 자신의 어깨에 기대 정신을 놓은 석현을 지탱하느라 끙끙거리며 겨우 숨 가쁜 목소리로 상황을 설명했다. 그러자 김 비서가 제안했다.

"아가씨 혼자서요? 음, 이분 상태 보아하니 그건 무리인 거 같은데. 이러면 어떨까? 이분 차는 대리운전 기사 양반에게 가져다 놓으라고 하고 아가씨랑 그 남자분은 내가 댁까지 데려다줄게요."

"어머, 아니에요. 그렇게까지 폐를 끼칠 수는 없어요. 그냥 제가 어떻게 해 볼……."

아리는 김 비서의 친절함에 감사하면서도 제안을 거절하려고 했다. 그런데 가까스로 석현을 지탱하고 있던 아리의 몸이 무게를 이기지 못해 휘청이면서 손에 힘이 풀리자 석현의 몸이 바닥으로 미끄러지기 시작했다. 그걸 본 김 비서가 얼른 다가와서 석현을 부축하며 단호하게 말했다.

"고집부리지 말아요, 아리 씨. 아가씨 혼자서는 역부족이야. 어서 저 기사 양반한테 이분 차 위치하고 주소나 알려 줘요. 우린 바로 뒤따라가면 되니까."

"그럼, 신세 질게요. 고맙습니다."

아리는 결국 도움을 받아들일 수밖에 없었다. 석현의 차는 길 건너편에 주차되어 있었다. 한 번도 가 본 적은 없지만 석현의 아파트 주소는 알고 있었기에 대리운전 기사에게 주소를 알려 준 아리는 석현을 등에 업고 자신의 차에 태우는 김 비서를 도왔다.

"정말 고맙습니다, 아저씨. 그런데 회장님께 한 소리 듣는 거 아니세요?"

아리는 자신의 어깨에 기대어 세상모르고 잠이 든 석현에게 신경 쓰지 않으려고 애쓰며 운전하는 김 비서에게 물었다.

"오늘 업무는 끝냈으니까 괜찮아요. 아가씨를 안전하게 바래다주는 게 오늘의 마무리가 되겠군요. 그런데 저 친구한테 무슨 일이라도 있었나요? 아직 젊은데 정신 줄 놓을 정도로 퍼마시고 연약한 여자한테 신세나 지고 말이죠. 쯧쯧!"

왠지 김 비서가 편치 않은 기색으로 슬쩍 화제를 돌리자 아리는 석현의 얼굴을 물끄러미 바라보았다. 지금까지 수년 동안 알아 왔지만 이렇게 가까이에서 그의 얼굴을 본 건 처음이었다.

"오늘, 좋아하는 여자가 다른 남자한테 시집갔거든요."

"아하! 하긴, 젊을 땐 그런 실연 한두 번 정도 다 겪고 지나기는 하지요. 그런데 아리 씨하고는 친한 분인가 보군요? 걱정돼서 따라 나온 걸 보면 말이죠."

"뭐, 꼭 그렇다고 할 수는 없지만 모른 척할 수도 없는 관계랄까요. 아무튼 길거리에 버리고 갈 수는 없는 사이긴 해요."

내 앞에서 이런 꼴로 무너지다니! 생각 같아선 정신 차리게 뒤통수 한 번 시원하게 때려 주거나 진달래꽃처럼 사뿐히, 아주 사뿐히 꼬옥 지르밟고 지나가고 싶지만 말이죠.

아리는 쓸쓸하게 뒷말을 삼키고는 일부러 심술궂게 중얼거렸다. 그러고는 밤거리 풍경이 스쳐 지나가는 차창 쪽으로 시선을 돌렸다. 그렇지 않으면 진하게 풍겨 오는 알코올 냄새에 취해, 실은 그전에 이석현이란 남자와 지나치게 가까이 붙어 앉아 있는 것만으로도 취해서 머리가 어지러워졌기 때문이었다.

그렇게 얼마나 달렸을까, 그녀의 어깨에 기대 잠들어 있던 그의 머리가 스르르 미끄러지더니 그녀의 허벅지를 베고 길게 누워 버렸다. 그러더니 잠결에도 편안한 듯 만족스러운 한숨을 내쉬고 아이처럼 깊이 잠에 빠졌다. 숨도 못 쉬고 가만히 앉아 있던 아리는 떨리는 손끝으로 여위고 창백해진 석현의 뺨을 만지다 이마에 흩어진 머리카락을 쓸어 넘겨 주었다.

'그렇게 마음이 아팠어요? 언제나 반듯하고 흐트러짐 없었던 오빠가 이렇게 될 때까지 술을 마실 만큼? 그런데 모르죠? 이런 석현 군 보면서도 내 심장이 떨린다는 거, 이렇게 몰래 오빠를 만질 수 있어서, 가까이 있을 수 있어서 미치도록 좋다는 거. 그래서 나, 마음이 막 아프다는 거 오빠는 절대 모르겠죠.'

아리는 눈물을 참기 위해 입술을 지그시 깨물며 눈을 감았다. 그런 두 사람의 모습을 룸미러 너머로 김 비서가 조용히 지켜보고 있는 걸 아리는 알지 못했다.

석현의 아파트 주차장에 차를 세운 대리 기사가 아리에게서 돈을 받고 떠난 후 김 비서가 그를 들쳐 업고 엘리베이터에 올랐다. 하지만 석현의 집 앞에서 내리자 또 다른 난관에 봉착했다.

"이런! 현관 비밀번호는 알고 있어요, 아리 씨?"

현관문에 달려 있는 키패드 패널을 본 김 비서가 아리에게 물었다. 그녀는 당황해서 입술을 깨물었다.

"아니요. 모르겠, 아! 그렇지."

문득 언젠가 선우진과 석현이 대화를 나누던 걸 우연히 들었던 일이 생각났다. 그때 진에게 어떤 자료가 필요했고 석현이 자신의 집 비밀번호를 알려 주며 가져가라고 했던 것이다. 아직도 그 번호를 쓰고 있을까? 아리는 반신반의하며 비밀번호를 눌렀고, 마술처럼 철벽같은 문이 열렸다.

"흐음, 침실이 어느 쪽일까. 아, 저기로군!"

아리가 현관문을 열어 주고 석현을 업은 김 비서가 안으로 들어갔다. 그리고 아리가 조심스럽게 석현의 구두를 벗겨 바닥에 내려놓는 동안 김 비서는 침실을 찾아 들어갔다.

"아이고, 힘들다!"

축 늘어진 건장한 남자를 여기까지 업고 왔으니 그럴 만도 했다. 아리는 석현을 침대에 떨어뜨리듯이 눕힌 김 비서가 이마에 송글송글 맺힌 땀을 닦는 걸 보고 얼른 주방으로 달려가 물을 한 컵 가지고 돌아왔다.

"냉장고에 생수밖에 없네요. 이거라도 드세요."

"휴우! 고마워요, 아가씨."

김 비서는 아리가 건넨 물 한 잔을 단숨에 비워 냈다. 그러고 나서 컵을 받아 생수병을 침대 옆 테이블에 올려놓는 그녀에게 말했다.

"그럼 이제 아가씨를 집까지 모셔다드리고 나서 난 퇴근하면 될 것 같군요. 갈까요?"

김 비서가 침실 문으로 향했고 아리도 그 뒤를 따랐다. 그러다 무의식중에 뒤를 돌아본 게 실수였다. 옷을 입은 채 불편한 자세로 잠이 든 석현의 모습이 마음에 걸린 아리는 김 비서에게 부탁했다.

"저기, 죄송한데 먼저 내려가 계실래요?"

"왜요?"

"그게, 화장실 좀 쓰고 갈까 해서."

"아! 그래요. 그럼 천천히 내려와요, 아가씨."

의심스러운 눈빛으로 쳐다보는 김 비서에게 아리는 순간적으로 떠오른 핑계를 둘러댔다. 그러자 김 비서가 무안한 표정으로 현관문을 나섰다.

자동으로 문이 닫히는 전자음이 들린 순간 집 안에는 정적이 내려앉았다. 아리는 왠지 모를 기대감과 불안함으로 두근거리는 심장을 애써 달래며 침실로 들어갔다. 그는 넥타이와 불편해 보이는 슈트 차림으로 아무렇게나 침대에 널브러져 잠이 들어 있었다.

아리는 심호흡을 하고 침대로 다가가 먼저 넥타이를 풀어 주었다. 그러자 석현이 한결 편안하게 숨을 쉬는 것 같았다. 그에 용기를 얻은 그녀는 떨리는 손으로 셔츠 단추 몇 개를 풀고 그가 입고 있는 짙은 색 재킷을 벗겨 내느라 진땀을 흘렸다.

"취미가 사서 고생이네, 아주. 이 오빠가 뭐가 예쁘다고! 아, 됐다!"

아리는 축 늘어져 좀처럼 원하는 대로 움직여 주지 않는 석현의 몸에서 겨우 슈트 상의를 벗겨 내고 이마에 맺힌 땀을 닦아 냈다. 하루에도 몇 번씩 이 바보 같은 짝사랑을 끝내야겠다고 결심하지만 붕어의 기억력을 가졌는지 돌아서면 다시 잊어버리고 마는 그녀였다.

'내일 아침에 일어나면 숙취 때문에 아마 죽고 싶을 거야. 쌤통이다! 흠, 그건 그렇고 셔츠 단추 하나 더 풀어 주면 편할 것 같은데.'

아리는 가느다랗게 신음을 흘리면서도 좀처럼 잠에서 깨지는 않는 석현을 내려다보며 잠시 고민했다. 그러다 자신이 또 석현을 살피고 있다는 걸 깨닫고서 마음을 다잡고 침실의 전등 스위치를 껐다.

하지만 문을 나서던 아리는 이내 체념의 한숨을 푹 내쉬고 침대로 다가갔다.

"난 정말 바본가 봐."

그녀는 자신을 비웃으며 조심스럽게 그를 향해 손을 뻗었다. 그깟 단추 몇 개 풀어 주어서 석현이 편안히 잠을 잘 수 있다면 못 해 줄 것도 없다는 생각을 하면서. 그런데 아리가 마지막 단추를 풀었을 때였다.

"어, 어어!"

참았던 숨을 조용히 내쉬며 몸을 일으키는 순간이었다. 잠든 줄 알았던 그가 그녀의 손목을 강하게 움켜쥐더니 확 잡아당겼다. 아리는 그대로 석현의 몸 위로 쓰러졌다.

'깼나? 으악, 어떡해!'

경악하며 고개를 든 아리는 어둠에 익숙해진 눈으로 조심스럽게 석현을 내려다보았다. 그는 눈을 꼭 감은 채 뭐라 잠꼬대를 중얼거리더니 옆으로 몸을 뒤척였다. 그 바람에 석현의 팔은 그녀의 허리를 감고 두 사람의 다리가 서로 얽혔다. 그녀는 석현의 품 안에 갇혀 버리고 말았다.

심장이 목구멍까지 올라와 펄떡거리는 듯 숨도 쉬기 힘든 긴장감이 아리의 정신을 아득하게 만들었다. 하지만 아무리 기다려도 그는 눈을 뜨거나 어떤 행동을 취하지 않았다. 아마 잠결에 뭔가가 자신을 귀찮게 하자 본능적으로 한 행동인 듯싶었다.

두근두근……. 놀란 마음이 점차 안정되자 또 다른 이유로 심장이 쿵쾅거리기 시작했다. 그녀의 주의를 집중시킨 건 진한 알코올 냄새를 희석시키는 석현의 뜨거운 숨결이었다. 아니, 정확히 말해 그의 입술이었다. 게다가 벌어진 셔츠 사이에 우연히 자리하게 된 그녀의 손은 그의 심장이 얼마나 힘차게 뛰고 있는지 일깨워 주었다. 한마디로 이석현이라는 남자의 모든 것이 그녀의 정신을 쏙 빼놓았다.

"이제 정말 세아 언니는 잊어요. 그리고."

나를 좀 봐 주면 안 돼요? 아리는 차마 입 밖으로 내어 말하지 못하고 눈을 질끈 감았다가 떴다. 그런 아리의 눈에 살짝 벌어진 석현의 매력적인 입술이 보였다. 그 순간 무슨 용기가 생겼던 걸까? 그녀의 손은 스스로의 의지를 가진 것처럼 움직였다.

언제나 단정하게 정돈되어 있는 약간 긴 듯한 그의 머리카락은 서늘하면서도 부드럽게 손끝에 감겼다. 그리고 반듯한 이마와 귀족적인 코, 요새 유난히 홀쭉해진 듯한 뺨에 하루 동안 자라난 까슬한 수염이 만져졌다. 다시 따스하고 취할 듯한 숨결이 새어 나오는 입술에 눈길이 머문 순간 아리는 눈을 감았다. 그녀는 금단의 무엇을 훔치는 사람의 마음이 어떤지 완벽하게 공감하며 제 입술을 그에게로 가져갔다.

'한 번만, 딱 한 번만 가질게요. 그리고 절대 누구에게도 말하지 않을 거야.'

아리는 귓가에서 미친 듯이 뛰는 자신의 심장 소리를 느끼며 생각했다. 하지만 생각이라는 걸 할 수 있었던 건 그때까지였다.

"아."

떨리는 그녀의 숨결이 석현의 더운 숨결과 가볍게 섞였다. 순간 아리는 과감하게 제 입술을 그에게 밀어붙였다. 그러자 단단하고 약간은 건조하게 느껴지는 그의 입술에 보드라운 그녀의 입술이 살짝 닿았다. 그 단순한 감촉은 상상했던 것보다 훨씬 간지럽고 짜릿해서 아리는 저도 모르게 석현의 셔츠 자락을 꼭 그러쥐었다.

'이 남자는, 이런 느낌이었구나.'

그녀의 첫 키스였다. 사실 뽀뽀에 가까웠지만 아리는 그렇게 우기고 싶었다. 어쨌든 이제 그만 그에게서 손을 떼야 한다. 그런데 달콤한 금단의 열매를 한번 맛보자 더 큰 욕심이 생겼다. 자신이 무슨 짓을 하는지 미처 인식하기도 전에 그녀의 입술은 다시 한번 석현의 입술에 닿았고 당돌한 혀는 늘 궁금했던 석현의 입술 윤곽을 따라 고양이처럼 할짝거리며 움직였다.

그에게서 의미한 알코올과 달디단 과일의 맛이 났다. 조금만, 조금만 더! 뭘 어떻게 해야 이 타는 갈증을 해소할 수 있는지 몰랐지만 본능은 그녀에게 아주 좋은 선생님이었다. 어설프게 입술을 맞추던 아리는 수줍지만 과감하게 그의 입술 사이로 혀를 미끄러뜨렸다.

그다음에 어찌해야 할지 몰라 머뭇거리던 그녀는 혀끝에 느껴지는 따스하고 촉촉한 감촉에 조그맣게 신음했다. 그러다 그녀의 혀가 까끌한 그의 혀를 살짝 건드렸는데 그것만으로도 숨이 막혀 오자 얼른 뒤로 물러났다. 아니, 그러려고 한 순간 얌전히 웅크리고 있던 석현이 순식간에 그녀의 혀를 낚아채 강하게 휘감았다.

"음, 흡!"

너무 놀라서 비명 같은 신음을 터뜨렸지만 그마저도 그의 입 안으로 빨려 들어갔다. 아리는 본능적으로 고개를 돌려 사납게 자신을 삼키는 그에게서 벗어나려고 했다. 그렇지만 그가 도망가지 못하게 그녀의 뒷머리를 꽉 움켜쥐었다.

'들켰어! 이제, 어떡하지?'

아리는 그대로 얼음이 되었다. 당연히 그녀는 잠이 깬 그에게 밀쳐지고 망신을 당할 것이다. 그런데 놀라운 일이 일어났다.

석현은 눈을 뜨고 그녀를 밀어 내는 대신 자유분방하게 아리의 입 안을 제 혀와 이로 어루만지고 깨물며 달콤한 타액을 맛보았다. 그제야 아리는 자신이 겁도 없이 그의 내면에 잠자고 있던 야수를 깨웠다는 걸 깨달았다. 그녀는 처음 당하는 노골적이고 뜨거운 감각의 공격에 속수무책으로 무너지며 그에게 꼭 매달리는 수밖에 없었다. 석현은 오랫동안 아리가 좋아해 온 남자였기에 그를 거부한다는 건 상상도 할 수 없는 일이었다.

아리는 이런 깊은 키스에 어떻게 반응해야 할지 전혀 모르는 상태로 가쁜 숨만 겨우겨우 몰아쉴 뿐이었다. 그러다 폐가 터져 죽을지도 모른다고 느낀 순간에야 겨우 그의 입술에서 벗어날 수 있었다.

"후, 하아……!"

가슴은 터질 것처럼 부풀어 올랐고 그가 일깨운 욕망의 열기로 인해 달아오른 몸은 바들바들 떨렸다. 그렇게 정신 못 차리고 숨을 몰아쉬는 그녀의 귓가에 석현의 쉰 듯하면서 느릿한 음성이 들린 건 바로 그때였다.

"……아리?"

그 순간 아리는 감았던 눈을 번쩍 떴다. 그러자 어둠에 익숙해진 그녀의 두 눈에 한쪽 팔꿈치를 괴고 자신을 굽어보는 석현의 얼굴이 보였다. 그는 믿어지지 않는 것처럼 눈을 몇 번 깜빡이더니 손을 뻗어 그녀의 뺨을 조심스럽게 만졌다. 그러는 동안 아리는 숨도 쉬지 못했다.

"저기, 오빠……!."

"큭, 빌어먹을 꿈이군! 강아리는 절대 날, 오빠라 부르지 않지. 아!"

석현은 당황한 그녀가 미처 뭐라 변명하기도 전에 그대로 눈을 질끈 감아 버리더니 침대로 무너졌다. 아리는 덮쳐 오는 그의 무게에 짓눌려 놀란 비명을 질렀다. 그런 그녀의 귓가로 석현의 탄식 같은 어눌한 혼잣말이 흘러들었다.

"그래, 넌 세아가 아니야. 너는…… 강아리는 절대 정세아가 될 수 없지. 아리는……."

숨을 쉴 수 없을 만큼 그녀를 꽉 안아 오는 그의 힘에 놀란 아리는 조그맣게 신음하면서도 움직일 수가 없었다.

그렇게 얼마의 시간이 흘렀을까? 불안정하게 흐트러졌던 그의 숨결이 고르고 깊은 것으로 변했을 때 아리는 마치 생명이 빠져나간 기계처럼 그의 품에서 기어 나왔다. 그리고 자신이 머물렀던 흔적을 깨끗이 치운 후 침실 문 앞에 서서 쓰라린 마음으로 석현의 잠든 모습을 바라보았다.

처음부터 알고 있었다. 이 남자의 마음에 자신이 들어갈 자리가 없다는 것을. 그런데도 바보같이 미련스럽게 희망을 품고 해바라기처럼 바라본 건 그녀의 잘못이었다. 그러니까 석현을 미워하는 건 옳지 않았다.

'이제 정말 끝이야. 더 이상 구질구질하게 붙잡지 말자.'

아리는 아직도 그의 느낌이 남아 있는 입술을 깨물어 눈물을 삼켰다. 아마 저 남자는 오늘 밤의 일은 기억하지 못할 것이다. 그나마 다행이라는 생각을 하며 아리는 몸을 돌렸다.

그렇게 가슴 가장 깊은 곳에 날카로운 생채기를 남기고 아리의 길고 아팠던 첫사랑은 막을 내렸다. 석현의 아파트를 나온 그녀는 김 비서 아저씨의 차를 타고 집으로 향했다. 그리고 집에 도착했을 때 아리의 인생을 완전히 바꾸어 놓을 또 다른 일이 기다리고 있었다.

• • •

"김 비서 아저씨가 나를 집까지 태워다 주셨어요. 그런데 집에 들어가니까, 느낌이 이상했어요. 뭔가, 아주 잘못되었다는 기분이 들었죠."

아리가 애써 담담하게 그들 사이에 있었던 일에 대해 말하는 동안 석현은 굳은 표정으로 아무 말도 하지 않았다. 그녀는 이참에 해묵은 감정의 찌꺼기를 모두 털어 내고 싶은 사람처럼 술술 이야기를 풀어냈다.

"할머니가 화장실 앞에 쓰러져 있는 걸 발견했을 때, 심장이, 멈추는 것만 같았어요. 119에 신고해서 응급 구조를 신청할 정신도 없었죠. 그냥, 가장 먼저 떠오른 게 김 비서 아저씨였어요."

아파트 1층에 살고 있었기 때문에 바로 현관문을 밀치고 뛰쳐나간 아리는 누군가와 통화를 마치고 막 떠나려는 김 비서를 붙잡을 수 있었다.

"김 비서 아저씨가 119도 불러 주고 병원까지 동행해 주셨어요. 아주 위험한 상황이었는데 응급 수술을 하는 동안 진 회장님이 달려오셨어요."

아리는 그날의 끔찍하고 무서웠던 기억이 떠오르자 몸을 부르르 떨었다.

"진 회장님이 어떻게 아시고?"

질문을 던지는 석현의 눈빛이 평소보다 싸늘했지만 아리는 미처 인식하지 못하고 떨리는 목소리로 대답해 주었다.

"내가 도움을 청하려고 달려 나갔을 때 김 비서 아저씨가 마침 회장님과 통화를 하고 있었대요. 회장님 배려 덕분에 우리 할머니는 최고의 의료진에게 심장 수술을 받을 수 있었어요. 그 후에 재수술과 치료비, 회복되고 요양하는 동안 든 돈도 회장님 도움으로 해결할 수 있었고요."

"진승필 회장님이 그런 선행을 베풀었다고? 단지, 접촉 사고로 안면이 있는 너에게?"

이번에 아리는 명확하게 석현의 의구심 어린 날 선 말투를 눈치챘다. 그녀는 쓴웃음을 지으며 고개를 가로저었다.

"나 때문이 아니에요. 별로 좋지 않은 인연으로 얽힌 사인데 천사도 아니고 그런 일을 해 주실 분은 아니시죠, 회장님은."

"그런데 왜?"

"우리 할머니요. 알고 보니 회장님과 할머니가 오래전부터 알고 있는 사이였어요. 두 분 모두 정확한 사연을 말씀해 주지 않으셨지만 회장님이 젊은 시절에 우리 할머니에게 큰 빚을 지셨다고 들었어요."

"흠, 엄청난 우연으로 빚쟁이가 은인이 되었군."

석현이 회의적인 투로 중얼거리자 아리는 어깨를 으쓱해 보였다.

"꼭 금전적인 의미에서의 빚이 아닐 수도 있죠."

"무슨 뜻이지?"

아리의 표정에서 뭔가 석연치 않은 기색을 읽은 석현이 가늘게 뜬 눈으로 물었다. 하지만 그녀는 이내 예의 장난기 어린 얼굴로 대답했다.

"음, 예를 들어 두 분이 젊은 시절 연인이었을 수도 있고 돌아가신 외할아버지와 연관된 삼각관계일 수도 있죠. 어쨌든 응급 수술 후에 의식을 회복한 할머니가 회장님을 알아보시고는 엄청 놀라셨어요. 그리고 한사코 그분 도움을 받지 않겠다고 고집을 피우셨어요. 결국 난 휴학했고 우린 할머니 고향으로 내려갔어요. 회장님께서 내어 주신 수술비와 치료비는 가게와 아파트가 정리되는 대로 갚기로 했고요."

"그랬군."

"할머니는 그분과 다시 연결되는 걸 싫어하셨어요. 하지만 시골에 내려가서도 한 번 더 쓰러져서 병원으로 실려 갔었어요. 이후 몸이 아프니 마음까지 약해지신 건지 할머니는 나 이외엔 누구도 만나려 하지 않으셨고 내가 눈에 띄지 않으면 불안해하셨죠. 담당 의사는 할머니께 절대 안정과 요양이 필요하다고 했어요. 그래서 난 가게와 아파트를 정리하는 시간 외에는 할머니 곁에 머물 수밖에 없었어요."

그때의 두려움과 막막한 감정이 떠오른 듯 아리는 낮게 가라앉은 어두운 눈빛으로 설명을 이어 갔다.

"솔직히 그 당시 나에게도 혼자 고민하고 마음을 정리할 시간이 필요했기 때문에 친구들과도 연락을 끊고 지냈어요."

"그 당시는 모두에게 힘든 시기였던 거 같다."

아리의 말을 통해 당시의 상황을 이해한 석현은 인상을 찌푸리며 운전대를 꽉 쥐었다. 왜 자신에게, 혹은 친구들에게 도움을 청하지 않았냐고 묻는 건 이제 무의미했다. 그 이유의 한 부분은 바로 자신이 원인이라는 걸 알고 있기 때문이기도 했다. 그는 묵묵히 운전하며 그녀의 말이 이어지기를 기다렸다. 아리는 그 후에 일어났던 가슴 아프지만 따뜻하고 아름다웠던 할머니와의 마지막 날들을 떠올리다가 한참 후에야 입을 열었다.

"당시에 할머니는 이식 수술이 필요할 정도로 심장이 망가져 있었어요. 게다가 췌장암 중기를 넘어가고 있다는 걸 알게 되었죠. 하늘이 무너지는 것이 어떤 기분인지 그때 알았어요. 한낱 내 짝사랑이 끝났다는 것 정도는 깃털처럼 가벼운 상처였던 거예요. 석현 군도 알죠? 외할머니만이 유일하게 세상에 남은 내 혈육이라는 거. 난 할머니를 살릴 수 있다면 뭐든지 할 수 있었고 그때 진승필 회장님은 그런 나에게 손을 내밀어 주셨어요. 할머니가 아셨다면 한사코 거절하셨겠지만 난, 조금이라도 더 할머니와 함께 있기 위해서라면 못 할 게 없었어요."

여전히 그때를 떠올리면 가슴이 아프고 목이 멘다. 하지만 아리는 꿋꿋하게 말을 멈추지 않았다. 지금까지 누구에게도 하지 못했던 이야기를 털어놓는 상대가 석현이라는 게 달콤쌉쌀했지만, 그이기에 말하고 싶었다. 이 남자에게 자신이 얼마나 아프고 힘들었는지 이해와 위로를 받고 싶다는 소망이 그녀를 계속해서 말하게 만들었다.

"할머니는 당신이 이 세상을 떠나면 내가 궁핍하게 살지 않도록 돈을 모으시느라 당신 건강이 망가지는 것도 신경 쓰지 않으셨던 거예요."

다시 생각해도 가슴이 아프고 목이 막히자 아리는 잠시 말을 끊었다가 목청을 가다듬고 말을 이어 갔다.

"하지만 그 돈이 있다고 난 행복할 것 같지 않았어요. 그래서 할머니가 꿈꾸셨던 세계 여행을 하기로 결정했어요. 단, 할머니 건강에 최대한 무리가 가지 않게 조심해야 했죠. 그 일을 가능하게 해 주시고 모든 준비를 해 주신 분이 바로 진 회장님이에요. 나중에 그 사실을 알고 할머니는 엄청 화를 내셨지만 결국 내 마음을 이해해 주셨어요. 그리고, 돌아가시기 전에 회장님과 화해하셨어요. 당신이 세상에 없어도 나를 잘 돌봐 달라고까지 부탁하셨거든요."

아리는 아직도 할머니를 생각하면 마음이 먹먹하니 아팠다. 아마도 죽는 날까지 그럴 것이다. 하지만 슬프면서도 할머니를 생각하며 미소 지을 수 있는 이유는 마지막까지 할머니 곁을 지키며 추억을 쌓을 수 있었고 할머니가 혼자 남는 외손녀를 걱정하지 않고 편히 눈을 감으셨다는 걸 알고 있기 때문이었다.

"할머니가 내 곁에서 더 살 수 있었던 건 모두 진 회장님 덕분이에요. 세상에 태어나 지금까지 그분처럼 내게 큰 은혜를 베풀어 준 분은 없었어요. 아마 회장님도 큰 사고로 가족을 한꺼번에 잃은 경험을 하셨기 때문에 나에게 관심과 애정을 보여 주신 거겠죠. 이제 나에게 그분이 내게 손을 내민 이유나 목적은 중요하지 않아요. 난 회장님이 내민 손을 잡았고 그분을 위해, 아니 그분이 그리는 세상을 만들기 위해서 일할 거예요."

할머니를 잃은 슬픔과 상실감으로 떨리던 아리의 목소리는 점차 밝고 강한 의지를 되찾아 갔다. 사위어 가는 빛 속에서 그런 아리의 모습은 눈부시게 빛났다. 은은한 소국의 향기가 그녀의 향기와 어우러지며 그를 취하게 만드는 것만 같았다.

핸들을 쥔 그의 손아귀에 지그시 힘이 들어갔다. 그렇게 하지 않으면 당장에라도 손을 뻗어 촘촘하게 짠 진승필 회장의 함정에 빠진 그녀를 마구 흔들어 정신 차리라고 소리칠지도 몰랐다.

'대체 너를 어떻게 하지? 우리는 2년 전 그날 어쩌면 아주 중요한 터닝 포인트를 맞았던 건지도 모르겠다.'

지나고 나서야 깨닫는 진실은 언제나 한발 늦은 후회와 아쉬움을 데리고 온다. 찬란하게 부서지던 햇살이 짙은 색채를 띠어 가며 해가 기울고 있었다. 고속도로 저 멀리로 노을이 지는 모습을 직시하던 석현의 시선이 조용히 옆에 앉은 아리에게로 향했다.

'강아리, 이제 우리는 어떻게 될까? 참 이상하지? 너와 함께 달리는 지금이 내 심장을 뛰게 만든다. 지금껏 한 번도 그런 적 없던 것처럼 마음이, 일렁거려.'

그 기분 좋은 긴장감과 흥분에 석현의 입꼬리가 희미하게 위로 치켜 올라갔다. 그는 직감하고 있었다. 이것이 절대 끝은 아닐 거라는 사실을. 그걸 이 여자는 아직 모를 테지만 말이다.

6장

첫사랑, 끝의 시작

한낮의 눈부신 햇살이 사위어 들며 노을이 지고 있었다. 열린 차창 안으로 스며 들어오는 바람은 서늘했고 두 사람은 말없이 앉아 스쳐 지나가는 바깥 풍경에 눈길을 주고 있었다. 그러는 동안에도 자동차는 쉼 없이 달렸다. 문득 정신을 차린 아리가 고개를 돌리고 그에게 물었다.

"이쪽은 집으로 가는 방향이 아닌데요?"

"여기까지 나온 김에 너희 할머님께 인사드리고 가려고."

"음, 처음부터 이럴 계획이었냐고 물으면 내가 너무 순진한 거겠죠?"

아리가 눈을 가늘게 뜨고 묻자 석현이 픽 웃더니 담담히 대꾸했다.

"마지막 가시는 길에 배웅도 못 해 드린 게 마음에 걸려. 너와 같이 가면 할머님도 예쁘게 봐 주실 거 같거든."

"우리 할머니가 석현 군하고 지니 오빠를 유독 예뻐하셨죠."

"너의 빈자리만큼 할머니 자리도 컸다는 걸 너무 늦게 깨달았지. 아마, 모두들 그랬을 거다."

석현은 고속도로 톨게이트의 하이패스 차선을 통과하며 담담히 대답했다. 그녀는 잠깐 뭐라 말하려는 듯하더니 입을 다물고 시선을 무릎 위로 떨어뜨렸다. 그 동작이 석현의 주의를 끌었다.

"빈손이군."

"네?"

"반지 말이야. 결혼할 거라면서 아직 반지도 안 준 건가, 그 남자는?"

석현의 날카로운 지적을 듣고서야 아리는 흠칫 놀라 손가락을 오므려 감추었다. 그리고 시선을 차창 밖으로 돌리며 말했다.

"내가 아직, 결정을 못 했거든요. 그런데 그동안 석현 군은 여자 친구 왜 안 사귀었어요? 흠, 세아 언니가 오빠 눈을 너무 높여 놓은 게 아닌가 싶네."

마치 조금 전에 키스를 한 적이 없는 것처럼 아리는 예전의 명랑하고 짓궂은 여동생 같은 얼굴로 말했다. 어린 시절의 설익은 감정 따위는 깨끗이 정리했다는 듯한 아리의 태도가 진심인지 아니면 그러려고 노력하는 것인지 석현은 가늠하기 어려웠다. 그런데 아리가 자신을 밀어내는 이유가 다른 남자가 있기 때문이라고 생각하니 기분이 나빴다. 그것도 아주, 많이!

"아, 저기서 우리 할머니가 좋아하는 소국 한 다발 사 가지고 가면 되겠다. 잠깐 세워 줘요."

석현이 어떻게 반응해야 할지 고민하는 사이 고속도로에 인접한 화원을 발견한 아리가 기쁘게 외쳤다. 대답할 타이밍을 놓친 그는 한숨을 삼키고 그녀가 원하는 자리에 차를 세웠다.

"여기 있어. 내가 사 올게."

무뚝뚝하게 말한 석현은 아리가 뭐라 하기 전에 운전석에서 내렸다. 얼마 후 정성스럽게 포장한 보랏빛 소국과 붉은색 소국 두 다발을 가지고 차로 돌아온 석현은 그것들을 아리에게 건네주었다.

"한 다발이면 되는데 왜 두 개나 샀어요?"

"붉은색 소국은 네 거야."

"나요?"

붉은색 꽃잎 중앙에 눈부신 노란색 꽃술이 자리한 싱싱한 푸른 줄기의 소국 꽃다발을 홀린 듯이 바라보던 아리가 놀라서 그를 쳐다보았다. 그의 귓불이 살짝 붉어진 건 저물어 가는 태양 빛 때문일까? 그녀의 시선을 슬쩍 피한 석현은 차를 출발시켰다.

"언제인지는 기억은 안 나. 그냥, 네가 친구 누구한테 붉은색 소국을 좋아한다고 말하는 걸 들었던 게 기억나서."

"어떻게…… 흠! 별걸 다 기억하고 있었네요. 어쨌든, 고마워요."

아리는 왠지 모르게 가슴이 시큰거리자 일부러 툴툴거렸다.

그날은 세아 언니의 스무 살 생일이었다. 친구들이 모두 모여서 생일 파티를 열었고 아리도 물론 그곳에 갔다. 그런데 늦게 도착한 석현이 스무 송이의 붉은 장미를 들고 나타났었다. 그것이 어린 나이에 너무 샘나고 부러워서 석현에게 들으라는 듯이 일부러 금방 시드는 빨간 장미 따위보다 붉은색 소국이 훨씬 생명력이 길고 싱싱해서 좋다고 말했던 게 생각났다.

그런데 그가 그때를 기억하고 있었다니, 이상하게 눈시울이 젖어들자 아리는 향기를 맡는 척 소국 다발에 얼굴을 묻었다.

"나도 신기해. 이상하지? 아리 널 떠올리면 그날의 날씨나 풍경, 냄새 같은 사소한 것들이 함께 생각나거든."

석현이 겸연쩍은 듯 조용히 웃었다. 언제부터 해가 지고 있었을까? 부드러운 노을빛에 물드는 그의 모습이 눈부셔서 아리는 몇 번이나 눈을 깜빡였다.

앞으로 그를 떠올리는 순간이 있다면, 그녀는 바로 지금을 기억할 것 같았다. 매혹적인 국화꽃 향기와 붉어진 두 뺨을 간질이는 서늘한 바람, 그리고 그녀를 향해 미소 짓는 석현을.

아리는 가슴이 떨려 와 먼저 시선을 돌려 버렸다. 하지만 심장의 두근거림과 뺨 위로 느껴지는 그의 눈빛은 외면하기 힘들었다.

그 후 할머니를 모셔 둔 납골 묘원에 도착할 때까지 석현은 그녀에게 말을 걸지 않았다. 아리 역시 마찬가지였다. 침묵이 얼마나 설렐 수 있고 한편으로는 자연스럽고 편안한 것인지 아리는 처음 알았다.

그렇지만 모든 것에는 끝이 있었다. 아리는 영원을 소망하는 대신 지금 이 순간을 즐기기로 했다. 오늘이 지나면 그와 이렇듯 행복하게 보내는 시간이 영영 없을 거라 생각했다.

어느새 그들의 짧은 드라이브도 끝이 났다. 아리는 능숙하게 주차하는 석현의 옆모습을 아득한 눈빛으로 바라보며 생각하고 있었다. 그런 그녀의 시선을 느낀 듯 옅은 미소를 머금고 고개를 돌린 그가 말했다.

"이제 할머님을 뵈러 갈까?"

"아, 네. 그래요."

아리는 자신이 너무 노골적으로 그를 쳐다보고 있었다는 걸 깨닫고 붉어진 얼굴을 감추기 위해 후다닥 고개를 돌렸다. 그리고 할머니가 좋아하셨던 보랏빛 소국 꽃다발을 들고 차에서 내렸다. 그들이 뒤에 두고 온 차 안에는 장미처럼 붉은 소국 한 다발이 고운 저녁노을을 받으며 놓여 있었다.

"할머니, 나 왔어. 그동안 잘 지내셨죠? 음, 내가 누구 데리고 왔는지 볼래요?"

지중해의 어느 섬에서 찍은 할머니의 사진을 마주한 아리는 눈시울이 뜨거워지는 걸 애써 참으며 석현에게 소국 꽃다발을 건넸다. 그러자 석현이 그것을 사진 아래 놓았다.

"안녕하셨어요, 할머님? 저 석현입니다. 너무, 늦게 찾아뵈어서 죄송합니다."

마음이 아픈 듯 그의 목소리 끝이 미세하게 잠겨 흘러나왔다. 아리는 무슨 생각을 하는지 가늠하기 어려운 깊은 눈빛으로 할머니의 사진을 바라보는 석현의 얼굴을 쳐다보았다. 그렇게 한참이나 그는 말없이 서 있었고 그녀 또한 말없이 기다렸다. 어둠이 부드러운 담요처럼 내려앉고 있을 때 그들은 함께 납골 묘원을 나왔다.

"우리 할머니가 지니 오빠하고 석현 군을 제일 예뻐했었는데 지니 오빠 안 왔다고 살짝 삐친 건 아닌지 몰라. 그런데 우리 할머니한테 무슨 얘길 그렇게 오래 했어요?"

차를 세워 둔 곳으로 걸어가는 동안 그의 침묵이 어색하게 느껴진 아리는 일부러 명랑하게 말을 걸었다. 석현은 그저 소리 없이 미소 지을 뿐 대답해 주지 않았다. 그래서 아리는 대답 듣기를 포기하고 조수석에 탔다.

"너 갈치조림 좋아하지? 근처에 솥밥 잘하는 집 있어. 먹고 가자."

석현이 차를 출발시키며 말했다. 아리는 그가 자신이 좋아하는 음식에 대해서 알고 있다는 게 기뻤지만 지나가는 투로 중얼거렸다.

"머리 좋으니까 별걸 다 기억해서 좋네. 어딘지 몰라도 빨리 가요. 나 진짜 배고파요."

석현은 잔잔히 웃으며 가속 페달을 밟았고 자동차는 옅은 어둠이 내려앉은 도로를 시원하게 달려 나갔다. 아리는 기분 좋게 깔깔 웃으며 차창으로 들어오는 서늘한 바람을 느꼈다.

'이걸로 됐어. 이만하면 내 첫사랑에게 예의를 다하고 끝을 맺는 거니까. 고마워요, 석현 군. 당신을 미워하지 않고 이젠 친구가 될 수 있을 거 같아요.'

아리는 조용히 미소 지었다. 그런 자신의 모습을 석현이 생각에 잠긴 눈빛으로 바라보고 있는 걸 그녀는 알지 못했다. 가을 저녁이 그렇게 깊어 가고 있었다.

석현이 진 회장의 저택 앞에 도착한 건 9시가 조금 넘은 시간이었다. 그가 차를 세우자 아리는 안전띠를 풀며 애써 밝고 가벼운 음성으로 작별 인사를 건넸다.

"예정엔 없었던 데이트였지만, 오늘 정말 즐거웠어요. 맛있는 것 사 줘서 잘 먹었고요."

"언제든 먹고 싶은 거 있으면 말해. 사 줄게."

"오호, 마음만 먹으면 석현 군도 좋은 오빠가 될 수 있겠는데요? 음, 그럼 우린 친구들 모임 날 봐요. 어, 괜찮으니까 내리지 말고 가요."

친한 동네 오빠와 여동생 같은 대화인데 아리는 공연히 가슴이 찡해서 그의 눈을 볼 수가 없었다. 그 때문에 서둘러 차에서 내렸는데 만류에도 불구하고 그가 운전석에서 내렸다.

"잠깐만, 아리야."

"응? 왜……!"

대문 벨을 누르려고 하던 아리는 무심히 몸을 돌렸다. 다음 순간 그녀는 석현의 품에 갇혀 버렸다. 그녀가 놀란 숨을 들이마시는데 석현이 말했다.

"돌아와 줘서 고맙다, 강아리."

"석현 군……."

"오늘은 아무 생각 하지 말고 푹 자. 내일 보자!"

그녀를 풀어 주는 것과 동시에 석현은 손을 뻗어 벨을 눌렀다. 그녀는 얼떨떨한 상태로 그를 올려다보았다. 귓가에는 여전히 고맙다고 말하는 석현의 목소리가 잔잔히 울리는 것만 같았다.

— 아리 아가씨?

벽에 붙은 인터폰 스피커에서 들려온 입주 도우미 아주머니의 음성을 듣고서야, 자신을 보며 빙긋이 미소 짓는 석현을 보고서야 그녀는 정신이 돌아왔다. 아리의 얼굴이 화악 붉어진 건 말할 것도 없었다.

"아, 네에! 저예요, 아줌마!"

아리가 대답하자 곧 띵, 하는 전자음과 함께 대문이 열렸다.

"들어가."

아리는 자신을 바라보는 그의 따뜻한 눈빛에 멍해진 표정으로 대문 안으로 들어갔다. 그리고 마지막으로 그를 쳐다본 뒤 문을 닫았다.

딸깍, 하는 작은 소리가 들렸지만 그녀는 움직일 수가 없었다. 그리고 대문 밖의 그도 움직이지 않았다. 그렇게 숨을 죽인 아리는 한참이 지나서야 묵직한 발자국 소리와 함께 그곳을 떠나는 자동차의 엔진 소리를 들었다. 그제야 그녀는 참았던 숨을 크게 내쉬며 머리를 흔들었다.

'의미 두지 마. 그냥, 평범한 인사치레였을 뿐이야.'

특별할 것 하나 없는 말이었다. 그의 행동도 마찬가지였다. 그런데, 왜 이렇게 가슴이 뛰는 걸까? 아리는 청명한 가을 밤하늘을 바라보며 자꾸만 화끈해지는 얼굴을 서늘한 바람이 식혀 주기를 바랐다. 하지만 한 손에 꼭 쥔 소국 향기가 자꾸만 그녀의 마음을 취하게 만든다. 그때였다.

"강아리, 안 들어오고 거기서 뭐 하니?"

어디선가 들려온 승연의 목소리가 찬물을 뒤집어쓴 것처럼 아리를 현실로 확 잡아끌었다. 아리는 조용히 심호흡을 해서 혼란스러웠던 마음을 다잡고 소리 나는 곳을 향해 고개를 돌렸다.

"잠깐 바람 좀 쐬고 있었어요. 그런데 왜 나왔어요?"

"저녁을 늦게 먹어서 산책 좀 하려고. 그런데 그 촌스러운 포장지로 싼 꽃다발은 뭐니? 샀어? 아니면, 남자한테 받은 선물?"

비웃음이 묻어나는 승연의 말에 아리는 살짝 미간을 찡그렸다.

"그냥, 친구한테 받은 거예요. 내가 제일 좋아하는 꽃이거든요."

"남자 사람 친구?"

"네. 그럼 산책 잘하고 들어가세요."

아리는 승연이 집요하게 캐묻는 것이 의아했기에 대충 대답하고 자신의 숙소 쪽으로 몸을 돌렸다. 그런데 승연의 목소리가 그녀를 잡았다.

"할아버지께서 너 좀 보자고 하셔."

"알겠어요. 옷 갈아입고 찾아뵐게요."

아리는 내심 뜨끔했지만 태연하게 대답하고 걸음을 옮겼다. 그런 아리의 뒷모습을 생각에 잠긴 눈으로 쳐다보며 승연은 입술을 삐죽 내밀었다.

"그냥 친구 좋아하시네!"

승연은 오늘 오후 이탈리안 레스토랑에서 우연히 목격한 강아리와 낯선 남자의 모습을 떠올리며 눈을 흘겼다. 잠깐 보았지만 큰 키에 훈훈한 외모, 가만히 있어도 기품이 느껴지는 지적인 남자의 모습이 오후 내내 승연의 머릿속에서 떠나지 않았다.

'김 비서 말로는 평범한 가정에서 곱게 자란 애는 아니었어. 그런 계집애 주변에 있기엔 그 남자, 너무 오만하고 잘나 보였단 말이지. 그건 평민이 절대 가질 수 없는 타고난 귀족적인 분위기였어. 어떤 집안의 누굴까? 아무튼 강아리가 자기 입으로 그 남자하고는 단순히 친구 사이라고 했으니 일단 고 계집애 주변을 지켜보다가 기회를 만들면 되겠지.'

지금까지 승연이 찍어서 넘어오지 않았던 남자는 없었다. 자기 매력과 능력으로 안 되면 부모님과 할머니의 힘을 빌어서라도 반드시 갖고야 마는 승연이었다.

　승연의 관심을 단숨에 낚아챈 남자가 석현이라는 것을 꿈에도 알지 못한 채 아리는 자신의 숙소로 들어갔다.

　혼자만의 공간으로 들어서자 안도감이 아리를 휘감았다. 그녀는 우선 꽃병을 찾아 나섰다. 마침 적당한 것이 하나 있어서 꽃을 꽂아 침대 옆 협탁에 올려놓았다. 그러고는 갈아입을 옷을 찾아 들고 욕실로 들어갔다.

　'동화는 끝났어. 이제 현실로 돌아온 거야. 왕자님은 잊고 이제 내가 해야 할 일을 하자.'

　하루 동안 쌓인 먼지와 해묵은 감정의 찌꺼기까지 모두 씻겨 내려가길 바라며 아리는 쏟아지는 물줄기 아래에서 눈을 감았다. 이제 그녀는 더 이상 철모르는 순진한 아가씨가 아니다. 이 험한 세상에서 살아남으려면 더 강해지고 단단해져야 한다는 걸 누구보다 그녀 자신이 잘 알고 있는 어른이 되었다.

　샤워를 마치고 편안한 티셔츠와 평소에 즐겨 입는 청바지로 갈아입은 아리는 젖은 머리를 대충 말린 후 본채로 통하는 문을 열었다.

　밖에서 들어올 땐 비밀번호를 눌러야 하는 보안 패널 장치가 있지만 집 안에서 나갈 때는 그럴 필요가 없었기에 사생활 보호가 되었다. 그녀는 온실과 연결된 복도를 지나 진 회장이 있을 법한 본채의 1층 서재로 향했다.

　"왔어요, 아리 씨?"

　서재 앞에 도착했을 때 마침 진여옥 여사가 밖으로 나왔다. 아리는 예의 바른 미소를 지으며 인사했다.

"네. 저기, 저한테 편하게 말 놓으세요, 사모님."

"언제 봐도 참 예의 바르고 고운 아가씨네. 그럼, 그럴까? 그래. 어서 들어가 봐요."

진 여사가 부드러운 미소를 지으며 말했다. 아리는 진여옥이 자신을 지나갈 때까지 기다렸다. 그런데 갑자기 걸음을 멈춘 진 여사가 그녀를 보며 물었다.

"참, 김 비서한테 언뜻 들으니 할머님하고 둘이 살았었다고? 그럼 부모님은 언제 돌아가신 거야? 할머님께서 혼자 손녀 키우시느라 고생 많이 하셨겠네."

"부모님은, 엄마는 제가 초등학교에 들어가기도 전에 교통사고로 돌아가셨어요. 그 후에 할머니가 보육원에 있는 저를 찾아오셔서 함께 살았어요. 음식 솜씨가 좋으셔서 관련된 일들을 하시면서 저를 키우셨어요."

아리는 최대한 공손하게 대답했다. 그러자 진 여사가 안됐다는 얼굴로 고개를 끄덕였다.

"할머님이 정말 훌륭하신 분이셨네. 어려운 환경에서도 손녀를 이렇게 반듯하게 키우셨으니 말이야. 이러니 깐깐하고 사람 가린다고 소문난 우리 오라버니가 아리 양을 아끼고 예뻐하는 거겠지. 우리 승연이하고 몇 살 차이도 안 나는데 앞으로 날 할머니다 여기고 편히 지내요."

"고맙습니다."

"나중에 따로 얘기 나눌 시간이 있겠지. 어서 들어가 봐요. 우리 오라버니 성격에 아랫사람이 늑장 부리는 건 정말 못 봐 주니까."

부드럽지만 단호하게 아리의 위치를 상기시킨 진 여사는 아리에게 마지막 눈길을 준 후 몸을 돌렸다. 예의 그 우아하고 상냥한 귀부인의 표정은 온데간데없이 뭔가가 마음에 걸리는 듯 늙은 여인의 얼굴은 살짝 일그러져 있었고 눈빛도 차갑게 가라앉아 있었다.

'출생이나 배경도 특별히 걸리는 건 없는데 느낌이 왠지 찜찜하단 말이야.'

그녀는 처음 봤을 때부터 아리가 자꾸 신경에 거슬렸다. 오라버니가 아리를 대하는 친근한 방식이나, 극도로 아리의 신상에 대해 말하는 걸 조심하는 김 비서의 태도도 마음에 걸렸다. 아무래도 따로 뒷조사를 해 봐야겠다는 생각이 들었다. 사실 최근 김 비서의 움직임도 심상치 않은 데다, 애초에 진 회장 같은 사람이 허투루 사람을 보고 집 안에 들일 리가 없었다. 뭔가, 속셈이 있는 게 분명했다. 그게 뭔지 알아내기 전까지는 아리라는 아이와 잘 지내는 게 좋을 듯했다.

진여옥은 속으로 생각을 정리했다. 오라버니인 진승필에게는 아들 둘과 며느리, 손자 손녀까지 모두 불의의 사고로 잃은 것이 불행 중의 불행이었지만 진 여사에게는 하늘이 주신 절호의 기회였다. 친혈육이 버티고 있는 한 아무리 오라버니인 진 회장이 자신을 아껴 준다 해도 떨어지는 콩고물이 한정되어 있는 게 사실이었다.

주변이 모두 깨끗이 정리된 이상 장차 대권을 꿈꾸는 외교관인 아들과 눈에 넣어도 아프지 않을 손자 손녀에게 엄청난 재산을 물려받게 할 수 있는 천운이 저에게 굴러들어 온 거라고 생각했었다. 그러니 사소한 걸림돌 하나까지 진 여사의 신경에 거슬릴 수밖에 없었다. 원래 큰 재앙은 아주 사소하고 작은 흠집에서부터 잉태되는 법이니 말이다.

"걱정했던 것과 달리 참 상냥하고 좋은 분이신 거 같아. 이승연 씨는 좋겠네."

아리는 진 여사의 모습이 완전히 시야에서 사라지자 부러움 섞인 한숨을 조용히 내쉬었다. 진 여사를 보고 있자니 오늘따라 할머니가 더 그리웠다. 하지만 그녀는 마음을 가다듬고 심호흡을 한 뒤 서재로 다가가 노크했다. 지금은 그런 감상에 젖어 있을 때가 아니었다.

"다녀왔습니다, 회장님."

진 회장은 넓은 책상 앞에 앉아서 서류를 들여다보고 있었다. 그녀가 들어왔는데도 서류에서 눈을 들지 않았다. 아리는 인내심 있게 기다렸다.

"데이트는 재미있었니?"

마침내 고개를 든 진 회장이 잔뜩 긴장하고 서 있는 아리를 똑바로 응시하며 부드럽게 물었다. 하지만 그녀에게 고정된 진 회장의 눈빛은 싸늘했고 의구심이 가득해서 아리의 죄책감을 더 키웠다.

"죄송해요."

"뭐가 말이니? 오늘은 네 자유 시간이었고 점심 식사에 잠깐 얼굴 비쳐 달라는 내 부탁을 거절한 것도 아닌데 말이다."

"연락도 안 하고 걱정시켜 드린 거요. 잘못했어요, 회장님."

"흐음."

들고 있던 서류를 책상에 내려놓은 진 회장이 한숨을 내쉬었다. 그러고는 조금 전에 진여옥이 가져다준 찻주전자에서 향긋한 녹

차를 도자기 잔에 따르며 퉁명스럽게 말했다.

"그 녀석과는 어떤 사이니?"

"제가, 오랫동안 혼자 짝사랑했던 오빠예요."

"혼자?"

"석현 군, 아니, 석현 오빠는 오랫동안 좋아하는 사람이 있었거든요. 회장님도 아는 사람이에요. 이번에 문상을 다녀오셨던 해월 그룹 회장님의 장손녀요."

아리는 잠깐 망설이다가 솔직하게 대답했다. 그러자 찻잔을 쥔 진 회장의 손길이 조금 멈칫했다.

"짝사랑이라……. 난 네가 선우진을 좋아했다고 생각했는데 잘못 짚었었구나. 그런데 왜 과거형으로 말한 거냐?"

"그 이유는."

마음속에서 무언가 아릿하고 뜨거운 것이 올라오자 아리는 잠시 숨을 삼켰다. 그리고 단호하고 차분한 어조로 말을 이었다.

"이미 지나간 감정이고 전, 할머니와 회장님께 드린 약속을 잊지 않고 있으니까요. 하지만 아무리 옛일이라고 해도 제대로 마무리를 짓고 싶었어요. 그럴 시간이 필요했고요."

"네 말의 요점은 나와의 약속에 묶였기 때문에 마음을 접겠다는 뜻이구나."

꿰뚫는 듯한 눈빛으로 아리의 시선을 움켜쥔 채 진 회장이 무뚝뚝하게 중얼거렸다. 순간 아리는 움찔했지만 마음을 다잡고 담담히 대답했다.

"누군가의 강요가 아닌 제 선택이었어요. 이미 회장님께서는 저와 맺은 약속을 이행하고 계시잖아요. 저도, 그럴 거예요."

아리는 단호하게 말했다. 진 회장은 그런 그녀를 오랫동안 날카로운 눈빛으로 응시했지만 아리는 흔들림 없이 그 눈빛을 온전히 받아 냈다. 마치 눈싸움이라도 벌이듯 치열하게 마주하고 있던 눈길을 먼저 거둔 건 진 회장이었다. 진승필은 찻잔으로 손을 뻗으며 퉁명스럽게 명령했다.

"그만 가서 쉬거라."

"네. 회장님도 오늘은 그만 일하시고 쉬세요. 안녕히 주무세요, 회장님."

그제야 긴장을 푼 아리는 평소처럼 밝고 사근사근한 음성으로 인사하고 문을 향해 몸을 돌렸다. 그런데 그녀가 막 문손잡이에 손을 댔을 때 진 회장의 질문이 날아왔다.

"아, 내일 저녁에 선우진 가게에서 네 친구들이 모인다고?"

"네, 회장님. 덕분에 진이 오빠가 요즘 신바람이 났다고 들었어요. 감사해요."

몸을 돌린 아리는 진 회장에게 진심에서 우러나온 미소를 지어 보였다. 하지만 노인은 별다른 표정 변화없이 담담히 대답했다.

"나 역시 네게 약속한 걸 지키고 있을 뿐이다. 기회를 주었고 그걸 잡아서 성공하느냐 마느냐는 각자의 능력과 운에 달린 거다. 김 비서 말이 다른 녀석들도 그럭저럭 괜찮다고 하고. 어쨌든 선우진을 만나 보니 꽤 쓸 만한 배짱을 가진 녀석이더구나."

"어머, 회장님이 직접 지니 오빠를 만나셨다고요?"

깜짝 놀란 아리가 묻자 진 회장이 퉁명스럽게 대꾸했다.

"녀석이 어찌 알았는지 먼저 연락을 해 와서 저녁 같이 했다. 아리 네가 마음에 두고 있는 녀석인 줄 알고 싹수 좀 보려고 만난 건데 이제 보니 헛짓을 했군."

"후훗, 설마 지니 오빠에게 라이벌 의식 느끼신 건 아니죠?"

아리가 상큼하게 웃으며 놀리자 진 회장의 눈매가 가늘어지고 입술 끝이 실룩거렸다. 그건 심기가 못마땅하거나 짓궂은 기분이 들 때 짓는 진 회장 특유의 버릇이었다.

"젊은 시절의 날 잠깐 떠올리게 만들기는 했지. 하지만 아직 멀었어."

"지니 오빠가 그 말씀을 들었다면 무척 좋아했을 거예요. 고맙습니다, 회장님. 안녕히 주무세요."

아리는 들어왔을 때보다 한결 가벼워진 마음으로 서재를 나섰다.

하지만 문이 닫힌 순간 진승필의 입가에 머물렀던 미소와 눈빛에 감돌던 따스한 온기는 온데간데없이 싹 걷혔다. 진 회장은 깊은 생각에 잠겨 천천히 찻잔을 비웠다. 그러고 나서 책상 위에 놓아둔 스마트폰을 집어 들고 누군가에게 전화를 걸었다. 상대는 벨이 채 두 번을 울리기도 전에 전화를 받았다.

— 네, 회장님.

"이석현에 대해서 좀 더 자세히 알아봐. 그리고 내일 그 친구를 정신 없이 바쁘게 만들어 줘야겠어. 물론 그럴듯한 먹잇감을 물려 줘서 말이야. 아, 그 친구 아버지 회사 일을 살짝 건드려도 좋겠지. 자고로 깨끗한 윗물 아래엔 진흙탕에서 구르는 벌레들이 있기 마련이니 그쪽을 알아봐도 좋고."

진 회장이 냉담한 눈빛으로 차분히 지시를 내리자 상대가 즉시 답을 돌려주었다.

— 무슨 말씀인지 알겠습니다, 회장님. 적당한 것으로 일을 만들

어 보겠습니다. 그럼 일요일에 있을 초대는 계속 진행해도 되겠습니까?

"흠, 승연이 상대로 적당하니 그 초대 건은 그대로 진행하게. 단, 다른 귀빈들을 적당히 배치하는 것 잊지 말고. 내 여동생 가족도 참석할 예정이니 모두가 모인 자리에서 아리 그 아이를 세상에 공식적으로 소개할 적당한 무대를 만들어 봐."

— 그럼 오늘 내로 초대 손님 리스트를 다시 작성해서 보고드리겠습니다.

김 비서의 명쾌한 대답에 만족한 진 회장은 깊은 눈빛으로 답했다.

"좋아. 지금쯤이면 내 여동생이 바짝 촉을 세우고 이쪽을 주시하고 있을 거야. 적당히 정보를 흘려 주는 건 좋지만 항상 조심해야 하네, 김 비서."

— 명심하겠습니다, 회장님.

진 회장은 전화를 끊었다. 그리고 발코니로 걸어가 어둠과 가로등이 만들어 내는 가을 정원의 풍경을 바라보며 짧은 회상에 잠겼다.

• • •

"저는, 이제 어떻게 해야 할지 모르겠어요. 할머니를 이렇게 무력하게 보내 드릴 수는 없어요. 도와주세요, 회장님!"

시골 병원의 응급실에서 다시 아리를 찾았을 때, 아이가 진승필을 보자마자 눈물로 애원했었다.

세상에 혼자 남을 손녀에게 평생 열심히 모은 재산을 남겨 주기 위해 아리의 외할머니는 치료와 수술을 거부하고 약으로만 버티고 있었다. 하지만 나날이 심해지는 병세와 통증은 곁에서 지켜보는 건 아리를 더 힘들고 슬프게 만들었던 것 같다.

진승필은 자신의 품에서 그동안 참았던 눈물을 터뜨리는 아이를 안아 주는 것밖에 할 수가 없었다. 하물며 아리의 할머니가 진 회장이 접근하는 걸 극도로 싫어하며 거부했기 때문에 진 회장은 여인이 약을 먹고 잠이 든 사이 근처에 있는 정원으로 아리를 데리고 갔다.

아낌없이 쏟아져 내리던 한낮의 햇살이 사위고 황금빛 노을이 곱게 물들기 시작할 무렵이었다.

"아리 양, 자네가 인생에서 가장 중요하게 여기는 것 세 가지만 말해 줄 수 있나?"

김 비서가 만들어 준 자리에 앉은 진 회장은 황금빛에 조금씩 섞여 들기 시작한 밝은 오렌지빛 하늘을 가늘게 뜬 눈으로 응시하며 물었다. 그간의 마음고생으로 훌쩍 야위고 창백해진 얼굴의 아리가 잠시 생각하더니 이내 답을 내놓았다.

"할머니, 친구들, 그리고 앞으로 내가 만들고 싶은 가족이에요."

"그래, 그 이유가 뭔지 말해 줄 수 있나?"

아리는 진 회장이 왜 그런 것들을 묻는지 의아해했지만 솔직하게 대답해 주었다.

"할머니는, 제게 한 분뿐인 가족이에요. 세상에 혼자 남겨졌다고 느꼈을 때 할머니가 보육원으로 저를 찾아오셨어요. 그리고 당신이 가진 전부를 주셨고 지금도 저를 위해서 희생하고 계시는데 어떻게 존경하고 사랑하지 않을 수 있겠어요? 저는, 할머니를 위해서라면 무엇이든 할 수 있어요."

"흠, 그래. 그렇겠지. 그럼 친구들은 아리 양에게 어떤 의미가 있는 거지?"

진 회장이 신중한 눈빛으로 질문했다.

"제가 말씀드린 친구들은 엄마가 없을 때 저를 지켜 주고 놀아 준 보육원 친구들이에요. 그중에서 자기들끼리 독수리 5형제라고 부르며 뭉쳐 다녔던 언니 오빠들이 없었다면 전 정말 외롭고 불안했을지도 몰라요."

친구들을 떠올리는 아리의 눈빛이 웃음기로 반짝였고 목소리에도 온기가 묻어났다.

"할 수만 있다면, 제가 돈을 많이 벌고 성공이라는 걸 한다면 그 친구들에게 무엇이든 해 주고 싶어요. 저희 할머니가 저에게 해 준 그런 희생은 아니더라도 무언가 도움을 줄 수 있는 사람이 되고 싶어요. 지금으로서는 꿈도 꿀 수 없는 일이지만, 아무튼 전 그래요."

"할머님께서 아리 양을 참 잘 키워 주셨군. 내가 부끄러울 정도로."

진 회장은 멀리 노을 지는 곳을 보며 조용히 미소 지었다. 그러더니 아리가 의아한 눈으로 쳐다보는 게 느껴졌는지 약간은 불편해 보이는 표정으로 변명처럼 말했다.

"나란 인간은 배운 것 없고 가진 것도 없는 지지리도 가난한 집안의 장남으로 태어났지. 그래서 나는 무슨 짓을 해서든 성공해서 일가를 이루면 내 자식들에게만큼은 뭐든 모자람 없이 해 주고 대대손손 부를 물려주는 걸 일생의 목표로 했다. 그 때문에 아내와 난 두 아들과 손주들도 그렇게 키웠던 것 같아."

덤덤하게 말하던 진 회장의 눈빛에 어느덧 짙은 그늘이 드리워졌다.

"그런데 어느 날 해외에 휴가를 떠난 가족들이 사고를 당했고, 난 돈 이외엔 가진 게 없는 늙은이가 되어 있더군. 웃긴 건 그때도 난 더 큰 돈을 버는 일에 온 신경을 집중하고 있었다는 거야. 그걸 깨달은 순간 한마디로, 미치겠더구나."

그 당시를 떠올리는 진승필의 눈빛은 지는 해처럼 외롭고 쓸쓸했다. 서늘한 저녁 바람이 옷깃으로 스며들어서인지 아니면 스스로에게 넌더리가 나는지 진 회장은 실제로 몸서리를 쳤다.

"어머, 어떡해요."

아리가 놀란 얼굴로 탄식했다. 젊은 아가씨의 안타까워하는 얼굴에서 진심을 읽은 진 회장은 자신의 내부에서 시들어 죽어 가던 희망이 조심스레 생명력을 되찾는 걸 느꼈다. 이 아이의 순수한 마음을 살 수 있다면 진승필은 지금 이 순간 무슨 짓이든 할 수 있을 것 같았다. 또 그래야만 했기에 진 회장은 자못 더 불쌍한 표정으로 입을 뗐다.

"나에게도 아리 양 같은 손주들이 있었지만 조금 전에 아리 양이 말했듯 속 깊고 철든 녀석은 없었지. 내가 조금 더 일찍 깨달았다면 응석 부리고 저 잘난 줄만 알고 살다가 의미 없이 저세상으로 보내지는 않았을 텐데 말이야. 그런 의미에서 자네 할머님은 성공한 양반이라는 뜻이야. 경제적으로는 좀 부족하게 자랐을지 몰라도 할머님에게서 남을 살필 줄 아는 사랑을 배웠을 테지. 그러니 아리양도 가족의 소중함에 대해서 알고 있는 것일 테고 말이지."

진 회장이 부드럽게 말하자 아리의 얼굴이 붉은 노을빛을 받아 더욱 곱게 물들었다.

"할머니는 정말 멋진 분이세요. 하지만 저는 그렇지 않아요, 회장님. 사소한 일에 화도 잘 내고 저 싫어하는 사람을 괴롭히기도 하는걸요. 거기다 인내심도 없고 욱, 하는 충동적인 성질도 문제예요. 그래서 할머니에게 매번 잔소리를 듣는데…… 아아, 할머니가 안 계시면 저한테 누가 그런 애정 어린 잔소리를 해 주실까요?"

잠깐 현실을 잊어버리고 재잘재잘 수다를 늘어놓던 아리가 갑자기 울음을 터뜨릴 것 같은 표정으로 울먹였다. 불안하게 흔들리는 아리의 눈동자를 본 진 회장이 진지해진 표정으로 입을 떼었다.

"아리 양, 나와 거래 하나 하지 않겠나?"

"네? 하지만 회장님 같은 분이 저와 무슨 거래를……."

앳된 얼굴에 어리둥절한 빛을 떠올리면서도 아리는 호기심을 감추지 않았다. 점점 짙어지는 저녁 노을은 낮은 건물들 위로 넓게 퍼져 나갔고 젊은 아가씨를 바라보는 노인의 깊은 눈빛은 점차 어둡게 물들어 갔다. 긴장된 짧은 침묵 후에 진 회장은 마침내 깊이 감추어 두었던 속내를 조심스럽게 꺼내 보였다.

"내가 아리 양의 소망 세 가지를 모두 들어주지."

"네에?"

진 회장의 갑작스러운 제안에 아리는 혼란스러운 표정으로 눈을 깜빡였다. 그러나 진 회장은 진지한 어조로 거침없이 말을 이어 나갔다.

"할머님께서 남은 생을 편안하고 행복하게 사실 수 있도록 여건을 만들어 주지. 아리 양의 보육원 친구들 각각이 원하는 것이 무언지 알아내서 그들에게 적당한 기회를 만들어 줄 수도 있어."

"그, 그럼 제가 회장님을 위해 무엇을 해 드려야 하죠?"

너무나 엄청난 제안이었기에 믿기지 않는다는 듯 아리는 멍하니 물었다. 그러자 진 회장이 가만히 웃더니 나직이 말했다.

"저무는 저 태양처럼 나 역시 살아온 날보다 남은 날이 많지 않다는 걸 알고 있지. 내가 꿈과 기대를 걸었던 아들과 손주들도 이미 세상을 떠났고, 이제 내겐 이 나이에 넘치게 많은 돈 밖엔 남은 것이 없다네."

진 회장의 솔직한 고백을 들은 어린 아가씨의 얼굴에 동정심과 이해의 빛이 떠올랐다. 진 회장은 그것을 놓치지 않고 꽉 붙잡았다.

"내가 아리 양에게 원하는 건, 아리 양의 세 번째 소망이야. 내게 아리 양의 미래를 조금 빌려주지 않겠나?"

· · ·

진승필은 구름 한 점 없이 검푸른 밤하늘을 올려다보았다. 그곳에 창백한 달이 하나 외롭게 걸려 있었다. 마치 늙고 욕심 사나운 자신을 비웃는 듯한 느낌에 진 회장은 공연히 뜨거워지는 얼굴을 돌렸다. 그런 진 회장의 시선 끝에 언제나 책상에 놓아두는 사진이 걸렸다. 그가 잃어버린 가족의 사진이었다. 순간 꾹 다물린 진 회장의 입술 끝이 강렬한 감정으로 바르르 떨렸다.

"나는 아리 그 아이에게 내가 줄 수 있는 최고의 짝을 찾아 맺어 줄 거요. 그것이 우리가 지은 죄를 갚는 유일한 방법이라 믿으니까. 그것만이 내가 남은 생을 살아갈 수 있는 유일한 이유가 될 테니까. 그 아이를 얻기 위해 세상과 그 아이조차 속여야 한다 해도,

난 기꺼이 그렇게 할 거요."

진승필은 자신을 향해 원망과 비난의 눈빛을 보내고 있는 듯한 아내의 얼굴에서 단호히 고개를 돌렸다. 진 회장의 눈길이 아리가 머물고 있는 부속 건물로 향했다. 지금쯤 그 아이는 끊어 내고 버려도 끈질기게 달라붙는 미련한 마음과 싸우고 있으리라.

"이석현, 하필 이 회장님 손자인 이석현이라! 보육원 녀석들과 출신 배경이 달라서 명단에서 제외시켰던 게 실수였군. 흠, 무슨 속셈으로 접근했는지 몰라도 넌 자격 미달이야, 이석현 군."

나직이 혼잣말을 중얼거리는 진 회장의 눈빛이 칼날처럼 싸늘하게 빛났다. 아리가 마음을 돌린 것 같으니 이제라도 일을 바로잡을 수 있어 다행이라 여기며 진 회장은 책상 앞으로 돌아가 앉았다.

잠시 후 김 비서가 일요일에 있을 식사 초대에 적당한 인물 리스트를 각각의 정보와 함께 메일로 보내왔다. 진 회장은 오랜만에 가슴이 설레는 기분을 맛보며 즐겁게 석현의 할아버지가 세운 주식회사 이로운에 관련된 보고서와 석현에 관한 새로운 보고서를 검토하기 시작했다. 그리고 마지막으로 앞으로 자신과 아리가 만들어 갈 미래의 청사진이 담긴 서류들을 들여다보며 진 회장은 가슴이 부풀어 오르는 것을 느꼈다. 이런 즐거움 역시 아리 그 아이가 진승필에게 가져다준 기쁨 중 하나였다.

'설레며 내일을 기다리는 행복함이라……'

그 밤, 진 회장의 서재는 늦게까지 불이 꺼지지 않았다.

7장
거부할 수 없는 유혹

그는 오지 않았다. 아리는 술잔을 입으로 가져가며 그 사실이 무엇을 의미하는지 자신에게 일깨웠다. 그녀가 쓴웃음과 함께 독한 술을 목구멍 안으로 삼켰다.

어젯밤 마음에서 석현을 지워 내려고 애쓰던 아리는 혼란스러운 꿈에 시달리다가 개운하지 못한 기분으로 아침을 맞았다. 그녀가 아침을 먹기 위해 본채로 갔을 때 진 여사와 승연은 함께 외출하고 없었고, 진 회장은 어젯밤 늦게까지 일해서 아직 일어나지 않았다고 도우미 아주머니로부터 전해 들었다.

혼자 아침을 먹은 아리는 숙소로 돌아와서 세탁기를 돌리고 창문을 활짝 연 후 대청소를 했다. 그렇게 해서라도 어지러운 마음을 정리하고 싶었다. 하지만 피트니스클럽에 들러 땀 흘려 운동하고 난 후 저녁에 있을 친구들 모임을 위해 준비를 시작한 순간부터 그녀의 미련한 마음은 습관처럼 다시 가슴이 두근거리기 시작했다.

평소 그녀였다면 집에서 간단히 화장을 하고 편한 옷으로 갈아입은 뒤에 즐거운 마음으로 약속 장소로 갔을 것이다. 하지만 오늘 그녀는 제 돈을 들여 마사지와 헤어, 메이크업에 공을 들였다. 그리고 옷장에서 가장 아끼는 원피스와 구두를 꺼내 입었다.

'오랜만에 만나는 친구들에게 잘 지내고 있다는 걸 보여 주고 싶으니까.'

아리는 거울에 비친 자신의 모습을 마지막으로 점검하며 핑계를 찾았다. 하지만 그것이 거짓말이라는 건 자신이 제일 잘 알고 있었다. 거울 속에 비친 그녀의 눈빛은 간절히 소망하는 것에 대한 기대감과 흥분, 설렘으로 유난히 반짝거리고 있었다.

'아리야! 강아리!'

반가운 탄성과 포옹, 걱정 섞인 인사와 대화가 오가는 사이 축제 같았던 어수선하고 들뜬 분위기는 진정이 되었다. 대신 언제나 아리가 그들의 곁에 있었던 것처럼 편안하고 유쾌한 것으로 바뀌었다. 그런 친구들 속에서 아리도 즐겁고 행복한 시간을 보냈다. 하지만 친구들이 하나둘씩 취해 자리를 떠나고 파장 무렵이 되어도 석현이 나타나지 않자 그녀는 속상했고 서운해서 마음이 무겁게 가라앉았다.

'대체 오늘 뭘 기대한 거니? 석현 군은 오지 않아. 깔끔하고 똑똑한 남자니까 내 말을 이해하고 포기한 거야. 내가 현실을 받아들인 것처럼…….'

아리는 쓴 술을 꿀꺽꿀꺽 삼켰다. 그때 근처에서 선우진과 친구들이 나누는 대화가 아리의 주의를 끌었다.

"그런데 석현이는 오늘 안 오나?"

독수리들 중 한 친구의 질문에 다른 친구가 대답했다.

"회사에 급한 일이 생겨서 좀 늦을 거라고 들은 것 같은데? 그렇지, 진?"

"응. 아까 전화해 봤는데 녀석 정신없이 바쁜지 제대로 통화도 못 했다. 되도록 참석하겠다고는 했는데 시간 보니 못 올 거 같네."

진이 술잔을 기울이며 슬쩍 아리의 눈치를 살폈다. 어제 석현과 그녀가 함께 있었다는 사실이 마음에 걸린 듯했다. 하지만 아무것도 모르는 독수리들은 킥킥 웃으며 놀려 댔다.

"혹시 아리 무서워서 안 오는 거 아니냐? 예전에도 아리가 석현일 아주 못살게 굴었잖아."

"원래 밥 먹으면서 쌓은 정하고 미운 정이 오래가는 법이지. 암, 그렇고 말고. 그건 그렇고 솔직하게 말해 봐, 강아리. 너 석현이 좋아했지?"

실실거리며 웃고 떠들던 독수리가 갑작스럽게 던진 돌직구에 놀란 아리가 술이 목에 걸려 캑캑거렸다. 다행히 그때 다른 독수리가 코웃음을 치며 끼어들었다.

"무슨 잡소리야? 아리가 석현이 볼 때마다 못 잡아먹어서 안달이었구만!"

"야야! 원래 관심 없으면 괴롭히고 싸우지도 않는 법이거든? 자식이 연애를 몰라요. 그러니까 여태 모태 솔로지."

"야! 여기서 그 얘기는 왜 나오냐? 말해 봐라, 강아리. 내 생각이 맞지?"

두 친구가 주거니 받거니 하며 작은 말다툼을 벌였다. 잔기침을 멈춘 아리는 억지 미소를 지으며 심술궂게 대답해 주었다.

"어머, 딱 걸렸네? 역시 승호 오빠 눈은 예리하다니까? 응. 괴롭히다가 정들었지 뭐!"

"저, 정말이야? 아리 너, 정말로?"

당황한 독수리가 눈을 둥그렇게 뜨고 묻자 아리는 킥킥 웃음을 터뜨리며 자리에서 일어났다.

"아이고, 순진한 우리 진수 오빠! 사람 말 그대로 믿으니까 자꾸 사기당하잖아. 오빠는 여전하네? 그래서 고맙지만."

"그러니까 진담이라는 거야 아니라는 거야? 에이, 농담이지?"

"글쎄? 뭐가 진짜인지 한번 알아맞혀 봐. 그럼 내가 한 달 치 밥 산다. 음, 후우! 술이 오르네? 나 잠깐 바람 좀 쐬고 올게."

"야, 강아리! 너 그냥 가는 건 아니지? 야, 나 밥 안 얻어먹어도 되니까 그냥 말해 줘!"

진수가 당황한 표정으로 소리쳤지만 아리는 뒤도 돌아보지 않았다. 그러자 옆에 앉아 있던 승호가 의기양양한 얼굴로 술잔을 건넸다.

"그만해, 진수야. 우리도 석현이처럼 아리 재 못 당해. 또 뭐가 진실이든 무슨 상관이냐? 저 애가 돌아왔다는 게 중요한 거지."

"뭐, 그렇긴 그렇지만. 에이! 하여간 저거 완전 여우라니까."

두 남자는 서로 눈빛을 교환하며 건배를 했다. 그런 친구들을 묵묵히 쳐다본 선우진은 생각에 잠긴 눈빛으로 남은 술을 단숨에 비운 뒤 자리에서 일어났다.

"나도 잠깐 실례."

선우진은 카페를 가로질러 화장실 쪽으로 가는 아리를 뒤따랐다. 그런 진의 눈이 흘끔 출입문을 확인했지만 석현은 여전히 나타나지 않았다.

'무슨 일이지? 오늘 아침에 통화했을 때만 해도 분명히 올 거라고 했는데.'

선우진은 마치 시험을 치르는 것 같았던 어제저녁 진승필 회장과의 만남을 떠올렸다. 그러다 머리를 스친 어떤 생각에 눈을 가늘게 떴다. 어제 진 회장은 자신을 비롯해 보육원 친구들에 대해 물었고 그중에서 특히 석현에 대해 관심을 보였었다.

'아무래도 아리 저 똥강아지와 연관이 있는 것 같은 냄새가 나. 석현이도 눈치챘을까?'

진은 궁금해하며 남자 화장실로 들어갔다. 조만간 석현과 이야기를 해 봐야겠다고 생각하면서.

머리가 지끈거리고 얼굴에 자꾸 열이 오르자 아리는 손을 씻다가 잠시 눈을 감았다. 그러자 저절로 한숨이 새어 나왔다.

이젠 돌아가야 할 시간이다. 미련한 마음을 붙잡고 있는 자신에게 짜증이 났고 조금 피곤하기도 했다. 집에서 나오기 전에 김 비서 아저씨에게서 전해 들은 바로는 내일 점심 식사에 초대된 손님들의 수가 늘어난 만큼 그녀가 신경 써야 할 일들도 더 생겼기 때문이다.

'드디어 내일이구나.'

첫 관문으로는 세상에서 가장 까다롭고 엄격한 기준을 가진 회장님의 눈에 들어야 했고 최종 선택은 그녀의 몫이었다. 앞으로의 인생과 미래를 좌우할 중대한 선택이니만큼 온 마음과 주의를 집중해야 했다.

'비록 이번 연회는 시작에 불과하다 해도, 아니, 첫 단추이기에 더더욱 나를 최고의 상품으로 보이게 시장에 내놓아야 해. 약속은 약속이니까.'

눈을 뜬 아리는 거울 속에 비친 자신에게 냉정하게 현실을 일깨워 주었다. 하지만 왠지 모르게 기운이 빠지고 시큰둥한 기분이 드는 건 어쩔 수 없었다. 그녀는 억지로 기분을 끌어 올리고 화장실을 나왔다. 그런데 마침 진이 그녀를 기다리고 있었다.

"어, 오빠. 마침 잘 만났어. 사실은 나……."

"가려고?"

진이 씩 웃는 얼굴로 아리의 말을 자르고 끼어들었다.

"어떻게 알았어?"

"내가 널 한두 해 알았냐? 네 똥기저귀 갈아 주며 업어 키운 사람이 나야, 자식아!"

놀라서 눈을 동그랗게 뜨는 아리의 머리에 꿀밤을 먹이는 시늉을 하는 진이었다. 아리는 곱게 눈을 흘기며 그런 진의 손을 탁 쳐내고 말했다.

"내가 오빠를 처음 봤을 때도 기저귀는 뗐었거든? 나이 먹은 티내지 마세요, 선우진 씨. 아무튼 오늘은 이만 갈게. 내일 중요한 행사가 있어서 일찍 들어가야 할 거 같아."

"녀석들 섭섭해하겠네. 데려다줄까?"

진이 선선히 허락하자 아리는 웃으며 고개를 저었다.

"아니, 기사 아저씨가 요 앞에서 대기하고 있을 거야. 참, 우리 회장님이 오빠를 아주 잘 보셨더라? 곧 좋은 소식 있을 거야. 잘해 봐, 오빠."

입구를 향해 걷던 아리가 문득 생각났다는 얼굴로 진에게 희소식을 전했다. 그러자 진이 그녀를 따라 걸으며 조심스럽게 물었다.

"솔직히 난 진 회장님과 너의 인연이 너한테 좋은 건지 아닌지 잘 모르겠다. 혹시 진승필 회장이 너에게 부당한 압력을 행사하는 거라면……."

"오빠도 석현 군하고 똑같은 소릴 하네. 회장님은 그런 분이 아니야, 오빠. 좀 차갑게 보이고 감정 표현을 안 하셔서 그렇지 속정은 얼마나 깊은데. 오빠도 차차 겪어 보면 알게 될 거야."

"어제 석현이하고 만나서 그런 얘기 한 거냐? 또 싸웠어?"

"어? 우리가 앤가, 만나기만 하면 싸우게. 아무튼 나이 먹으면 걱정만 느나 봐. 어쩌면 둘이 하는 얘기가 그렇게 똑같냐?"

아리는 내심 당황했지만 가벼운 농담으로 받아넘기며 자못 투덜거렸다. 그러자 진이 그녀를 곁눈으로 살피며 대답했다.

"이석현도 나만큼 널 걱정한다는 뜻이겠지. 애들 말처럼 티격태격하다가 정이 많이 든 모양이다? 석현이 녀석 성격에 너 있는 데로 쫓아가서 대화를 시도한 걸 보면."

"흥! 날 두 번 생각했다가는 아주 잡아먹겠네."

아리는 어제 석현이 자신에게 했던 모든 말들과 행동, 특히 생각지도 못했던 뜨거운 키스가 떠오르자 입술을 삐죽 내밀고 빈정거렸다. 그런 그녀를 본 선우진이 쿡쿡 웃음을 터뜨리더니 말했다.

"이것 봐, 그새 또 싸운 거 맞네! 하여간 석현이 녀석도 끈기 하나는 못 당하겠다. 그렇게 너한테 구박과 핍박을 받으면서도 붙어 있는 걸 보면 독특한 취향인 것도 같고."

"붙어 있긴 누가 붙어 있어? 내내 날 무시했던 남잔데. 사람들은 내가 석현 군을 괴롭혔다고 생각할지 몰라도 내 입장에선 일관되게 비웃음받고 무시당한 거라고. 재수 없어서 나도 반격을 한 것뿐이란 말이야."

"아이고, 그러셔요."

"어허, 이 오빠 속고만 살았나? 정말이라니까?"

선우진이 특유의 빈정거리는 투로 말하자 아리는 즉각 발끈했다. 그럴수록 진은 빙글거리며 놀려 댔다.

"이제 와서 감출 게 뭐야. 솔직해져 봐라, 강아리."

"난 솔직한 거 빼면 시체인 여자거든? 뭘 더 말하라는 거야?"

"사실은 첫눈에 백마 탄 왕자님처럼 짠, 하고 나타난 이석현에게 반했던 거 아냐? 청개구리 심보 가진 널 내가 몰라서? 후후후!"

억울하다는 얼굴로 퉁명스럽게 반박하는 아리의 말에 선우진이 돌직구를 날렸다. 순간 아리의 얼굴이 새빨갛게 물들었다.

"그, 그런 거 아니거든? 아니야!"

"그래. 그 거짓말 진짜라고 믿어 주마. 그렇지만 아리야, 이제 넌 어른 여자야. 나는 네가 정말로 행복해지는 선택을 했으면 좋겠다. 일이든, 사랑이든."

카페를 나와 로비 앞에서 걸음을 멈춘 선우진이 여느 때와 달리 진지한 얼굴로 말했다. 순간 함께 걸음을 멈춘 아리의 얼굴도 딱딱하게 굳었다. 하지만 이내 그녀는 해사하게 미소 지으며 진을 바라보았다. 너무 곱고 예뻐서 가슴이 아픈 그런 미소에 오히려 진의 표정이 굳었다.

"아리야……"

"역시 선우진이라니까? 고마워, 지니 오빠. 걱정하지 마. 지금 난 행복해. 그리고 앞으로 더 행복해질 거고. 나 강아리야. 내게 잘해 주면 두 배로 잘해 주고, 못해 주면 뒤끝이 우주까지 뻗치는 그런 강아리. 내 걱정은 하지 말고 이제 오빠 장가갈 생각이나 하셔. 내가 어떻게, 한번 알아봐?"

조금씩 장난기를 되찾아 가는 아리의 눈빛이 짓궂게 반짝이는 걸 본 선우진은 긴장을 풀고 자못 과장되게 겁먹은 표정을 하며 손사래를 쳤다.

"야 야, 됐거든? 난 이대로가 충분히 편해. 너나 주변에 얼쩡거리는 늑대들 조심해라. 섣불리 장난치는 놈 있으면 나한테 재깍 말하고. 이 오라비가 바로 손봐 줄 테니."

"이야, 너무 든든한 거 아냐? 이래서 내가 제대로 된 연애를 못한 거야. 아, 저기 우리 기사 아저씨 온다. 이제 그만 들어가, 오빠. 안녕!"

아리는 진 회장이 보내 준 차가 로비 앞에 미끄러지듯 멈추자 얼른 뒷좌석에 탔다. 선우진은 차가 시야에서 멀어지는 모습을 그 자리에 서서 오랫동안 바라보았다.

'오빠는 내 가족과 같아. 항상 고마워.'

아리는 눈시울이 뜨거워지는 것을 참으며 부러 고개를 돌리고 바로 앉았다. 그 때문에 그녀가 시선을 돌린 순간 다급하게 진에게로 다가가는 석현의 모습을 미처 보지 못했다.

"선우진!"

석현은 숨을 고르며 친구의 이름을 불렀다. 그러자 가게 안으로 들어가려고 몸을 돌리던 선우진이 고개를 돌리고 인상을 찌푸렸다.

"이석현. 왜 이제 오냐? 방금 아리 배웅하고 들어가는 길인데."

"갔어? 젠장!"

석현이 실망감을 감추지 않고 나직이 욕설을 중얼거렸다. 그런 그를 물끄러미 응시하던 진이 물었다.

"늦을 거면 기다리라고 전화를 하든 문자라도 하지 그랬냐?"

"아까 너랑 마지막으로 통화한 후에 분실했다. 그걸 여기로 달려오는 중에 알았고."

"저런……. 내색은 안 했지만 아리가 너 기다리는 눈치던데. 그런데 아버님 회사에 자금 문제 말고 갑자기 무슨 일이 생긴 거냐? 심각한 거야?"

"해결되고 있으니까 걱정 마."

진의 조심스러운 질문에 석현은 굳은 표정으로 짧게 답했다. 그러자 그에게서 더 이상의 말을 기대하는 건 무리라고 판단한 선우진이 의심을 품고 있던 이야기를 꺼냈다.

"나, 어제 진승필 회장 만났다."

"진 회장님을?"

반문하는 석현의 눈빛이 날카롭게 빛났다. 진은 신중하게 말문을 열었다.

"소문대로 만만한 양반이 아니더라. 이미 재계의 굵직한 현황들을 꿰고 있고 우리 같은 피라미들의 주머니 사정까지 훤히 읽고 있는 눈치더군. 그러니 너희 가족 회사 일도 벌써 그분 정보망에 걸려 훤히 꿰뚫고 있을걸? 네가 아리와 연관되어 있는 걸 아실 테니까."

"무슨 말씀을 하시던?"

석현은 무거운 마음으로 무뚝뚝하게 물었다. 그러자 선우진이 픽, 쓴웃음을 짓더니 고개를 설레설레 흔들었다.

"겉으론 호인처럼 이것저것 별 시답지 않은 걸 묻는 것 같았는데 나중에 돌아오는 차 안에서 다시 생각해 보니 날 손바닥 위에 올려놓고 가지고 노셨더군. 내 그릇이 종지만 한지 대접만 한 건지 시험해 봤던 거지."

"애초에 그릇 축에도 끼지 못했다면 뒤에서 네 사업 자금을 지원하지도 않았을 분이다. 나 역시 그분이 펼친 장기판에 놓인 말 중 하나겠지. 무엇을 위한 판을 벌인 것인지는 직접 부딪쳐 보면 알게 되겠지."

"진 회장이 어떤 목적을 갖고 판을 벌인 거라고? 넌 그게 아리와 관계있다고 생각하는 거로군."

선우진이 심각한 표정으로 눈살을 찌푸렸다. 석현은 친구의 어깨를 툭 한 번 치고는 돌아서기 전에 말했다.

"그게 아리와 관계있는 일이기 때문에 너에게도 알려 주는 거다. 너도 나름대로 진 회장의 움직임을 알아봐. 연적이라도 그 애를 지키는 데 하나보다는 둘이 나을 테니까."

"연적?"

선우진이 놀란 얼굴로 되묻자 석현의 눈빛이 날카롭고 강렬한 빛을 뿜어냈다.

"강아리, 나한테 여자다. 아무리 선우진 너라도 날 멈추게 하지 못할 거란 소리야. 간다! 나중에 보자, 진!"

"하, 돌아 버리겠네! 야, 너 정말 그냥 이렇게 갈 거야?"

그의 폭탄 발언에 아연실색한 진이 뒤에서 소리쳤지만 석현은 돌아보지 않고 한 손을 흔들었다.

"저 자식, 결국 제 마음을 깨달은 건가."

잠시 멍청히 서 있던 선우진은 결국 쓴웃음을 삼키며 중얼거렸다. 그리고 고개를 들어 멀어져 가는 석현을 향해 소리쳤다.

"아리한테 너 늦게 도착했다고 전화해 줄까?"

진이 재차 소리쳤을 때에야 석현은 잠시 걸음을 늦추고 대답했다.

"아니! 내가 알아서 할게. 고맙다, 선우진!"

석현은 주차해 놓은 차를 향해 빠르게 걸으며 생각했다.

'아버지 회사에서 오랫동안 자금과 회계를 담당했던 임원의 횡령 혐의가 드러나고 때맞춰 큰손 투자자들이 손을 떼려는 제스처를 취하며 꼬투리를 잡은 점. 우리 사무실에 일을 의뢰하는 회사들이 쇄도하고 기존 고객들이 말도 안 되는 컴플레인을 걸어온 일. 이 모두가 한꺼번에 우연히 일어날 수 있는 경우의 수는 얼마나 될까?'

거기다 설상가상으로 마지막 미팅을 한 고객과 헤어진 후에 휴대 전화까지 잃어버렸다. 이것마저 우연이라고 생각할 수 있을까? 석현은 운전석에 타고 차를 출발시키며 쓴웃음을 지었다. 우연이든 아니든 자신이 누군가가 교묘하게 놓은 덫에 멍청하게 걸려들었다는 사실만은 부인할 수 없었기 때문이었다.

'좋습니다. 당신이 어떤 의도와 목적을 갖고 있는지 모르지만 나는 내 방식대로 할 겁니다.'

석현은 선우진의 카페로 달려오는 길에 가장 먼저 눈에 띈 휴대 전화 매장에서 새 스마트폰을 구입했다. 잃어버린 물건을 찾느라 시간을 낭비하는 대신 곧장 강아리를 만나러 오는 것을 선택한 그였다. 석현은 스마트폰이 개통되었음을 확인했지만 잠시 생각을 정리한 후 차의 방향을 돌렸다.

• • •

진 회장의 집, 자신의 숙소로 돌아온 아리는 샤워를 하고 편안한 옷으로 갈아입은 뒤 카모마일 차 한 잔을 만들어 거실로 나왔다.

"휴우!"

안락의자에 깊이 몸을 묻고 향기로운 허브티를 마시자 저절로 한숨이 새어 나왔다.

입주 도우미 아주머니의 말에 따르면 진 회장은 그녀가 돌아오기 바로 전에 잠자리에 들었고 진 여사는 아들 내외와 손자가 귀국해서 승연과 함께 호텔에서 묵을 거라는 연락을 해 왔다고 한다. 입주할 집의 인테리어 공사를 마치기까지 한 달 정도 걸린다니 진 회장의 집에서 당분간 지낼 거라는 귀띔을 받은 아리는 내심 걱정이 되었다. 승연이 자신에게 갖고 있는 선입견과 경계심이 담긴 눈초리를 단체로 받게 되는 건 그리 유쾌한 일이 아니었기 때문이었다.

어쨌든 진 여사 가족에게는 자신이 객식구일 터이니 눈치껏 잘 지내야 했다.

"미운 오리 새끼로 살기 참 어렵다, 어려워! 언제쯤 백조가 되려나."

그녀는 따뜻하고 달콤한 향이 나는 허브티를 바라보며 한숨지었다. 하지만 진짜 어려운 건 진 회장의 친척들을 상대하는 게 아니라 자신의 마음을 다스리는 것이었다.

아리가 쓴웃음을 짓는데 스마트폰 벨이 울렸다. 진 회장이 호출하는 거라면 바로 움직여야 했기에 아리는 얼른 대리석 벽난로 선반에 올려놓은 스마트폰을 집어 들었다. 그런데, 액정을 확인한 아리의 표정이 굳어졌다.

"왜요?"

끈질기게 울어 대는 전화기를 노려보던 아리는 결국 포기하고 퉁명스럽게 전화를 받았다. 그러자 감미로운 목소리가 그녀의 귓가를 간질였다.

— 혹시 잠들었는데 깨웠나?

석현이었다. 순간 울컥 차오른 서운함을 애써 삼키며 아리는 차가운 음성으로 대꾸했다.

"막 자려고 하던 참이었어요. 늦었는데 무슨 일이에요?"

— 화났어?

"내가 왜요? 할 얘기 없으면 이만 끊을⋯⋯."

— 잠깐 밖으로 나와. 너한테 줄 거 있어.

석현이 그녀의 말을 부드럽게 가로챘다. 놀란 아리의 눈이 동그래졌다.

"시간이 너무 늦었어요. 뭔지 모르겠지만 다음에⋯⋯."

― 지금 진 회장님 댁 앞이야.

숨을 쉬듯 담담하게 들리는 그의 말에 놀란 아리는 하마터면 전화기를 떨어뜨릴 뻔했다.

"뭐라고요?"

― 네가 못 나올 상황이면 어쩔 수 없지. 정식으로 초인종을 누르고…….

"미쳤어요? 거기서 꼼짝도 하지 마요!"

아리는 그대로 현관문을 향해 달렸다. 전화가 끊기기 전 희미하게 그 빌어먹을 남자의 웃음소리가 들린 것도 같았다. 석현의 성격이라면 자기가 한 말을 주저 없이 행동으로 옮길 게 뻔했고 그 후에 일어날 일은 상상도 하기 싫은 아리였다.

"아, 진짜 내가 못 살아! 대체 왜 여기까지 온 거야? 기다릴 땐 코빼기도 안 보이더니."

겉으론 툴툴댔지만 석현이 자신을 찾아왔다는 사실에 아리의 가슴은 기쁨으로 벅차올랐다. 그녀는 본채에 불빛이 꺼진 걸 확인한 후 대문을 열고 밖으로 나갔다.

"강아리."

"앗! 어떻게 된 거예요! 대체 이 시간에 왜 여기까지……."

고요하기만 한 주변을 둘러보던 아리는 갑자기 뒤에서 나타난 그를 보고 놀란 비명을 질렀다. 하지만 그녀의 폭풍 같은 질문은 석현이 불쑥 앞으로 내민 상자를 얼결에 받아 든 순간 딱 멈췄다.

"이게, 뭐예요?"

"뇌물. 아니, 미끼라고 하는 게 맞으려나?"

석현이 보일 듯 말 듯 한 미소를 지으며 말했다. 아리가 그런 그를 노려보자 그가 풀 죽은 커다란 강아지처럼 순순히 실토했다.

"쿠키하고 아이스크림. 네가 좋아했던 기억이 나서 좀 샀어."

"그러니까, 이거 주려고 여기까지 달려왔다고요? 자정이 다 된 이 야심한 시간에?"

아리는 어이없다는 얼굴로 중얼거렸다. 어릴 때 세아가 사다 주었던 유명한 베이커리의 로고가 새겨진 포장을 본 순간 이상하게 가슴이 찡, 하고 울렸다. 그런데 석현은 아무렇지도 않은 무심한 얼굴로 어깨를 으쓱해 보였다.

"일이 늦게 끝나서 모임엔 참석하지 못했지만 강아리 컴백 기념 선물 정도는 주고 가야 앞으로의 내 인생이 덜 고단할 거 같아서 말이지. 아직도 여기 과자 좋아하지? 네가 요거트 아이스크림하고 딸기 아이스크림을 좋아했던 걸로 기억하는데?"

"여전히, 좋아해요……. 아! 물론 아이스크림이요."

멍하니 중얼거리던 아리는 석현의 눈빛이 반짝이는 걸 보고 얼른 부연 설명을 덧붙였다.

"그래. 변하지 않았을 거라고 생각했어. 강아리는 음식 취향도 의리가 있는 녀석이니까."

석현은 오렌지빛 불빛 아래에 서 있는 그녀를 깊은 눈빛으로 바라보며 엷게 미소 지었다. 방금 샤워를 마쳤는지 화장기 없는 아리의 얼굴은 아기 피부처럼 뽀얗고 맑았다. 하지만 콧등에 주근깨 몇 개가 콕콕 박혀서 귀여웠고 그를 올려다보는 투명한 눈빛엔 놀람과 혼란의 감정이 고스란히 드러나 있어 와락 끌어안고 싶은 충동이 일 만큼 사랑스러워 보였다.

순간 그는 저도 모르게 손을 뻗어 그녀의 까만 머리카락을 살며시 잡아당기며 잠긴 음성으로 말했다.

"감기 걸리겠다. 그만 들어가."

석현은 그녀에게서 억지로 손을 떼고 뒤로 한 걸음 물러났다. 그러자 아리가 눈을 깜빡이며 물었다.

"가려고요?"

"응. 왜?"

"저기요, 정말 이걸 주려고 이 멀리까지 온 건 아니죠?"

"진심 이거 전해 주려고 잠깐 들른 거 맞는데. 어떤 다른 이유가 있어야 하나?"

반론의 여지 없이 담백하게 말하는 그의 눈빛에 당황한 아리의 얼굴이 빨갛게 물들었다. 그제야 자신이 집까지 바래다준 연인에게 무언가를, 이를테면 키스 같은 것을 은근히 바라는 여자처럼 굴고 있다는 것을 깨달았기 때문이었다.

"아니, 물론 아니에요! 어쨌든 잘 먹을게요. 잘 가요."

자존심도 상하고 여전히 미련을 못 버리고 바보처럼 구는 자신에게 화가 난 아리는 차갑게 톡 쏘아 주고 나서 돌아섰다. 아니, 돌아서려고 할 때였다.

"아리야?"

"또 왜요? 어!"

부루퉁한 얼굴로 고개를 돌린 순간 아리는 꽃잎을 스치는 바람처럼 부드러운 숨결과 단단한 입술이 자신의 이마에 닿았다가 멀어지는 걸 느꼈다.

"방금 뭐, 뭘 한…… 흡!"

그녀가 사랑스러워 미치겠다는 듯한 눈빛으로 응시하던 그가 이번엔 완벽하게 그녀의 입술을 훔쳤다.

잠시 후 그의 뜨거운 입술에서 놓여난 아리는 머릿속이 하얘지고 심장이 너무 빨리 뛰어서 아무 말도 하지 못했다. 그러자 석현이 붉어진 그녀의 뺨을 손끝으로 부드럽게 어루만지며 말했다.

"잘 자. 내일 보자, 강아리."

마지못해 그녀를 놓아준 석현은 이내 돌아서서 차를 향해 걸어갔다. 그리고 멍한 얼굴로 서 있는 그녀에게 손을 한 번 흔들어 보이고는 차를 몰고 멀어져 갔다.

아리는 그 자리에서 오랫동안 꼼짝도 하지 못했다. 가슴이 아프도록 설레어서 애써 다잡았던 마음이 흔들렸다.

"안 돼. 그냥, 단순한 작별 키스였을 뿐이야. 의미 두지 마. 절대 그러지 마."

아리는 석현의 숨결이 잠시 머물렀던 제 입술을 아프게 깨물며 중얼거렸다. 열린 대문으로 들어서는 아리의 마음은 어느새 무겁게 가라앉아 있었다. 숙소로 돌아온 그녀는 석현에게서 받은 예쁜 쿠키와 아이스크림 포장을 풀어 보고서 그만 울음을 터뜨리고 말았다.

"회장님이 보육원 시절 친구들은 절대 안 된다고 하셨는데…….할머니, 나 어떡해? 이 남자 왜 이렇게 나한테 잘해 주는 거야? 이제 와서, 이제 와서 어쩌라고."

아무리 차갑게 대하려 해도 자꾸만 녹아내리는 마음을 도저히 막을 수가 없었다. 그 밤 아리는 주방 바닥에 주저앉아 아이처럼 울었다. 너무 행복해서, 그리고 그것만큼 슬퍼서.

다음 날 아침이 되었을 때 그녀의 눈은 퉁퉁 부어 있었다.

"정말 한심한 몰골이네. 이제부터 정신 바짝 차려야 해. 회장님 눈 밖에 나면 모든 게 끝장이야. 과거에 연연해서 현재의 소중한 인연을 망쳐 버리지 마!"

진주를 품은 조개처럼 비밀을 간직한 그녀의 까만 눈동자가 거울 속에서 유난히 깊고 쓸쓸하게 빛났다. 심호흡을 하고 다시 한번 굳게 마음을 다잡은 아리는 진 회장을 만나기 위해 본채로 갔다. 그런데 마침 2층 계단을 뛰어 내려오는 승연과 딱 마주쳤다.

"어머, 부모님 뵈러 가셨다고 들었는데 일찍 오셨네요?"

아리는 평소처럼 경쾌하게 인사를 건넸다. 오늘 승연은 늘씬한 몸매를 강조하는 핫핑크색 니트 원피스를 입고 있었고 미용실에 들렀다 왔는지 완벽한 헤어와 메이크업을 하고 있었다. 승연이 약간 들뜬 표정으로 나머지 계단을 걸어 내려오며 말했다.

"조금 전에 할머니랑 엄마와 함께 왔어. 아빠하고 오빠는 이따가 오후에 시간 맞춰서 오실 거고. 그런데 강아리, 설마 그렇게 입고 손님들을 맞이할 건 아니지?"

"물론 아니에요."

"흠, 우리 할아버지 체면 생각해서 비서면 비서답게 집에서도 좀 차려입어야 하지 않겠어? 참, 할아버지께서 오늘 행사에 꽤 신경을 쓰시는 거 같던데 격에 맞는 옷은 있니?"

승연이 가늘게 뜬 눈으로 아리의 모습을 위아래로 훑어보더니 빈정거리는 투로 물었다. 아리는 군데군데 해진 청반바지와 화려한 꽃무늬가 프린트된 헐렁한 티셔츠를 입은 채 머리를 하나로 질끈 묶고 있었다.

"걱정해 주셔서 고마워요. 옷은 이따가 준비해 둔 의상으로 갈아 입을 테니 염려 마세요. 업체에서 사람들이 오긴 할 테지만 내가 도울 일도 많을 거 같아서 일단 편하게 입은 거예요, 언니."

"언니?"

"어머, 나도 모르게 그런 호칭이 나와 버렸네? 앞으로 계속 볼 사인데 꼬박꼬박 존칭 쓰는 것도 피곤하지 않겠어요? 편하게 언니 라고 부를게요. 그건 그렇고 언니는 오늘 정말 예쁘네요."

"그, 그래? 고마워. 그런데 할아버지 뵈러 가는 길이면 조금 있 다가 들어가는 게 좋겠어. 김 비서 아저씨가 와서 내내 서재에 틀어 박혀 일하고 계시거든. 도우미 아주머니한테 아무도 들이지 말라고 하셨대. 그래서 할머니랑 우리 엄마도 아직 인사조차 못 했거든."

"아, 그래요. 그럼 커피 한잔 마실 시간은 있겠네요."

아리는 서재 쪽을 한 번 쳐다보고 나서 주방을 향해 몸을 돌렸 다. 승연도 그런 그녀를 따라 걸으며 말했다.

"나도 마침 차 한잔 마시려던 참이었어. 그런데 어젯밤 잠 못 잤 니? 피부도 어쩌 푸석하고 눈이 좀 부은 것도 같네? 관리 안 하 니?"

"어제 친구들 만나서 놀다가 좀 늦게 들어왔거든요. 시간 지나면 괜찮아질 거예요."

하는 말마다 밉살스러운 승연에게 뭐라 한마디 해 주고 싶은 마음 이 굴뚝같았다. 하지만 욱하는 성질을 용케 참아 낸 아리는 아무렇지 도 않게 웃으며 대꾸했다. 그러자 승연이 의심스럽다는 듯 물었다.

"남자 친구하고 싸워서 운 건 아니고? 피곤해서 부은 얼굴이 아닌 거 같거든?"

"남자 친구요? 저 그런 거 안 키워요. 그런데 왜 그런 생각을 했는지 모르겠네요?"

아리는 문득 집요하게 캐묻는 승연의 태도에 의구심이 생기자 내심 긴장하며 물었다.

"정말 없다고? 그럼 내가 본 장면은 뭘까?"

"무슨, 어디서 뭘 봤는데 그래요, 언니?"

"그제 친구들하고 맛있다고 소문났다는 파스타집에 갔다가 어떤 남자하고 같이 있는 널 봤거든. 그 남자가 혹시 네 남자 친구가 아닌가, 싶어서. 정말 아니야?"

식당으로 들어서며 승연이 무심한 듯 질문을 던졌지만 아리를 살피는 눈초리는 매처럼 날카로웠다. 순간 아리는 심장이 덜컥, 내려앉는 기분을 느꼈지만 가까스로 태연하게 대답했다.

"아, 하하! 석현 오빠하고 같이 있는 걸 봤구나. 그럼 와서 알은척하지 그랬어요? 오빠는 남사친이에요. 남자 사람 친구!"

"하지만 뭐랄까, 두 사람 분위기가 무척 심각해 보였는데. 정말 남자 친구가 아닌 거 확실해?"

고깃덩이를 문 사냥개처럼 승연이 눈을 빛내며 악착같이 캐묻자 아리는 속이 부글거렸다. 그렇지만 솔직하게 털어놓으면 더 큰 곤경에 빠질 게 뻔했기에 억지 미소를 지으며 말했다.

"그날은 내가 그 오빠한테 화나는 일이 좀 있어서 그렇게 보였을 거예요."

"화나는 일?"

"큰일은 아니고요. 예전부터 자주 투닥거렸는데 오랜만에 봐도 마찬가지더라고요."

승연이 진 회장과 그녀 간의 약속에 대해 알 리가 없다. 아리는 승연이 어째서 이렇게 석현과 자신의 관계에 대해 궁금해하는지 의아해하며 대충 대답을 해 주었다.

"그러니까 넌 이석현 씨와 사귀는 사이가 아닌 게 확실한 거지?"

"이석현 씨? 저기, 언니가 어떻게 석현 오빠를 알아요?"

깜짝 놀란 아리는 걸음을 멈추고 승연을 쳐다보았다. 그러자 승연이 어울리지 않게 수줍은 표정으로 대답했다.

"사실은 아까 할아버지께서 부르셔서 서재로 갔더니 김 비서 아저씨가 나에게 사진 한 장을 보여 주시더라고. 바로 너와 함께 있었던 그 남자라 깜짝 놀라서 여쭤보니까 오늘 점심 초대에 올 손님 중 하나인데 내게 소개시켜 주고 싶은 청년이라고 하시는 거야."

"저, 정말 회장님께서 그렇게 말씀하셨어요?"

아리는 그대로 얼음이 되어 멍하니 중얼거렸다. 그녀와 달리 승연이 홀가분한 표정으로 고개를 끄덕여 보였다.

"응. 너하고는 희망원이라는 보육원에서 봉사 활동을 하다가 친해진 거라고 말씀해 주셨어. 이석현 씨 말이야, 유통 사업을 하다가 요즘 외식 업계에 진출해서 잘나가고 있는 주식회사 이로운의 막내아들이라며?"

승연이 호기심을 드러내며 물었다. 갑자기 머릿속이 복잡해지고 토할 것처럼 속이 울렁거리자 아리는 힘없이 중얼거렸다.

"아마, 그럴 거예요."

"흠, 그럼 이현이란 영화배우가 이석현 씨 형이 맞구나! 어쩐지 너와 같이 있는 석현 씨 보고 어디서 많이 본 듯한 잘생긴 남자라고 생각했었거든. 김 비서 아저씨 말이 이석현 씨 이번 학기부터 너네 학교에서 강의를 시작했다고 하던데, 맞니? 그 남자 혹시 대학 총장이나 뭐 그런 재단을 운영하는 걸 꿈꾸는 건 아닐까? 머리도 무척 똑똑하다던데."

승연의 입에서 술술 흘러나오는 석현에 대한 정보를 듣는 동안 아리의 안색은 점점 딱딱하게 굳어져 갔다. 승연이 원하는 건 구체적인 설명이 아니라 적당히 동조해 주는 것이었기에 아리는 커피 머신으로 다가가며 고개만 끄덕였다. 그런 아리의 뒤에서 승연이 도우미 아주머니에게 지시하는 도도한 목소리가 들려왔다.

"아줌마, 나 차 한 잔 만들어 줘요. 레몬 버베나가 좋겠어."

"네, 아가씨. 아리 아가씨도 앉아 계세요. 커피 준비해 줄게요."

"아니요. 제가 할게요. 고마워요, 아줌마."

아리는 아주머니의 친절한 배려를 거절했다. 머리가 복잡할 땐 몸을 움직이는 게 도움이 되기 때문이었다. 아니, 그러길 바랐다.

"정말, 진지하게, 만나 볼 생각 있어요? 그러니까 석현 오빠 말이에요."

원두를 고르며 아리는 무심한 척 승연을 떠보았다. 그런데 놀랍게도 승연이 얼굴을 붉혔다. 하지만 표정과 목소리만큼은 타고난 오만함을 감추지 못했다.

"집안 배경도 그냥 그렇고 형이 연예인이라는 게 좀 걸리지만…… 그 형도 아직까지 평판도 나쁘지 않고 결혼도 했다니까 그럭저럭 넘어가 줄 수 있을 거 같아. 우리 할머니 얼굴 봐서 할아버지가 별 볼 일 없는 남자를 추천한 건 아닐 테니까 한번 만나 보려고 해. 다행히 같이 있어도 부끄러운 외모는 아니니까."

"아, 네에."

어련하시겠어요. 아리는 빈정거림이 새어 나오려는 입술을 꼭 깨물었다. 아리가 똑똑 떨어지는 에스프레소를 멍하니 바라보는데 승연이 물었다.

"그런데 이석현 씨는 어때?"

"네? 뭐가요?"

"이를테면 성격이나 특이한 버릇, 여성 편력이나 취향 같은 거 말이야. 상대에 대한 정보가 많을수록 평가하기 좋잖아? 넌 오랫동안 봐 왔으니 잘 알 거 아냐."

"아……. 그렇죠, 평가."

아리는 저도 모르게 인상을 찌푸렸다. 하지만 이내 새치름한 표정으로 냉정하게 말했다.

"말해 주기 싫은데요. 그런 건 직접 알아보세요."

"뭐라고?"

아리가 아랫사람답게 굽실거리며 제가 가진 정보를 털어놓을 줄 알았던지 승연은 뒤통수라도 맞은 멍한 얼굴로 눈을 깜빡였다. 그런 승연의 손끝에서 허브티 잔이 살짝 흔들렸다.

"물론 내가 알고 있는 정보들을 말해 줄 수는 있어요. 하지만 그건 제 눈으로 본 이석현이란 남자의 모습이잖아요? 평생을 함께할 남자를 고르는데 남의 눈을 빌려 평가하는 건 좀 위험하지 않을까요? 뭐, 그래도 원한다면 말해 줄게요."

아리의 말투나 표정은 상냥했지만 속뜻은 남의 손을 빌려 쉽게 코 풀려고 하지 말라는 빈정거림이 담겨 있었다. 그걸 모를 정도로 승연은 눈치가 없지 않았기에 아리를 노려보는 승연의 눈빛이 순간적으로 사납게 빛났다.

'다른 건 몰라도 내 입에서 석현 군에 대한 얘기는 단 한 마디도 못 들을걸요?'

아리도 지지 않고 웃는 얼굴로 승연을 마주 응시하며 속으로 코웃음 쳤다. 그녀는 승연에게 석현에 대해 말하고 싶지 않았다. 자신만이 알고 있는 그 남자의 사소한 무엇 하나도 다른 여자와 공유하는 건 끔찍하게 싫었다. 그런 아리의 마음을 읽었는지 아니면 자존심이 상해서인지 짧은 침묵 후에 승연이 싸늘해진 음성으로 대꾸했다.

"아, 그렇지. 넌 이석현 씨와 별로 사이가 안 좋다고 했으니까 좋은 말을 해 줄 리 없지. 내가 잠깐 생각을 잘못했네. 네 남편감이 아니라 내 남자를 고르는 일인데 말이야."

승연이 찻잔을 내려놓고 자리에서 일어났다. 그러더니 세상을 굽어보는 귀족처럼 우아한 자태와 오만한 눈빛으로 아리에게 말했다.

"그럼 수고해. 김 비서 아저씨가 갖고 있는 초대 손님 명단을 살짝 보니까 대한민국에서 손꼽히는 집안 선남선녀들이 다 오더라. 우리 할아버지 사회적 지위를 봐서라도 실수 없이 준비해야 할 거야. 안 그러면 우리 할머니가 마음 상해 하실 테고 너에게도 좋을 게 없을 테니까."

"오늘 내가 뭘 해야 하는지 잘 알고 있어요. 그래도 이렇게 마음 써 주셔서 고마워요, 언니."

밉살맞게 구는 승연의 태도가 무색하게 아리는 활짝 미소까지 지으며 유쾌한 어조로 응수했다. 그러자 승연은 아리를 한 번 째려보고는 획 돌아서서 식당을 나가 버렸다.

"좀, 뭐랄까…… 성격이 까다로운 분이시네요."

곁에서 들려온 도우미 아주머니의 말에 아리는 피식 쓴웃음을 지으며 어깨를 으쓱해 보였다.

"그러게요. 아, 커피가 정말 필요해. 아직도 잠이 덜 깼는지 멍해요."

아리는 중얼거리며 머그잔을 찾아 커피를 가득 따랐다. 커피 맛이 유난히 썼다. 하지만 오늘 하루라는 시간을 버티려면 이보다 더 독한 무언가가 필요할지도 모른다는 생각을 하며 그녀는 진한 에스프레소를 삼켰다. 쓰고 독하지만 반드시 삼키고 넘겨야 할 마음도 있다는 걸 그녀는 이젠 알고 있었다.

'그래도, 너무 독하고 뜨거워서 가슴이 아파. 내가, 잘 견딜 수 있을까?'

집안 좋고 아름다우며 오만한 자존심을 가진 여자, 어떻게 보면 승연은 석현의 첫사랑인 세아를 닮았다. 오늘 그가 승연과 만나게 되면 어떤 반응을 보일까? 그리고 자신은 그런 그를 지켜보며 또 다른 상처 하나를 더 가슴에 새기게 되는 건 아닐까 하는 예감으로 벌써부터 가슴이 욱신거렸다.

'내가 선택한 길이야. 이제 와서 되돌릴 수 있는 건 아무것도 없어.'

아리는 자신을 잠식할 것처럼 뜨겁게 부글거리는 감정을 한 잔의 쓴 커피와 함께 남김 없이 삼켰다. 그러고 나서 여느 때와 같이 햇살 같은 미소를 지으며 분주하게 움직이는 도우미 아주머니를 향해 물었다.

"회장님이 부르시기까지 시간 좀 있는데. 제가 도울 일이 있을까요, 아줌마?"

그날 오후 손님을 맞이하기 위한 연회 준비가 완벽하게 되었을 때 아리는 자신의 침실 화장대 앞에 서 있었다.

'난 오빠를 가질 수 없겠지만, 오빠는 내게서 눈을 떼지 못하게 만들 거야. 단 한 순간이라도 내가 오빠에게 거부할 수 없는 유혹적인 존재가 될 수 있으면 좋겠어. 그래서 그 여자가 아닌 나에게서 눈을 뗄 수 없기를 바라. 알아. 나도 내가 나쁘다는 거! 하지만 오빠가 내 앞에서 다른 여자에게 마음을 빼앗기는 건 죽어도 다시 보고 싶지 않거든.'

거울을 응시하는 아리의 눈빛이 아주 잠깐 흔들렸다. 그 거울 속에는 평소와 다른 또 하나의 아리가 있었다. 전문가의 공들인 손길과 보석, 디자이너의 명품을 걸친 매혹적인 여인이.

"자, 이제 정말 시작이야."

마지막으로 자신을 꼼꼼히 점검한 그녀는 숙소를 나섰다. 초가을의 사랑스러운 햇살이 아낌 없이 흩뿌려진 푸른 잔디가 더욱 싱그러워 보이는 오후였다.

8장

의심의 싹

　손님을 맞이하기에 더없이 화창하고 기분 좋은 초가을 날이었다.
진승필 회장이 비서를 통해 고지한 대로 이 나라에서 이름 꽤나 있
다고 자부하는 집안의 자제들이 부모 중 한 명과 동행해 속속 도착
했다.

　석현은 마치 세계 각국의 신형 자동차 전시장이 된 듯한 진 회장
의 자택 근처에 특별히 마련된 주차장에 차를 세웠다. 평소 검소하
게 생활하는 것이 몸에 밴 이 사장은 자동차 역시 국산 차를 선호
했다. 또 휴일엔 운전기사를 쓰지 않아서 석현이 직접 운전해 모시
고 온 길이었다.

　"벌써 손님들이 많이 도착한 모양이구나."

　조수석에 앉은 이 사장이 주변을 둘러보며 말했다. 석현은 차의
디지털 시계를 확인하고 나서 담담한 어조로 답했다.

"아직 10분 전입니다, 아버지."

"흠, 각자 진 회장님께 바라는 게 있으니 마음이 급한 거겠지. 자, 그럼 우리도 움직여 볼까?"

이 사장이 조금은 냉소적으로 중얼거리며 조수석에서 내렸다. 석현은 지난밤에 잠시 들렀던 진 회장의 집 전경을 한 번 쳐다본 뒤 운전석에서 내렸다. 저 안에 아리가 있다는 생각만으로도 이상하게 가슴이 뻐근해지는 기분을 느끼며 그는 아버지의 곁으로 다가가 함께 걸었다.

"네 덕분에 우리 회사의 급한 불은 껐다만, 진 회장님이 어떤 의도로 우리 주주들을 흔들어 놓았는지는 알아봐야겠지. 횡령 사건은 그렇다 쳐도, 미래 재단 고 총장님이나 네 할아버님과의 친분 때문에라도 지금껏 우호적인 관계를 유지해 온 분이 갑자기 태도를 바꾼 데엔 그만한 이유가 있을 테니 말이다."

"죄송합니다, 아버지. 모두 저 때문입니다."

신중한 표정으로 말하는 아버지에게 석현은 고개를 숙였다. 이 사장은 죽은 아내를 꼭 닮아 문득문득 가슴을 아프게 만드는 막내아들을 물끄러미 응시했다.

"진 회장님의 태도가 변한 게 너와 관련 있다고 생각하는 거냐?"

"그렇지 않다면 오늘 파티에 저를 초대하지도 않으셨을 테니까요. 아마 저에게 보여 주고 싶은 것이 있거나 하실 말씀이 있으실 겁니다."

"그렇다면 그 이유도 짐작하고 있니?"

손님을 맞이하기 위해 활짝 열린 대문 근처에 도착했을 때 이 사장이 아들의 깊은 눈동자를 응시하며 진지하게 물었다. 석현은 희미하게 미소 지으며 담담히 답했다.

"죄송합니다, 아버지. 아직은 말씀드릴 단계가 아니라서요."

"흠, 넌 지나치게 입이 무거운 게 흠이야. 막내면 막내다운 맛이 있어야지. 네 엄마가 나한테 평생 잘못한 게 딱 두 가지 있는데, 하나는 나보다 일찍 무지개 다리를 건너간 거고 두 번째는 내게 딸을 낳아 주지 않은 거지. 아무튼 호랑이 굴로 일단 들어가 보자꾸나."

이 사장이 자못 툴툴거리며 앞서 대문을 넘어섰다. 석현은 일말의 죄책감이 담긴 눈빛으로 아버지의 외로운 뒷모습을 바라보며 그 뒤를 따랐다. 항상 넓고 높고 강인하게 보였던 아버지가 최근 들어 부쩍 나이 들어 보이는 게 마음 아팠다.

'죄송합니다, 아버지.'

석현은 마음속으로 다시 한번 말했다. 셋째를 낳는 건 위험할 수 있다는 주치의의 경고에도 불구하고 어머니는 이미 생긴 생명을 지울 수 없다며 고집스럽게 출산을 강행하셨다. 하지만 잉태된 아기는 기대했던 딸이 아닌 세 번째 아들이었다. 그리고 불행히도 출산 후유증으로 어머니는 아버지와 어린 세 아들을 남겨 두고 먼저 하늘로 가셨다.

그 때문에 석현은 자라면서 아버지를 뵐 때마다 죄책감을 느낀 적이 많았다. 머리로는 자신의 잘못이 아니라는 것을 알았지만 마음은 그렇지 못했다. 어쩌면 더 막내다운 투정이나 어리광을 부리지 못하는 성격으로 성장한 까닭이 여기 있는지도 모른다. 그래서 사춘기 시절 자신과 비슷한 처지인 세아에게 끌렸는지도⋯⋯.

"진 회장님 명성답게 대단한 파티가 될 듯싶구나."

감탄 어린 이 사장의 음성이 석현의 짧은 상념을 깨트렸다. 진 회장의 저택 안으로 들어서자 잘 가꾸어진 푸른 잔디밭이 시원하게 눈에 들어왔다. 그리고 오늘의 귀빈들을 맞이하기 위해서 고용된 듯한 사람들이 일사분란하게 움직이는 게 눈에 들어왔다.

"안녕하십니까? 주식회사 이로운의 이재훈 사장님과 그 자제분이시죠?"

"네, 맞습니다."

행사 진행 업체 직원인 듯한 아가씨가 두 사람의 신분을 확인하자 이 사장이 석현 쪽을 흘깃 쳐다본 뒤 대답했다.

"안내해 드리겠습니다. 저를 따라오세요."

여직원은 그들을 건물의 후원인 듯한 곳으로 안내해 주었다. 석현이 알기로 30명 안팎의 인원이 초대된 파티라 이쪽으로 자리를 잡은 모양이었다. 하지만 넓은 대지 위에 위치한 저택이기에 후원이라 해도 아담하다는 표현과는 확실히 거리가 한참 멀었다.

진 회장의 후원은 일반적인 정원과 달랐다. 아름다운 연못과 운치 있어 보이는 근사한 정자, 잘 가꾸어진 화려한 화초들, 아기자기한 조형물들이 적재적소에 배치되어 있고 그 위로 초가을 오후의 사랑스러운 햇살이 듬뿍 흩뿌려져 있었다.

고풍스러운 분위기와 절묘하게 어우러진 현대식 조경은 전문가의 세련되고 놀라운 능력을 보여 주는 하나의 예술품이었다. 저택 주위를 병풍처럼 산이 둘러싸고, 어딘가에서 시냇물 흐르는 소리가 들리는 것으로 보아 높은 정자에 올라가면 또 다른 근사한 풍경을 감상할 수 있을 듯했다.

식사는 연못 근처에 펼쳐진 넓은 테이블에서 이루어질 예정인지

새하얀 린넨천이 덮인 테이블 위에는 식사를 위한 세팅이 되어 있었고 약간 떨어진 곳에서 오늘의 만찬을 위해 초빙해 온 유명 셰프들이 요리를 준비하느라 바쁘게 움직였다. 아직 공식적인 행사가 시작되지 않았기에 손님들은 가벼운 음료나 다과를 즐기며 후원 여기저기에 흩어져 대화를 나누고 있었다. 어딘가에서 흘러나오는 클래식 연주 음악이 행여나 생길 수 있는 어색한 공간을 부드럽게 채워 주었다.

"역시 진승필 회장님의 영향력은 대단하구나."

여간해서는 감정을 잘 드러내지 않는 이 사장이 여유롭게 담소를 나누고 있는 초대 손님들의 면면을 쭉 훑어보더니 혼잣말처럼 중얼거렸다. 석현 또한 오늘의 파티가 단순한 점심 초대가 아니라는 것을 대번에 알아차릴 수 있었다. 그곳에는 석현도 알고 지내거나 일 때문에 만난 적이 있는, 소위 이 사회의 최상류층이라고 불리는 유서 깊은 가문과 대기업 총수 집안의 구성원들이 모여 있었다.

이 시점에서 석현의 주목을 끈 것은 이곳에 온 청년들 대부분이 집안 못지않게 머리도 좋고 평판도 괜찮은 부류라는 점이었다. 굳어지는 석현의 표정을 흘끗 본 이 사장이 걸음을 옮기며 말했다.

"대한민국 최고라고 해도 좋을 만한 선남선녀를 다 모아 놓으셨구나. 나야 딸이 없으니 여기서 아무나 하나 골라도 며느릿감으로 손색이 없겠군. 흠, 진 회장님 속내가 점점 더 궁금해지는걸?"

석현은 입술을 꾹 다물고 본능적으로 아리를 찾았다. 하지만 그녀와 진 회장의 모습은 어디에도 없었다. 대신 진승필 회장과 어딘지 닮은 듯한 노부인이 손녀인 듯한 아가씨와 함께 유쾌한 웃음을 터뜨리며 담소를 나누는 것이 석현의 눈에 들어왔다.

"진 회장님의 여동생과 아들 내외 가족까지 모두 참석했구나. 이 번에 차관직을 사임하고 정치에 입문할 거라는 소문이 돌고 있는데 진짜일지 궁금하군. 일각에서는 진 회장님의 지원만 받는다면 언젠 가 대권에 도전해 볼 만한 인물이라는 평을 받고 있지. 흐음, 이 자 리가 점점 재미있어지는군."

아들의 시선을 좇은 이 사장이 차갑게 미소 지으며 담담히 말했 다.

"아버지께서 그런 소소한 정치적인 이슈에 관심 두고 계신지 몰 랐습니다."

"어떤 인물이 행정관이 되고 국회에 진출하느냐에 따라서 경제 정책의 방향이 정해지고 바뀌니까. 너도 알고 있다시피 돈과 시대 의 흐름을 예리하게 읽고 예측할 수 있는 안목과 능력을 가진 사람 이 성공할 수 있는 세상이다. 저기 진승필 회장님 같은 분이 그 대 표적인 인물이지."

이 사장이 막 후원으로 들어서는 진 회장을 턱짓으로 가리키며 말을 맺었다. 진 회장의 등장을 알아차린 사람들의 시선이 일시에 한곳으로 모였다.

잔잔히 흐르던 클래식 선율마저 숨을 죽인 듯한 순간 그곳에 모 인 사람들의 관심은 진 회장이 아닌 그 곁에서 백합처럼 우아하고 치명적인 향기를 풍기는 젊은 아가씨에게 쏠렸다. 사람들의 그런 호기심과 기대감은 분위기를 고조시키고 집중하게 만들었다. 석현 은 문득 진 회장이 바란 효과가 바로 이런 것이 아닐까 하는 생각 이 들었다. 어떤 의도인지는 모르나 이곳에 초대된 모든 사람들의 관심을 모두 아리에게로 모으는 일.

'강아리……. 네가 지금 무슨 일에 발을 들여놓는 건지 알고 있는 거야?'

마치 그의 시선을 느낀 듯 그녀가 정확히 시선을 마주쳐 온 순간 석현은 숨을 멈췄다. 하룻밤 사이 대체 그녀에게 무슨 일이 일어난 걸까? 분명 그녀는 그가 아는 강아리의 얼굴을 하고 있었다. 하지만 V 자로 깊게 파인 네크라인이 가느다란 목선과 섬세한 쇄골을 은근히 강조하는 아이보릿빛 원피스를 입고, 컬을 준 긴 머리를 보석이 박힌 아이보리색 리본 핀으로 고정해 자연스럽게 늘어뜨린 그녀는 그가 만났던 귀엽고 상큼한 소녀의 눈빛을 하고 있지 않았다.

석현은 그 순간 자긍심 높고 기품 있는 아름다운 신부의 모습을 보았다. 그건 다른 녀석들도 마찬가지였는지 곳곳에서 숨죽인 술렁임이 파도처럼 번져 나갔다. 그때 마침 아리가 매혹적인 미소를 지어 보이자 술렁임은 한숨 섞인 감탄으로 바뀌었다. 그 순간 석현은 알 수 없는 뜨거운 감정으로 심장이 타들어 가는 기분을 느끼며 두 주먹을 불끈 움켜쥐었다. 당장에라도 늑대들의 눈앞에서 아리를 감추고 싶었다.

"널 움직인 사람이 바로 저 아이로구나."

무섭게 집중하는 아들의 눈빛을 사로잡은 대상이 누구인지 알아차린 이 사장이 나직이 중얼거렸다. 석현은 어떤 답도 하지 않았다. 대신 그는 그녀를 향해 걸었다. 그러는 동안 아리는 흔들림 없는 눈빛으로 그런 석현에게서 눈길을 떼지 않았다.

"이런 망할!"

산전수전 다 겪은 노련한 진승필 회장이 그런 젊은이들 사이의 지글거리는 긴장감을 눈치채지 못할 리 만무했다.

"이 사장. 그리고 석현 군. 어서 오게!"

진 회장이 누구보다 빨리 그들에게 가까이 다가온 석현과 이 사장을 자못 반기며 유쾌하게 인사를 건넸다. 하지만 석현을 향한 눈빛은 싸늘하기 그지없는 것이었다. 그 순간 감정을 자제한 석현은 희미한 냉소를 머금고 묵례를 했고 이 사장도 형식적인 인사로 답했다.

"오랜만에 뵙습니다, 회장님. 건강해 보이셔서 좋군요."

"그래, 자네도 좋아 보이는군. 참, 여기 온 사람들과는 다들 안면이 있는 사이지?"

"네. 그런데 회장님 곁에 있는 고운 아가씨는 초면인 듯합니다만."

이 사장이 아리에게 관심의 눈빛을 보내며 말끝을 흐렸다. 그들이 이야기를 나누는 사이 초대 손님들이 진 회장에게 인사를 하기 위해 가까이 다가와 있었기에 자연스럽게 그들의 관심 역시 진 회장의 곁에 있는 꽃 같은 아가씨에게로 쏠렸다. 그러자 진 회장의 얼굴에 아주 만족스럽고 자랑스러워하는 빛이 스쳐 지나가는 걸 모두가 목격했다.

"하하하! 이 아이는……."

진 회장이 잠시 말을 끊자 좌중의 긴장감과 호기심은 한층 고조되었다.

"내가 가장 사랑했던 아이가 남긴 선물이라네. 그리고 내가 젊은 시절 힘들고 배고팠던 때에 나에게 은혜를 베풀어 주신 어른의 손녀인, 강아리 양이라네."

진 회장이 아리를 바라보며 또렷한 음성으로 설명했다. 순간 충격을 받은 것처럼 아리의 투명한 눈빛은 지진이 난 듯 흔들렸지만 속눈썹을 한 번 깜빡인 후엔 어떤 감정도 떠올라 있지 않았다. 석현은 그녀의 동요를 본 게 자신뿐인지 궁금했다.

'아리, 너도 몰랐던 사실이야? 아니면, 진 회장님의 말이 거짓인 거냐.'

석현은 속으로 중얼거렸다. 그러나 그가 무슨 생각을 하는지와 상관없이 손님들 사이엔 수긍과 존경의 감정이 교차했다.

가장 사랑했던 아이가 남긴 선물이라면, 진 회장님께 여자가 있었다는 건가?

그럼 진 회장님이 은인의 딸을 사랑하셨다는 말인가? 아니면 다른 어떤 사연이 있는 걸까?

사람들 사이에 급속도로 또 다른 의구심이 소리 없는 파도처럼 번져 나갔다. 아마 진 회장의 친척인 진 여사 일가도 몰랐던 사실인지 당황한 표정들을 재빨리 수습하는 걸 석현은 목격할 수 있었다. 진 회장은 이미 그런 사람들의 반응을 예측하고 있었던 것처럼 싸늘한 위엄이 담긴 눈빛으로 좌중을 응시했다.

이제부터 그 누구도 아리에게 함부로 대하지 말라는 차가운 경고가 담긴 눈빛이었다. 진 회장은 그중에서 가장 충격을 받은 듯 하얗게 질린 얼굴을 하고 있는 자신의 여동생 진 여사에게 마지막으로 눈길을 준 뒤 애정이 담뿍 담긴 눈빛으로 아리에게 말했다.

"그런데 아리야, 어릴 때 봉사 활동을 하면서 석현 군과는 안면을 텄다고 했었지?"

"네? 아, 네에."

"그럼 두 사람은 따로 소개할 필요는 없겠구나. 인사드려라, 아리야. 이분은 석현 군의 아버지인 주식회사 이로운의 이재훈 대표님이시란다."

석현에게 무감각한 눈길을 한 번 준 뒤 진 회장이 정중하게 이 사장을 소개해 주자 아리는 재빨리 당혹감을 숨겼다. 그리고 평소처럼 상큼한 미소를 지으며 인사했다.

"안녕하세요? 강아리입니다."

"그래요. 만나서 반가워요, 아리 양."

아리는 이 사장이 내민 손을 잡았다. 겉으로는 태연한 척할 수 있었지만 긴장으로 가늘게 떨리는 손은 숨길 수가 없었는데 이 사장이 그런 그녀의 마음을 위로하듯 아리의 손을 따뜻하게 잡아 주었다. 순간 아리는 옆에서 자신을 뚫어지게 응시하고 있는 석현과 눈이 마주쳤다. 그제야 두 남자가 꼭 닮은 깊고 지적인 눈매를 가졌다는 것을 깨달았다.

'내가 아는 강아리는 고작 이런 사람들 앞에서 기죽고 자신 없어 하는 겁쟁이가 아니야. 그렇지 않아?'

참 이상한 일이지만 그 순간 아리는 석현이 비웃듯이 묻는 소리를 들은 것만 같았다. 그녀는 자신의 손을 다정히 잡고 있는 이 사장의 커다란 손으로 잠시 눈길을 떨어뜨리고는 조용히 심호흡을 했다.

"저도, 이렇게 뵙게 되어 기뻐요. 석현 오빠가 아버님을 참 많이 닮았어요."

자세를 바로 한 아리는 자신에게 다정한 눈빛을 주는 이 사장에게 상냥한 미소를 지어 보였다. 그러자 이 사장이 웃으며 아들에게 짓궂은 눈빛으로 윙크를 해 보였다.

"우리가 좀 잘생기긴 했지?"

"아버지 따라가려면 전 아직 멀었죠."

석현도 가볍게 응수했다. 그제야 사람들 사이에 감돌던 긴장감이 사라지고 웃음이 터졌다. 그 광경을 잠시 냉정하게 쳐다보던 진 회장이 아리의 팔을 잡고 이 사장에게 말했다.

"다른 손님들과 인사를 나누어야 해서. 그럼 우린 나중에 또 얘기하지."

"나중에 봐, 오빠!"

아리는 이 사장에게 가볍게 고개 숙여 인사하고 석현에게 손을 흔들어 보인 뒤 그 자리를 떠났다. 생각 같아서는 그녀가 아무 데도 가지 못하게 하고 싶었지만 아직은 그럴 수 없었다. 석현은 자신답지 않게 들끓는 감정을 다스리기 위해 지그시 빈손을 움켜쥐었다.

"진 회장의 울타리 안에 핀 꽃이구나. 쉽지 않은 상대를 골랐어. 자신 있니?"

아버지의 무뚝뚝한 음성이 들려오자 석현은 고개를 돌려 이 사장을 바라보았다. 그 순간 이재훈 사장은 아들의 강렬하고도 깊은 눈빛을 마주하고는 저도 모르게 숨을 죽였다.

"제가 아는 강아리는 누구와 있든 어디에 있든 저 아이 자체로 빛나는 사람입니다. 처음부터 아리는 저에게 선택의 대상이 아니었어요. 저 아이 스스로 머물기로 결정하지 않는 한 진 회장님조차 아리를 울타리 안에 붙잡아 둘 수 없을 겁니다."

"하긴, 네 녀석 성격에 오랫동안 하나만을 바라보던 제 마음이 변했다는 걸 스스로 인정하는 데 2년이면 충분히 시간을 허비한 셈이지. 그래서, 너는 저 아가씨의 마음을 잡기로 결심한 거니?"

이재훈은 다른 중요 손님들과 이야기를 나누며 화사한 미소를 짓고 있는 아리에게 눈길을 고정한 채 말했다. 무심한 듯 묻고 있지만 질책과 안타까움이 담긴 아버지의 질문에 석현은 놀란 얼굴로 물었다.

"알고, 계셨어요? 어떻게……?"

"이석현, 넌 평생을 내 아들로 살았다. 지난 2년 동안 영혼 없는 기계처럼 잘 웃지도 않고 같이 있어도 어딘가 먼 곳을 떠도는 것처럼 앉아 있을 때가 많았지. 그런 네가 저 아가씨를 본 순간부터 안절부절못하는 애송이 같은 얼굴을 하고 있지 않니? 제 것을 뺏길까 봐 전전긍긍하는 사춘기 소년처럼 말이다. 물론 넌 사춘기 때도 이렇게 멍청한 꼴을 보이지 않았다만."

이 사장이 자못 고소하다는 듯 심술궂게 말하자 석현은 존경의 눈빛으로 아버지를 바라보며 고개를 숙였다.

"걱정시켜 드려서 죄송합니다, 아버지."

"아니, 그러지 마라. 내가 너에게 듣고 싶은 말은 다른 거니까. 알겠니?"

장난기를 거둔 이 사장이 냉정하게 아들을 응시했다. 석현은 한숨을 푹 내쉬며 진 회장과 또 다른 손님들에게로 걸어가는 아리의 모습에 시선을 고정한 채 어두운 눈빛으로 입을 뗐다.

"어쩌면 저는 지금까지보다 더 어리석고 멍청한 일을 할지도 모릅니다, 아버지. 그래도, 저를 믿어 주실 수 있으세요?"

"너에게 네 할아버지께서 언젠가 내게 해 주셨던 말씀을 해야겠구나. 석현아…… 그것이 뭐든 네 마음이 이끄는 일이라면 주저하지 마라. 실수를 하든 실패를 하든 부모는 항상 자식의 뒤를 지키는 존재란다."

부자는 서로의 눈을 마주 바라보았다. 석현은 그 순간 아리에 대한 감정과는 또 다른 뜨거움으로 가슴이 뭉클해지는 것을 느꼈다. 이 사장은 아무 말도 못 하고 서 있는 아들의 어깨를 다정히 툭툭 쳐 주며 말을 이었다.

"비밀 하나 말해 줄까? 네 엄마가 살아 있었다면 아리 양을 무척 마음에 들어 했을 거다."

"어떻게 확신하세요?"

석현은 가슴이 아릿해지는 기분을 애써 삼키느라 낮게 잠긴 음성으로 물었다. 이 사장이 씩 웃더니 자신의 가슴에 한 손을 누르며 말했다.

"어떻게 아느냐고? 그 사람은 여기 나와 같이 살면서 너희를 보고 있거든."

"아버지."

"이것이 내 마음이 이끄는 곳에서 찾은 나의 존재 이유더구나. 너도 언젠가 너만의 소중한 무언가를 찾게 될 거다."

이재훈은 부드럽게 미소 지으며 시선을 들어 이제 손님들과 인사를 마치고 식사가 준비된 테이블로 이동하는 아리와 진 회장 일행의 모습을 바라보았다.

"자, 이제 시작이구나. 그럼 우리도 움직여 볼까?"

이 사장이 다정한 아버지에서 엄격한 사업가의 표정과 눈빛으로 바꾸어 아들에게 말했다. 석현은 빙그레 미소 지으며 그런 아버지에게 대답했다.

"고맙습니다, 아버지."

"그 말은 저 예쁜 아가씨와 함께 내 집 문지방을 넘고 나서 해도 늦지 않아."

자못 냉정하게 말한 이 사장은 앞서 걸음을 옮겼고 석현은 그런 아버지의 넓은 등을 바라보며 미소 지었다. 석현의 눈이 아리에게로 곧장 날아갔다.

그 때문에 석현에게 말을 걸 기회를 엿보다가 우연히 그들 부자의 대화를 엿듣게 된 승연의 표정은 처참하게 일그러졌다.

"어떻게, 어떻게 이럴 수 있어요, 할머니? 아리 그게 분명히 저 남자하고는 아무 사이도 아니라고 했는데! 모든 사람들이 강아리만 쳐다보는 거 보셨어요? 이건 말도 안 돼요!"

두 남자가 시야에서 멀어지자 승연은 가까스로 참고 있던 분통을 터뜨렸다. 하지만 평소라면 손녀를 달래 주고 응석을 받아 주었을 진 여사의 신경은 자신의 오라버니와 그 곁에 선 아리에게 쏠려 있었다. 그들 주위엔 진 여사의 아들 내외와 손자도 함께 있었지만 진 회장의 관심은 오롯이 강아리에게만 집중되어 있다는 걸 모두가 알 수 있을 정도였다.

'오라버니, 저에게 숨기고 계획하고 있는 비밀이 얼마나 많은 거죠?'

진여옥은 끊임없이 불평을 토로하며 징징거리는 승연의 말을 흘려들으며 어금니를 꽉 물었다.

'처음 본 순간부터 왠지 꺼림칙했어. 저 아이…… 진짜 정체가 뭐지?'

이제 강아리가 진 회장이 밖에서 낳은 핏줄일 가능성을 완전히 부인할 수 없었다. 하지만 다른 변수도 얼마든지 남아 있기에 속단하기는 이르다. 분명한 건, 진 회장의 몇 마디를 통해 사람들은 강아리라는 젊은 아가씨를 자신들이 속한 세계에 자연스러운 일원으로 받아들이게 되었다는 사실이었다. 그리고 진 여사 가족의 미래에 어마어마하게 큰 위협과 영향력을 행사할 수 있는 존재로 부상했다는 것도 부인할 수 없게 되었다.

'하지만 공식적으로 저 애를 오라버니 자식이라고 공표하지 않는 걸 보면 뭔가, 석연치 않은 부분이 남아 있다는 뜻이 아닐까? 그건 내가 캐물어도 오라버니가 솔직하게 말해 주지 않을 거란 뜻이고. 이젠 도덕적으로 오라버니를 비난할 가족들도 하나 없는데 대체 오라버니가 숨기고 있는 게 뭘까? 아니, 주저하는 이유가 뭐지?'

진 여사의 눈빛이 칼끝처럼 매섭게 번뜩였고 입술 끝에 경련이 파르르 일었다. 자신이 방심하고 있던 지난 2년 동안 진 회장이 뭔가를 치밀하게 준비하고 있었다는 사실에 뒤통수를 맞은 것처럼 억울했다. 자신의 오라버니가 그렇게 만만하고 호락호락한 인물이 아니라는 사실을 잊고 있었던 게 최대 실수였다.

'아리 양, 네가 누군지 모르겠지만 분명한 건, 네가 내 오라버니의 유일한 약점이 될 거란 사실이야.'

일단 마음을 정한 진 여사는 분하고 억울해서 어쩔 줄 몰라 하는 손녀딸에게 엄한 눈빛으로 주의를 주었다. 그녀는 이제 아리라는 약점을 어떻게 이용할지 생각해 봐야 했다. 그래야 그녀의 집안을 반석 위에 세우고 자손들을 성공시킬 수 있을 터였다.

"그만해라, 승연아."

"하지만 저 앤 꼬리 아홉 달린 구미호예요! 나한테 분명히 이석현 씨하고 아무 사이도 아니라고 했는데 저 남자 말은 그게 아니잖아요. 할아버지는 어떻게 그런 것도 알아보지 않으시고 나한테 소개하려 하실 수 있죠? 아, 정말 짜증 나요, 할머니!"

곁에서 걷는 승연의 하소연이 계속되고 있었다. 순간 진 여사는 인상을 찌푸리고 그런 손녀를 쏘아보며 차갑게 대꾸했다.

"세상에 잘난 남자는 많다. 이곳에 초대되어 온 청년들만 해도 이로운의 막내아들보다 못할 게 없으니까 촌스럽게 굴지 말거라. 감정을 드러내서 네 이미지를 망치는 것이야말로 어리석은 짓이야. 이런 때일수록 더 당당하고 산뜻한 태도를 유지해야 해. 알겠니?"

진 여사는 손녀의 팔짱을 끼며 우아한 귀부인처럼 미소 지어 보였다. 그제야 승연은 사람들이 자신과 진 여사를 흘끔거리고 있다는 것을 깨닫고 재빨리 할머니가 시키는 대로 했다. 그러자 진 여사가 여왕처럼 우아한 자태로 걸음을 옮기며 승연에게만 들리도록 말했다.

"걱정 마라, 얘야. 이 할미가 반드시 이 나라 최고의 청년을 데려다 네 앞에 무릎 꿇게 만들어 줄 테니까."

"정말요? 고마워요, 할머니!"

승연은 그 어느 때보다 활짝 미소 지었다. 그러면서 속으로 덧붙였다.

'하지만 저 얄미운 것은 제 손으로 꼭 응징할 테니까 두고 보세요. 저 남자한테 꼬리를 쳐서 혼을 빼놓고 아닌 척 감히 나를 기만해? 강아리, 근본도 없는 너 따위에겐 절대 지지 않겠어!'

승연은 입술이 아프도록 미소 지었다. 세상에 태어나 원했던 것을 빼앗겨 본 적이 없는 승연이었다. 그런데 이번엔 말 한마디 손한 번 내밀지도 못하고 완전히 케이오당해 버린 셈이니 자존심이 상할 대로 상했다.

"우리가 좀 늦었어요. 죄송해요. 오라버니."

진 여사가 가족 테이블로 다가가며 진 회장에게 사과했다. 그러자 평소 같았으면 찌푸린 얼굴로 못마땅한 기색을 내보였을 진 회장이 웃으며 기분 좋게 손사래를 쳤다.

"아니다. 어서 앉아라. 아, 승연이는 이쪽 석현 군 옆에 자리 비었으니 거기 앉는 게 좋겠구나."

진 회장이 가리킨 곳은 오늘 초대받은 선남선녀들을 위해 따로 마련된 테이블이었다. 이미 계산에 넣은 듯 그럴듯하게 어울릴 만한 남녀가 나란히 앉도록 배치되었는데 아리의 곁에는 승연의 오빠인 승호가 앉아 있었고 맞은편 자리엔 이석현이 있었다. 순간 승연의 표정이 굳었지만 진 여사의 경고하는 눈빛과 마주한 순간 바로 화사한 미소를 머금고 쾌활하게 대답했다.

"네, 할아버지."

승연은 타원형의 테이블로 우아하게 걸어가 자리에 앉았다. 그 순간 아리의 눈빛이 조금 흔들리는 걸 눈치챈 승연은 일부러 석현에게 상냥하고 사근사근한 표정으로 말을 걸었다.

"안녕하세요?"

"아, 네."

아리에게서 눈길을 뗀 석현은 마지못해 자신의 옆자리에 앉은 아가씨에게 건성으로 대답했다. 하지만 옆자리에 앉은 여자는 상냥함을 잃지 않고 미소 띤 얼굴로 손을 내밀었다.

"알고 있는지 모르지만 내 소개를 할게요. 이승연이에요. 제 할머니가 진승필 회장님 동생이시죠."

"이석현입니다."

석현은 승연이 내민 손을 무시할 수 없어서 가볍게 잡았다가 놓으려고 했지만 승연이 놓아주지 않고 말했다.

"나 전에 석현 씨 본 적 있어요."

"아, 그랬군요."

석현은 이 아가씨가 왜 이러나 싶은 생각에 살짝 궁금증이 생겼다. 그러다 무심코 마주친 아리의 눈빛이 심상치 않게 반짝이는 걸 본 순간 그녀가 승연과 별로 친하지 않은 사이일 거란 짐작이 들었다. 그가 순간적으로 멈칫했다.

"어머, 어디서 봤는지 안 궁금하세요?"

승연이 약간 삐친 듯한 표정으로 입술을 뾰로통하게 내밀고 물었다. 누가 보아도 사랑스러운 모습이었지만 안타깝게도 석현은 별다른 감흥을 느끼지 못했기에 담담히 대꾸했다.

"굳이 묻지 않아도 승연 씨가 직접 말해 줄 것 같군요."

"어머, 얄미워서 말 안 해 줄래요."

승연이 자못 토라진 척 그를 흘겨보며 애교스럽게 말했다. 석현은 자신과 말장난을 하려는 여자의 수작에 픽, 하고 헛웃음을 터뜨렸다. 동시에 승연의 목적이 단순히 자신에게 호감을 표하는 것인지 다른 의도가 있는지 궁금해서 가늘게 뜬 눈으로 교태를 부리는 여자를 물끄러미 응시했다.

그런 두 사람의 모습을 훔쳐보는 아리의 눈동자에 살짝 그늘이 드리워지고 진 회장을 비롯해 주변 사람들의 주목을 끌고 있다는 걸 그는 알지 못한 채였다.

식사는 즐겁고 가벼운 분위기에서 진행되었다. 모두 조금씩은 안면이 있거나 친한 사이들이었기에 대화는 교양 있고 다양한 주제들로 끊이지 않게 이어졌다. 오늘의 꽃이라고 할 수 있는 선남선녀들이 함께한 테이블 역시 어른들의 식탁과 다르지 않았지만 좀 더 활기차고 생동감이 넘치는 분위기였다.

그리고 당연히 모든 사람들의 관심과 호기심의 중심에는 강아리가 있었다. 그녀는 최상류층이라고 할 수 있는 젊은이들의 대화에 기죽지 않고 자연스럽게 동참했고 나름의 상큼 발랄한 화술과 상대를 기분 좋고 즐겁게 만들어 주는 그녀만의 매력으로 청년들을 매료시켰으며 동성인 아가씨들을 친구로 만들었다. 마치 태어날 때부터 그들과 같은 부류였던 것처럼 아리의 테이블 매너나 우아한 자태는 보수적인 어른들의 눈에도 예쁘게 보이는 듯했다.

'혹시, 진 회장님은 이승호와 아리를 맺어 주려는 의도인가?'

식사를 하는 동안에도 끈질기게 말을 거는 승연에게 건성으로 호응해 주는 석현의 시선은 아리에게 고정되어 있었다. 하지만 아리는 그의 시선을 의식하고 있을 텐데도 고집스럽게 석현 쪽을 외면하고 있었다. 마치 그라는 남자가 이 자리에 존재하지 않는 것처럼.

아리는 이승호가 대화 상대로 마음에 드는지 가끔은 진심 어린 웃음을 터뜨리기도 하고 끊임없이 대화를 이어 가며 식사를 즐기고 있었다. 그런 아리의 모습에 눈길을 빼앗긴 청년들은 곁에 자신의 파트너로 앉아 있는 아가씨들에게 곱지 않은 눈총을 받기도 했다.

석현은 손님들과 담소를 나누는 중에도 빈틈없는 눈빛으로 아리가 있는 테이블을 주시하는 진 회장의 입가에 만족스러워하는 미소가 스치는 걸 여러 번 목격했다. 아마 진 회장이 아리에게서 바란 태도가 바로 이러한 것이라는 생각이 들자 석현의 눈빛이 냉랭해졌다. 자의든 타의든 지금 아리는 최선을 다해 그를 밀어내고 있다는 깨달음이 석현을 화나게 했다.

"그런데 아리 씨 할아버님은 어떤 일을 하셨어요? 아까 회장님께서 소개하실 때 잠깐 할아버님 이야기를 언급해서 내내 궁금했거든요. 혹시 우리가 알 만한 분인가 해서요. 하하!"

같은 테이블에 앉아 있던 유서 깊은 정치인 집안의 손자이며 현역 국회 의원의 아들이 아리에게 관심을 보이며 물었다. 그러자 사람들의 시선이 모두 그녀에게 집중되었다. 그 순간 아리의 눈빛이 미세하게 흔들리는 걸 석현은 놓치지 않았다.

'공격 시작인가? 저 애가 잘난 너희들 수준에 맞는 인간인지 테스트해 보시겠다는 심산이겠지.'

겉으론 평화롭고 화기애애한 분위기와 친절한 얼굴을 하고 있지만 이곳에 모인 청년들은 이미 어릴 때부터 소위 귀족 교육을 받으며 특권층으로 성장한 사람들이었다. 그녀가 자신들과 같은 종이 아니라는 걸 인식한 순간부터 이 사람들은 그녀를 아무렇지도 않게 물어뜯고 무리에서 내칠 게 뻔했다. 진 회장은 그런 맹수를 잔뜩 모아 둔 우리 안에 순진한 토끼 한 마리를 던져 놓은 셈이었다.

'이것이 아리 네가 발을 들이려는 세상이야. 이제 넌 어떻게 할 거냐, 강아리?'

긴장감으로 석현의 온 신경이 팽팽하게 당겨졌다. 그때 마치 그의 무언의 부름을 들은 것처럼 내내 그를 무시하고 있던 아리가 석현에게 고개를 돌렸다.

아리의 눈동자에서 반짝이는 투지와 불멸의 오기를 본 석현은 속으로 신음을 삼켰다. 역시나 석현에게 짓궂게 찡긋, 장난스러운 윙크를 날린 그녀는 질문을 던진 상대를 물어뜯기 위해 생긋 하얀 이를 드러내며 상큼한 미소를 지어 보였다.

"저희 할아버지요? 흐음, 글쎄요. 유감스럽게도 전 친할아버지에 대해서 전혀 아는 게 없답니다. 아마 회장님께서 말씀하신 제 할아버지는 외조부이신 거 같네요. 제 외조부님은."

아리는 침착한 어조로 설명을 시작했다. 그때 승연의 비웃음이 담긴 상냥한 어조로 아리의 말을 자르고 끼어들었다.

"어머, 그거 참 이상하네? 아리 씨 아버지는 할아버지에 대해서 아무 말도 안 해 주신 거야? 우리 아빠만 하셔도 돌아가신 할아버지에 대해서 자주 말씀해 주시는데 말이지. 유서 깊은 가문일수록 후손에게 전해지는 선조들에 대한 에피소드가 많은 법이거든."

"그렇죠. 하지만 안타깝게도 저에겐 아버지에 대한 기억 역시 없네요. 그런 의미에서 부모님과 형제의 사랑을 듬뿍 받고 자란 승연 언니나 다른 분들은 행운아예요. 그런 건 노력해서 얻을 수 있는 행복이 아니니까요."

자신의 처지에 대해 솔직하게 털어놓는 아리의 태도에서는 비굴함이나 자격지심 같은 건 전혀 느껴지지 않았다. 오히려 있는 그대로의 사실을 말할 때의 경쾌하고 담백한 기분이 상대에게 전해질 뿐이었다.

아리는 미소 띤 얼굴로 굳은 표정으로 이쪽을 지켜보는 진 회장에게 잠깐 눈길을 주었다. 그러고 나서 아리가 이렇게 정면 돌파를 선택할 줄 몰랐기에 당황해서 눈살을 찌푸리는 승연을 차갑게 쏘아 보며 말을 이었다.

"더구나 승연 언니는 자상한 친할머니와 친할아버지보다 더 잘 해 주시는 회장님의 관심과 사랑까지 모두 받고 있잖아요."

그러니까 괜한 과욕 부리지 말고 마음보 착하게 써! 아리의 사근 사근한 말투와 눈빛에서 자신을 향한 경멸을 읽은 승연의 얼굴이 화악 붉어졌다. 그런 두 여자의 기 싸움을 곁에서 숨죽여 지켜보는 사람들의 표정도 제각각이었다.

아리는 확실히 사람들의 관심을 집중시키고 이야기를 끌고 나가는 재주가 있었다. 그녀가 가벼운 어깻짓 한 번으로 긴장된 분위기를 털어 내며 말했다. 조용히 분위기를 지켜보며 석현은 속으로 한숨 섞인 미소를 삼켰다.

"어머, 이야기가 엉뚱한 데로 샜네? 제가 이래요. 음, 질문이 뭐였죠? 아, 우리 외할아버지에 대한 거였죠? 사실 제가 어릴 때 외조부님과 엄마 두 분 모두 돌아가셔서 잘은 몰라요. 몇 가지 단편적인 이야기들도 최근에 돌아가신 외할머니에게서 들은 것들뿐이거든요."

"어머, 그래서 어릴 때 잠깐 고아원에서 컸었나 보구나. 이런, 미안! 그래도 이미 지난 일이니까 괜찮지?"

승연이 순진한 척 당황한 기색을 꾸미며 제 입을 손으로 가렸다. 몇몇 순진한 사람들은 승연의 연기에 속아 넘어갈지 몰라도 아리는 아니었다. 자신의 출신 배경을 폭로해 깎아내리려는 의도를 잘 알기에 그녀는 억지 미소를 지으며 대꾸했다.

"괜찮아요. 설마 언니가 일부러 나를 상처 주려고 실수를 했겠어요?"

"어? 물론, 아니지. 그렇지만 걱정이 되어서 말이야. 아리 씨 말은 자신의 뿌리와 가풍에 대해서 모른다는 뜻이잖아."

승연은 사람들이 잠시 망각하고 있는 아리의 약점을 자연스럽게 상기시켰다. 역시나 사람들의 표정에 동요가 나타나자 자못 안타깝다는 투로 자기주장을 이어 갔다.

"뭐, 우리같이 젊은 사람들은 그 사람 자체로 평가하고 배경 같은 건 사랑이라는 이름 아래 쿨하게 무시할 수 있지만 보수적인 어른들은 그런 걸 아주 중요하게 여기잖아. 그래서 전통 있는 집안에서는 결혼을 반대하는 경우도 비일비재하고 말이야. 사실 여기 있는 우리도 그런 면에서 완전히 자유롭다고 말할 수는 없어. 안 그래요?"

승연이 테이블에 함께 있는 사람들을 쳐다보며 동의를 구했다. 그러자 아까 아리에게 질문을 했던 남자가 수긍하는 얼굴로 말을 받았다.

"맞아요. 하지만 그게 꼭 나쁜 건가? 수준과 가문이 엇비슷한 집안끼리 결혼이라는 수단을 통해서 얻을 수 있는 시너지 효과를 무시할 수는 없죠. 사실 유전적으로도 후세를 위해서 나쁘지 않은 결합 아닌가?"

"나도 동의해. 사실 정략결혼이라는 단어 자체가 주는 부정적인 뉘앙스 때문에 기분이 좀 별로여서 그렇지 현실적으로는 합리적인 선택이 아닐까 싶거든."

우리나라에서 열 손가락 안에 꼽히는 기업의 둘째 손자라고 소개받은 청년이 오만한 태도로 말을 거들었다. 그러자 유명 언론사 대주주 집안의 손녀가 반박 의견을 내놓았다.

"그렇다고 해도 결혼과 여자를 자신들의 사회적 지위와 혈통을 이을 자식을 낳는 도구와 수단으로 여기는 건 구시대적인 발상 아닌가요?"

"음, 나도 그 말에 동감합니다. 정략결혼은 서로의 집안과 개인에게 이득이 되는 면도 있지만 그만큼 부작용도 많은 게 사실이니까요."

"맞아요. 하지만 그건 어차피 개인의 선택 아닐까요? 저는……."

다른 아가씨가 토론에 끼어들었다. 그러자 형식적이고 교양 있는 대화가 오가던 식사 자리는 열띤 토론의 장으로 순식간에 바뀌었다. 당연히 다른 테이블에서 점잖은 대화를 나누고 있던 어른들의 주의와 관심이 하나둘 자연스럽게 젊은이들의 테이블로 향했다. 아리는 그런 분위기를 누구보다 민감하게 인식하고 있었다.

'타인의 접근을 허락하지 않는 높고 폐쇄적인 그들만의 왕국.'

세상이 변해도 기득권과 특권을 지키기 위한 그들만의 이합집산은 계속된다. 아리는 물컵을 입으로 가져가는 척하며 쓴웃음을 삼켰다. 그러면서 흘끔 진 회장과 어른들이 식사를 하고 있는 테이블을 보았다. 그곳에는 말할 나위 없는 기품과 자부심이 넘치는 사회적으로 성공한 인물과 그 배우자들이 자리하고 있었다. 아마도 이 젊은 친구들이 성장하고 나이를 먹으면 저런 모습일 거란 생각이 들었다.

'회장님은 제가 이 사람들 속에서 자리 잡기를 원하셨죠. 그러기 위해서 지난 2년 동안 아낌없이 제게 투자하셨고 시험하셨던 거죠? 나의 미래를 나누어 드리는 대가로 당신이 꿈꾸었던 미래를 펼쳐 보고 싶다고 하셨던 말씀의 뜻을 이젠 조금 알 것도 같아요. 그런데, 그 꿈을 이루면 제가 행복해질 수 있을까요? 이제 와서 그것까지 바라는 건, 제 욕심일까요?'

진 회장과 눈이 마주친 순간 아리의 눈빛이 일말의 회의감으로 살짝 흔들렸다.

'내가 가장 힘들고 배고프던 젊은 시절에 은혜를 입은 분의 손녀, 내가 가장 사랑했던 아이가 남긴 선물.'

진 회장이 사람들에게 그녀를 소개했던 말의 진짜 의미는 무엇이든 간에 분명한 건 이곳에 모인 사람들의 의식 속에 진 회장이 그녀의 후견인이라는 인식을 하게 만들었다는 사실이었다.

시간이 지나면 사람들은 그녀가 고아이며 아무런 집안 배경도 없다는 사실을 잊고 오직 진승필 회장이라는 빛나는 후광만을 기억할 것이다. 돈과 권력은 그렇게 높은 곳에서 낮은 곳으로 흐르는 법이니까.

'어쩌면 오늘 만난 청년들 중 하나가 1년 뒤 제 남편이 될 수도 있겠죠. 그런데, 제 가슴은 왜 하나도 설레지 않는 거죠? 하지만 걱정 마세요, 회장님. 약속을 어기는 일은 없을 테니까요.'

무너지는 가슴을 애써 다잡은 아리는 날카롭게 자신을 살피는 진 회장에게 더욱 화사한 미소를 지어 보이고 시선을 돌렸다. 그러자 의미 없는 토론을 주도하며 만족스러운 고양이처럼 미소 짓고 있는 승연이 눈에 들어왔다. 승연이 그런 아리를 득의양양하게 응시하며 턱을 추켜올렸다.

'알겠니? 여긴 너 따위가 쉽게 넘볼 수 없는 자리야. 네가 이 사람들 발뒤꿈치라도 따라올 수 있는 배경을 가졌니 미모를 가졌니? 내 할아버지의 힘을 발판 삼아 신분 상승을 노리고 있나 본데 어디 한번 해 봐. 그때마다 내가 아주 꽉꽉 밟아 줄 테니까!'

승연은 속으로 코웃음을 쳤다. 아무리 강아리가 진 회장의 눈에 들어 여기까지 기어 올라왔다 해도 이 배타적이고 대단한 배경을 가진 그룹에 발을 들여놓고 자리를 잡는 건 쉽지 않을 터였다.

승연은 눈곱만큼도 그런 강아리를 도와줄 마음이 없었다. 더구나 세상에 단 하나뿐인 오빠인 승호의 짝으로는 절대 반대였다. 승연은 얼빠진 표정으로 강아리에게서 눈길을 떼지 못하고 있는 승호에게 눈을 흘겼다. 그리고 잠깐 토론이 중단된 틈을 타 사근사근한 음성으로 자신의 의견을 내놓았다.

"어떤 사람들은 우리 같은 부류의 사람들이 배타적이고 이기적이라고 비난하죠. 하지만 그런 사람들 역시 내면에는 좀 더 높은 사회적인 지위와 권력을 갖고 싶어 하는 욕망이 숨어 있기 마련이죠. 흔히 드라마에서 의도적으로 돈 많은 노인이나 순진한 부잣집 아들딸을 유혹해서 신분 상승을 노리는 캐릭터들이 자주 등장하는 게 없는 이야기를 지어낸 거라고만 치부할 수 없는 이유죠. 아, 물론 아리 씨가 그렇다는 건 아니니까 오해하지는 말아요."

승연이 당황한 듯한 얼굴로 서둘러 덧붙인 말은 고의적인 느낌이 농후했다.

"아리 씨의 경우라니? 무슨 사연이라도 있는 것처럼 괜한 의심 부풀리지 마라, 이승연!"

아리의 표정이 살짝 굳어지며 긴장하는 걸 눈치챈 승호가 경솔한 여동생을 나무랐다.

"어머! 내가 생각 없이 보고 들은 걸 말해 버렸네? 미안해, 아리씨."

승연은 아리의 편을 드는 승호에게 화가 났지만 겉으론 당황하고 난처한 표정을 지었다. 그것이 조금 전 자신이 한 말에 의혹의 색을 덧칠하는 효과를 발휘할 거란 사실을 승연은 잘 알고 있었다. 이런 상황에서 강아리가 자기 입장을 변호하듯 거짓을 말하든 양쪽 모두 사람들의 의혹을 말끔하게 씻어 내지는 못한다는 것 역시 알고 있었다.

그런데 승연이 내심 회심의 미소를 짓고 있는 그때, 뜻밖의 인물이 승연의 말을 거들고 나섰다.

"말해 봐, 강아리. 2년 전에 넌, 진 회장님이 누군지 알고 의도적으로 접근했던 거니?"

석현이었다. 감정의 흔적이라고는 전혀 담겨 있지 않은 냉정한 말투와 무심한 표정의 그와 눈이 마주친 순간 한심하기까지 한 이 테이블의 대화를 가만히 듣고만 있던 아리의 눈동자에 파르르 푸른 불꽃이 일었다. 그건, 석현이 기다렸던 바로 그 반응이었고 아리도 그것을 즉각 감지할 수 있었다. 석현의 입가에 희미한 미소가 걸렸고 두 사람 사이에 팽팽한 긴장감이 흘렀다.

'이건, 뭐지? 당연히 이석현이 강아리를 변호하고 나설 줄 알았는데?'

당황한 승연은 두 사람 사이에 흐르는 묘한 적대적인 분위기에 당황해서 눈을 깜빡였다. 진 회장의 발언을 통해 아리와 석현이 어릴 때부터 서로 잘 알고 있는 사이라는 것을 알게 된 사람들도 이들의 신경전에 흥미를 갖고 지켜보기 시작했다.

"홋, 그렇다고 하면요?"

아리가 냉소를 머금고 석현을 똑바로 응시했다. 순간 그들을 제외한 모든 사물이 희미한 배경처럼 빛을 잃었고 두 사람의 의지만이 강하게 충돌했다. 석현이 처음부터 의도했던 대로 아리의 모든 주의와 관심은 오직 그에게 집중되었다.

'석현 군, 오빠는 나에 대해서 잘 알고 있어. 더구나 진 회장님과의 만남과 내가 여기 있는 이유에 대해서도 설명했잖아. 그런데 어째서 나에게 이러는 거야? 혹시 저 불여시의 선동에 넘어간 거니?'

아리의 두 눈에 담긴 원망과 혼란은 이내 분노와 당혹감으로 바뀌어 갔다. 그때 뜻밖의 중재자가 달갑지 않게 그들 사이에 끼어들었다.

"이런, 우리 승연이 때문에 공연히 분란이 생겼나 보네. 아리 양도 석현 군도 감정 풀어요. 어릴 때 격의 없이 지낸 사이라지만 이런 자리에서는 예의를 갖추는 게 좋지 않을까, 아리 양? 이렇게 좋은 날 서로 얼굴 찌푸리는 일을 만들면 안 되지. 안 그래요, 이 사장님?"

진 여사는 손녀인 승연에게 자못 질책하는 눈빛을 던졌다. 그리고 온화한 어조로 아리를 타일렀다. 그러면서 속을 헤아릴 수 없는 오라버니 진 회장의 눈치를 재빨리 살핀 뒤 석현의 아버지 이재훈에게 도움을 청했다. 그런데 뜻밖에도 이 사장이 웃으며 말했다.

"여사님의 말씀이 옳습니다. 그리고 여러분들의 심기를 불편하게 해 드린 걸 자식을 대신해 송구스럽게 생각합니다. 하지만 전, 제 아들의 무슨 생각으로 한 발언인지 무척 궁금하군요. 회장님께서는 안 그러십니까?"

이재훈 사장이 진승필을 대화에 끌어들였다. 그러자 탁구공처럼 오가는 대화를 지켜보던 사람들의 시선이 일제히 진 회장에게로 쏠렸다.

"그래, 이 사장 말처럼 나도 석현 군의 생각이 궁금하군. 어디 한번 들어 볼까?"

진 회장이 싸늘한 눈빛으로 희미한 미소를 지으며 석현에게 물었다. 어쩌면 엄청난 가십의 단초가 될 수도 있는 순간이 석현의 앞에 펼쳐진 셈이었다. 그것은 석현이 기다리고 바랐던 기회이기도 했다.

9장
그대 눈동자 속에 담긴 나

절기상 가을이라 해도 9월의 오후는 아직 태양의 열기로 뜨거웠다. 그런 날씨를 고려해 후원에 식사 자리가 마련되었고 졸졸 흐르는 시냇물 소리와 맑고 건조한 대기를 부유하며 가끔씩 장난치듯 불어오는 바람은 열기를 머금은 공기를 식혀 주기에 충분했다.

하지만 후원에 모인 사람들 모두 그런 날씨 따위에는 관심이 없었다. 그들은 각자의 기대와 흥미를 갖고 오직 세상에 자신들만 존재하는 것처럼 서로에게 무섭게 집중하고 있는 아리와 석현의 모습에 숨을 죽인 채 기다리고 있었다.

"그럴 수도 있겠지. 그래, 강아리 너도 연약한 인간이니 유혹에 흔들릴 수 있어."

마침내 석현은 냉담한 어조로 인정했다. 그러자 모든 사람들의 입에서 놀란 숨을 터뜨리는 소리가 물결처럼 조용히 번져 나갔다.

"어머, 정말 그렇게 생각해요?"

아리는 눈썹 하나 깜빡이지 않고 싸늘하게 미소 지으며 석현을 똑바로 응시했다. 하지만 삼키지 못한 분노와 실망감 때문에 붉어지는 뺨과 와인 잔을 쥔 그녀의 손끝이 미세하게 떨리는 것까지 숨길 수 없었다.

그때 아리를 위로하듯 서늘한 바람 한 줄기가 불어와 달아오른 그녀의 뺨과 긴 머리카락을 어루만지고 지나갔다. 석현의 눈은 그런 사소한 장면 하나까지도 놓치지 않았다.

"나이를 먹었든 젊든, 가난하든 부자이든 간에 어떻게 포장하든 인간의 마음속에는 수많은 욕망이 존재하고 있으니까."

냉소 어린 눈빛으로 진 회장을 흘끗 쳐다본 석현은 이내 아리를 똑바로 응시했다. 순간 모욕감을 참느라 그녀의 입가에 걸린 미소가 흔들리고 눈동자에 싸늘한 냉기가 감돌았다.

"그렇게 생각한다니, 아주 너그러우시네요, 이석현 씨."

오늘처럼 석현에게 실망했던 적이 있던가? 그가 미웠던 순간은 있었지만 이렇게 마음이 아팠던 적은 없었던 것 같다. 마치 아리의 마음을 읽기라도 한 듯 햇빛을 받은 석현의 눈동자가 유리처럼 투명한 웃음을 담고 반짝였다.

"미안하지만 난 그렇게 너그러운 인간은 아니야. 그건 네가 더 잘 알고 있지 않나?"

"그런데 왜 그런 말을……?"

놀리는 듯한 석현의 말에 아리는 의심스러운 눈빛으로 그를 쏘아보았다. 사실 그가 스스로 평가한 것처럼 이석현이란 남자는 편협한 가치관을 갖고 있거나 냉정한 성격은 아니었다. 다만 자신에게 엄격하고 타인에게 그리 큰 관심이 없는 개인주의적인 성향이 강할 뿐이랄까? 하지만 이 자리에서 그런 걸 지적할 생각은 없었다. 그런 아리의 마음을 눈치챈 듯 석현이 엷은 미소를 지으며 담담하게 대답했다.

"너니까."

"무슨, 뜻이에요?"

"내가 아는 강아리는 신데렐라 같은 동화보다 빨간머리 앤과 이상한 나라의 앨리스를 더 좋아하는 아이였으니까. 그런 아이가 그런 선택을 했을 때는 그만한 이유가 있을 거라고 믿기 때문이지."

"내가…… 어떤 짓을 해도 나를 믿는다는 뜻이에요?"

가슴 깊은 곳에서 뜨거운 무언가가 훅, 하고 솟구치자 아리는 어쩔 수 없이 떨리는 음성으로 물었다. 순간 석현의 눈빛이 강렬한 어떤 감정으로 짙게 물들었다.

"답하기 전에 먼저 한 가지 묻자. 강아리, 너는 너를 진심으로 생각하는 누군가의 마음을 알고도 끝까지 흔들리지 않고 너의 선택과 결정을 고수할 자신 있어?"

그녀의 시선을 꼼짝 못 하게 움켜쥔 그가 부드러운 어조로 물었다.

이건 명백한 선전 포고였다. 겉으로는 사람에 대한 믿음과 그에 따르는 책임과 이루고자 하는 의지에 대해 말하는 듯했지만 아리는 알 수 있었다. 그녀가 어떤 식으로 그를 밀어내든 석현은 그녀의 마음을 돌리기 위해서 무슨 짓이든 할 테니 감당할 자신 있냐는 뜻이다. 순간 금지된 열망과 기대감으로 아리의 심장은 무섭게 두근거렸고 까만 눈동자는 지진이 난 것처럼 떨렸다.

'지금 석현 군이, 오빠가 무슨 짓을 하고 있는지 알고 있는 거

야? 난, 나는 끝냈다고 했잖아! 대체, 나한테 왜 이러는 거야?'

'2년 만에 나타나서 넌 짝사랑은 끝났다고 멋대로 통보했었지. 그런데 말이야, 내가 왜 네 결정을 그대로 따라야 하지? 난, 그렇게 하지 않기로 결정했다, 강아리. 그래서 이제부터 보여 주려고 해. 내가 정말 뭘 원하는지! 너는, 나를 감당할 수 있을까?'

각자의 의지와 강렬한 감정이 담긴 시선이 충돌하며 불꽃을 일으킬 것만 같았다. 한 치의 물러섬 없이 서로를 노려보는 두 사람 사이에 손에 잡힐 듯한 긴장감이 흘렀다. 그러자 그곳에 모인 사람들은 이제 어찌해야 할지 몰라 눈치를 보며 숨을 죽였다.

바로 그때 진 회장의 너털웃음이 터져 나왔다. 그 순간 일촉즉발의 긴장감은 순식간에 깨졌다.

"하하하! 서로에 대해 걱정하는 두 사람의 우정이 정말 보기 좋군. 안 그런가, 이 사장?"

진 회장이 웃으며 이재훈에게 동의를 구했다. 노인의 눈동자에 어린 서릿발 같은 냉랭함을 읽지 못할 정도로 이재훈은 바보가 아니었다. 하지만 이 사장은 그에 굴하지 않고 부드럽지만 단호하게 자신의 의견을 피력했다.

"아이들은 싸우면서 정이 들고 서로에 대해서 알아 가기 마련이지요. 두 아이 모두 현명하고 사려 깊은 심성을 가졌으니 앞으로 더 잘 지낼 거라고 믿습니다. 우리 석현이 잘 부탁해요, 아리 양. 녀석이 겉만 어른인 척하지 속엔 소년이 살고 있거든. 잘 키우면 쓸 만할 거야."

진 회장에게서 아리에게로 시선을 돌린 이 사장이 짓궂게 윙크하며 말을 맺자 당황한 그녀는 얼굴을 붉히며 시선을 떨어뜨렸다.

이곳에 모인 어른들 중 진 회장을 제외하고 진심으로 그녀에게 다정한 눈빛을 준 유일한 사람이 석현의 아버지였다. 그래서 더 가슴이 뭉클했다.

"우리 아이가 나이에 비해 속이 깊고 어른스러운 건 나도 높이 평가하는 장점 중 하나라네. 하하, 이 사장이 아리를 예쁘게 보아 주니 나도 기분이 좋군 그래."

유쾌한 미소를 거둔 진 회장이 특유의 서늘하고 위엄 있는 눈빛으로 좌중을 둘러보고는 천천히 입을 뗐다.

"사실 내가 오늘 이런 자리를 만들어 여러 귀빈분들을 초대한 이유도 바로 아리 저 아이와 관련된 것이라네."

진 회장은 능숙한 사업가답게 사람들의 인식이 이재훈이 의도한 대로 흘러가기 전에 주의를 환기시켰다. 진승필 회장의 의도된 침묵은 웅성거리기 시작한 사람들의 관심을 집중시키는 데 성공했다. 그러자 천천히 자리에서 일어난 진 회장은 초대된 손님들과 일일이 눈을 맞추고 나서 단호한 어조로 말문을 열었다.

"솔직히 고백하자면 이 나이가 되도록 나는 돈을 버는 데에만 집중하며 살아왔습니다. 처음엔 가족들을 부족함 없이 부양하고 자식을 가르쳐 대대손손 잘 먹고 잘살고 싶다는 목표 하나만을 향해 돈을 좇았지요. 아, 물론 여유가 생기면 좋은 일도 하겠다는 그럴 듯한 이상도 세워 두었지요. 하하하! 그런데 어느 날 정신을 차리고 뒤돌아보니 그런 초심은 잊어버린 탐욕스러운 늙은이가 되어 있더군요."

가볍게 말을 이어 가던 진 회장의 유쾌한 표정이 점차 어둡고 무겁게 변해 갔다. 가만히 진 회장의 연설에 귀를 기울이던 손님들의 표정 역시 덩달아 숙연해졌다.

"그러다 2년 전, 날벼락 같은 사고로 아내와 내 아이들을 모두 잃어버리고 나서야 나는 내가 돈 이외엔 가진 게 아무 것도 없는 노인이 되었다는 사실을 절감하게 되었습니다. 나는 표류하는 배처럼 삶의 목적과 이유를 잃어버리고 절망과 허무에 빠졌지요."

진 회장의 진솔한 고백에 좌중의 분위기는 진지하고도 무겁게 변했다. 모두가 진승필 회장이 겪은 불행한 사건을 들어 알고 있었기 때문이었다. 진 회장은 침울하고 어두운 마음을 떨쳐 내려는 것처럼 숨을 깊이 들이마신 후 목청을 가다듬고 힘이 실린 음성으로 말을 이어 갔다.

"그런 나를 위로해 주고 걱정해 준 건 역시 피붙이들이었습니다. 내가 세상에 혼자가 아님을 일깨워 준 내 여동생 여옥에게 특별히 감사의 마음을 갖고 있습니다. 여동생이 아니었다면 내가 남은 삶을 살아가야 할 이유를 찾지 못했을 테니 말입니다."

진승필이 진심 어린 감사의 말에 진 여사가 감격한 표정으로 손수건을 꺼내 눈물을 찍어 냈다. 이로써 사람들은 진 여사와 그 가족들이 진승필 회장에게 무척 중요한 인물로 급부상했음을 알게 된 셈이었다.

진여옥은 그동안 자신이 오라버니의 진심을 믿지 못하고 쓸데없는 불안을 키워 온 게 아닐까 하는 생각이 들었다. 그때 진 회장의 입에서 뜻밖의 말이 흘러나왔다.

"그렇게 해서 내가 찾은 아이가 아리, 이 아이입니다. 이제 아리는 나의 미래라고 해도 부족함이 없는 아이가 되었습니다."

"오라버니! 그, 그게 무슨……?"

순간 진 여사의 눈에서 눈물이 쏙 들어갔다. 경악하는 진 여사의 아들 내외와 충격받은 듯한 승연의 얼굴빛이 창백해졌다. 그리고 의구심을 품은 사람들의 시선은 아리에게로 집중되었다가 다시 진 회장의 입으로 모아졌다.

"오해의 소지가 없도록 설명을 부탁드려도 되겠습니까, 회장님?"

모든 사람들의 의구심을 대신해 직설적으로 질문을 한 건 이재훈 사장이었다. 이 사장은 아들을 위해 아리의 평판에 조그만 흠집이라도 생기는 걸 막고 싶었기 때문이다. 진승필은 당황해 굳어 버린 진 여사를 비롯한 모든 사람들의 얼굴을 휘익 살펴본 뒤 유쾌한 어조로 입을 뗐다.

"이런! 내가 아직 그런 종류의 오해를 살 만큼 젊게 봐 주시는 분들이 있다니 이거 주책없이 기분이 좋아지는군요. 하하하!"

진 회장이 유쾌한 척 너털웃음을 터뜨렸다. 그러면서 그러면 그렇지 하는 표정으로 따라 웃는 손님들과 오직 아리만을 바라보는 석현을 주시했다. 진 회장은 안도하는 빛을 숨기지 못하는 여동생의 가족에게 아주 잠깐 냉소를 보인 후 이내 신중해진 음성으로 말을 이었다.

"사실은 내가 조그마한 재단을 하나 만들려고 준비하는 중입니다. 아마 이 프로젝트가 내가 죽을 때까지, 아니 죽어서도 추진하게 될 사업이 될 겁니다. 나는 그 일을 아리에게 맡길 생각입니다."

진승필 회장의 말이 떨어지자 좌중은 다시 술렁이기 시작했다. 진 회장이 추진하는 재단이라면 규모나 재력 면에서 어마어마할 것임은 자명한 일이기 때문이었다. 그러면서 진 회장의 심중에 또 어떤 목적이 숨어 있는지 다들 궁금해 죽겠다는 눈치였다.

"재단이라면, 어떤 성격의 재단을 말씀하시는 거예요, 오라버니?"

"여러 기능성을 염두에 두고 있지만 주된 목적은 이 나라를 위한 특별한 인재들을 후원하는 것과 형편이 어려운 학생들을 지원하는 장학 사업, 그리고 소외 계층과 장애인의 사회 참여를 돕는 복지 사업 쪽으로 방향을 잡고 있다."

"좋네요. 하지만 그런 목적을 가진 재단들은 이미 많이 있어요, 오라버니. 우선 이곳에 계신 분들만 해도 집안 대대로 자선 사업이나 장학 재단에 관여하며 후원을 해 오신 분들이 많잖아요. 취지는 좋지만 뭐랄까, 특색이 없는 게 좀 마음에 걸리네요."

예상치 못한 진 회장의 선언에 가장 먼저 정신을 차리고 반응을 보인 건 진여옥 여사였다. 아들을 미래의 대통령으로 만들고자 하는 야망을 품고 있는 진 여사에게는 구미가 당기는 일이었기 때문이다.

그제야 진 여사는 오라버니의 수족들이 그동안 왜 그토록 긴밀하고 발빠르게 각계각층의 인사들과 접촉했는지 의문이 조금 풀리는 것을 느꼈다. 진여옥이 아는 진승필 회장은 본래 모든 일에 철두철미하고 야심이 큰 남자였다. 그렇다면 혹시 오늘의 이 자리가 자신의 아들이 대권을 향해 나아가는 초석을 깔기 위한 물밑 작업은 아닐까 하는 기대감으로 진 여사의 눈이 반짝거리기 시작했다.

"여옥이 네 지적이 맞다. 그래서 오늘 여러분들께 도움과 조언을 구하고자 이런 조촐한 자리를 만들었던 거란다."

진 회장이 오늘 이곳에 초대된 각계의 저명인사들에게 잔잔한 미소로 감사를 표했다. 그러고는 아리에게 손짓했다.

"아리야, 잠깐 이리 와 주겠니?"

진 회장의 말에 석현에게서 시선을 돌린 아리는 침착한 표정으로 자리에서 일어났다. 그녀가 곁으로 다가와 서자 진승필은 사람들을 보며 부드럽지만 단호한 눈빛과 어조로 입을 뗐다.

"정식으로 여러분들에게 소개하겠습니다. 앞으로 제가 하고자 하는 재단 설립을 비롯해 보잘 것 없는 저의 사업을 법적으로 이어받고 이끌어 갈 강아리 양입니다."

"오, 오라버니!"

"할아버지!"

꿈에서조차 상상하지 못한 청천벽력 같은 진 회장의 선언에 충격을 받은 진 여사의 얼굴은 하얗게 질렸다. 진 여사의 아들 내와와 승연, 이승호의 낯빛도 극심한 당혹감을 감추지 못하고 돌처럼 굳었다.

그 밖의 손님들은 각자의 이유와 감정에 따라 각양각색으로 놀란 마음을 드러냈는데 오직 석현만이 동요를 드러내지 않고 어두운 눈빛으로 물컵을 집어 드는 게 아리의 눈에 들어왔다. 솔직히 자신조차 처음 진 회장에게서 이런 제안을 들었을 때 충격을 받았는데 어째서 저 남자는 저렇게 초연할 수 있을까?

'대체 무슨 생각을 하고 있는 거지?'

그런 생각을 하는 아리의 마음을 읽기라도 한 것처럼 그녀와 눈이 마주치자 석현이 보일 듯 말 듯 희미한 미소를 지어 보였다. 그녀는 왠지 모르게 약이 올라 그를 차갑게 쏘아보고는 눈길을 돌려 버렸다. 그때 마침 진 회장이 다시 말을 이어 갔다.

"물론 이 아이가 준비가 될 때까지 제가 사업을 이끌어 갈 것입니다. 개인적인 바람이 있다면 아리 곁에서 든든한 버팀목이 되어 줄 녀석이 있으면 하는 건데, 여러분들 중께서 혹시 괜찮은 청년을 알고 계신다면 소개해 주셔도 좋겠군요. 아직 세상의 때가 묻지 않은 맑은 녀석이라 이 늙은이 곁에만 있다가 연애 한 번 못 해 보고 시집갈 것 같아서 말입니다. 하하하!"

"회장님도 참! 저, 그 정도 쑥맥은 아니거든요? 잘 아시면서!"

아무리 뻔뻔스러운 그녀일지라도 이렇게 공개적인 자리에서 진 회장이 자신을 포장해 소개하자 당황했다. 예상은 했지만 자신을 쏘아보며 눈총을 날리는 승연과 진 여사의 시선에 곧 죽어도 이상할 게 없는 상황에서는 더욱 곤혹스러웠다.

"너를 잘 아니까 하는 소리야. 하룻강아지 범 무서운 줄 모르고 덤빌 테냐? 하하하!"

아리가 얼굴을 붉히며 항의하자 진 회장은 기분 좋은 너털웃음을 터뜨렸다. 덩달아 손님들도 그에 동조해 웃거나 장단을 맞추어 가벼운 농담으로 응답했다.

하지만 그곳에 모인 사람들 모두 진 회장이 농담을 빌어 진심을 말하고 있음을 모르지 않았다. 한마디로 장차 어마어마한 자산가의 상속녀가 될 강아리라는 아가씨의 신랑감을 공개 오디션을 통해 찾겠다는 뜻이었다. 그것은 곧 가장 가까운 곳에서 진승필 회장이 소유하고 있는 권력과 부를 누릴 수 있는 특권을 발판 삼아 더 높은 곳으로 비상할 수 있는 티켓이었다.

'핏줄을 배제하고 생판 모르고 살아온 젊디젊은 아가씨를 후계자로 삼다니! 과연 진승필 회장은 무엇을 꿈꾸고 계획하고 있는 것일까? 정신이 어떻게 되었다거나 젊은 여자에게 빠졌다고는 보이지 않는 저 노회한 사냥꾼이 쫓는 것의 실체가 뭐지?'

초대된 명사들의 머리는 소리 없이 빠르게 회전하며 진 회장이 마음에 품고 있는 본심을 파악하기 위해 움직였다. 또한 오늘 초대된 청년들이 강아리를 보는 눈빛이 달라진 건 당연한 일이었다.

'미쳤어! 저 오라버니가 진정 정신이 나가 버린 게 분명해! 어떻게 나한테, 우리 가족에게 이럴 수 있는 거지? 내가 그동안 오라버니와 죽은 올케언니에게 어떻게 했는데! 어디서 듣도 보도 못하고 피 한 방울 섞이지 않은 계집애한테 홀려서……?'

뼛속까지 저릿저릿한 분노와 배신감으로 파르르 떨던 진 여사는 문득 뒷통수를 얻어맞은 것처럼 눈앞이 하얗게 바래는 충격에 그대로 얼어붙고 말았다.

'피 한 방울 섞이지 않은 계집애라고? 내 오라버니는 사업과 관련된 사람과 일에 관해서는 몸서리가 쳐질 만큼 냉혹하고 이성적인 양반이지만 제 핏줄에게만큼은 여름날 아이스크림처럼 세상없이 너그럽고 부드러운 인간이야. 물론 자기 뜻을 따르는 자식들에게만 그렇지. 그런 양반이 생판 남인 저 계집애에게 이런 엄청난 특혜를 준다는 의미는 단 하나밖에 없어! 정말, 오라버니의 딸이라는 거야? 그런데 왜 지금껏 내게조차 말해 주지 않은 거지?'

다른 사람들에게 속 좁고 욕심 사나운 모습을 보이지 않기 위해서 진 여사는 죽을힘을 다해 인자한 미소를 지어냈다. 하지만 진 회장이 아리를 바라보는 애정 넘치는 눈빛과 처음 본 순간부터 왠지 낯이 익다고 느꼈던 아리의 이목구비를 찬찬히 살펴보는 동안 진 여사의 억지 미소는 이내 사라지고 말았다.

'죽기 전까지 올케언니가 그렇게 눈에 불을 켜고 단속했는데 구멍이 뚫렸었던 건가?'

진 여사는 그동안 오라버니의 주변에 있던 여자들의 얼굴을 떠올려 보려 노력했지만 쉽지 않았다. 아니, 생각할수록 가슴만 더 쿵쾅거리고 열이 뻗쳐서 진 여사는 쓰러질 것만 같았다. 어머니의 기색을 눈치챈 진 여사의 아들이 조용히 물었다.

"괜찮으십니까, 어머니?"

"아니! 나는……."

나는 내 자식들을 위해서 못 할 일이 없는 어미다. 진 여사는 감았던 눈을 억지로 떴다. 그러고는 이를 악물고 단호하게 말했다.

"난 괜찮으니, 아니, 괜찮게 만들 테니 넌 아무 걱정 말거라. 그래도 잠시 휴식은 취해야 할 것 같으니 틈을 봐서 조용히 자리를 떠나야겠다."

"그렇게 하세요, 어머니. 승연이가 어머니를 모실 겁니다."

진 여사의 아들은 딸에게 눈짓을 해 보이며 말했다. 하지만 진여옥은 고개를 저었다.

"아니다. 이런 자리는 다시 만들기 힘들어. 승연이와 승호는 이곳에 남아서 손님들에게 좋은 인상을 심어 주고 친분을 쌓게 해. 너희 내외 역시 마찬가지다. 속은 상하겠지만 절대 내색하지 말고 호인답게 행동해라. 정치인에게는 무엇보다 좋은 이미지와 인맥이 중요하니까."

진여옥은 식사를 끝낸 사람들이 진 회장과 아리가 함께 있는 곳으로 하나둘씩 모여드는 것을 가늘게 뜬 눈으로 지켜보며 아드득, 이를 갈았다.

할머니의 뜻을 읽은 승호와 승연은 애써 굳은 표정을 풀고 부모를 따라 자리를 옮겼다. 물론 진 회장과 눈엣가시 같은 존재로 자리매김한 강아리가 있는 곳을 향해서였다.

'옛말에 가장 가려내기 힘들고 어려운 적은 내부의 적이라고 했지.'

마침 진 회장에게 뭔가를 보고하고 떠나는 김 비서의 모습을 본 진여옥의 얼굴에 싸늘한 미소가 번져 나갔다. 진 여사는 진 회장을 오랫동안 보필해 온 충복인 김 비서의 유일한 약점을 우연히 알게 된 것을 자신의 천운이라고 여기며 자리에서 일어났다. 그리고 김 비서에게로 다가가 사교적인 어조로 말을 걸었다.

"김 비서가 고생이 많네. 우리 오라버니가 자네를 참 많이 의지하는 거 같아."

"아닙니다, 사모님. 제가 당연히 해야 할 일을 하는 것뿐입니다."

김 비서는 언제나처럼 빈틈없고 예의 바른 태도로 진 여사에게 대답했다. 그러면서도 김 비서의 눈길은 진 회장의 움직임을 주시하고 있었다. 진 여사는 슬쩍 비릿한 미소를 삼키고 동정 어린 어조로 운을 뗐다.

"그나저나 아들 때문에 요즘 마음고생이 많지?"

"예? 전, 무슨 말씀을 하시는지 모르겠습니다만."

예상했던 대로 초연했던 김 비서의 얼굴에 숨길 수 없는 긴장감이 스쳐 갔다. 진 여사는 회심의 미소를 삼키며 짐짓 당황한 듯한 표정을 내비쳤다.

"어머, 내가 괜한 말을 꺼냈나 보네. 그래도 이왕 꺼낸 말이니까. 사실은 어제 우리 아들이 검찰에서 일하는 친구와 통화하는 걸 우연히 듣게 됐거든. 얼핏 들으니 해외 원정 도박 얘기도 나오고 거기 유학 가 있는 김 비서의 아들 이름도 거론되던데……."

진 여사는 일부러 말끝을 흐렸다. 그러자 애써 평정심을 유지하던 김 비서의 안색이 어두워지고 눈빛이 흔들렸다.

"그저 그런 사건으로 묻힐 수도 있는 일인데 하필 유명한 연예인이 연루된 탓에 눈치 빠른 기자가 하나둘 기웃거리기 시작했다며."

"기자들이 말입니까?"

김 비서의 표정이 더욱 딱딱하게 굳어지는 걸 본 진 여사는 속으로 회심의 미소를 삼켰다.

"뭐, 김 비서 아들은 평소에 워낙 성실했던 걸로 아니까 무혐의로 풀려날 거라고 믿어요. 하지만 이 일을 언론에서 집중적으로 다루게 된다면 이제 막 좋은 사업을 시작하려는 회장님의 명예에도 오점이 되지나 않을까 걱정이 되어서 말이야. 워낙 이쪽 동네가 소문과 평판에 예민하게 반응하는 거 김 비서도 잘 알고 있잖아?"

"진위야 어찌 되었든 제 자식의 일로 심려를 끼쳐 드려서 죄송합니다, 사모님. 하지만 제가 일을 그만두는 한이 있더라도 절대, 회장님께 누가 되는 일은 하지 않을 겁니다."

창백해진 얼굴로 김 비서가 단호하게 말했다. 그러나 진여옥은 이미 흔들리는 김 비서의 마음을 눈치챈 후였기에 능숙한 낚시꾼답게 미끼를 던졌다.

"이런! 난 김 비서를 협박하려는 의도로 꺼낸 말이 아니야! 오라버니에게 김 비서가 얼마나 중요한 사람인지 아는데 내가 가만히 있을 수 있겠어? 어제 그 얘기 듣고 나서 이미 승호 애비에게 최대한 손을 써 보라고 해 두었으니 걱정 말아요. 가뜩이나 요새 김 비서 안사람 건강이 좋지 않은 것 같다며 오라버니께서 각별히 신경을 쓰시던데 큰일 하실 양반에게 이런 불미스러운 일까지 보태면 안 되지 않겠어? 이런 일 정도는 내 선에서 해결해 드려야지."

"신경 써 주셔서 감사합니다, 사모님."

김 비서는 마지못해 딱딱한 표정으로 감사의 뜻을 표했다. 오랫동안 진승필 회장 밑에서 일해 온 김 비서였기에 상대가 바라는 것 없이 호의를 베풀지 않는다는 걸 잘 알고 있었다. 그렇지만 자식이 관련된 일이고 그 여파가 어두운 과거를 청산하고 건실한 개인 투자자이자 사업가로 이미지 변신 한 진 회장에게까지 미칠 파장을 생각하면 진여옥의 저의가 의심스러워도 고개를 숙일 수밖에 없었다. 그런 김 비서의 복잡한 마음을 알면서도 모른 척하며 진 여사는 너그럽고 우아한 태도로 손사래를 쳤다.

"아니, 아니야. 우리가 뭐 남인가? 김 비서 자네가 내 오라버니 밑에서 얼마나 충성스럽게 일하는지 내가 다 아는데 그 정도의 허물은 가려 줘야지. 그건 그렇게 마무리 짓고, 조만간 시간 나면 나와 차 한잔해요. 내가 김 비서 안사람에게 좋다는 약을 한번 알아보라 일러뒀거든."

진 여사는 김 비서의 어두운 표정을 모른 척하고 우아한 자태로 사람들이 모여 있는 자리로 걸어갔다.

얼마 후 진여옥은 컨디션이 좋지 않다는 핑계를 대고 자리를 떠났다. 그렇지만 진 여사의 존재감은 크지 않았고 손님들은 관심과 호의는 누가 뭐래도 오늘의 주인공인 아리에게 쏠려 있었다. 그 때문에 파티가 파장 분위기로 흐르고 손님들이 하나둘씩 자리를 떠나기 시작할 무렵엔 아리도 거의 초죽음이 되었다. 미소를 잃지 않느라 입가엔 경련이 일 정도였고 긴장해서 거의 음식을 먹지 못한 탓에 가끔 현기증이 느껴질 정도였다.

"괜찮니?"

진 회장이 대기업 총수의 막내아들과 함께 온 사모님을 배웅하기 위해서 잠시 자리를 비운 사이 언제 다가왔는지 석현이 조용히 그녀에게 물었다. 석현에게 화가 나고 심사가 살짝 뒤틀려 있던 그녀는 의도적으로 그를 외면했고 석현 또한 이유는 모르겠지만 그녀에게 화가 난 듯 굳이 접근하려고 노력하거나 말을 걸지 않았기 때문에 단둘이 이야기를 나눌 기회가 없었다.

"엄청 빨리도 물어보네. 그런 걱정은 아까 나를 곤란하게 만들기 전에 하지 그랬어요?"

"훗, 아직도 삐진 거야?"

"그래요. 사과를 바랄 만큼 난 속 좁고 아주 유치한 여자라서 미안하네요. 됐으니까 이제 그만하고 잘 가시죠, 이석현 씨! 아, 나가는 문이 어딘 줄은 아시죠?"

아리는 급속도로 나빠지는 컨디션 탓에 속상한 마음을 숨기지 못하고 몸을 획 돌렸다. 그런데 긴장이 어느 정도 풀려서인지 갑자기 어찔한 현기증이 확 덮쳐 왔다.

"아리야!"

눈앞이 하얗게 변한다고 느낀 순간 석현이 손을 뻗어 재빨리 그녀를 품으로 와락 끌어당겼다.

"괜찮니? 눈 좀 떠 봐, 아리야."

머리 위에서 들려온 그의 걱정스러운 목소리와 깨끗한 체취에 아리는 더한 어지러움을 느끼며 조그맣게 신음했다. 부질없는 바람이라는 것을 알면서도 그냥 이 남자의 품에서 잠이 들었으면 좋겠다는 생각을 하는 찰나 진 회장의 경계심 어린 목소리가 찬물을 확 끼얹었었다.

"무슨 일이냐?"

"아리 몸이 좀 안 좋은 것 같습니다, 회장님. 좀 쉬게 해 주는 게 좋을 듯합니다."

석현은 아리가 중심을 잡고 혼자 서자 마지못해 손을 뗐다. 가까이 다가온 진 회장과 이 사장의 염려 어린 시선이 아리에게 닿아 있었다.

"큰 행사를 치르느라 긴장했던 모양이구나. 그래, 석현 군 말처럼 숙소로 돌아가 쉬는 게 좋겠다."

"아니에요. 잠깐 어지러웠을 뿐이에요. 전 괜찮아요, 회장님."

아리가 애써 밝은 표정으로 말했지만 진 회장은 엄한 눈빛으로 고개를 저었다.

"고집부리지 마라. 오늘 네가 해야 할 몫은 충분히 했으니 그만 쉬어도 된다."

"그럼, 그럴게요."

흘끗 석현에게 눈길을 준 아리는 내키지 않았지만 받아들였다. 그러자 진 회장이 가벼운 한숨을 내쉬더니 이재훈에게 시선을 주었다.

"이 사장, 내가 석현 군과 할 얘기가 있어서 말인데."

"아, 그렇지 않아도 전 약속이 있어서 먼저 갈 생각이었습니다."

이재훈은 눈치 빠르게 대답했다. 그러자 평소에 이재훈이 사적인 자리엔 운전기사를 부리지 않는다는 걸 알고 있는 진 회장이 근처에 있던 김 비서에게 지시했다.

"김 비서, 박 기사를 시켜 이 사장님을 약속 장소까지 모셔다드리도록 하게."

"예, 회장님. 모시겠습니다, 사장님. 저와 함께 가시죠."

김 비서는 즉시 대답하자 이 사장은 자리를 떠나기 전에 석현에게 당부했다.

"내일 점심 같이 하자."

"네, 아버지. 내일 뵙겠습니다."

석현은 언뜻 걱정스러운 빛을 내비친 아버지에게 짧은 미소를 지어 보이며 담담히 답했다. 이재훈은 마지막으로 아리에게 다정한 눈길을 준 후 김 비서와 함께 떠났다.

"아리, 뭐 하고 있니? 어서 가서 쉬라니까."

"하지만……. 네, 회장님."

저도 모르게 반박하려고 입을 연 아리는 진 회장의 냉랭한 눈빛과 마주치자 고분고분 대답할 수밖에 없었다.

"내 걱정은 하지 마, 강아리."

"어머, 누가 그런 쓸데없는 일을 한대요? 잘 가세요, 이석현 씨!"

"또 보자."

석현이 다 알고 있다는 듯이 미소 짓자 아리는 토라진 어조로 응수했다. 하지만 그는 씩 웃더니 실눈을 뜨고 못마땅한 빛을 숨기지 않고 두 사람을 지켜보고 있는 진 회장에게 정중하게 말했다.

"저는 준비됐습니다, 회장님."

"그래? 그럼 가지."

진 회장과 석현은 본채로 통하는 길을 향해 걸어갔다. 그들이 자리를 떠나자 대기하고 있던 직원들이 뒷정리를 하기 위해 움직이기 시작했다. 아리는 가만히 입술을 깨물며 돌아서서 자신의 숙소가 있는 곳으로 방향을 잡았다.

'아무래도 불안해. 이미 결론은 나와 있는데 더 무슨 말들을 하려고 저럴까?'

마음이 무거웠고 기분도 좋지 않았다. 최악의 컨디션은 승연 역시 마찬가지인 것 같았다. 자동차 키를 들고 본채 쪽에서 걸어 나오던 승연이 아리와 눈이 마주치자 죽일 듯이 노려보더니 쌩하니 찬바람을 일으키며 지나가 버렸다. 하지만 여동생을 따라 걷던 이승호는 아리의 앞에 멈춰 서고는 사과조로 입을 뗐다.

"미안해요. 오늘 저 애 기분이 별로라서 그러니 아리 씨가 이해해 줘요."

"저도 마음이 썩 가볍지만은 않은걸요. 그래도 저 정도면 양호하죠."

"그래요. 솔직히 나도 할아버지의 깜짝 선언에 놀랐어요. 그래도 이제 가족처럼 가깝게 지내게 된 건 환영해요. 잘 부탁해요, 아리 씨."

승호가 쑥스러운 듯한 표정으로 손을 내밀었다. 가족처럼이라는 말이 가시처럼 걸려 마음이 따끔거린다. 아리는 물끄러미 승호의 손을 바라보다가 쓴웃음을 삼키며 악수를 했다.

"저도 잘 부탁해요. 음, 그런데 어디 외출하세요?"

아리는 어색하게 웃으며 물었다. 그때 저만치 앞서가던 승연이 걸음을 멈추고 획 돌아서더니 심통맞게 소리쳤다.

"안 오고 뭐 해, 오빠? 나 그냥 간다?"

"갈게, 간다고! 하여간 저 성질머리는⋯⋯."

승호가 동생에게 체념 어린 어투로 소리치고는 아리에게 한숨 섞인 목소리로 말했다.

"친구들 모임이 있어서요. 다들 어릴 때부터 알고 지낸 고만고만한 집안 애들이죠. 여기서 오늘 만난 사람도 몇몇 올 것 같은데 아리 씨도 같이 갈래요? 녀석들이 좋아할 겁니다."

"말씀은 고맙지만 오늘은 좀 쉬고 싶어요. 재미있게 놀고 오세요."

아리는 웃으며 거절했다. 그러자 승호의 얼굴에 언뜻 실망한 빛이 스쳐 갔다.

"그래요. 이제 자주 볼 테니 다음에 내 친구들을 소개해 줄게요."

"네에."

아리는 이승호의 눈빛에서 자신을 향한 관심을 느낄 수 있었기에 어색하게 대답했다. 속으로 어떤 생각과 계산을 하고 있든 이승호는 승연보다 사교적인 성격인 것만은 분명했다. 승호가 뭔가 미진한 듯 머뭇거리는 사이 승연이 다시 날카롭게 오빠를 외쳐 불렀고 결국 승호는 한숨을 내쉬며 몸을 돌려 걸어갔다.

"휴우."

저절로 지친 한숨이 새어 나왔다. 하지만 이승호의 말처럼 앞으로 밥 먹듯이 얼굴을 마주해야 하는 사람들이니 친해지려고 노력해야 한다. 그것이 진승필 회장이 그녀에게 바라는 것이기도 했다.

그녀를 원수 같은 눈빛으로 보는 사람들과 친해지는 건 절대 쉽지 않을 것이었다. 방심하면 자칫 물어뜯겨 피투성이가 될 걸 뻔히 알고 있으니까. 아리는 새삼 자신의 인생이 피곤하다는 생각이 들어 다시 한번 한숨을 흘렸다.

아리는 일단 옷부터 편한 것으로 갈아입고 뭔가 따뜻한 걸 마셔야겠다고 생각하며 숙소의 비밀번호를 누르고 안으로 들어갔다.

혼자가 되자 다시 석현에게로 향하는 마음을 아리는 애써 떨쳐 냈다. 그렇지만 화장을 지우고 샤워를 하면서도, 옷을 갈아입고 뜨거운 허브티를 마시면서도 그녀는 안절부절못하고 있는 자신을 인정할 수밖에 없었다.

"아우, 이 망할 오지랖! 내가 진짜 미쳐!"

결국 아리는 두 손으로 머리를 쥐어뜯으며 자리에서 벌떡 일어났다.

• • •

저녁노을이 비쳐 들어오는 서재 안은 서늘하고 쾌적했다. 유명 건축가와 인테리어 디자이너가 최상의 작품으로 뽑아낸 진 회장의 저택은 현대적이고 세련된 느낌을 풍겼는데 서재는 그와 대비되는 아주 고풍스럽고 옛스러운 가구들과 소품들이 배치되어서인지 품위 있고 편안한 분위기를 풍기는 공간이었다.

"자네 할아버님께서도 즐기시는 작설차라네. 어떤가, 차 맛이?"

조금 전 진 여사의 며느리가 두 남자를 위해 차를 준비해 주고 나갔다. 그리고 지금 찻잔을 사이에 두고 마주 앉은 진 회장이 석현에게 묻고 있었다. 석현은 혀끝에 남아 있는 신선하고 깊은 맛을 음미하며 담담하게 답했다.

"솔직히 아직 차에 대해서는 잘 모릅니다. 하지만 차향이 아주 좋습니다."

"그래. 요즘 젊은이들은 커피를 더 선호하기는 하지. 나도 젊을 때 그랬으니까. 하지만 나이를 한 살 한 살 보태며 연륜이 쌓이다 보면 젊을 때 알지 못하고 느끼지 못했던 많은 것들을 다시 보게 되는 눈을 갖게 된다네. 이 차의 맛도 내겐 그런 소소한 기쁨 중 하나였고 말이야."

진 회장이 차를 음미하고 나서 담담한 어조로 말했다. 석현은 그 것이 단순히 차에 관한 의견이 아닌 자신을 아직 설익은 풋내기라 비유하고 있음을 단박에 눈치챌 수 있었다. 하지만 그는 반박하지 않고 옅은 미소만 지었다. 진 회장은 그런 석현을 날카롭게 꿰뚫는 눈빛으로 응시했다.

"석현 군, 오늘 모임에 내가 자네를 초대한 이유를 알고 있나?"

찻잔을 내려놓은 진 회장이 마침내 본격적인 용건을 꺼냈다. 에 둘러 빙빙 돌리지 않고 곧바로 공격에 들어간 진 회장의 발언에 석 현은 잠시 생각을 고르는 시간을 벌기 위해 찻잔을 천천히 내려놓 았다. 그러고는 자신 같은 풋내기를 수도 없이 상대했을 노련한 사 업가의 눈을 똑바로 응시했다.

"몇 가지 가능성들이 떠오르지만 정확한 이유는 회장님께서 직 접 말씀해 주시리라 생각합니다. 그래서 저를 이곳으로 초대하신 거겠지요."

"훗, 자신감이 지나쳐 건방지다는 소리 꽤나 듣고 살겠군. 좋아, 진 짜 범인지 뭘 모르는 하룻강아지인지는 차차 겪어 보면 알게 될 테 고."

진 회장은 자신의 눈을 피하지 않고 당당히 마주 보는 젊은이의 강단 있는 태도에 내심 감탄했지만 싸늘한 눈빛으로 잠시 말을 끊었다. 그리고 먹음직한 미끼를 석현 앞에 툭 던졌다.

"오늘 사람들 앞에서 밝혔듯이 내가 새로운 사업을 구상하고 있고 그걸 이끌어 갈 사람은 아리이고 말이지. 하지만 그 아이는 아직 어리고 경험이 부족하지. 그 때문에 곁에서 그 아이를 도와주고 사업적인 냉정한 조언을 해 줄 사람이 필요해. 나는 그 일을 석현 군 자네가 해 주었으면 하네."

"오해와 착각의 여지가 있는 제안이시군요. 회장님께서 의도하시는 정확한 뜻이 무엇인지 여쭤봐도 되겠습니까?"

"하하, 그런가? 당연히 이건 비즈니스적인 제안이네. 자네가 일을 하는 걸 지켜본 후 그 결과에 따라 차후 내 자산 관리를 하는 일을 맡길 수도 있겠지. 어떤가, 한번 해 보지 않겠나?"

"왜, 저입니까?"

이석현은 흔들림 없는 눈빛으로 진 회장에게 물었다. 다른 녀석들이었다면 헛된 기대감과 일말의 기쁨이라도 내비쳤을 텐데 이 젊은 녀석은 마음을 내비치는 데 인색하거나 능숙하게 자기를 숨길 줄 아는 포커페이스인 게 분명했다. 한마디로 만만히 볼 녀석은 아니었다. 진 회장은 눈을 가늘게 뜨고 석현을 차갑게 응시했다.

"물론, 자네가 지원자들 중 가장 머리가 좋고 뛰어난 품성을 가져서는 아니네. 자네가 영리하고 패기 넘치는 인재라는 것은 인정하지만 현재 나를 위해서 일하고 있는 직원들 중에는 자네보다 뛰어나고 품성이 훌륭한 친구들이 많으니까."

진 회장의 냉정한 평가에 석현은 담담한 표정으로 묵묵히 기다렸다. 진 회장은 천천히 차를 마셨고 석현은 기다렸다. 마침내 찻잔을 내려놓은 진승필이 그를 직시하며 단호한 어조로 입을 뗐다.

"그럼에도 불구하고 내가 이석현 군, 자네와 자네 회사를 선택한 단 하나의 이유는 아리 때문이네. 아리는 순수한 마음과 열정을 가진 아이지. 난 진심으로 그 애를 걱정해 주며 배신하지 않고 그 아이 곁을 지켜 줄 사람이 필요해. 남자가 아닌 친구로서, 오빠로서 말이야. 난 석현 군과 희망원 친구들이 그 일을 해 줄 수 있는 적임자라고 판단했다네."

진 회장이 말을 마쳤다. 잠시 진 회장의 말을 곱씹어 본 석현은 이내 피식, 냉소를 머금고 진승필의 눈을 응시했다.

"오빠로서, 친구로서……. 제가 그 선을 넘어 남자로 그 아이에게 다가갈 거란 가능성은 아예 배제하셨군요."

석현의 담담하지만 날 선 지적에 진 회장의 눈동자에 비릿한 냉기가 어렸다. 진승필은 애송이 사냥꾼을 앞에 둔 맹수의 왕처럼 느긋하고도 오만한 어조로 입을 뗐다.

"왜냐하면, 아리는 내 허락 없이는 그 누구와도 결혼하지 않을 테니까. 그리고 이석현 군, 자네는 내 명단에 포함되어 있지 않다네."

"회장님!"

"나는 그 아이가 여자로서나 사회적으로나 최고의 자리에 오르길 바라네. 결국 아리는 내가 고른 신랑감 후보들 중 하나와 결혼하게 될 거야. 그 아이 성격상 그 이후엔 절대 다른 남자에게 눈길조차 주지 않을 테지. 그러니 자네가 아리 옆에 있을 수 있는 방법은 내가 제시한 그 방법이 유일한 셈이지."

진 회장이 만족스러운 표정으로 말하는 동안 석현의 안색은 창백해졌고 오직 눈빛만이 검은 석탄처럼 뜨겁게 타올랐다. 그러나 진승필은 냉혹하고 가차 없이 그의 약점을 찔렀다.

"자네, 돌아가신 해월 그룹 정 회장님의 손녀딸인 세아 사장과 오랜 친구였다지?"

"그건⋯⋯."

석현의 얼굴에서 남은 혈색이 싹 사라졌다. 하지만 진 회장은 변명하려는 그를 무시하고 부드러운 어조로 말을 가로챘다.

"나는 자네가 우리 아리와도 그렇게 좋은 관계로 지내길 바라네. 한 번 경험한 일이니 어쩌면 더욱 능숙하게 잘 처신할 수 있을 테지. 아, 자네 할아버님과의 친분도 있고 하니 물론 그에 대한 보답은 내 선에서 해결해 줄 터이니 걱정 말고."

진 회장은 세상에서 가장 너그럽고 온화한 할아버지처럼 미소 지으며 말을 맺었다.

'젠장, 이 능구렁이 같은 노인네의 노림수가 바로 이거였군!'

석현은 뜨겁게 치솟는 분노를 삭이느라 테이블 밑에서 주먹을 불끈 틀어쥐어야 했다. 자존심과 집안의 명예를 지킨다는 명목으로 난동을 부리고 이 자리에서 뛰쳐나간다면 진 회장은 손대지 않고 코를 푸는 격이 되는 셈이다.

하지만 이석현은 그렇게 단순하지만은 않은 인간이란 게 다행이라면 다행이었다. 석현은 세상의 온갖 더러운 술수와 수작은 다 겪어 온 진 회장마저 놀랄 만큼 냉정하고 침착한 음성으로 말문을 열었다.

"회장님 뜻은 잘 알아들었습니다. 그럼, 이제 제가 이곳에 온 이유를 말씀드려도 되겠습니까?"

"흐음, 그래. 어디 한번 들어나 보지."

피식, 가소롭다는 듯한 미소를 흘린 진 회장이 마치 선심이라도 쓰듯이 말했다. 하지만 가까스로 분노를 제어하느라 굳어진 턱 선과 꽉 그러쥔 주먹, 자신을 향해 이글이글 타오르는 강렬한 눈빛을 놓치지 않고 주시하는 노인의 눈빛 또한 빈틈이라고는 없었다. 두 남자는 그렇게 잠시 서로를 팽팽하게 마주 보았다.

"우선, 회장님의 제안은 고맙지만 사양하겠습니다."

"모든 면에서 성급한 결정이라는 생각은 안 드나? 내게 제대로 된 이력서와 자기소개서를 보냈을 때는 소기의 목적이 있어서 도전한 게 아니었나?"

진승필이 싸늘하게 식은 눈빛으로 날카롭게 물었다. 하지만 석현은 주눅 들지 않고 오히려 담담하게 답했다.

"당연히 제게도 회장님을 만나 뵈어야 할 목적이 있었습니다. 말씀하신 제안을 받아들인다면 저의 경력에 도움이 될 테고 여러모로 이득이 되는 점들이 많을 겁니다. 그렇다 해도 아리, 그 아이를 제 성공의 디딤돌로 이용할 생각은 추호도 없습니다. 그래서 저는 회장님의 손을 잡을 수 없습니다."

"실리보다 자존심을 택하겠다는 말이군. 젊은이다운 이상적이고 건실한 태도지. 하지만 이 나이 되도록 살다 보면 현실적인 간절함과 절박함이 자존심보다 먼저인 경우가 수두룩하지. 자네는 아직 젊어서 진심으로 원하는 걸 얻기 위해 자신을 낮추고 희생해 본 경험이 없는 모양이군. 그렇다면 나도 자네를 도와줄 이유가 사라진 셈인가?"

진 회장은 그의 결정이 곱게만 자란 탓에 세상 물정 모르는 객기 어린 젊은이의 오만함이라 비웃고 있었다. 순간 석현의 눈빛이 싸늘해지며 표정도 딱딱하게 굳었다. 지금까지 자신을 은근히 모욕하는 진 회장을 참아 준 건 아리의 얼굴을 보아서였다. 하지만 그는 더 이상 그럴 필요를 느끼지 못했다.

"회장님께서 틀리셨습니다. 제가 회장님의 제안을 거절한 단 한 가지 이유는, 아리, 그 아이를 제자리로 돌아오게 만들기 위해섭니다."

"제자리? 지금 그 아이가 있는 곳이 아리의 자리야! 그건 그 애가 선택한 것이지."

석현을 쏘아보는 진 회장의 눈빛이 냉랭하게 번뜩였다. 그는 그런 진 회장의 눈을 똑바로 응시하며 답했다.

"아리에게서 회장님과의 거래에 대해서 들었습니다."

"그래? 그렇다면 내가 왜 이러는지도 알고 있겠군."

진 회장의 눈동자에 언뜻 놀란 듯한 빛이 스쳤지만 노인은 능숙하게 그것을 숨기고 냉정하게 말했다. 석현은 그 뻔뻔함에 치를 떨면서도 이성을 놓지 않으려고 애썼다.

"표면적으로는 그 아이가 소망하고 바랐던 일들을 너그럽게 다 해 주시는 것처럼 보이더군요. 하지만 그 거래는 그 아이가 선택하고 결정해야 하는 미래를 아주 헐값에 사들여 회장님의 숨은 욕망을 채우려는 비열한 불공정 거래로밖에 보이지 않았습니다."

"말조심하게! 그건 아리 그 아이가 선택하고 결정한 일이야. 누군가의 강요가 아니라!"

진 회장이 처음으로 벌컥 성을 내며 소리쳤다. 하지만 석현은 자신을 노려보는 노인의 서릿발 같은 눈빛에도 코웃음을 치며 제 의견을 굽히지 않고 맞받아쳤다.

"회장님이 언급하셨듯이 아리는 아직 어리고 순진해서 회장님처럼 경험 많고 능숙한 사업가를 상대하기엔 역부족이죠. 아무리 좋게 포장하려 해도 회장님은 비겁하게 그 아이의 순수한 마음과 곤란한 상황을 이용해 욕심을 채우시려는 것에 지나지 않습니다. 물론, 아리는 아니라고 펄쩍 뛰겠지만 말이죠."

마지막 말을 덧붙이며 석현은 쓴웃음을 지었다. 아마 이 자리에 아리가 있었다면 그에게 마구 화를 냈을 터였다. 진 회장에 대한 그녀의 신뢰와 충성심이 석현의 마음을 더욱 답답하게 만든다는 걸 그녀는 모를 것이다.

진 회장은 가늘게 뜬 싸늘한 눈초리로 질투와 분노, 자괴감으로 시시각각 변하는 석현의 얼굴을 노려보았다.

"오늘 사람들이 모인 자리에서도 자네는 비슷한 발언을 했었지. 그리고 지금 다시 한번 자네는 나의 도덕성을 비난하고 있군."

"그렇지 않습니다. 만약 회장님께서 정말로 도덕적으로 타락한 분이라고 판단했다면 전 이렇게 마주 앉아서 대화를 나누는 대신 아리를 강제로라도 이 집에서 끌고 나갔을 겁니다. 저는 다만, 회장님께서 순진하고 착해 빠진 아리를 도구로 삼아 이루고자 하는, 혹은 원하는 목표가 뭔지 알고 싶습니다. 그래야 그 녀석을 제자리로 돌려놓을 방법을 찾을 수 있을 테니까요."

석현은 정색을 하고 단호하게 자신의 의견을 피력했다. 그러자 진 회장의 하얀 눈썹이 살짝 꿈틀거렸고 눈빛은 더욱 날카롭게 변했다. 평범한 사람이었다면 그 기에 눌려 먼저 시선을 피했을 테지만 석현은 진 회장을 마주 보며 제 할 말을 이어 갔다.

"회장님께서도 이미 파악하셨겠지만 그 아이는 책임감이 강해서 자신이 결정한 일에 대해서 번복하려고 하지 않을 겁니다. 그건 아까 식사 초대를 받고 온 오늘의 손님들이 의심을 품고 있는 것처럼 회장님을 통해 신분 상승과 상류층의 호화로운 생활을 갈망해서가 아니라 회장님께서 복지 재단을 설립하고자 내세우시는 순수하고도 아름다운 동기를 순수하게 믿기 때문일 겁니다. 제가 아는 강아리는 그런 아이니까요. 그걸 알아보시고 회장님도 아리를 곁에 두려 하시는 것 아닙니까?"

석현의 통찰력 있는 지적에 진 회장의 입가에 처음으로 미소다운 미소가 잠깐 머물다 사라졌다. 그렇지만 석현에게 고정된 진승필의 총기 어린 강렬한 눈빛은 여전히 차디찼다.

"자네 말이 맞네. 하지만 아리는 자네가 생각하는 것보다 훨씬 영리하고 현실적인 아이라는 걸 알아 둬야 할 거야. 시간과 상황은 사람을 얼마든지 변화시킬 수 있는 힘을 갖고 있으니까. 그 아이는 더 이상 석현 군이 알고 있던 그 여자가 아닐 수 있다는 생각은 하지 못하는군."

"무슨, 뜻입니까?"

"아리 스스로 내 곁에 머물며 내가 꿈꾸는 일을 함께 하겠다고 결정했어. 지금 그 아이가 있는 곳이 아리의 자리, 제자리라는 걸 인정하지 못한다면 자네는 영원히 그 아이에게 가까이 다가서지 못할 걸세. 물론, 나 역시 그것을 허락하지 않을 테고 말이지."

진 회장이 냉정한 눈빛으로 단호하게 말했다. 그것은 협박에 가까웠다. 순간 석현의 눈빛이 햇살을 받은 유리알처럼 투명한 빛을 뽑어냈다.

"저에게 회장님의 허락은 중요하지 않습니다. 중요한 건 그 아이 행복이고, 저는, 아리가 누구의 압력이나 필요가 아닌 자신의 의지와 마음이 진정으로 원하는 곳에 머물게 할 겁니다. 회장님께서 어떤 목적으로 아리를 곁에 묶어 두려고 하시든 저는 그 아이를 포기하지 않을 겁니다."

석현은 물러서지 않고 당당하게 진 회장과 맞섰다. 진 회장의 표정이 슬쩍 일그러지더니 눈빛만큼이나 냉정한 목소리가 흘러나왔다.

"자네는 이미 아리가 준 기회를 한 번 놓쳤지. 안 그런가?"

진승필의 지적에 그는 대꾸할 말을 찾지 못했다. 굳은 표정으로 입술을 꾹 다무는 그에게 진 회장이 계속해서 공격을 이어 갔다.

"돌아선 사람의 마음을 되돌리는 것만큼 어려운 일은 없지. 또한 나란 늙은이는 한번 내 것이라 여긴 건 재물이든 사람이든 절대 빼앗긴 적이 없다네. 내가 갖지 못하면 아예 누구도 갖지 못하도록 망가뜨려 놓으니 말이야."

"협박하시는 겁니까?"

아리가 다칠 수도 있다는 암시에 등줄기가 서늘해진 석현의 눈빛이 강한 반감으로 짙어졌다. 그러자 진 회장의 입가에 비릿한 냉소가 떠올랐다. 진승필은 찻잔을 들어 이미 식어 버린 차를 입으로 가져가며 무덤덤하게 대꾸했다.

"그럴 리가 있나. 다만, 자네의 무모한 행동이 스스로는 물론이고 소중한 누군가의 인생까지 망칠 수도 있다는 경고를 해 주고 싶었을 뿐이네."

찻잔을 천천히 테이블에 내려놓은 진 회장이 석현과 눈을 맞추며 희미하게 웃었다. 순간 척추를 따라 차가운 소름이 돋았지만 석현은 피식, 조소를 머금고 응수했다.

"회장님께서는 아리에 대해서 정말 완벽하게 파악하고 있다고 생각하십니까?"

"무슨 뜻이지?"

눈살을 찌푸리며 날카롭게 반문하는 진 회장에게 석현은 차갑게 말했다.

"그 아이를 아신다면, 지금 저에게 하신 협박이 회장님께로 부메랑이 되어 돌아갈 수 있다는 사실 역시 염두에 두셔야 할 겁니다. 회장님께서 알고 계시다시피 희망원 친구들은 그 아이에게 가족과 같으니 말입니다. 아, 지금쯤 그 아이는 행여나 제가 회장님께 무슨 봉변을 당하고 있지 않나 안절부절못하고 있겠군요."

석현은 아리의 모습이 상상되자 엷게 미소 지었고 그를 쏘아보는 진 회장의 눈빛은 어둡게 가라앉았다. 그는 자세를 바로 하고 그런 진 회장을 똑바로 응시하며 말을 이었다.

"아리가 자신이 사랑하는 사람들이 다치는 걸 지켜보면서 회장님 곁에 머물 거란 생각은 하지 마십시오. 정말 그 아이를 아끼신다면 제자리로 돌아가 그 아이답게 살도록 도와주십시오."

말을 마친 석현은 자리에서 일어났다. 그리고 뭔가를 고심하는 듯한 찌푸린 얼굴로 찻잔을 응시하는 진 회장에게 작별 인사를 건넸다.

"회장님 뜻도 듣고 제 의견도 말씀드렸으니 그럼 저는 이만 가 보겠습니다."

석현은 정중하게 고개를 숙여 인사한 후 몸을 돌려 서재 문으로 향했다. 진 회장의 시선이 그를 따랐다. 그런데 석현이 문손잡이를 잡았을 때였다. 진 회장이 그를 불렀다.

"석현 군."

몸을 돌린 석현은 진 회장을 보았다. 그런 석현에게 진 회장이 말했다.

"아무리 자네 말이 옳다 해도 나는 석현 군을 아리의 짝으로 인정할 수 없네."

"회장님!"

"왜인지 아나?"

진 회장은 천천히 자리에서 일어났다. 그리고 서재 책상 앞으로 걸어가 그 위에 있는 자신의 가족사진을 집어 들어 바라보았다. 그러는 동안 석현은 의아하고도 긴장된 마음으로 진 회장의 말을 기다렸다. 마침내 고개를 든 진 회장이 낮게 가라앉은 음성으로 말했다.

"아리, 이 아이는 내게 하나 남은 핏줄이기 때문이야."

"무슨, 무슨 말씀이십니까?"

"내가 이 아이의 친할아버지라는 말이네. 그 말은, 아리가 곧 법적인 절차를 밟아 진아리가 될 테고 나의 모든 것을 물려받을 거란 의미지."

"어떻게 그런⋯⋯?"

석현은 석상처럼 굳어 버렸다. 사실은 진 회장을 마주한 순간부터 내내 아주 찜찜하고 불길한 예감이 진득한 땀처럼 몸에 달라붙어 있었다. 하지만 이렇게 엄청난 비밀일 줄은 몰랐기에 웬만해서는 흔들리지 않는 석현조차 멍해지고 말았다. 그런 그를 쓴웃음을 지으며 쳐다본 진 회장이 냉정하게 말했다.

"아리는 모르고 있네. 사실 조사를 맡았던 김 비서를 제외하면 아직 아무도 모르는 진실이지. 그러니 만약, 내가 적당한 시기를 봐서 그 아이에게 말하기 전에 아리가 진실을 알게 된다면, 그건 자네 입을 통해서겠지. 만약 그런 불상사가 일어난다면 모든 일에 대한 책임은 석현 군, 자네가 져야 할 걸세. 그리고 한 가지 더 명심해 둘 사실이 있어."

진 회장은 잠시 말을 끊고 얼굴에서 모든 감정이 사라진 듯한 모습으로 문가에 서 있는 석현을 향해 마지막 한 방을 날렸다.

"아리를 제자리로 돌려놓겠다고 했었나? 흠, 피는 물보다 진하다는 말이 있지. 난 그 말에 기대어 싸워 볼 셈이네. 그런데 자네에게는 나와 대항할 어떤 패가 있지?"

진 회장이 부드러운 어조로 물었다. 하지만 석현은 어떤 대답도 할 수가 없었다. 처음으로 그는 중심을 잃고 휘청거렸다. 두 주먹을 꽉 움켜쥔 석현은 무언가를 박살 내고 싶은 강렬한 분노에 몸을 떨었다. 그 상대는, 다른 누구도 아닌 자기 자신이었다.

'나는 이제 무엇으로 싸워야 할까? 이대로, 끝내는 게 정말 모두를 위해 최선일까? 아리야……!'

석현은 절망과 회의감으로 물든 눈을 질끈 감았다. 그런 석현의 모습을 승리자의 미소를 머금은 진승필이 가만히 응시하고 있었다.

10장
사랑이란

여전히 늦은 오후의 황금빛 햇살은 따스했다. 하지만 진 회장과의 면담을 끝내고 서재를 나서는 석현의 표정은 얼음처럼 차갑게 굳어 있었고 눈빛 역시 무겁고 어둡게 가라앉아 있어서 섣불리 말을 걸기 어려운 분위기를 풍겼다.

초조하게 서재 문 앞을 서성이고 있던 아리는 그런 석현의 모습을 본 순간 불길한 예감으로 가슴이 서늘해지는 기분을 느끼며 서둘러 그에게로 다가갔다.

"오빠? 석현 군!"

"음? 어, 아리야."

무슨 생각을 하고 있었는지 그녀가 다가오는 기척도 느끼지 못한 석현이 아주 잠깐 멍한 표정을 지었다. 아리는 자신들을 지켜보는 사람이 없는지 재빨리 주위를 둘러보았다. 다행히 행사 뒷정리를 돕기 위해 집안에서 일하는 사람들 대부분이 밖에 나가 있었고 진 여사의 며느리도 조금 전에 시어머니의 호출을 받고 2층으로 올라갔기 때문에 주변엔 사람이 없었다. 아리는 급한 마음에 무작정 석현의 손을 잡아끌며 말했다.

"나랑 얘기 좀 해."

"아리야."

"아, 진짜! 누가 보면 곤란해지니까 일단 따라와요!"

석현이 꿈쩍도 하지 않고 인상을 찡그리자 마음이 조급해진 그녀는 서재 안까지 들리지 않도록 목소리를 낮춰 소리쳤다. 그는 흘끗 진 회장이 있는 서재를 쳐다본 뒤 못 이기는 척 아리의 손에 이끌려 걸음을 떼었다.

그때 마침 서재로 향하던 김 비서가 두 사람을 목격했다. 아리가 석현을 데리고 간 방향은 본채와 강아리의 숙소가 연결된 비밀 문이 있는 곳이었다. 어두운 표정으로 잠시 두 사람의 모습을 지켜본 김 비서는 서재 문을 노크하고 안으로 들어갔다.

"회장님."

넓은 책상 뒤에 자리한 의자에 깊숙이 몸을 묻고 정원을 바라보던 진 회장은 김 비서의 목소리를 듣고서야 시선만 흘끗 비서에게로 던지며 물었다.

"아이들은?"

"회장님께서 짐작하신 대로 아리 아가씨가 오셔서 이석현 씨를 데리고 가셨습니다."

김 비서의 보고를 들은 진 회장은 피식, 소리 없이 입꼬리를 끌어 올리며 미소 지었다. 그런 진 회장을 물끄러미 응시하던 김 비서가 조심스럽게 물었다.

"회장님도 참 짓궂으십니다. 두 사람이 서로에게 마음이 있다는 걸 아시면서 왜 갈라놓으려고 하십니까?"

김 비서의 질문에 진 회장이 깊은 눈빛으로 눈앞에 펼쳐진 정원 풍경을 바라보며 대답했다.

"소중한 것의 가치는 그것을 잃어버렸을 때 가장 절실하게 느끼게 된다네. 그리고 쉽게 손에 넣은 것은 그 귀함을 금세 잊어버리고 새로운 것을 탐하게 되더군. 나는 이석현이라는 녀석이 진심으로 원하는 것을 쟁취하기 위해서 피땀 흘려 노력하고 뛰어다니는 꼴을 보고 싶다네. 동시에 그것을 지켜 갈 수 있는 마음과 자질을 갖고 있는지 알고 싶고 말이지."

"그러다 석현 군이 회장님의 시험을 넘어서지 못하면 결국 아리 아가씨만 또다시 상처받게 될지 모릅니다."

김 비서의 신중한 지적에 진 회장이 냉정한 표정으로 대꾸했다.

"그럼 더 좋고. 김 비서 자네도 알다시피 내 손녀라면 결국 상처를 털고 일어나 씩씩하게 제 인생을 일구어 나갈 걸세. 지난 2년 동안 내가 그 아이를 끊임없이 테스트하고 교육시키면서 얻은 결론이지. 아리는 강한 아이야."

"그러지 말고 솔직히 인정하십시오, 회장님."

"뭘 말인가?"

진 회장의 자부심 어린 말에 김 비서가 빙긋이 웃으며 말했다. 그러자 진 회장이 가늘게 뜬 눈으로 비서를 보며 퉁명스럽게 물었다.

"회장님께서는 눈에 넣어도 아프지 않을 손녀를 이 군만이 아니라 어떤 녀석에게도 넘겨주고 싶지 않으신 거 아닙니까?"

"허허, 눈치챘나?"

김 비서를 노려보던 진 회장이 이내 웃으며 장난스럽게 인정했다.

"하지만 아리를 위해서 최고의 상대를 찾아 주고 싶은 마음은 진심이야. 그 아이가 영부인 자리를 원한다면 그리 만들어 줄 테고 다른 어떤 자리를 원한다 해도 마찬가지라네."

"알고 있습니다. 그동안 아가씨에게 못 해 주신 걸 모두 주고 싶으신 마음. 하지만 저는 석현 군이 회장님의 시험을 통과했으면 좋겠습니다."

"아들 가진 입장에서 말인가? 하긴, 나도 예전엔 그랬었지."

진 회장이 이해한다는 표정을 지으면서도 씁쓸한 기색을 내비치자 김 비서는 그저 웃으며 고개를 숙였다. 언뜻 김 비서의 얼굴에 근심의 그늘이 드리워졌다가 사라진 걸 진승필은 미처 보지 못했다.

"참, 아까 여옥이가 자네에게 뭔가 심각한 말을 하는 듯하던데. 혹시 아리와 관련된 거였나?"

진 회장이 문득 후원에서 목격한 장면을 떠올리며 물었다. 웬만해서는 감정을 드러내지 않고 모든 사람에게 친절하고 편안하게 대하는 김 비서가 그땐 당황한 빛을 내비쳤던 게 마음에 걸렸다.

"그걸, 보셨습니까?"

"음. 여옥이가 자네를 곤란하게 하는 말을 한 건가?"

"아, 아닙니다. 사실은."

김 비서는 오늘 진 여사와 나눈 대화를 솔직하게 털어놓으려고 했다. 그런데 진 회장의 안색이 갑자기 창백해지는 듯하더니 눈을 질끈 감고 나직이 신음을 흘리자 황급히 다가가 물었다.

"회장님! 괜찮으십니까? 약 드릴까요?"

"으음, 이놈의 망할 편두통! 아까부터 조금 편치 않다고 느꼈는데 이 모양이군 그래."

진 회장이 머리를 감싸 쥐며 신음 섞인 목소리로 투덜거렸다. 김 비서는 재빨리 서랍 안에서 약 상자를 꺼내 진 회장이 평소에 먹는 편두통 약을 찾았다.

"요즘 무리하셨습니다, 회장님. 일단 이것부터 드십시오. 여기 물 있습니다."

김 비서는 알약 두 개와 서재에 비치된 작은 냉장고 안에서 찾아온 생수를 따라 진 회장에게 건네주었다. 진 회장이 그것을 삼키고 나서 눈을 감은 채로 재차 물었다.

"아까 여옥이가 뭐라 했지?"

"별거 아닙니다, 회장님. 그냥, 유학 가 있는 제 자식 놈 안부도 챙기시고 제 아내가 몸이 좋지 않다는 소식을 듣고 좋은 약이 있어서 구해 주시겠다는 말씀이었습니다."

김 비서는 저도 모르게 얼렁뚱땅 대답을 얼버무렸다. 어차피 자신의 집안 문제이니 알아서 처리하면 될 거라 여기면서.

"여옥이가 사람을 잘못 골랐군. 그래서, 거절했나?"

"네, 회장님."

"뇌물을 거절하면 쓰나. 못 이기는 척 받아 두게."

조소를 머금은 진 회장이 여전히 창백한 안색으로 단호하게 지시했다.

"하지만, 회장님……"

"어릴 때부터 여옥인 유난히 눈치가 빠르고 영리한 아이였어. 오늘 돌아가는 판을 보고 내가 아리를 후계자로 정했다는 걸 파악했을 테지. 앞으로의 권력 이동이 제 아들에게 어떤 영향을 줄지 촉각을 곤두세우고 있을 거야. 만나거든 굵직한 투자 정보 한두 개와 아리에 관한 작은 정보 하나 정도는 미끼로 흘려 주게. 단, 아리가 내 손녀라는 건 절대 밝히지 말아야 하네. 그래야 나중에 미끼를 물 때 낚시질이 재미있지."

진승필이 싸늘한 웃음을 머금고 말을 맺었다. 진 여사의 머릿속을 훤히 꿰뚫고 있는 진 회장의 통찰력에 혀를 내두르며 김 비서가 조심스럽게 물었다.

"회장님께서는 평소에 조카분을 아끼셨고 그 꿈을 응원하고 지원해 주셨던 걸로 압니다. 가족분들을 사고로 잃고 나서는 진 여사님 가족분들에게 많이 의지하셨고 위로도 받으셨지요. 아리 아가씨의 등장으로 회장님의 마음이 바뀌신 건지 여쭤봐도 되겠습니까?"

충직하고 성실한 김 비서였기에 그동안 묵묵히 진 회장의 밑에서 많은 일들을 책임지고 처리해 왔다. 하지만 강아리의 등장 이후 보이는 진 회장의 행보는 오랫동안 같은 길을 걸어온 김 비서조차도 짐작하기 어려웠던 게 사실이다. 여전히 의자에 기대어 눈을 감은 자세였지만 점차 편두통이 가라앉는지 진 회장의 표정이 편안해졌다.

"내 가족을 모두 잃었을 때 나의 꿈도 죽었다고 생각했었지. 그런데 이 세상에 내 혈육이 존재한다는 사실을 안 순간, 난 처음으로 하늘에 감사했다네. 동시에 우리 집안과 내가 그 아이에게 얼마나 큰 죄를 지었는지도 알게 되었지. 곧 진실을 알게 될 테고 이제 모든 건 아리의 선택에 달렸다네."

"아가씨에게 칼자루를 쥐여 주시고 모든 사람들의 운명을 제물로 바치시는 겁니다. 회장님 스스로의 운명 역시 말입니다. 자칫 혈육 간의 전쟁의 단초가 될 수도 있고요."

"그 아이가 그것을 원한다면 어쩔 수 없지. 김 비서, 이제 내게 남은 일은 이 냉혹한 세상의 횡포에 그 아이가 다치지 않도록 방패가 되어 주는 걸세. 아니면 더 높은 곳으로 비상할 수 있는 디딤돌이 되어 줄 수도 있겠고. 어쨌든 아리를 지켜보는 건 내게 남은 유일한 행복이 될 테지."

가늘게 뜬 눈으로 정원을 응시하며 진 회장은 아리와의 거래를 떠올리며 부드럽게 미소 지었다. 아리는 전혀 몰랐지만 이미 그때 진승필은 자신의 전부를 손녀인 아리에게 걸었다.

'진승필 회장님, 이제 당신의 시대를 조용히 마감하려고 하시는 겁니까?'

김 비서는 물끄러미 진 회장의 모습을 바라보았다. 그리고 그 순간 자신이 거의 반평생을 모셔 온 상사가 오늘처럼 행복해 보였던 적이 없다는 것을 깨달았다.

"오늘은 그만 쉬십시오, 회장님."

"그래, 그래야 할 것 같군. 자네도 오늘은 일찍 집으로 돌아가서 쉬도록 하게."

진 회장이 자리에서 일어났다. 그러고는 김 비서의 어깨를 툭툭 다독여 주고 서재에서 걸어 나갔다.

"강아리, 그 어린 아가씨의 작은 손에 모두의 운명과 미래가 달려 있는 건가."

김 비서는 어쩐지 허탈하면서도 두려워졌다. 만에 하나 아리에게 어떤 불운한 일이 생긴다면? 진 회장이 어떻게 반응할지 상상하기도 끔찍했다. 아마 영악한 늙은 여우인 진여옥은 본능적으로 자신들에게 닥친 위기를 감지했기에 온통 신경을 곤두세우고 있는지도 몰랐다.

'역시 죄를 짓고는 맘 편히 못 사는 법이지. 하지만 내가 모시는 주인은 이제 늙어 자신의 전부를 하나 남은 핏줄에게 통째로 넘겨주려 하고 있어. 그럼 앞으로 난 어떻게 해야 할까?'

진여옥의 아들은 김 비서보다 열 살 정도 아래로 막 이름을 알리기 시작한 정치 신인이었다. 진 여사의 시할아버지가 살아 계실 때까지만 해도 탄탄한 경제력을 갖춘 유서 깊은 정치가 집안이었는데 가세가 기울었다가 진 여사가 시집을 가면서 다시 집안을 일으켜 세웠다. 다행히 진 여사의 아들은 똑똑했고 외교관으로서 평판도 좋기에 외삼촌인 진승필 회장의 지원을 받는다면 더 높이 비상할 수 있는 인물이었다. 그래서 진여옥이 그리 안달을 하며 아들을 출세시키려 하는 것이다.

그에 맞서는 강아리라는 젊은 아가씨는 여러 가지 면에서 아직 사람의 손을 타지 않은 신대륙처럼 무궁한 가능성과 매력를 가진 존재였다. 위기에서 자신과 아들을 구하고 위험한 승부수를 던지느냐, 기존의 질서를 지키면서 또 다른 세대를 준비하느냐의 선택은 이제 김 비서의 결단에 달려 있었다.

'난 진승필 회장의 사람이다. 하지만……'

굳은 표정으로 서재를 나서는 김 비서의 얼굴에 오만 가지 상념과 갈등이 교차했다.

서재문 앞에서 석현을 낚아챈 아리는 온실로 통하는 문을 열었다. 그 안으로 들어선 석현은 세계 각국의 난초와 분재들, 희귀한 식물들과 꽃들이 적절히 자리를 잡은 온실의 규모에 감탄하지 않을 수 없었다.

"대단하군."

"회장님 취미예요. 시간이 나면 여기서 대부분의 시간을 보내세요. 김 비서 아저씨에게 들었는데 예전에 가족들과 사시던 집에서 그대로 옮겨 오셨대요. 아, 이쪽으로 와요."

아리는 걸음을 멈추고 온실 안을 둘러보는 그의 손을 다시 잡아끌면서 대답해 주었다. 사실 그녀는 온실에 대한 이야기보다 다른 걸 더 알고 싶어 마음이 급했다.

"어디 가려고?"

"저기 온실 끝에 있는 문을 나서면 내가 머무는 숙소로 가는 통로가 있어요."

"재미있는 구조네. 회장님은 비밀의 화원에 널 꽁꽁 숨겨 두고 혼자 보고 싶으셨나 보군."

석현이 다소 삐딱한 말투로 중얼거리자 아리는 고개만 돌리고 그를 노려보았다.

"경고하는데 이상한 상상 하지 마요, 이석현 씨! 회장님께서는 나에게 독립된 생활을 보장해 주시려고 처음 설계 단계부터 이렇게 주문하셨던 거예요."

"부자에, 게다가 마음까지 아주 너그러우신 양반이시군. 아주 좋아!"

"좋긴 개뿔! 어울리지 않게 뿔난 망아지처럼 굴지 말고 그 입 다 물고 따라와요!"

석현이 작정하고 비뚤어지겠다고 마음먹은 사춘기 소년처럼 굴자 아리는 이를 바득, 갈며 걸음을 빨리했다. 현명하게 그는 입을 꾹 다물어 주었다.

그들이 온실에서 나오자 유리로 된 돔 형식의 천장이 있는 짧은 통로가 나왔고 그 끝에 문이 하나 나타났다. 그제야 석현의 손목을 놓은 아리가 빠르게 비밀번호를 눌렀다. 바로 경쾌한 전자음과 함께 딸깍, 하고 문이 열렸다.

"이제 말해 봐요. 대체 회장님하고 무슨 얘길 나눈 거예요? 아니, 회장님이 뭐라고 말씀하셨기에 석현 군이 이렇게 화가 난⋯⋯."

주방과 보일러실 사이로 낸 문을 열고 안으로 들어선 아리는 곧장 거실로 향하며 참았던 걱정과 질문을 쏟아 냈다. 그러다 문득 바로 뒤에서 인기척을 느끼고 몸을 돌린 순간 아리는 석현의 품안으로 와락 끌려 들어갔다.

"오, 오빠⋯⋯!"

당황한 그녀는 놀란 얼굴로 고개를 들었다. 그러자 밤새 그녀를 잠 못 들게 했던 그의 향취와 뺨에 느껴지는 거친 심장 박동, 미세하게 떨리는 그의 손길이 느껴졌다. 아리는 가슴이 떨렸지만 단호하게 그를 밀어 냈다. 그러나 석현은 그녀를 더욱 힘주어 안으며 아리의 정수리에 턱을 괴고 웅얼거렸다.

"움직이지 마. 그냥, 잠깐이면 돼."

"회장님한테 무슨 안 좋은 말을 들은 거죠? 어서 말해 봐요!"

여간해서는 감정의 동요를 드러내지 않는 석현이었기에 아리는 더 불안했다. 그런데 그녀의 걱정이 무색하게 머리 위에서 놀리듯 낮게 쿡쿡 웃는 소리가 들려왔다.

"왜, 그럼 가서 나 대신 싸워 주려고?"

석현은 가슴속에서 부글거리던 뜨거운 분노가 아리를 품에 안는 순간 거품처럼 사그라드는 놀라운 기분을 느꼈다. 다음 순간 아리가 주먹으로 그의 등을 세게 때리며 소리쳤다.

"하, 누굴 바보로 알아요? 내가 그런 짓을 왜 해요!"

"왜냐하면, 넌 여전히 나를 좋아하니까."

그가 확신을 담아 단호하게 말했다. 순간 아리는 숨 쉬는 것도 잊고 그대로 얼어붙었다. 석현은 마지못해 포옹을 풀고 뒤로 한 걸음 물러나 아리를 똑바로 응시하며 다시 한번 말했다.

"강아리, 넌 여전히 날 사랑하고 있어."

"아니요! 난, 나는……."

"그리고 나 역시 널 좋아해."

"뭐, 라고요?"

"내가, 강아리를 좋아한다고. 여동생 같은 너를, 그리고 여자인 너를 원한다. 진 회장님께 그렇게 말씀드렸다. 너를 제자리로 돌려놓을 거라고."

충격으로 하얗게 질린 표정과 흔들리는 눈빛의 아리를 안타깝게 바라보며 석현은 긴장한 음성으로 솔직하게 고백했다. 하지만 그녀가 말없이 쳐다보기만 하자 애가 탄 그는 아리에게로 다가서며 손을 뻗었다.

"아리야……."

"가까이 오지 말아요!"

아리는 석현의 손이 자신을 향해 뻗어 오는 것을 본 순간 정신이 번쩍 들었다. 펄쩍 뛰듯이 그에게서 뒷걸음질 치는 그녀의 표정은 얼음장처럼 차가웠고 눈빛은 분노로 활활 타올랐다.

"어떻게…… 그래요? 어떻게 그럴 수 있어?"

이 남자는 그녀가 10년 가까이 혼자 가슴앓이하며 기다리고 아파했던 모든 순간을 단숨에 뛰어넘어 너무나 당연하다는 듯이 그녀를 가지려 했다. 그것도 그녀가 자기 마음을 마땅히 받아 줄 거라고 확신하며. 아리는 꽁꽁 숨겨 왔던 자신의 마음을 들켰다는 수치심보다 그의 뻔뻔한 태도에 너무 약이 오르고 화가 나서 떨리는 주먹을 꼭 쥐고 왈칵 소리쳤다.

그녀의 눈에 눈물이 그렁그렁 맺히기 시작하자 석현의 표정이 순식간에 딱딱하게 굳었다.

"이해해. 네가 놀라고 당황했을 거란 거 알아. 하지만 난……."

"알아요? 석현 군이, 오빠가 뭘 알고 있는데?"

"진 회장님께서 계획하신 일에 네가 매력을 느낀 이유는 충분히 이해해. 하지만 네 미래를 그분 손에 넘겨주고 지켜야 하는 약속이라면 난 절대 찬성할 수 없어. 그런 선택은 너를 결코 행복하게 만들어 주지 못할 테니까. 넌 공양미 삼백 석에 팔려 가는 심청이 역할에 어울리지 않아, 강아리. 내가 그런 널 가만히 지켜볼 거라고 생각했다면 오산이야."

"하, 정말 미치겠네!"

아리는 완고하게 말하는 그의 잘생긴 얼굴을 새빨개진 얼굴로

275

노려보았다. 그러고는 두 주먹을 불끈 쥐고 분통을 터뜨렸다.

"젠장! 오빠 눈엔 내가 바보로 보이나 보죠?"

"뭐라고?"

"여전히 내가 다른 여자 뒷모습만 쳐다보느라 얼빠진 남자를 미친 듯이 짝사랑했던 한심하고 멍청한 강아리로 보이냐고요! 아니요! 내 행복을 희생하면서까지 다른 사람 사정 봐주는 그런 아리는 이제 없어요. 그러니까 이석현 씨가 손가락만 까딱하면 감격해서 달려가 품에 안길 거라고 착각하지 말아요!"

그동안 꾹꾹 눌러 참아 온 감정이 폭발하면서 그를 밀어내려던 계획은 머릿속에서 흔적도 없이 사라졌다. 대신 그 자리엔 어린 날 상처받고 외로웠던 소녀의 아픈 잔상처가 입을 쩍 벌리고 드러나 버렸다. 순간 두 사람 사이에는 손대면 바스스 무너질 듯한 위태로운 침묵이 살얼음처럼 가로놓였다. 결국 그동안 쿨하고 어른인 척 했던 가면을 스스로 깨뜨린 셈이었다.

"그때 나는…… 정말 몰랐어. 그냥, 네가 날 싫어한다고만 생각했으니까."

석현의 깊은 눈빛이 지진이 난 것처럼 흔들렸고 목소리도 낮게 잠겨 흘러나왔다. 그럴수록 아리의 얼굴은 자괴감으로 점점 더 붉게 물들었다. 쥐구멍이라도 있으면 숨고 싶은 수치심을 그녀는 왈칵 성질을 내는 걸로 대치했다.

"아, 진짜 자존심 상해! 이 나이에 사탕 달라고 조르는 아이처럼 징징대기나 하고."

"아리야……."

"그래요. 나 어릴 때 석현 군 좋아했어요. 하지만 이젠 아니라고요. 아니에요! 그러니까 그렇게 불쌍하고 미안해 죽겠다는 얼굴로 쳐다보지 말아요. 오늘 봤죠? 나한테 뭐가 더 필요하겠어요? 괜한 걱정 하지 말아요. 난 옛날보다 백배는 더 행복해요. 솔직히 사람들이 색안경 끼고 쳐다보는 건 싫지만 회장님을 만난 후 인생 역전한 건 맞아요."

아리는 애써 말괄량이 여동생처럼 심술궂게 씩 웃어 보였다. 그러면서도 어쩐지 이 남자 앞에만 서면 감정이 이성을 앞서는지 속이 상했다. 어떻게든 이 딜레마에서 벗어나고 싶은데 그는 그녀를 쉽게 놓아줄 것 같지 않았다.

"지금처럼, 이렇게 진 회장님 곁에서 사는 게 행복하다고?"

석현이 어두운 눈빛으로 물었다. 순간 아리의 눈동자가 살짝 흔들렸지만 이내 그녀는 턱을 추켜올리고 단호하게 말했다.

"네, 그래요! 우리 할머니 말고 날 이렇게 보살펴 주고 아껴 주는 사람은 회장님뿐이에요. 살면서 이런 행운을 또 어떻게 가질 수 있겠어요? 난 정말 행복해요."

"거짓말."

"하! 이보세요, 이석현 씨, 무슨 근거로……."

아리는 석현의 말에 발끈했지만 그는 끄덕도 하지 않고 그녀에게로 다가서며 속삭였다.

"그럼, 나에게 증명해 봐."

"뭐, 뭘요?"

그의 강렬한 눈빛에 당황한 아리는 본능적으로 뒷걸음질 치며 더듬더듬 물었다. 하지만 그는 바로 답하지 않았고 뒤로 계속 물러서다 보니 무릎 뒤쪽에 뭔가가 닿았다. 흘끗 곁눈으로 보니 벽난로 옆에 놓아둔 안락의자였다. 더 이상 물러설 공간이 없었다.

아리의 심장은 불안함과 알 수 없는 기대감으로 두근거렸다. 그 순간 마주친 석현의 검은 눈동자가 기묘한 빛을 뿜어내자 그녀의 심장 박동은 더욱 빨라졌다.

"더 이상 내게 어떤 감정도 남아 있지 않다는 말, 나 없이도 진 회장님 곁에서 행복할 수 있다는 네 주장. 지금, 여기서, 나를 설득해 봐, 강아리."

"더 이상 뭘 어떻게 증명하라는 거예요? 석현 군답지 않게 나한 테 대체 왜 이러는……."

"나에게 키스해, 강아리."

"뭘, 뭐라고요?"

너무 놀란 아리는 저도 모르게 뒤로 발을 딛다가 그대로 의자에 주저앉고 말았다. 그러자 석현이 양손으로 안락의자 팔걸이를 짚어 그녀를 가두며 몸을 앞으로 기울였다. 순간 두 사람의 숨결이 맞닿 을 정도로 그의 얼굴이 그녀 가까이로 다가왔다.

"석현 군? 아니 오빠……."

"너의 눈과 입술은 내게 서로 다른 말을 하고 있다는 거, 알고 있어? 어떤 게 진짜일까?"

그의 시선은 그녀의 숨결 하나까지도 놓치지 않겠다는 듯 뜨겁 고 날카롭게 빛났다. 그에 반응해 아리는 눈을 커다랗게 뜨고 그의 손가락이 그녀의 입술 선을 따라 그리는 동안 숨도 쉬지 못했다.

"몸은 거짓말을 못 하지. 정말 나에게 어떤 감정도 남아 있지 않 다면 내 키스를 거부하면 돼. 그걸 너 스스로에게, 그리고 내게 증 명해 봐, 강아리!"

그는 화가 난 듯도 했고 슬픈 것 같기도 했으며 그녀처럼 혼란스러워 보였다. 때문에 애써 냉정하게 석현을 밀어 내리던 아리의 두 손은 그의 가슴에 닿은 채 멈칫했고 그러는 사이 석현의 얼굴은 그녀의 코앞으로 다가왔다.

"아리야……."

달콤하게 애원하듯 자신의 이름을 부르는 그의 목소리는 그녀의 가장 약한 곳을 공략했다. 두근두근……. 손끝에 느껴지는 그의 심장 소리와 간절함이 덧칠해진 욕망에 물든 석현의 새카만 눈동자에 사로잡힌 아리는 꼼짝도 하지 못했다. 그러나 그러다 서로의 숨결이 부딪쳐 바스라진 순간 마지막 이성이 그녀를 흔들어 깨웠다.

"아, 안 돼! 이러지 말……."

그의 입술이 닿기 바로 직전, 아리는 고개를 돌렸다. 그래서 석현의 입술은 예민한 그녀의 귓불에 닿았다.

"늦었어!"

신음 같은 그의 속삭임이 아리의 귓속으로 흘러들었다. 따스한 숨결이 불러일으킨 간지러운 감각에 아리는 떨리는 숨을 훅 들이마셨다. 다음 순간 석현의 입술이 그녀의 입술을 찾았다.

"흡!"

석현은 그녀의 입술에 제 입술이 닿자 나직이 신음했다. 그녀의 투명한 피부는 마치 아기처럼 보드라웠고 달콤한 꽃향기가 났다. 겨우 입술만 닿았을 뿐인데 석현의 몸은 즉각적이고 솔직한 반응을 보이기 시작했다. 이러니 어떻게 그녀를 포기할 수 있을까? 짧은 순간 그의 머릿속에서 진 회장과 나누었던 마지막 대화가 스쳐 갔다.

'아리를 제자리로 돌려놓겠다고 했나? 흠, 피는 물보다 진하다는 말이 있지. 난 그 말에 기대어 싸워 볼 셈이네. 그런데 자네에게는 나와 대항할 어떤 패가 있지?'

진승필 회장이 했던 질문이 석현의 머릿속을 어지럽게 떠다녔다. 나중에 진 회장이 친할아버지이고 이 모든 일들이 사실은 처음부터 계획하에 진행되고 있었던 프로젝트였다는 걸 알게 되었을 때 아리가 느낄 충격과 배신감을 어떻게 감당할 생각이냐는 그의 질문에 대한 반격이었다.

'핏줄을 내세워 저를 협박하지 마십시오, 회장님. 그 핏줄이란 것을 넘어서는 단 한 가지가 바로 사랑이니까요. 저는 아리의 마음을 되찾을 겁니다. 그리고 무슨 일이 있어도 그 마음을 지킬 테니 두고 보십시오.'

'나는 그 대단한 사랑이라는 감정이 얼마나 어이없이 깨지고 변색되는지 알고 있지. 좋아! 그렇다면 전부를 건 우리 두 사람의 승부는 아리 그 아이의 손에 달려 있는 셈이로군. 참고로 말해두지만 아리는 내 유전자를 물려받은 강한 아이지. 그러니 실연의 상처 정도는 거뜬히 극복해 낼 자존심 강한 아이야. 사랑? 나는 그 아이를 선택한 자네의 태도가 바뀐 이유가 내 손녀인 걸 알았기 때문이라고 주장할 걸세.'

'그건, 사실이 아닙니다!'

뻔뻔한 진 회장의 말에 격분한 석현은 강하게 반박했다. 하지만 진승필은 비릿한 냉소를 머금고 담담하게 대꾸했다.

'그게 진실인지 아닌지는 중요하지 않아. 중요한 건 아리가 그 럼에도 불구하고 석현 군, 자네에 대한 믿음과 사랑이 확고할지 아닐지의 여부지.'

진 회장의 말에 석현은 어떤 반박도 할 수가 없었기에 입술을 꾹 다물고 노인을 쏘아보았다. 그러자 진 회장이 냉정하게 말했다.

'나는 잃을 게 없다네, 석현 군. 진실을 알게 된다 해도 아리 가 내 손녀라는 사실은 변함이 없을 테니까. 하지만 나와의 이번 내기에서 자네가 진다면 자네는 죽을 때까지 아리 근처에도 다가 오지 못할 걸세. 그래도, 나에게 도전할 생각인가? 그렇다면, 한 번 해 보게나. 하하하!'

서재를 가득 채우던 진 회장의 비웃음 소리가 석현의 머릿속을 가득 채웠다. 순간 아리와 맞닿아 있던 그의 입술에서 분노 어린 거친 숨결이 터져 나왔다.

"흡, 아앗!"

마치 모든 것이 정지된 것처럼 숨소리마저 조심스럽게 느껴지던 순간이 지나자 아리는 참았던 숨을 터뜨렸다. 그때를 기다린 듯이 불꽃을 삼킨 낙인 같은 뜨거움이 아리의 입술을 덮쳐 왔다. 다음 순간 입술 사이로 밀고 들어온 그의 혀가 연약하고 달큰한 그녀의 입 안을 작은 폭군처럼 거칠게 점령해 버렸다. 숨 쉴 사이도 없이 파고들어 탐하는 그의 키스에 아리는 정신을 차릴 수가 없었다.

"음, 흐읍!"

허기진 사람처럼 석현은 촉촉하게 젖은 그녀의 여린 입술을 허겁지겁 빨았고 이로 잘근거렸다. 그러다 수줍어 도망치는 그녀의 혀를 낚아채 강하게 휘감았다. 두 사람의 혀가 얽혔다가 풀어지고 부드럽게 비벼 대는 노골적인 행위가 불러일으키는 감각에 아리는 속수무책으로 반응하며 연신 신음했다.

어느새 그의 가슴을 밀어 내던 손은 석현의 어깨로 올라가 그를 꼭 움켜잡았다. 그가 일깨운 열정으로 그녀의 가슴은 예민해졌고 은밀한 곳에서 발화된 열기로 온몸이 들끓기 시작하자 견딜 수가 없어진 아리는 그의 목을 휘감고 열렬히 키스를 되돌리고 말았다.

그의 키스는 처음의 순진하고 서툰 입맞춤과 달랐고 재회했을 때의 달콤했던 키스와도 다른 느낌이었다. 이건, 이건 본능적이고 원초적인 수컷의 욕망이었다. 아리는 그가 처음 보이는 적나라하고 순수한 남자로서의 욕망에 놀라고 두려워 그에게서 도망치기 위해 고개를 돌렸다. 그러자 곧 죽을 것처럼 꽉 막혔던 숨이 터졌다.

"하아! 그만……."

과호흡으로 폐는 터질 것처럼 아팠다. 그러면서도 숨을 들이마실 때마다 자신을 가득 채우는 석현의 향취와 그가 제 입술에 남긴 달큰하고도 아릿한 아픔을 절실히 느끼고 있었다. 그런 아리의 귓가에 그의 뜨겁고 거친 숨결이 훅, 덮쳐 왔다.

"이렇게 달콤하게 녹아내리면서, 내가 아무 것도 아니라고? 나를 원한다고 말해, 강아리!"

"아니, 아니요! 난……!"

"고집쟁이! 좋아, 그럼 이젠 내가 널 설득하면 되겠지!"

고작 키스 한 번에 무너질 수는 없어! 아리는 싱글거리는 그를 노려보며 필사적으로 부인했다. 그런 반발을 예상한 듯 석현이 그녀의 상기된 뺨을 부드럽게 어루만지며 낮게 쉰 듯한 음성으로 선언했다. 그런데 당황한 그녀가 미처 뭐라 대꾸하기도 전에 석현이 그녀를 가볍게 안아 올렸다.

"앗, 무슨 짓…… 흡!"

"넌 내 거다, 강아리."

아리의 비명은 겹쳐 온 그의 더운 입술 안으로 삼켜졌다. 그리고 머릿속이 하얗게 비고 세상이 빙글빙글 돌아간다고 느낀 어느 순간 그가 마지못해 그녀의 입술을 놓아주었다. 미친 듯이 뛰는 심장과 온몸에 열이 오른 채로 아리는 그의 목과 어깨 사이에 얼굴을 묻고 밭은 숨을 몰아쉬며 눈을 꼭 감았다. 그러는 사이 그는 침실을 찾아 성큼성큼 걸어갔다.

'이 남자가 정말 내가 알고 있던 그 이석현일까?'

아리는 자신을 침대에 눕히고 순식간에 재킷을 벗어 던진 석현이 그녀에게 가까이 다가오는 것을 혼란스러운 마음으로 바라보았다. 그의 짙은 눈빛에는 그녀를 향한 욕망이 고스란히 드러나 있었다.

"아리야."

그가 허락을 구하듯 그녀의 이름을 부른 순간 긴 속눈썹에 감싸인 아리의 눈동자가 잔잔히 떨렸다. 만약 그녀가 정말 이석현에게 짝사랑에 대한 복수를 하고 싶었다면 뜨거운 눈빛으로 다가오는 그를 냉정하게 거부해야 했다. 현실적으로도 그래야 마땅했다. 하지

만, 그러지 못했다. 아니, 그러고 싶지 않았다. 그것이 왠지 서럽고
억울했다.

"왜, 그래? 울지 마. 널 울리려는 게 아니야. 난……."

침대가 묵직하게 내려앉는 느낌과 함께 그의 손가락이 그녀의
뺨을 스쳤다. 반사적으로 숨을 삼키며 눈을 깜빡인 아리는 그제야
자신이 울고 있다는 걸 깨달았다. 당황한 그가 부드럽게 달래며 눈
물을 닦아 주자 아리는 울음을 터뜨리며 그를 꼭 끌어안고 외쳤다.

"미워! 오빠가 정말 미워 죽겠어!"

"아리야……?"

자신의 품에서 아이처럼 우는 그녀를 보고서야 석현은 정신이
번쩍 들었다. 눈앞을 가리고 있던 분노가 천천히 걷히자 그는 떨리
는 손으로 아리의 몸을 꽉 끌어안았다. 여전히 그의 몸은 그녀를
안고 싶은 욕망으로 팽팽하게 긴장되어 있었고 심장이 무섭게 뛰고
있었다. 하지만 이런 상태로 그녀를 안을 수는 없었다.

"울지 마, 아리야. 네가 울면, 난 어떻게 해야 할지 모르겠어.
쉿! 그만……."

석현은 그녀를 안고 아기를 달래듯 다정하게 속삭였다. 그러면서
자신의 안에 이토록 강렬하고 이기적인 소유욕과 집착이 내재되어
있었다는 사실에 놀라고 있었다.

석현이 눈을 질끈 감으며 신음 섞인 떨리는 한숨을 천천히 내쉬
었다. 그런 와중에도 그의 가슴은 품에 안은 여자에 대한 갈증과
욕망으로 날뛰었고 몸의 중심은 점점 더 딱딱하고 뜨겁게 달아올라
목표를 향한 진격을 소리 없이 외치고 있었다.

반면 아리는 조금씩 진정이 되는 듯 숨결도 고르게 변했고 그에

게 편안하게 기대어 왔다. 그야말로 진퇴양난에 빠진 석현은 숨을 쉬는 것조차 힘이 들 지경이 되었다.

"……"

실컷 울고 나자 꾹꾹 눌렀던 복잡한 감정들이 눈물에 씻겨 내린 듯 속이 시원하기도 하고 허무하기도 한 기분에 아리는 잠시 멍해졌다. 그러다 어느 순간 어색하고 긴장된 그의 침묵을 감지하고 어찌할 바를 몰라 꼼짝도 하지 못했다.

그녀의 몸은 석현과 꼭 맞닿아 있었다. 그에게서 뿜어져 나오는 뜨거운 열기와 거친 숨결, 엉덩이 골 사이에 느껴지는 단단한 남성의 감촉이 고스란히 느껴졌다. 칭얼거리는 아이를 달래듯 부드럽게 등을 어루만지는 그의 손길이 어느 순간엔가 애무하듯 감각적으로 느껴지기 시작한 건 분명 그녀의 착각이 아니었다.

"괜찮아?"

"아…… 네! 아니, 아니요! 훗, 저기…… 오빠?"

다정한 음성과 대비되는 욕망 어린 그의 손길에 반응하지 않으려고 애쓰며 아리는 가까스로 입을 열었다. 하지만 티셔츠를 들추고 들어온 석현의 손이 맨살에 닿아 아리는 급한 숨을 들이마셨다.

"음?"

그녀를 몸에서 살짝 떼어 낸 그가 짙어진 눈빛으로 바라본 순간 아리는 할 말을 잊었다. 저도 모르게 혀로 입술을 핥는 그녀를 본 석현의 눈빛이 더욱 뜨거워지며 깊게 가라앉았다.

"나는, 우리는 이러면 안 되는…… 하훗!"

그녀가 떨리는 눈빛으로 애원하자 순간적으로 석현의 눈동자에 성난 듯한 빛이 스쳐 갔다. 그리고 즉각 엉덩이를 뒤로 살짝 뺐다가 힘차게 허리를 앞으로 튕겼다. 딱딱하게 솟구친 그의 남성이 그녀의 중심을 강하게 압박했다. 그로 인해 점화된 기묘한 감각에 깜짝 놀란 아리는 조그맣게 비명을 질렀다. 어쩔 줄 몰라 하며 얼굴을 붉히는 그녀를 똑바로 바라보면서 그가 목쉰 듯한 음성으로 물었다.

"너도 느꼈지? 그래, 나는 너를 원해. 네 머릿속에서 모든 부정적인 생각들을 없애 버리고 오직 나만을 느끼고 부르게 만들고 싶어. 너의 모든 곳에 키스하고 싶어. 그래서 네가 오직 내 이름만을 부르게 만들고 싶다."

"오빠……."

솔직하고 노골적인 그의 고백은 아리의 머릿속에서 그대로 재현되었다. 그러자 가슴이 부풀며 숨이 가빠 왔고 은밀한 곳이 욱신거리더니 뜨거운 애액으로 젖어 드는 느낌이 들었다. 당황한 아리는 다리를 오므렸는데 그것이 오히려 그를 자극하는 형국이 되고 말았다.

순간 석현의 눈빛이 맹수의 그것처럼 번뜩이는 걸 본 듯했다. 그리고 정신을 차렸을 때는 이미 석현의 손에 브래지어의 혹이 풀리고 있었다. 이어 그의 커다란 손이 압박감에서 풀려나 한껏 부풀어 오른 그녀의 가슴을 부듯하게 움켜쥐는 걸 느꼈다.

"나를 원한다는 거 알고 있어. 네 가슴이 네 눈빛이 그렇게 말하고 있으니까. 너는, 절대 나를 거부하지 못해, 강아리."

그가 부드럽지만 단호하게 선언했다. 그 순간 아리는 벅차오르는 기쁨과 슬픔을 어쩌지 못해 떨리는 입술을 깨물었다. 그러나 석현이 엄지로 곤두선 유두를 부드럽게 문지른 순간 뜨거운 신음을 토해 내며 석현의 어깨를 꽉 움켜쥐고 소리쳤다.

"하읏! 나쁜 놈! 하아, 진짜 진짜 나쁜 놈!"

그녀의 반응에 씩, 만족스러운 미소를 지은 그는 단숨에 아리의 입술을 덮쳤다. 처음에 아리는 고집스레 그의 키스에 저항했지만 곧 달콤한 감각에 녹아내렸다. 그사이 그녀를 반듯하게 눕힌 그는 순식간에 티셔츠와 브래지어를 벗겨 바닥으로 던져 버렸다.

몸에 차가운 한기가 느껴지자 아리는 본능적으로 가슴을 가리려 했다. 하지만 재빨리 자신의 몸으로 그녀를 제압한 석현이 아리의 양손을 머리 위에서 하나로 모아 쥐고 꼼짝 못 하게 만들었다. 그러자 도도하게 고개를 든 그녀의 가슴이 욕망에 물든 남자의 시선 앞에 고스란히 노출되었다.

"하아, 아…… 안 돼!"

"가리지 마! 넌 몰라. 2년 전 그날부터, 난 항상 너를 꿈꿨다."

"나, 나를?"

부끄러움에 온몸을 붉게 물들인 아리는 생각지도 못했던 그의 고백에 눈을 깜빡였다. 석현은 뜨거운 눈빛으로 자신을 유혹하듯 완만하게 오르내리는 뽀얀 젖가슴, 그 위에서 수줍게 떨리는 핑크 빛 유두를 삼킬 듯한 눈빛으로 응시하다가 이내 아리와 눈을 맞추었다. 순간 그녀는 격정으로 검게 물든 그의 눈동자와 맞닥뜨리고는 날카롭게 숨을 들이마셨다.

"그날 밤 난 꿈을 꾸었지. 너와 키스하고 널 갖는 꿈을. 그건 현실일 리 없는 꿈이었어. 그래서, 죽어라 인정하지 않으려 했었다. 그건 꿈이고 넌, 절대 손대서는 안 되는 여동생 같은 아이였으니까!"

"오빠……."

"하지만 네가 내게 손을 댄 순간부터 이미 넌 나에게 여자였어. 그걸 인정하는 데 자그마치 2년이 걸렸지. 이제 난, 널 놓치지 않을 거야. 누가 뭐라 해도!"

석현의 두 눈이 욕망과 후회, 분노 같은 강렬한 감정으로 짙게 물들어 갔다. 그 순간 아리는 해묵은 상처가 말끔히 치유되는 느낌을 받았다.

그는 지금 2년 전 그날 밤 세아가 아니라 바로 그녀에게 키스하고 있다는 걸 본능적으로 인지했었다고 말하고 있었다. 더불어 그 후 그녀만을 갈망했다고 고백하고 있는 것이다. 그것을 깨달은 아리의 두 눈에 순수한 기쁨과 안타까움이 뒤섞인 눈물이 새롭게 맺혔다. 눈물이나 질질 짜는 것따위 정말 싫어했는데 이상하게 이 남자를 다시 만나면서부터 수도꼭지가 열린 것처럼 자꾸만 눈물이 난다.

"거짓말……."

"날 믿게 해 줄게. 널 다시 울게 하는 일은 없을 거다. 약속해!"

토라져 투정 부리는 아이처럼 고개를 돌리는 그녀의 귓가에 석현이 달콤하게 속삭였다. 그러고는 짭조름한 소금기를 머금은 그녀의 입술에 입맞추었다. 떨리는 숨결이 살며시 섞이고 예민해진 살갗이 닿자 두 사람은 동시에 신음을 터뜨렸다. 거친 공격을 예상하고 잔뜩 긴장해 있던 아리는 따스한 물처럼 젖어 드는 느긋한 입술 감촉이 만들어 내는 날카로운 자극에 저도 모르게 숨을 헐떡이며 그에게 꼭 매달렸다.

'나는, 못 해! 욕망을 채우기 위한 감언이설이라 해도 이 남자를 거부할 힘이 내게는 없어. 아니, 단 한 번이라도 이 남자를 가질 수

있다면 현실에 눈 감고 귀 막을래. 오늘 밤만이라도!'

가슴이 터질 것만 같았다. 겨우 그의 입술에서 벗어난 아리의 입술 사이로 가쁜 신음이 터져 나왔다. 그러자 열망 어린 석현의 입술은 그녀의 섬세한 턱 선과 목줄기를 따라 자잘한 키스를 퍼부으며 미끄러지듯 내려갔다. 그러는 동안 그의 손은 욕심껏 아리의 탄력 있는 가슴을 움켜쥐고 손안에 느껴지는 탱글탱글하고 보드라운 살갗의 감촉과 꽃향기를 머금은 체취를 마음껏 음미했다. 단정하고 절제된 겉모습과 달리 욕망 어린 그의 눈빛과 손길은 노골적이고 거침이 없었다. 아리는 생소하고 간지러운 감각에 몸을 움찔거리며 연신 신음을 토해 냈다.

"아리야! 아리야……!"

손끝에서 녹아 없어질 것처럼 보드랍고 연한 살결과 아기 분 냄새가 석현의 이성을 날려 버렸다. 그녀의 가슴 곡선을 따라 붉은 흔적을 남기며 뜨거운 입술을 옮기는 석현의 입에서는 연신 그녀의 이름이 흘러나왔다. 그리고 그의 설득에 반항하듯 꼿꼿이 일어선 유두를 살살 핥다가 강하게 빨아들이자 아리가 아픔과 쾌감이 뒤섞인 비명을 질렀다.

"홋, 아아!"

석현이 세게 젖꼭지를 빨아들일 때엔 아픔으로 숨을 죽이던 그녀는 그의 뜨거운 혀가 달래듯 부드럽게 핥고 쓸어 주면 강아지처럼 기분 좋은 신음을 토해 냈다. 그러다 그가 통통하게 부푼 유두를 이로 가볍게 씹어 대자 허공을 헤매던 그녀의 손가락이 석현의 머리카락을 움켜쥐었다.

어떻게 이런 짜릿하고 뜨거운 감각이 가능한지 모르겠지만 그가 민감한 곳을 찾아 자극할 때면 아리의 여성 깊숙한 샘에서는 뜨거운 애액이 왈칵왈칵 터졌다. 그 민망하고도 기묘한 열기에 아리는 점점 정신이 아득해지는 걸 느꼈다. 석현은 마음껏 그녀의 양쪽 가슴을 탐하고 희롱한 후에야 고개를 들어 열정 어린 눈빛으로 아리를 내려다보았다.

"넌, 나를 막지 못해."

"으……응?"

아리는 그의 말을 이해하지 못하고 열정으로 흐릿해진 눈을 깜빡였다. 다음 순간 그의 손에 벗겨진 그녀의 바지는 바닥에 널린 티셔츠와 브래지어 위로 던져졌다. 멍하니 그것을 지켜보던 아리가 뒤늦게 신음하며 몸을 가리려 했지만 마지막 남은 하늘색 팬티도 같은 절차를 밟게 되었다.

이제 아리는 실오라기 하나 걸치지 않은 몸으로 석현의 시야에 노출되었다. 본능적으로 드러난 몸을 가리려는 그녀의 손을 석현이 붙잡자 아리는 울상이 되어 애원했다.

"안 돼! 보지 마요. 창피해……."

"아니야. 넌, 너는 내가 상상한 그대로야."

석현의 정염 어린 눈동자가 그녀의 나신을 삼킬 듯이 훑어 내렸다. 조금 전까지 그에게 아낌없이 사랑과 관심을 받은 뽀얀 젖가슴이 그녀가 숨을 쉴 때마다 유혹적으로 오르내렸고 그 정점에 붉게 피어난 꽃봉오리가 다시 군침을 돌게 했다. 그 아래로 섬세한 갈비뼈와 잘록한 허리를 지나 동그란 엉덩이, 날씬한 허벅지로 쭉 이어지는 부드러운 선이 석현의 눈을 현혹시켰다. 그리고 고슬고슬한 검은 음모로 덮인 완만한 둔덕과 다리 사이에 수줍게 고개를 든 분홍빛 음핵이 눈에 들어온 순간 그의 눈빛은 불길을 머금은 것처럼 뜨겁고 강렬하게 타올랐다.

가빠지는 숨을 고르며 마른침을 삼키는 석현의 목울대가 심하게 흔들렸다. 그의 시선이 닿는 곳마다 작은 불꽃이 이는 것처럼 따끔거리고 심장이 마구 두근거리자 아리는 뜨거워진 얼굴을 옆으로 돌리며 눈을 질끈 감았다.

"하아 하아, 제발요!"

아리 자신도 뭘 어떻게 해 달라는지 모른 채 하는 애원이었다. 허벅지 사이에 석현의 다리 하나가 들어와 있어서 오므리지도 못하는 상태라 사르르 흘러내리는 뜨거운 샘물이 그에게 들켜 버릴 것 같았다. 아리는 온몸이 빨갛게 물들 만큼 부끄러워 미칠 듯했다. 그런 아리의 귀에 그의 낮게 쉰 듯한 웃음소리가 들리더니 석현의 입술이 그녀의 가슴골 사이에 내려앉아 바람을 일으켰다.

"날 원한다고 말해."

"나는…… 원해요."

더 이상 도망칠 곳도, 그리고 싶지도 않았다. 결국 아리의 떨리는 입술 사이로 달콤한 항복의 말이 흘러나왔다. 순간 석현의 눈동자는 세상을 가진 자의 승리감으로 밝게 타올랐다.

"이젠, 세상이 무너져도 멈출 수 없어!"

아리의 양쪽 가슴에 차례로 키스한 석현은 입고 있던 셔츠를 벗어 던졌다. 마음이 급한 나머지 단추 몇 개가 튕겨져 나가는 듯했지만 상관하지 않았다. 그를 지켜보는 아리의 두 눈에 떠오른 순수한 감탄의 표정이, 남아 있던 그의 이성을 몽땅 날려 버렸기 때문이다.

"오빠…… 음!"

석현은 다급하게 그녀의 입술을 찾았다. 순간 몸이 밀착되며 서로의 맨살이 닿아 만들어 낸 자극에 그들은 동시에 탄성을 터뜨렸다. 그의 손은 정성스레 아리의 몸을 어루만지고 애무해 나갔다.

욕망에 몸이 달아오르기 시작한 아리 역시 수줍음을 벗어던지고 석현의 군살 없는 넓은 어깨를 꼭 쥐고 있던 손을 움직여 유연한 등과 탄탄한 가슴 근육들을 서툴지만 열정적으로 만졌다. 그럴 때마다 석현이 움찔거리며 반응하는 것이 조금씩 느껴지자 그녀는 기쁨에 겨운 한숨을 내쉬며 손을 아래로 쓱 내렸다.

"하윽, 아리야!"

그녀의 작은 손이 가슴 근육과 갈비뼈를 어루만지다가 그의 바지 허리춤에 닿았을 때만 해도 석현은 설마 했다. 하지만 아리는 서툴지만 거침없이 벨트 버클을 풀었다. 아주 잠깐 머뭇거리긴 했지만 이내 숨을 깊이 들이마신 아리가 과감하게 그의 바지 속으로 손을 쑥 밀어 넣어 팬티 위로 불끈 성이 나 딱딱하게 솟구친 남성에 손을 댔다.

"앗!"

아리는 순식간에 침대에 반듯하게 눕혀졌다. 그는 그녀의 다리를 활짝 연 후 그 사이에 자리를 잡았다. 몸을 천천히 낮추며 석현은 쉰 듯한 음성으로 그녀의 기억을 상기시켰다.

"너의 모든 곳에 키스할 거란 말, 기억해?"

"하, 하지만…… 아, 아훗!"

아리가 그의 눈빛이 먹잇감을 앞에 둔 맹수처럼 빛난다고 느낀 순간 석현의 머리가 그녀의 다리 사이로 내려갔다. 욕망이 담긴 촉촉하고 뜨거운 그의 숨결이 부드러운 속살에 닿자 아리가 놀라 신음을 터뜨리며 두 손으로 붉어진 얼굴을 가렸다.

"오…… 아니, 아아, 읏! 오, 오빠!"

양쪽 손으로 그녀의 엉덩이를 부듯하게 꽉 움켜쥔 석현은 자신이 공언한 대로 아리를 욕심껏 맛보고 키스하기 시작했다. 그가 이렇게 대담하고 노골적인 입맞춤을 할 거라고는 상상조차 하지 못했던 아리는 석현이 예민한 곳을 자극할 때마다 온몸으로 번져 나가는 아찔한 전율에 몸을 떨었다.

처음의 충격과 수치심은 점차 그가 일깨우는 감각적인 자극에 취해 희미해지고 그녀의 입에서는 끊임없이 쾌감에 젖은 달뜬 신음이 터져 나왔다. 그러다 더 이상은 참을 수 없다고 느낀 순간 그의 입술이 갑자기 사라졌다.

"흐윽, 아, 안 돼!"

아리는 말할 수 없는 상실감에 흐느끼며 눈을 떴다. 다음 순간 목덜미에 뜨거운 아픔이 느껴졌고, 길고 단단한 무언가가 흠뻑 젖은 음모와 꽃잎을 부드럽게 헤집고 깊은 계곡으로 통과해 들어왔다. 석현이 그녀의 목덜미를 이로 깨무는 것과 동시에 손가락을 질 안으로 밀어 넣은 것이었다. 아리가 놀란 비명을 지르면서 파르르 떨리는 뜨거운 속살은 그의 손가락을 꽉 물었다.

"훗, 아리야."

자신의 손길 아래 솔직하게 반응하는 아리가 미치도록 사랑스러웠다. 석현은 그녀의 입술에 깊고 농밀한 키스를 퍼붓기 시작했다. 손가락의 움직임에 맞춰 그녀의 입 안을 어루만지고 때론 강하게 찔러 오는 능란한 그의 혀놀림에 아리는 순식간에 무너져 내리고 말았다. 민망함을 잊을 정도로 그녀는 그의 손가락이 강약을 조절하며 진퇴를 반복할 때마다 엉덩이를 들어 올려 손가락을 붙잡아 두기 위해 허리를 비틀었다.

그녀는 자신이 무엇을 원하는지 알 수 없었다. 하지만 석현이 그녀의 입술을 놓아준 순간 아리는 애원하며 그의 목을 꼭 끌어안고 숨 가쁘게 소리쳤다.

"하웃, 아아! 오, 오빠! 제발!"

"말해 봐. 너의 남자는 누구지?"

그가 아리의 가슴을 부드럽지만 강한 악력으로 움켜쥐며 물었다. 아리는 욕망의 붉은 안개 속에서 어른거리는 석현의 잘생긴 얼굴을 두 손으로 감싸며 마침내 인정했다.

"오빠……!"

"누구?"

"석현 군!"

자신을 끝까지 몰아붙이는 그가 얄미워서 아리는 울음을 터뜨릴 것 같은 얼굴로 소리쳤다. 그러고는 자발적으로 엉덩이를 들어 올렸다. 순간 그녀의 속살이 그의 손가락을 뜨겁게 꽉 조이자 그가 날카롭게 숨을 들이마시더니 씩 웃었다.

결국 석현은 그녀를 굴복시키고 원하는 답을 얻어 낸 것이다. 사실이 그랬다. 하지만 아리는 이 싸움에서 자신이 속수무책으로 패배했다는 패배감이 아닌 그의 미소를 제 것으로 영원히 소유하고 싶다는 강렬한 욕망으로 가슴이 터질 것만 같았다. 그런 갈망이 너무 강렬해서 아리의 두 눈에 옅은 물기가 어렸다.

"오빠……."

"넌, 내 거야. 절대 잊지 마, 강아리!"

나직이 속삭인 그가 떨리는 그녀의 입술에 부드럽게 입 맞췄다. 아리는 무언가 말을 하고 싶었지만 그의 손가락이 다시 감각적으로 움직이기 시작하자 아무 생각도 할 수가 없었다. 그의 손이 만들어 낸 불꽃이 그녀의 몸을 열기구처럼 까만 밤하늘로 떠오르게 만들고 있었다. 그리고 별빛을 머금은 그의 까만 눈동자에 섬광이 인다고 느낀 어느 순간 아리의 눈앞에서 빛은 사라지고 뜨겁고 황홀한 불꽃이 터졌다.

"아리야!"

끝없는 어둠 속으로 추락하던 그녀는 다정하게 자신을 부르는 그의 목소리를 들었고 다음 순간 그의 강한 손에 이끌려 밤하늘을 향해 날아올랐다. 그곳에서 남김없이 화려하게 산화하는 욕망의 불꽃에 자신을 잃었다.

석현은 자신의 손끝에서 첫 절정을 맛보는 아리를 지독한 만족감과 소유욕이 일렁이는 눈으로 지켜보았다. 그것은 그 어떤 최음제보다 강력하고 달콤한 고문이었다. 그는 자신의 품에서 안정된 숨을 쉬는 아리를 확인한 후에야 참았던 숨을 조용히 토해 냈다. 그리고 살짝 부풀어 오른 그녀의 입술에 부드럽게 키스하며 말했다.

"이건 우리의 시작일 뿐이야."

II장
숨바꼭질, 나를 잡아 줘

2주 뒤, 시간은 빠르게 흘러갔다. 그럴수록 하늘은 더 높아지고 푸른빛을 더해 갔고 대지에 뿌리를 내린 초목들도 가을 옷으로 갈아입어 한층 짙고 화려한 색채로 물들어 갔다. 그건 진승필 회장의 저택 주변을 둘러싸고 있는 아름드리 나무들과 정원, 온실에 있는 화초나 풀꽃들 역시 마찬가지였다.

학교에 갈 준비를 마치고 숙소에서 나온 아리는 곧바로 진 회장이 있는 온실로 향했다. 진승필 회장은 오늘 낮에 대한민국을 대표하는 내로라하는 경제인들과의 점심 약속이 있었고 저녁엔 정부 중요 관료들과의 미팅이 잡혀 있었다. 하지만 오전엔 화분의 분갈이를 하며 여유로운 시간을 보낼 예정이라는 걸 아리는 김 비서를 통해 전해 들을 수 있었다.

지난번 가든파티 이후 진 회장의 행보에는 가속도가 붙어서 요즘 아리도 진 회장을 수행하며 이런저런 모임이나 행사에 참석하느라 덩달아 바쁜 하루하루를 보내고 있었다. 아니, 사실은 석현과 만나지 못하도록 진 회장이 일부러 자신을 동행시키는 것이라는 걸 알면서도 아리는 거절하지 않았다.

그녀는 오히려 더 적극적으로 진 회장을 돕는 일에 열성을 다했다. 그리고 석현의 전화를 수신 차단 하고 친구들의 연락도 가능하면 받지 않았다. 꼭 필요한 경우에 전화 통화를 하게 된 친구들에게서 언뜻 듣는 그에 대한 소식으로 미루어 석현도 최근에 일과 집안 사업 문제로 무척이나 바쁜 나날을 보내고 있는 듯싶었다. 그러니 그가 적극적으로 자신에게 접근하지 않는다고 해서 서운해할 이유가 없었다.

'회장님과의 거래를 방패 삼아 비겁하게 그 뒤에 숨은 건 나야. 그런데 영원히 거기 숨어 살 수 있을까?'

그녀 안의 이성이 차갑게 비웃었다. 그러자 아직 조심스러운 감정이 곧장 치고 올라왔다.

'하지만 나보고 어쩌라고? 난 그분을 배신할 수 없어. 돌아가신 할머니도 내가 회장님 곁에 있기를 바라셨어. 내 자리는 여기 회장님 곁이야.'

아리도 조만간 석현과 마주해야 한다는 걸 잘 알고 있었다. 그럼에도 불구하고 그녀는 모르는 척 최대한 외면하고 싶었다. 듣지 않고 보지 않으면 지금의 상황이 지나가는 시간 속에 묻힐지 모른다는 어리석은 희망에 마음을 기댄 채. 더 솔직히 말하자면 석현의 얼굴을 보기가 창피하고 겁이 났다. 그래서 뻔뻔함을 회복하고 그를 마주 볼 용기를 모으는 시간이 필요했다.

온실로 들어간 아리는 난초 화분들이 있는 곳에서 인기척이 들리자 그쪽으로 걸음을 옮겼다.

"일찍 일어났네?"

"어머, 여기 계셨네요? 안녕히 주무셨어요, 여사님?"

아리는 예상치 못한 인물에 잠시 멈칫했지만 이내 밝은 음성으로 인사를 건넸다. 진여옥은 언제나처럼 귀부인다운 우아한 표정으로 웃으며 그녀에게 앉으라는 손짓을 했다.

"오라버니는 갑자기 일이 생겨서 김 비서와 서재로 가셨어. 와서 앉아요, 아리 양. 할 얘기가 있었는데 요즘 통 아가씨를 볼 수가 있어야지. 나한테 10분만 내 주겠어?"

"아, 네에. 회장님께서 요즘 왕성하게 일을 하시다 보니 그렇게 되었나 봐요."

진 여사는 평소와 다름없는 모습이었지만 눈빛은 전보다 차가웠다. 아리는 머뭇거렸지만 결국 거절할 수 없는 입장이기에 진 여사가 권한 대나무 의자에 앉았다. 진여옥은 그런 아리를 매의 눈으로 지켜보며 마음속으로 쓴웃음을 삼켰다.

'어떻게 모를 수 있었을까? 저렇게 똑같이 생겼는데 말이야!'

케케묵은 기억의 창고를 뒤져 찾아낸 인물 하나가 바로 앞에 다소곳이 앉아 있는 아가씨의 얼굴과 겹쳐진 순간 진여옥은 치밀어 오르는 분노에 속이 부글거렸다. 게다가 진 회장이 그녀를 찾을 수 있는 단초를 제공한 사람이 다름 아닌 바로 자신이라는 사실을 김 비서로부터 들었던 순간에 느꼈던 경악과 자괴감이 되살아나자 진여옥의 눈빛이 더욱 싸늘해졌다.

'그때 올케언니가 임신한 그 아가씨에게 돈 봉투를 쥐여 주고 떼어 내지만 않았어도 우리 진씨 집안 대가 끊기지는 않았을지도 몰라요. 하긴, 오늘날 이런 변고가 일어날지 누가 상상이나 했겠어요? 그래도 기운 차리세요, 오라버니. 친혈육은 아니지만 우리 승호와 승연이가 오라버니에게 친손주 못지않게 잘하잖아요. 승호 아비 어미도 그렇고요.'

진 여사는 엄청난 사고를 당해 친혈육을 모두 잃고 망연자실 삶의 의욕까지 잃어버린 진승필을 위로한답시고 둘째 조카의 오래된 연애 사건을 끄집어냈던 자신의 혀를 뽑아 버리고 싶은 심정이었다.

"저기, 저에게 하실 말씀이 있으시다고요."

용건은 꺼내지 않고 혼자만의 생각에 잠겨 자신을 냉랭하게 응시하는 진 여사의 눈빛이 부담스러워진 아리는 조심스럽게 운을 뗐다. 그제야 진 여사는 언제 그랬냐는 듯 온화하게 미소 지으며 사과했다.

"이런, 내가 잠깐 딴생각을 하느라 아리 양을 불편하게 만들었나 봐. 미안해요."

"아닙니다."

"음, 사실은 처음 아리 양을 만났을 때 어디서 본 듯한 얼굴이라고 생각했었어. 그런데 이렇게 보니 정말 많이 닮았네."

"제가, 좀 평범하게 생긴 얼굴이긴 해요."

진 여사의 날카로운 시선에 당황한 아리는 깜짝 놀란 얼굴을 애써 수습하고는 얼렁뚱땅 웃음으로 넘기려 했다. 그러나 진여옥은 웃음기 가신 얼굴로 고개를 저었다.

"아니, 그렇지 않아. 확실히 아리 양은 돌아가신 부모님의 유전자를 많이 물려받은 게 분명해. 난 젊은 시절에 아리 양의 외할머님을 뵌 적이 있거든. 아가씨가 외탁을 했다는 말이 맞겠지."

"여사님께서 저희 할머니를 만난 적이 있으시다고요?"

처음 듣는 정보에 놀란 아리가 반문하자 진여옥이 냉정한 눈빛으로 대답했다.

"그래. 아리 양 엄마와 함께 있는 걸 본 적이 있어. 그래서 이 집에서 처음 만났을 때 아리 양이 할머님 슬하에서 자랐다고 해서 내가 착각한 거라고 생각했었지."

진 여사의 어조는 상냥했지만 눈빛엔 그녀를 비난하는 기색이 역력했다. 순간 아리의 얼굴이 살짝 붉어졌고 눈동자에 죄책감이 언뜻 스쳐 갔다.

"기분 상하셨다면 죄송합니다. 제가 부모님 없이 외할머니 슬하에서 자랐다고 하면 편견을 갖고 바라보는 경우가 많았어요. 그래서 돌아가신 외할머니께서 저를 보호하기 위해서 사람들이 물어보면 친손녀인 것처럼 말씀하셨는데 그게 저에게도 버릇이 되었나 봐요."

"흐음, 이해해요. 당시만 해도 요즘처럼 싱글맘에 대해 그다지 관대하지 못한 사회 분위기였으니까 말이야."

"저기, 잠깐만요. 저희 엄마가 결혼하지 않고 절 낳았다는 걸, 여사님께서 어떻게, 알고 계세요? 혹시 회장님께서……?"

진 여사의 말을 가만히 듣고 있던 아리는 문득 뭔가 이상하다는 걸 깨닫고 놀라서 물었다. 진 회장에게조차 할머니가 돌아가신 후에야 어렵게 털어놓았던 비밀 아닌 비밀인데 진 여사가 알고 있다는 사실이 놀라웠다. 그런데 진 여사가 쓴웃음을 짓더니 고개를 저었다.

"아니. 아리 양은 아직 내 오라버니에 대해서 잘 모르는군. 오라버니는 내게 아리 양에 대한 정보를 한 번도 말씀해 주신 적이 없어. 그랬다면 가든파티를 열었던 날 그렇게 놀라고 당황하지는 않았을 거야."

"그럼, 어떻게……."

아리가 의아한 얼굴로 묻자 진 여사의 눈빛에 섬뜩한 냉기가 감돌았다. 하지만 자신이 잘못 본 게 아닐까 싶을 만큼 진 여사는 평소처럼 온화하고 다정한 얼굴로 아리에게 물었다.

"아리 양, 혹시 돌아가신 어머니나 어른들에게 친아버지에 대해 들은 이야기 있어요?"

"아니요, 전혀."

"그래? 궁금했던 적은 없었고?"

아리는 자신을 집요하게 쳐다보는 진 여사에게 굳은 표정으로 솔직하게 답해 주었다.

"어릴 때 엄마에게 다른 친구들은 다 있는 아빠가 내게는 왜 없는지 물어봤던 기억이 있어요. 그때 엄마가 엄청 슬프게 우는 모습을 본 이후로 절대 누구에게도 아버지에 대해서 묻지 않기로 결심했어요. 그땐 엄마가 우는 게 싫어서 그랬죠. 그러다 나중에 희망원 원장 할아버지께서 내게 없는 것보다 내가 가진 것에 고마움과 소중함을 느껴야 한다고 말씀해 주셨죠. 저는 그게 옳다고 생각했어요."

"희망원이라면, 아리 양이 봉사 활동을 했다는 그 보육 시설을 말하는 거겠군. 흠, 아무튼 이제라도 친아버지에 대해서 알고 싶은 마음 없어? 이젠 아리 양이 친부에 대해서 알아본다고 해서 상처받을 사람은 없잖아."

"네. 그렇긴 하지만……."

아리는 진 여사의 저의를 몰라 조심스럽게 말끝을 흐렸다. 그러자 진 여사가 눈을 반짝이며 제안했다.

"그렇다면 내가 아리 양을 도와줄게요."

"여사님께서요? 하, 하지만 저는 그분 가족에게 부담을 주고 싶지 않아요."

뜻밖의 제의에 깜짝 놀란 아리는 손사래를 쳤다. 하지만 진여옥은 싹 무시하고 본격적인 용건을 꺼내기 전에 주변을 살폈다.

사실 이 말을 하기 위해서 김 비서에게 부탁해 진 회장을 서재로 물러가게 만든 진 여사였다. 아직 김 비서가 진 여사 쪽으로 완전히 기운 건 아니지만 이런 식의 편의를 봐주는 걸 보면 같은 편으로 포섭할 수 있는 가능성이 열린 셈이었다. 진여옥은 그런 계산을 잠시 접어 두고 당황한 표정을 숨기지 못하고 자신을 바라보는 아리에게 관심을 돌렸다.

"아리 양이 걱정할 일은 없을 테니 걱정 마. 진승필 회장님은 신원이 불분명한 사람은 곁에 두지 않지. 아마 내 오라버니도 아리 양에 대해 모두 파악하고 계실걸?"

"하지만, 하지만 회장님은 한 번도 그런 내색을 하지 않으셨는데……."

아리는 마치 뒤통수를 얻어맞은 것처럼 멍한 표정으로 중얼거렸다. 진 여사는 어린 아가씨의 어리석음에 코웃음을 치며 대꾸했다.

"장담하는데 오라버니는 당신 입으로 절대 과거에 대해 말하지 않을 거야. 당신들이 저지른 죄가 있으니 말이야."

"저는, 전, 여사님께서 무슨 말씀을 하시는지 모르겠어요. 죄라니…… 무슨 뜻이죠?"

아리는 진 여사의 입에서 나오는 말들을 어떻게 해석해야 할지 몰라 당혹스러웠다. 그렇지만 비밀을 갖고 있는 사람이 자신만이 아닌 건 분명했다.

'미끼를 물었군!'

회심의 미소를 삼킨 진여옥은 혼란에 빠진 아리를 보며 짐짓 걱정스럽다는 투로 입을 뗐다.

"솔직히 이러는 게 현명한 결정인지 나도 확신이 서지 않아. 그렇다고 양심상 입을 다물고 있는 것도 마음에 걸리고."

진 여사는 자못 깊은 한숨을 푹 내쉬었다. 그러고 나서 마음이 변하기 전에 말해 버려야겠다는 듯한 빠른 어조로 말을 이었다.

"그러다 고심 끝에 오라버니에게는 미안하지만 난 아리 양이 진실을 알아야 한다고 판단했어. 용서를 하든 등을 돌리든 결국 선택과 결정은 내 오라버니가 아니라 아리 양의 권리니까."

"그렇다면, 말씀해 주세요. 여사님께서 알고 계신 진실이란 게 뭔지."

아리는 마음을 굳게 먹고 진 여사를 똑바로 응시하며 말했다. 그러자 결연한 표정을 짓고 있는 아리를 빤히 쳐다보더니 말했다.

"엄마를 닮아서 아리 양도 강단 있는 아가씨라 다행이야. 좋아요. 말해 줄게. 대신 한 가지 약속을 해 줬으면 좋겠는데."

"말씀하세요."

"나에게서 진실을 들었다는 걸 오라버니에게는 비밀로 해 줬으면 좋겠어."

"그럴게요. 저 때문에 두 분 사이가 벌어지는 걸 저 역시 원하지 않으니까요."

불안함과 두려움을 애써 억누른 아리는 눈치 빠르게 진 여사의 요청을 수용했다.

"이해해 주어서 고마워. 그런데 오늘은 우리 둘 다 시간과 여건이 맞지 않는 것 같네. 내일 만나는 건 어떨까? 내가 알기로 회장님이 오늘 저녁 모임을 마친 후에 제주도로 날아가서 중요한 인물과 미팅을 해야 한다고 들었거든. 아리 양이 개인적인 볼일이 생겼다는 핑계를 대고 따로 출발한다면 우리가 조용히 대화할 시간을 벌 수 있을 것 같은데."

진 여사가 넌지시 제안했다. 미리 김 비서에게서 진 회장의 스케줄에 대해 알아 놓은 터라 진 여사의 계획은 막힘이 없었다. 아리는 잠시 생각해 보고 나서 고개를 끄덕였다.

"네. 회장님께는 제가 알아서 말씀드릴 테니까 염려 마세요."

"좋아! 그럼 아리 양이 편한 시간을 잡아서 전화해요. 난 내일 일정을 비워 둘 테니까."

원하는 대로 일이 진행되자 진 여사는 평소처럼 상냥한 표정을 지었다. 그러다 생각난 듯 진지한 눈빛으로 덧붙였다.

"아 참, 아리 양이 알아 둬야 할 게 있어. 이번이 내가 아리 양에게 진실에 대해서 말해 줄 수 있는 마지막 기회야. 나는 내 오라버니를 존경해. 그분을 두 번 배신하는 일은 없을 거라는 사실을 잊지 말았으면 좋겠어."

"네, 무슨 말씀이신지 알겠어요. 그럼 전 아침 강의가 있어서 먼저 가 보겠습니다."

아리는 진 여사에게 건성으로 웃어 보이고 돌아서서 온실을 빠져나왔다. 그런 그녀의 모습을 진여옥은 싸늘한 눈빛으로 지켜보고 있었다.

"너만 아니었어도, 아니, 너만 사라진다면⋯⋯!"

진 여사는 조용히 중얼거리고는 어금니를 사리물었다. 하지만 이미 강아리라는 계집애는 세상에 존재하고 있으니 어떻게 유리하게 이용하느냐가 관건이었다. 곰곰이 이해득실을 계산하며 생각에 잠긴 진여옥의 눈빛은 점점 어둡고 차갑게 가라앉았다.

강의를 들으러 가는 날은 언제나 즐겁고 기분 좋게 집을 나섰던 아리였다. 그러나 오늘은 진 여사와 나눈 대화의 여파로 인해 학교로 차를 몰고 가는 내내 심란하고 무거운 마음을 떨쳐 낼 수가 없었다.

'눈빛을 보면 알 수 있어. 나에게 좋은 감정으로 접근한 건 절대 아니야. 진 여사님은 뭘, 어디까지 알고 있는 걸까? 대체 무슨 진실을 알고 있다는 거지?'

본인이 의도한 것이든 아니든 진 여사의 제안은 무시할 수 없는 협박에 가까웠다. 신호를 받고 차를 세운 아리는 아랫입술을 깨물었다.

다른 형제들이 모두 일찍 돌아가셔서인지 진 회장 남매는 사이가 좋은 오누이였다. 그럼에도 불구하고 오빠의 눈을 피해 그녀에게 진실을 말해 주겠다고 하는 진 여사의 결정에는 분명 숨은 의도가 있었다. 이성은 무시하라고 말하고 있지만 아리의 마음 깊은 곳에 잠자고 있는 어린아이는 간절히 진 여사의 말을 듣고 싶어 했다. 왜냐하면 그것은 존재의 시작, 뿌리와 관계가 된 것이기 때문이었다.

'이젠 누구도 상처받을 사람은 없잖아. 내가 부모님에 관한 진실을 알게 된다고 해도 변하는 건 없지 않을까? 그냥, 지금처럼 회장님 곁에 있는 걸로 만족하면 되잖아, 안 그래?'

그녀 안의 어린아이가 말했다. 그러자 이성이 코웃음을 치며 일깨워 주었다.

'회장님이 진실에 관해 입을 다문 데엔 분명히 이유가 있을 거야. 나 역시 아무 조건 없이 모른 척 그분 곁에 머무는 이유는 소중한 사람을 잃고 싶지 않아서이고. 그런데 만약 진실을 알게 되는 대가로 그분을 잃어버리게 된다면, 그래도 괜찮다는 거니? 무엇보다 나 자신이 상처받을 수도 있어. 그 모든 걸 감수하고 내가 얻는 게 뭐지? 하지만, 나는 이미 결정했잖아?'

외할머니가 돌아가시기 얼마 전에야 우연히 엿듣게 된 엄청난 진실, 판도라의 상자를 열기 직전의 기분이 이럴까?

아리는 뒤에서 울리는 경적 소리를 들었을 때에야 정신을 차리고 차를 출발시켰다. 그러면서도 어디론가 도망치고 싶은 어린아이 같은 충동에서 이젠 벗어나 아프더라도 현실을 마주해야 할 때가 코앞으로 다가온 게 아닌가 하는 생각을 했다.

'이석현, 그 남자와도 이젠 결론을 내려야 해.'

그를 떠올린 순간 아리는 온몸으로 빠르게 번져 나가는 은근한 열기에 세포 하나하나가 살아나는 듯한 두근거림을 느꼈다. 그는 자신이 공언한 것처럼 그녀의 모든 곳에 뜨겁게 키스했고 그녀를 화려한 불꽃으로 폭발시켜 주었다.

'다음엔 내 차례야. 그땐, 절대 이렇게 착하게 놓아주지 않을 거다, 강아리.'

그날, 짧은 잠에 빠졌다가 깨어난 그녀는 다음 상황을 어떻게 수습해야 할지 몰라서 계속 잠이 든 척했다. 석현은 그런 아리를 꼭 안아 주며 약속했다. 미처 채우지 못한 욕망의 열기로 낮게 잠긴 그의 목소리가 바로 옆에서 들려오는 것처럼 아리는 저도 모르게 바르르 몸을 떨었다.

"이제, 숨바꼭질을 끝낼 시간이야, 강아리."

그러려면 솔직하게 자기 자신과 마주해야 했고 아리는 거의 결론에 도달해 있었다. 다만 결정적인 한 방이 필요할 뿐이었다. 그게 뭔지 아리 스스로도 아직은 알 수 없었지만 말이다.

얼마 뒤 그녀는 학교에 도착했고 일정대로 강의를 들었다. 유감스럽게도 아리는 고민에 빠져 수업에 통 집중할 수가 없었다.

두 시간짜리 강의는 중간에 짧은 휴식 시간이 있어서 학생들은 삼삼오오 모여서 커피를 마시거나 볼일을 보느라 강의실은 다소 소란스러웠다. 아리가 화장실에 들렀다가 나오는데 안면이 있는 후배가 강의실로 돌아가려는 그녀를 불렀다.

"아리 언니! 여기요, 커피 드세요. 오늘은 좀 더워서 아이스 아메리카노로 샀는데 괜찮을지 모르겠어요."

"음, 고마워. 어머, 별다방 커피네? 그새 밖에 나갔다가 온 거야?"

무심코 커피를 건네받은 아리는 상표를 확인하고 의아한 얼굴로 물었다. 그러자 후배 곁에 있던 다른 여학생이 까르르 웃으며 대신 설명해 주었다.

"얘 남친이 경영학부 복학생이거든요. 그런데 오늘 갑자기 이석현 교수님 강의가 휴강이 되어서 시간이 났나 봐요. 덕분에 우리 모두 앉아서 커피 배달받았잖아요."

"잠깐만, 방금 이석현 교수님이라고 했니?"

수줍은 듯 얼굴을 붉히는 여학생과 부러워하는 여학생 두 명의 모습에 웃음을 짓던 아리는 석현의 이름을 들은 순간 놀라서 반문했다. 그러자 친하게 지내는 후배 여학생이 냉큼 답해 주었다.

"어머, 아리 언니도 이석현 교수님에 대해서 소문 들었구나?"

"어? 어. 워낙 유명하니까."

아리는 뭐라 말하기 곤란하자 대답을 얼버무렸다. 하지만 후배는 개의치 않고 눈을 반짝이며 말을 이어 갔다.

"하긴 이석현 교수님에 대해서 모르면 우리 학교 학생이 아니죠 뭐. 학교에 그분 팬들이 엄청 많아요. 남학생들은 동경과 부러움의 대상이고 여학생들에게는 사랑과 애정의 대상이시죠. 이번 학기만 강의를 하신다는 게 그저 안타까울 따름이에요. 그냥 보는 것만으로도 눈이 시원해지는 남자는 드무니까요."

"그 말 네 남친이 들으면 무척 질투할 거 같은데? 이렇게 커피까지 손수 진상하면서 공을 들이고 있는데 말야."

"말이 그렇다는 거지. 어디 우리 같은 애들이 넘볼 수 있는 상대여야지. 그리고 지난주에 경영학부 강의 시간에 어떤 여학생이 여자 친구 있냐고 질문했더니 좋아하는 여자가 있다고 인정했다던데?"

여학생들은 저희끼리 석현에 대해 주워들은 정보와 소문들에 대해서 수다꽃을 피웠다. 하지만 아리는 그 후의 대화들을 흘려들으며 커피를 마셨다. 그녀의 마음을 온통 차지한 것은 석현이 좋아하는 여자가 있다고 공식적으로 밝혔다는 부분이었다. 그때부터 아리의 심장은 설레며 두근거리기 시작했다.

그런데 다시 강의를 들으러 복도를 걸어가던 후배의 말이 아리의 정신을 번쩍 들게 만들었다.

"접촉 사고가 나서 공강이 된 거라던데 어디 다친 덴 없는지 모르겠어. 지난주부터 감기 몸살 기운도 있었다고 오빠가 걱정하던데, 요즘 이 교수님 주변 상황이 영 별론가 봐."

"이보세요, 한경희 씨. 이 교수님 말고 너네 오빠나 잘 챙기셔. 이석현 교수님은 여자 친구가 어련히 잘 챙겨 주려고. 그건 그렇고 그런 남자 마음을 차지한 여자는 어떻게 생겼을지 궁금하네. 집안도 좋고 엄청 미인일 거 같지 않니? 그렇죠, 아리 언니?"

저희끼리 킥킥거리며 잡담을 주고받던 후배가 그녀에게 물었다. 새로운 사실에 놀라 잠시 멍해져 있던 아리는 어색하게 웃으며 대답을 얼버무렸다.

"어, 어. 그래."

"어머! 저기 우리 교수님 오신다. 빨리 들어가자!"

문득 복도 끝에 나타난 교수님을 발견한 후배 하나가 다급하게 말하자 아이들은 강의실을 향해 뛰었다. 아리도 기계적으로 걸음을 옮겼지만 머릿속은 어지럽게 뒤엉켜서 갈피를 잡지 못했다.

'그동안 내가 전화도 안 받고 피해서 석현 군이 병난 걸까? 접촉 사고는 왜 나 가지고! 많이 다친 건 아니겠지? 젠장! 내가 기다린 건 이런 게 아닌데! 왜 어울리지 않게 아프고 난리야!'

마음이 너무 어지러워서 도저히 수업에 집중할 수 없었다. 결국 아리는 한 과목의 강의가 더 남아 있었지만 가방을 챙겨 들고 강의실을 나왔다. 그러면서 전화기를 꺼내 들었다.

"여보세요, 진? 오빠, 나 좀 도와줘!"

아리는 이젠 익숙해진 경호원의 위치를 확인하며 스마트폰에 대고 다급하게 말했다. 진은 금세 아리의 부탁을 이해했다. 통화를 끝낸 그녀는 시간을 확인했다.

얼마 후 아리는 진이 보낸 사람이 경호원의 주의를 다른 곳으로 돌린 틈을 타서 진이 보내 준 차를 타고 학교를 빠져나갔다. 주차장에는 아리가 몰고 온 자동차가 얌전하게 주차되어 있었고 강의가 시작된 교정은 이내 조용해져서 경호원은 별다른 의심을 하지 못했다.

햇살이 구름 뒤에 숨어 한바탕 소나기라도 쏟아질 것 같은, 흐린 가을날 오후였다.

• • •

태양이 잠시 구름 뒤에 숨었지만 따갑게 느껴지는 자외선이 강한 날씨였다. 석현은 평소와 달리 일찍 퇴근해서 아파트 지하 주차장에 차를 세웠다. 그때 마침 재킷 안주머니에서 스마트폰 벨이 울렸다. 수신 번호를 확인한 그는 담담한 음성으로 전화를 받았다.

— 선배님, 저 진호입니다.

"그래. 어떻게 됐지?"

석현은 서류 가방과 차 키를 챙겨 들고 운전석에서 내리며 짧게 물었다. 그러자 상대방이 공손하게 답했다.

— 커피 배달은 잘 끝냈습니다. 그리고 그 틈에 선배님께서 아프시다는 소식을 살짝 얹어서 전해 드렸죠.

"쓸데없는 소릴 했군. 그래서, 아리는?"

자못 의미심장하게 덧붙이는 후배에게 석현은 쯧, 혀를 찼다. 그러면서도 아리의 반응이 궁금해 묻지 않을 수 없었다.

— 어딘가에 전화를 걸더니 경호원을 따돌리고 선우진 사장님 소유 차량에 타 캠퍼스에서 빠져나가는 것까지 확인했습니다.

"선우진이라. 그래, 수고했다. 나중에 사무실에서 보자."

석현은 씁쓸한 미소를 머금고 전화를 끊었다. 그러고는 어디 한군데 다친 곳 없는 말짱한 모습으로 자신의 아파트를 향해 걸었다.

'언제나 아리 네가 처음 도움을 청하는 사람은 내가 아니라 선우진이구나.'

지난 2주는 그에게 전쟁을 치르는 것과 같은 시간이었다. 자신을 곤경에 빠뜨리고 정신없이 움직이게 만든 배후 인물이 진승필 회장이라는 것을 짐작할 수 있었다. 하지만 그 모두가 합법적이고 치밀한 계산하에 이루어진 공격이었기에 석현으로서는 문제를 돌파해 나갈 방법을 찾는 게 여간 힘든 일이 아니었다. 아니, 사실은 그런 것은 시간이 걸릴 뿐 어떻게든 해결책을 찾으면 되었기에 큰 걸림돌이 되지는 않았다.

사실상 석현을 괴롭힌 진짜 이유는 아리가 자신을 의도적으로 피하고 있다는 것이었다. 전화나 문자를 받지 않는 건 물론이고 겨우 알아낸 모임이나 행사에서 아리와 아슬아슬하게 어긋나 만날 수 없는 상황에 놓이기 일수였다. 당연히 진 회장의 방해가 있을 거라고 짐작은 했었지만 석현도 이제 인내심의 한계를 느끼기 시작했다.

'잡으려고 할수록 더 깊이 숨어 버리고, 갖고 싶어서 안달할수록 더 멀리 도망쳐 버리는 너를 어찌해야 내 곁에 머물게 할 수 있을까?'

엘리베이터에서 내려 현관문 비밀번호를 누르고 안으로 들어가며 석현은 지친 한숨을 내쉬었다. 그녀가 일부러 그의 애를 태우려는 의도를 갖고 피하는 건 아닐 것이다. 아리는 문제가 생기면 바로 부딪쳐서 해결하는 쿨한 성격이니까. 지난번 그녀의 숙소에서 그와 함께 했던 뜨겁고 은밀했던 순간에 그녀가 보였던 반응만 보더라도 그건 확실했다. 그렇다면 지금 아리는 극심한 마음의 갈등, 혹은 압박감에 시달리고 있다는 걸로 이해된다.

"후우…… 그래, 우리 잠깐 쉬자."

오늘 저녁에는 선우진의 생일 파티가 있었다. 그도 조금 쉰 후엔 녀석의 카페에 들를 예정이었다. 그가 아프다는 소식을 접했을 테니 석현이 불참할 거라 짐작한 아리는 그 파티에 참석할 것이다.

'목마른 사람이 우물 파는 수밖에.'

이런 작은 속임수를 써서라도 그는 아리를 보고 싶었다. 석현은 서류 가방과 소지품들을 거실 소파에 아무렇게나 던져 두고 침실로 향했다.

　사실 갑작스러운 접촉 사고만 아니었어도 지금쯤 학교에 가서 강의를 하고 곧바로 거물급 고객과의 미팅 장소로 이동하는 일정을 수행했을 터였다. 강의는 미루고 거물 고객과의 미팅은 민재에게 넘긴 석현은 병원에 들렀다가 바로 집으로 돌아온 참이었다. 최근 들어 가벼운 몸살 기운이 있었는데 이참에 좀 쉬면서 생각을 정리하는 게 좋겠다고 판단했기 때문이다.

　생각했던 것보다 많이 지쳐 있었던지 샤워를 하고 침대에 누운 석현은 그대로 잠에 빠져들었다. 그 때문에 눅눅한 바람이 짙은 회색빛 구름을 몰고 와 감춰 둔 빗방울을 쏟아 내는 것을 알지 못했다. 또한 그 비가 그칠 즈음에 도착한 아리가 아파트 현관 벨을 누르는 소리도 듣지 못했다.

　"집에 없나?"

　인기척이 없는 현관문 안쪽의 소리에 귀를 기울이며 아리는 입술을 지그시 깨물었다. 진이 알아본 바에 따르면 오늘 석현은 모든 일정을 취소하고 집에 머물고 있다고 했다. 그 집이 본가일지 모른다는 데에 생각이 미치자 허탈감이 밀려왔다. 아리는 이것저것 장을 봐 온 쇼핑백을 흘끗 내려다보며 가볍게 한숨을 내쉬었다.

　'민재라는 동료 말이 석현이가 그동안 몸이 좀 안 좋았는데 오늘은 컨디션이 바닥이라고 하더라. 다행히 친구 차에 타고 이동하다가 접촉 사고가 난 모양이야. 오전에 병원 들렀다가 집으로 간다고 했는데 식사나 챙겨 먹었을지 모르겠다고 걱정했어. 석현이한테 갈 거면 밥이라도 한 끼 해 주고 와. 너 때문에 마음고생이

심한 거 같던데 불쌍하잖아. 우리 이쁜 똥강아지가 해 주는 밥 먹으면 불끈 힘이 솟을 거다. 하하하!'

아리의 손에 제법 묵직하고 커다란 쇼핑백을 떠안겨 주며 진이 했던 말이 떠오르자 아리는 다시 한번 한숨을 내쉬었다. 맥이 빠졌 지만 기왕 왔으니 식재료들을 냉장고에 넣어 주고 가야겠다고 결정 한 그녀는 시험 삼아 전에 알고 있던 비밀번호를 눌러보았다. 다행 히 현관문이 열렸다.

"어? 집에 있나 보네."

무심코 거실로 들어서던 아리는 현관에 있는 구두와 소파에 있 는 석현의 소지품들을 발견하고 놀랐다. 그녀는 쇼핑백과 자신의 가방을 주방에 있는 식탁 의자에 내려놓았다. 그러고 나서 집 안의 소리에 귀를 기울였지만 마치 사람이 없는 것처럼 고요했다.

"어딨지?"

기다릴까 하다가 용기를 낸 아리는 침실로 다가갔다. 그리고 조 심스럽게 노크를 했지만 안에서는 아무 소리도 들리지 않았다. 그 녀는 약간 망설이다가 살며시 문을 열어 보았다.

"어머."

석현은 깊이 잠들어 있었다. 방 안의 공기를 잔잔하게 진동시키 는 고른 숨소리와 못 본 사이 야위고 창백해진 그의 잘생긴 얼굴을 확인한 순간 아리는 이상하게 가슴이 뭉클해지며 눈시울이 붉어지 는 걸 느꼈다. 자신의 반응에 당황한 아리는 최대한 소리를 죽이고 침실 문을 도로 닫았다. 그러고 나서도 한참을 멍하니 서 있던 그 녀는 이내 정신을 차리고 주방으로 향했다.

"아프면 본가로 가서 쉬지, 바보같이 혼자 앓고. 속상해서, 진짜!"

아리는 가슴이 아리자 공연히 툴툴댔다. 그러고는 진이 떠넘긴 식재료들을 꺼내 텅 빈 냉장고를 채워 나갔다. 이것들을 들고 올 때만 해도 솔직히 좀 지나친 게 아닌가 생각했는데 냉장고의 상태를 보고는 진에게 고마운 마음까지 들었다.

"대체 이 남자는 뭘 먹고 사는 거야? 먹을 만한 게 하나도 없잖아!"

투덜거리며 반조리 식품들과 초밥, 다양한 과일들, 간단한 주전부리들로 채워진 냉장고 문을 닫은 아리는 전복죽을 만들 준비를 했다. 감기로 입이 깔깔할 테니 부드러운 죽을 먹이는 게 좋을 것 같았다.

그렇게 얼마간의 시간이 흐른 뒤 식탁에는 신선한 과일 샐러드와 맛깔스러운 전복죽 한 그릇이 차려졌다. 그사이 시간은 늦은 오후로 접어들었고 창밖은 짙은 구름으로 덮인 하늘 때문에 어둑어둑해져 있었다. 하지만 그때까지도 석현은 깨어나지 않았다. 시간을 확인한 아리는 고민 끝에 메모를 남기고 가기로 결정했다.

「냉장고 안에 먹을 것 좀 가져다 놓았어요. 죽은 한 번씩 꺼내 데워 먹을 수 있게 담아 놓았으니까 귀찮다고 거르지 말고 챙겨 먹고요.」

그녀는 메모 끝에 자신의 이름을 적어 넣을까 잠시 고민하다가 그만두기로 했다.

"이제 가야지."

아리는 집 안의 모습을 하나하나 눈에 담으며 중얼거렸다. 하지만 생각과 달리 발이 떨어지지 않았다. 2년 전 어느 가을 밤, 그녀는 이곳에 왔고 그날 오랜 짝사랑을 끝냈다. 그리고 지금 아리는 자신이 또 다른 시작점에 서 있음을 뚜렷하게 인식했다. 한 걸음, 그 첫걸음이 어디로 향하느냐에 따라 남은 인생이 달라질 것임을 그녀는 잘 알고 있었다.

'이 집을, 저 문을 나서면……'

가방을 들고 현관문 앞에 선 아리의 눈빛이 흔들렸다. 마음이 약해지자 눈을 질끈 감고 숨을 깊이 들이마셨다. 그리고 나서 천천히 한 걸음을 내디뎠을 때였다.

"아리야!"

낮게 잠긴 석현의 목소리가 들려온 순간 아리는 그대로 얼어붙었다. 그리고 그녀가 떨리는 숨을 내뱉기도 전에 성큼 다가온 그가 그녀를 뒤에서 와락 끌어안았다.

"가지 마!"

석현은 아리를 자신의 품에 가두며 간절한 음성으로 속삭였다. 잠에서 깨어 눈을 뜬 순간 그는 자신을 둘러싼 공기가 달라졌다는 것을 본능적으로 감지했다. 그때 밖에서 인기척이 들렸다.

'누구? 이 시간에 여기 올 사람이 없는데.'

짧은 혼란에 빠져 있는데 문제의 소리가 딱 그쳤다. 그 순간 석현은 침대에서 일어나 곧바로 침실을 나왔다. 현관문 앞에 서 있는 아리를 발견하고 그의 심장은 기쁨으로 미친 듯이 뛰기 시작했다. 동시에 그녀의 긴장된 뒷모습에서 어떤 불길한 기운을 감지한 그는 아리를 붙잡았다. 이대로 그녀를 보내면 영원히 잃어버릴까 봐 두려웠다.

"석현 군, 아니 오빠……."

아리는 떨리는 목소리로 입을 열었다. 등에 닿은 그의 단단하고 뜨거운 몸의 감촉과 막 잠에서 깬 듯 나른하게 잠긴 섹시한 목소리가 순식간에 그녀를 2주 전의 그 시간으로 데려갔다. 진 회장과의 약속을 지키기 위해서 단호히 그를 뿌리치고 저 문을 나서야 한다는 걸 잘 알고 있었다. 그렇지만 아리는 그럴 수가 없었다. 가슴 아프도록 갈망하며 갖고 싶은 남자가 이렇게 간절하고 애틋하게 붙잡는데, 그녀의 마음이 그와 함께 머물고 싶어서 이토록 두근거리는 이 순간을 뿌리칠 힘이 그녀에겐 없었다.

"나 보러 온 거잖아. 그런데 왜 그냥 가?"

마지못해 아리를 떼어 낸 석현이 그녀를 돌려세우고 부드럽게 물었다. 하지만 그녀가 고개를 떨어뜨리고 가늘게 떨고만 있자 턱을 잡아 자신을 바라보게 만들었다. 그녀는 울고 있었다. 그러면서도 고집스럽게 고개를 젓는 그녀를 석현은 와락 다시 끌어안고 신음하듯 말했다.

"이 고집쟁이! 그래도 좋다. 이렇게 네가 왔으니까!"

"아무리 도망쳐도 소용없었어. 이제 나, 어떡해요?"

"네가 저 문을 들어온 순간 숨바꼭질은 끝났어. 넌 그냥, 내 거 하면 돼."

드디어 아리가 인정했다. 그 순간 기쁨으로 석현의 가슴은 벅차올랐다. 그는 아리의 떨리는 입술에 도장을 찍듯이 짧고 강렬한 키스를 퍼부었다. 그러고는 그녀를 번쩍 안아 들고 성큼성큼 침실로 향했다. 아리는 그런 그의 목덜미에 뜨거워진 얼굴을 묻었다.

'어쩌면, 내가 기다린 건 이 남자와 함께하는 모든 순간일지도 몰라.'

숨바꼭질하듯이 방황하다가 비로소 집에 돌아온 듯한 묘한 안도감과 편안함, 그리고 그 이상의 무엇을 기다리고 갈망하느라 가슴 졸였던 시간들이 석현의 품 안에서 조금씩 치유되는 기분을 느끼며 아리는 조그맣게 한숨을 내쉬었다.

다시 비가 오고 있는 모양이었다. 대기를 흔드는 천둥 소리와 희미하게 빗방울 던지는 소리가 라벤더 향이 은은하게 감도는 침실의 고요함을 기분 좋게 흔들어 깨웠다. 평소 아리는 가을비가 우울하고 외로운 기분을 들게 해서 별로 좋아하지 않았다. 그런데 지금 석현의 심장 소리에 맞춰 들리는 빗소리는 아리에게 달콤하고 기분 좋은 긴장감을 느끼게 만들어 주고 있었다.

"……아!"

그의 품에서 벗어나 바닥에 발이 닿자 아리는 아쉬움 섞인 작은 한숨을 내쉬었다. 하지만 옅은 미소를 머금고 자신을 바라보는 석현과 눈이 마주친 순간 아무 생각도 떠올릴 수 없었다. 천천히 고개를 기울이며 다가온 그의 뜨거운 숨결에 그녀의 속눈썹이 사르르 떨리다가 이내 내려앉았다. 그들의 입술이 가볍게 닿자 그의 입술 사이로 나직한 신음이 새어 나왔다.

"아리야. 내 아가씨……."

비처럼 촉촉한 고백이었다. 꽃잎을 어루만지듯 다정하고 가볍게 시작한 키스가 점차 열기를 띤 뜨겁고 열정적인 것으로 변해 갔다. 석현은 뭉그러뜨리면 단물이 나는 복숭아처럼 여리고 보드라운 그녀의 입술을 삼키고 또 빨아들였다. 그렇지만 목마름은 먹어도 먹어도 채워지지 않았다.

그는 아리의 입 안에 깊숙이 혀를 담그고 달큰한 타액과 속살을 맛보고 수줍어 도망치는 혀를 휘감고 강하게 빨아들였다. 하지만 그걸로는 부족했다. 진 회장의 집에서 있던 파티 이후 아리에 대한 그의 갈망과 욕망은 걷잡을 수 없이 커지고 있었다.

"흐음, 음!"

아리의 입술 사이로 흘러나오는 신음 소리가 그의 피를 끓어오르게 했다. 그 덕분에 그의 손은 바빠졌다. 그녀의 옷을 하나씩 벗겨 내 바닥으로 떨어뜨리는 동안에도 석현은 키스를 멈추지 않았다. 마침내 그녀가 자신처럼 단 하나의 속옷 차림으로 품에 무너지듯이 안겼을 때에야 비로소 그는 만족스러운 신음을 토해 냈다.

침실 창밖으로 보이는 하늘은 온통 암청색이었고 속삭임 같은 빗소리가 들려왔다. 저 비가 그치면 가을은 더욱 깊어질 것이다.

약간은 음산하고 쓸쓸한 바깥 풍경과 달리 석현의 품에 안겨 있는 아리는 성적인 긴장감과 흥분으로 몸이 뜨겁게 달아올라 있었다. 놀라운 건 그녀만큼 석현의 몸도 미세하게 떨리고 있다는 사실이었다.

그들은 종이 한 장 들어갈 틈 없이 서로 꼭 붙어 있었다. 때문에 그녀가 숨을 쉴 때마다 유두가 단단한 그의 가슴을 스쳤고 아리의 손은 그의 허리에 닿았다. 그로 인해 그의 남성은 금방이라도 공격을 감행할 만큼 우뚝 솟아 성이 난 상태였다. 이젠 한계다. 석현은 그녀를 안아 침대로 옮기려 했다. 그때 그의 목덜미에 얼굴을 묻고 있던 그녀가 뜬금없이 물었다.

"괜찮아요?"

"음?"

"오빠 몸이, 너무 뜨거워. 아직도 아파요?"

흥분과 진심 어린 걱정이 뒤섞인 아리의 눈빛을 읽은 석현의 가슴이 강렬한 어떤 감정으로 인해 크게 부풀어 올랐다. 석현은 자신의 등을 어루만지는 그녀의 손을 잡아 손바닥에 뜨거운 입술을 눌렀다.

"아파, 아주 많이."

"정말요? 그, 그럼 이러지 말고 쉬는 게 좋겠…… 어, 으앗!"

아리는 낮게 잠겨 갈라진 그의 목소리와 짙어진 눈빛에 담긴 열기가 정말 감기 기운 탓이라고 믿었다. 그런데 그녀가 미처 말을 맺기도 전에 석현이 그녀를 번쩍 안고 침대로 함께 쓰러졌다. 아리가 정신을 차렸을 땐 석현이 그녀의 마지막 속옷을 벗긴 후였다. 아리가 놀랄 틈도 없이 뜨거운 입김과 함께 석현의 쉰 듯한 음성이 귓가로 쏟아져 들어왔다.

"네가, 날 아프게 해."

"무, 무슨 말…… 아!"

그에게 마음고생을 시켜서 병이 난 거라 이해하고 당황하던 아리는 석현이 그녀의 손목을 잡아 자신의 다리 사이의 그곳에 가져간 순간 훅, 하고 떨리는 숨을 들이마셔야 했다. 즉각 아리의 얼굴이 뜨겁게 달아올랐다. 그런 아리의 귓전에 석현의 섹시한 웃음소리가 흘러들었다.

"이렇게 나는, 널 원해!"

"오빠……."

욕망으로 짙게 물든 석현의 눈빛을 마주한 아리는 떨리는 숨을 삼켰다. 손바닥 전체로 전해져 오는 단단하고 뜨거운 그것은 살아 움직이는 것처럼 꿈틀거렸다. 본능적으로 손을 떼려 했지만 석현이 그녀의 손등을 꽉 누르고 있어서 피할 수도 없었다. 문득 그녀의 눈에 지독히도 요염한 빛이 떠올랐다고 느낀 순간 석현의 입에서는 쾌감과 고통이 어우러진 신음이 터져 나왔다.

"헉, 우흣!"

수줍음을 떨쳐 낸 아리는 과감해졌다. 그녀는 그의 검은색 트렁크 팬티의 밴드를 확 내렸다. 그러고는 무성히 펼쳐진 검은 음모를 신기한 듯 어루만지다가 그 중심에 잔뜩 성이 난 남성을 떨리는 손으로 감싸 쥐었다. 그녀의 가벼운 터치에도 민감하게 즉각 반응하며 더욱 단단하게 굵어지는 그것의 변화에 당황한 아리의 얼굴은 새빨갛게 물들고 숨결도 가빠졌다. 그에 호응해 그녀의 풍만한 가슴이 들썩이며 유두가 작은 돌멩이처럼 뭉쳐 석현을 자극했다. 결국 두 사람은 동시에 쾌감 어린 신음을 터뜨리고 말았다.

"아, 아리야!"

석현은 그대로 아리의 입술을 덮쳤다. 부드럽고 다정하게 그녀를 안으려 했던 그의 생각이 먼지처럼 흩어지는 순간이었다. 석현은 뜨겁게 쏟아지는 진한 키스에 반쯤 정신이 나간 아리를 반듯하게 눕혔다. 그리고 거친 욕망에 사로잡힌 눈빛으로 그녀의 나신을 뜨겁게 훑어 내렸다.

"오빠……."

아리는 간절한 눈빛으로 그를 불렀다. 연한 분홍빛으로 물들어 유혹적으로 오르내리는 가슴 끝은 이미 짜릿한 기대감으로 떨리고 있었고 부드러운 음모에 감춰진 깊은 샘은 기묘한 열기를 뿜어내며 벌써부터 흠뻑 젖어 욱신거리기 시작했다. 이미 한 번 그의 손길과 입술을 맛본 그녀의 몸은 석현을 열렬히 환영하며 꽃처럼 피어나고 있었다.

"너를 배려한다는 허세를 부리며 그날 널 갖지 않은 걸 후회했다. 그리고 매일 밤 매 순간…… 너를 꿈꿨지."

석현이 그녀의 가슴을 부듯이 감싸 쥐고 분홍빛 돌기에 키스했다. 그리고 촉촉한 입 속으로 부드럽게 빨아들인 순간 아리는 신음을 터뜨렸다. 그는 공평하게 그녀의 다른 쪽 가슴을 정성스럽게 애무하고 키스했는데 그럴 때면 그녀의 샘에서는 왈칵 애액이 흘러내려 여성을 흠뻑 적셨다.

"나도……. 하아! 오빠가 보고 싶었어."

솔직하게 고백한 아리는 석현의 넓은 어깨와 강인한 등을 떨리는 손으로 어루만졌다. 그러자 팽팽한 줄이 튕기듯이 반응하고 신음했다. 그런 그의 반응에 힘입어 아리는 그의 엉덩이에 손을 댔다. 손끝에 느껴지는 단단함이 너무 좋아 그녀의 손길은 점점 대담해졌다.

"윽!"

석현이 쾌감에 젖어 억눌린 신음을 터뜨렸다. 순간 마음껏 핥고 빨아들이며 희롱하던 그녀의 유두와 가슴을 놓아준 그는 다급하게 아리의 입술을 찾았다. 이번에 그의 키스는 결코 상냥하지 않았다.

아리는 조그맣게 신음을 내뱉으며 그의 등에 손톱을 박은 순간 석현의 손이 가슴 아래로 미끄러져 내려갔다. 잘록한 허리선에 이어진 평평한 아랫배와 탄력 넘치는 엉덩이를 지나 마침내 도착한 음모 아래에 이르는 그의 손길은 뜨겁고 다급했다.

"훗! 오빠, 제발…… 아아!"

음모를 가르고 들어온 석현의 손길이 따뜻한 애액으로 흠뻑 젖은 꽃잎을 어루만지다가 짓궂게 붉게 물든 음핵을 건드린 순간 아리의 입에서 자지러질 듯한 탄성이 터져 나왔다.

그녀는 석현의 목덜미에 뜨거운 얼굴을 묻고 신음을 토해 냈다. 하지만 지난번에 그녀의 쾌락만을 배려했던 것과 달리 그의 손길은 거칠고 과감하게 움직였다. 애액에 젖어 매끄러워진 그녀의 여린 꽃잎과 꽃봉오리를 희롱하고 자극해 그녀의 욕망에 불을 붙였다. 이제 그녀의 몸은 더 강력하고 짜릿한 무엇을 갈구하며 활시위처럼 팽팽하게 당겨져 떨리고 있었다. 더 이상 참을 수 없어진 그녀는 울음을 터뜨렸고 석현이 그녀의 다리 사이에 자리를 잡았다.

자신이 가르쳐 준 쾌감에 못 이겨 눈물을 흘리는 그녀가 너무 예뻐서 석현은 덥석 그 입술에 자신의 입술을 겹쳤다. 그의 키스는 부드럽지만 열정적이고 뜨거웠다.

"흐윽, 오빠!"

"그래, 나야. 내 달콤한 아가씨……."

겨우 입술을 뗀 석현이 붉게 상기된 그녀의 얼굴을 어루만지며 속삭였다. 그러는 동안 뜨겁게 달궈진 그의 남성이 그녀의 아랫배를 지그시 압박하며 아래로 천천히 미끄러지자 아리는 흥분과 두려움이 뒤섞인 눈으로 그를 올려다보았다.

"오빠."

"음?"

그의 손이 정성스럽게 길을 터놓은 뜨거운 샘의 입구에 발기한 남성이 닿은 순간 아리는 기대감과 흥분에 몸을 굳혔다. 마침내 가장 연약하고 은밀한 곳에서 서로를 처음 느낀 두 사람은 동시에 숨을 멈췄다. 다음 순간 그녀의 엉덩이를 쥔 석현의 손아귀에 잔뜩 힘이 들어갔고 눈빛은 다가올 쾌락에 대한 기대감으로 짙게 물들었다.

"희망원 뒤뜰에서 아이들과 놀고 있을 때 세아 언니를 보러 온 오빠를 처음 봤어. 그날……."

아리는 떨리는 손을 뻗어 잔뜩 긴장해 땀을 뚝뚝 흘리는 석현의 잘생긴 얼굴을 가만가만 어루만지며 잠긴 음성으로 입을 뗐다. 하지만 흥분 때문에 가슴이 너무 벅차올라서 그녀는 잠시 말을 끊고 혀로 입술을 축였다. 그런 자신의 행동이 얼마나 자극적이고 유혹적인지 알지 못한 채 아리는 자신의 입구로 천천히 진입해 오는 그를 느끼며 나머지 말을 이었다.

"처음부터 난, 오빠가 좋았어. 하아…… 꼭, 내 걸로 만들고 싶었어!"

"아리야……."

그의 동작이 정지했다. 진격을 외치며 돌처럼 단단하게 무장한 남성은 촉촉이 젖은 여성의 통로 중간 어디쯤에서 용트림을 하며 그를 재촉했다. 촉촉한 그녀의 샘물과 수축과 이완을 하며 조금씩 그를 안으로 끌어들이는 본능적인 반응에 석현은 눈앞이 아득해 오는 쾌감으로 몸을 떨었다. 기쁘고 미안했고 채우지 못한 욕망에 괴로워 죽을 것만 같았다. 석현은 일그러진 얼굴로 거친 숨을 몰아쉬었다. 아리가 그의 어깨를 끌어안으며 말했다.

"내 모든 처음이 되어 줘서, 그게 오빠여서…… 고마워."

"아, 아리야!"

고백을 끝낸 아리는 양다리로 그의 허리를 감고 엉덩이를 들어 올렸다. 그러자 양팔로 지탱하고 있던 그는 순식간에 자제력을 잃어버렸다. 그의 남성은 단번에 그녀의 마지막 방어벽을 꿰뚫었다.

"읏!"

"아, 앗!"

두 사람의 입에서 고통과 쾌감이 어우러진 신음이 동시에 터져 나왔다. 그들은 숨쉬는 것조차 잊고 서로의 가장 예민하고 은밀한 결합이 주는 감각에 마취되어 정지했다. 그렇게 숨 막힐 듯한 몇 초가 지나자 석현은 열기로 뜨거워진 눈을 내려 그녀를 바라보았다. 욕망으로 흐려진 그의 눈에 두 눈 가득 맑은 눈물을 담고 떨리는 미소를 짓고 있는 아리가 보였다.

"이제…… 오빠는 내 거야."

그를 알아 온 세월만큼 아프고 또 기뻤던 감정들이 눈물로 녹아내려 그녀의 뺨을 타고 흘러내렸다. 석현은 그 순간 심장을 관통하는 강렬한 감정에 휩쓸려 정신없이 그녀의 입술을 덮쳤다. 처음이라고 고백한 주제에 이렇게 용감하고 당당하게 그를 제 남자라고 선언하는 여자. 석현은 그런 여자의 전부를, 그녀의 마음을 영원히 소유하고 싶은 갈망으로 심장이 터질 것만 같았다.

"아리야."

뜨거운 입술을 떼어 낸 그는 거친 숨을 쉬며 그녀를 불렀다. 여전히 그녀의 속눈썹에는 짭조름한 눈물 방울이 맺혀 있었다. 그녀의 온몸이 비명을 지르며 똘똘 뭉쳤고 그에게 결합된 부분은 이물감과 아픔으로 욱신거리며 살이 떨리고 있었지만 그녀는 그를 놓지 않았다.

"울지 마. 네가 울면, 난 어떻게 해야 할지 모르겠다."

"바보! 그냥…… 사랑해 줘!"

조그맣게 신음을 흘린 아리는 엉덩이를 들어 올려 힘껏 그를 조였다. 그러자 즉각 그의 입에서 쾌감 어린 앓는 소리와 함께 헐떡임이 터져 나왔다. 그걸로 충분했다.

"아리, 네가 원하는 대로."

짓궂게 속삭인 그의 까만 눈동자에 짙은 욕망의 불꽃이 타올랐다. 다음 순간 그의 허리가 유연하게 리듬을 타기 시작했다. 처음엔 느리고 조심스럽게 움직이던 석현은 이내 속도를 냈다. 어느새 고통은 희미해지고 그가 강하게 때로는 느릿하게 들고 날 때마다 아리는 자신의 내부에서 기묘한 열기가 똘똘 뭉쳐 점차 거대한 불덩어리가 되어 가는 것을 느꼈다.

침실에는 그들의 가쁜 숨소리와 쉴 새 없이 흘러나오는 쾌감에 젖은 신음 소리가 차곡차곡 쌓여 갔다. 가을비가 유리창을 때리는 속도처럼 그녀의 몸 안에서 자유로운 야생마처럼 달리는 동안 그의 등과 얼굴에는 땀방울이 흘러내렸다. 아리는 그런 그를 꼭 옥죄며 보조를 맞추려 애썼다.

"오빠, 하아! 오빠!"

아리가 그의 분신을 꽉 조이며 애원했다. 자신을 부르는 그 소리가 미치도록 좋았다. 춤추는 듯이 움직이는 석현의 허릿짓은 그녀를 절정의 언저리로 밀어 올렸다. 아리는 그에게 자신을 꼭 밀착시키며 연신 석현을 불렀다. 그와 함께하는 이 순간이 가슴 벅찬 아리는 결국 석현의 어깨를 깨물며 흐느꼈다.

"흐윽, 오빠, 제발!"

아리가 애원했다. 석현은 자신도 이제 한계에 다다랐다는 것을 깨달았다. 그는 완전히 자신을 빼냈다. 그러고는 강하게 그녀의 가장 깊은 곳을 향해 돌진했다.

"아, 아흑!"

"으, 윽!"

아리는 자신의 안으로 강하게 꿰뚫고 들어오는 그를 온몸으로 안았다. 순간 두 사람의 입에서 거칠고 숨 막힐 듯한 신음이 터졌다. 이어 뜨거운 불화살에 탄 아리는 새카만 암흑으로 뒤덮인 세상을 뚫고 하늘 높이 비상했다. 그리고 가장 높은 곳에서 뜨거운 열정의 덩어리는 화려한 불꽃이 되어 팡, 터졌다.

"아리야!"

그녀는 격정에 겨운 거친 외침을 들으며 아득해지는 가운데 미소 지었다. 참 이상하게도 행복하면서도 슬퍼지는 기분에 그녀의 감은 속눈썹 아래로 뜨거운 눈물 한 줄기가 조용히 흘러내렸다.

'행복한데, 정말 좋은데 이 불안한 마음은 뭘까?'

아침에 진 여사를 만나 나누었던 이야기가 문득 머리를 스쳤다. 진 회장과의 약속, 그녀의 처지……. 여전히 고민은 해결되지 않았지만, 지금은 아무 걱정 하고 싶지 않았다. 이렇게 행복한 마음을 놓치고 싶지 않았다.

아리는 여전히 자신의 안에 깊숙이 자리한 그를 느끼며 나른하고도 깊은 한숨을 내쉬었다. 그러자 이상하게도 극도의 피로감이 몰려왔고 기꺼이 그녀는 수면이라는 물결에 자신을 맡겼다.

'내 여자…….'

까무륵 정신을 잃고 자신의 품 안에서 고요해진 그녀를 석현이 소중히 품에 안았다.

. . .

가을비가 소리 없이 내리는 이른 저녁, 석현의 아파트 주변을 지
켜보고 있던 검은색 승용차 한 대가 조용히 빠져나가는 걸 두 사람
은 꿈에도 알지 못한 채 꽃잠에 빠져들었다.

"접니다, 여사님. 아가씨는 이석현 씨 집에 머물고 계십니다. 회
장님께서는 오늘 선우진 씨의 생일 파티에 아리 아가씨가 참석한다
고 알고 계시니 이 사실은 내일이나 알게 되실 겁니다. 표면상으로
는 일정에 어떤 이상도 없는 셈입니다."

운전석에 탄 남자는 누군가에게 전화를 걸어 조용히 보고했다.
그리고 상대의 말에 잠시 귀를 기울이다가 말했다.

"걱정 마십시오. 제 임무는 아리 아가씨의 소재만 파악해 두면
되는 것이고 보고의 책임은 경호원들에게 있으니 의심을 사지는 않
을 겁니다. 아가씨를 놓친 건 그들이니까요."

아파트 단지를 빠져나오며 김 비서는 냉정한 어투로 스피커폰에
대고 말했다. 그러자 스피커에서 진 여사의 조심스러운 목소리가
흘러나왔다.

— 오랫동안 모셔 봐서 알겠지만 내 오라버니는 매사에 철두철
미하고 의심이 많은 양반이에요. 아리 양이 오늘 밤 내내 선우진
사장의 파티에 머무는지 여부를 확인하려고 할 텐데?

"아리 아가씨와 이석현 씨의 오작교 노릇을 자처한 선우진 사장
과 미리 말을 맞춰 놓았으니 그런 염려는 하지 않으셔도 됩니다.

단, 제가 진 여사님께 드릴 수 있는 시간은 내일 오후 아리 아가씨가 제주행 비행기에 탑승하기 전까지입니다. 아시죠?"

— 잘 알고 있어요. 하지만 그 비행기에 탑승 여부는 전적으로 아리의 선택에 달린 거라는 것만 김 비서도 알아 둬요.

똑같이 냉담하고 사무적으로 말한 진 여사가 먼저 전화를 끊었다. 습관처럼 룸미러를 통해 뒷좌석을 돌아보는 김 비서의 입가에 쓸쓸한 미소가 떠올랐다. 잠시 그치는 듯했던 가을비가 다시 굵어지며 앞 유리창을 세차게 두드리기 시작했다. 이 비가 그치면 내일은 활짝 갠 하늘을 볼 수 있으면 좋겠다고 김 비서는 속으로 생각했다.

12장

진실, 양날의 검

코끝을 간질이는 달콤한 꽃향기, 맨살에 닿는 깨끗하고 사각거리는 면 시트의 감촉은 석현을 저절로 미소 짓게 만들었다. 세상 풍파에 치이고 다친 몸과 마음으로 돌아온 그를 포근히 안아 주는 체취는 늘 그리운 엄마를 떠올리게 했다.

한 번도 가져 본 적 없고 느껴 본 적 없는 그런 꿈을 꾸게 만드는 여자 강아리, 처음 만난 순간부터 그에게 짓궂게 장난치고 잘 웃고 울던 어린 소녀가 어째서 내내 마음에서 잊히지 않는지 예전엔 몰랐다. 자신과 닮은 상처와 외로움을 간직한 세아만을 해바라기처럼 바라보는 게 당연하고 익숙한 일이었기에 아리에게 자꾸만 머무는 눈길이 이상하고 귀찮다고만 여겼었다. 그런데 작고 보잘것없는 풀씨 하나가 바람을 타고 나풀나풀 척박한 그의 가슴에 자리를 잡더니 이제 자신의 향기와 싱그러운 생명력으로 그의 전부를 차지해 버렸다.

'처음부터 난, 오빠가 좋았어.'

지난밤 아리가 했던 달콤한 고백이 녹아내리듯 귓전을 울린 순간 닫혀 있던 세상의 문이 열리고 청량한 빛을 마주한 듯한 기분이었다. 그 말을, 그 마음을 영원히 자신에게 묶어 놓고 싶다는 강렬한 열망으로 가슴이 뜨거워지자 석현은 본능적으로 손을 뻗어 아리를 찾았다.

"아리……야?"

그런데 손끝에 닿은 건 차갑게 식은 시트의 감촉뿐이었다. 나직한 한숨을 내쉬며 눈을 감은 채 손을 더듬어 보았지만 그녀는, 잡히지 않았다. 순간 나른한 잠에 취해 있던 석현은 눈을 번쩍 떴다.

"아리야?"

심장이 툭, 하고 떨어져 내렸다. 2년 전 세아의 결혼식 다음 날 아침, 죽을 것 같은 숙취에서 깨어난 그 아침처럼 소중한 것을 잃어버린 듯한 상실감이 그를 후려쳤다. 숨을 죽인 채 주변의 소리에 귀를 기울였지만 집 안은 너무 조용했다. 다음 순간 그는 정신없이 침실에서 뛰쳐나갔다.

"아리야? 어디 있어, 강아리!"

그녀의 이름을 부르며 모든 방의 문을 열어젖히고 확인했지만, 아리는 없었다. 그때 식탁 위에 차려진 음식들이 눈에 들어왔다. 동시에 집 안에 떠도는 은은한 커피 향기를 인식한 석현은 밀려드는 안도감에 떨리는 숨을 내쉬었다. 뒤늦게 그녀의 가방이 지퍼가 살짝 열린 채 거실 소파에 놓여 있는 것도 보였다.

"잠깐 편의점에라도 간 모양이지."

석현은 평정심을 잃고 수선을 피운 자신이 한심해서 피식 웃고 말았다. 그런데 그가 몸을 돌리려는 순간 소파에 놓아둔 쿠션 사이에서 반짝이는 뭔가가 눈길을 잡아끌었다. 다가가 보니 핑크빛 립글로스와 자그마한 파운데이션 케이스가 흐트러져 있었다.

아마 무언가를 찾다가 가방 안의 내용물이 쏟아졌던 모양이다. 그런데 무슨 급한 일이기에 이렇게 허둥거리며 나갔을까? 석현은 궁금해하며 물건들을 가방 안에 넣어 주고 테이블 위에 있는 빈 커피 잔을 집어 들었다. 일단 정신 차리게 커피 한 잔 마시고 나서 씻고 아리를 기다리기로 순서를 정했다. 그런데 식탁을 지날 때 그 위에 가지런히 놓인 그녀의 스마트폰과 바닥에 떨어진 메모지가 석현의 눈에 들어왔다.

"여기저기에 물건 흘리고 다니는 건 여전하군. 그런데 웬 메모지?"

떨어진 메모를 집어 든 그는 곱게 접힌 종이를 펼쳤다.

「냉장고 안에 먹을 것 좀 가져다 놓았어요. 죽은 한 번씩 꺼내 데워 먹을 수 있게 담아 놓았으니까 귀찮다고 거르지 말고 챙겨 먹고요.」

석현은 살짝 인상을 찌푸리며 고개를 갸웃했다. 뭔가 이상했다. 매모의 내용은 잠깐 자리를 비우는 게 아니라 잠시 들렀다 떠난 것 같은 뉘앙스가 풍겼기 때문이었다. 하지만 아리는 자신의 소지품을 모두 두고 나갔다.

'곧 돌아오겠지. 그건 그렇고 그 앨 눈에서 떼어 놓기 싫으니 큰일이네.'

석현은 애써 자위하며 몸을 돌렸다. 그러면서도 피식피식 웃음이 나는 걸 보면 점점 사랑에 빠진 바보가 된 모양이었다. 지난밤에 그녀를 안았던 기억을 떠올린 몸이 즉각 반응을 보였다. 낮은 한숨을 내쉰 석현은 커피 잔을 싱크대에 집어넣고 계획을 바꾸어 먼저 욕실로 향했다. 그 메모가 사실은 아리가 어제저녁에 썼던 것이란 사실은 꿈에도 상상하지 못한 그였다.

"왜 이렇게 안 오는 거야."

샤워를 하고 그녀가 만들어 놓은 죽으로 아침을 해결한 후에도 아리가 돌아오지 않자 석현은 슬슬 걱정이 되기 시작했다. 그래서 아리의 스마트폰을 이리저리 들여다보는 걸로 마음을 달랬다. 그러다 무심코 최근 통화 목록을 확인한 순간, 그는 자신이 어째서 내내 뭐 마려운 강아지처럼 쩔쩔매며 불안해했는지 깨달았다.

• • •

지난밤 연인의 품에서 뜨거운 사랑을 받은 그녀는 세상 모르고 푹 잠이 들었었다. 그러다 새벽에 낯선 느낌에 잠에서 깬 아리는 처음엔 어리둥절했다가 자신을 꼭 안고 있는 남자를 보고 바로 정신이 들었다. 솔직히 고백하자면, 행복했다. 그대로 다시 잠이 들어 석현이 깨워 줄 때까지 자고 싶었다. 하지만 그녀에게는 무시할 수 없는 선약이 있었고 그 약속을 지키자면 바로 움직여야 했다.

아리는 숨죽여 그의 품에서 빠져나왔다. 온몸이 생경한 근육통을 호소하며 뻐근했지만 묘하게도 기분 나쁘지 않은 아픔이었다. 아리는 자신의 모든 곳에 제 흔적을 새겨 넣고는 세상 모르게 자고 있는 남자를 곱게 한 번 흘겨보고는 조용히 침실에서 빠져나왔다.

최대한 빨리 샤워를 마친 그녀는 원두를 찾아 머신을 가동시켰다. 잠깐이라도 조용히 마음을 재정비하고 가다듬고 싶었기 때문이었다. 그런데 아리가 막 내려진 커피 한 잔을 따라서 마시려는 순간 어디선가 그녀의 휴대 전화 벨소리가 들렸다. 스마트폰은 식탁 위에서 울고 있었다.

"어, 이 언니가 이 시간에 어쩐 일이지?"

액정에 뜬 이승연의 이름을 본 아리는 잠시 의아했지만 일단 전화를 받았다. 커피 잔을 유리 테이블에 올려놓고 행여 석현이 깰세라 침실 쪽에 시선을 둔 채 아리가 상대에게 말했다.

"흠흠, 여보세요?"

— 나야. 오늘 우리 할머니하고 만나기로 했지?

아리가 인사를 건네기도 전에 승연이 쌀쌀맞게 물었다. 그건 질문이라기보다 확인에 가까웠기에 아리는 슬쩍 인상을 찌푸렸다.

"네. 조금 있다가 집에 들어가면 여사님을 뵐 거예요. 그런데 그걸 어떻게……?"

— 집으로 갈 필요 없어.

"네? 그게 무슨 뜻이에요?"

승연의 무례한 말투에 기분이 상한 아리는 쌀쌀맞게 물었다.

— 나 지금 할머니 모시고 너 있는 근처 지나가는 중이야. 너도 김 비서 아저씨 차 타면 약속 장소로 데려다줄 거야. 꾸물거리지

말고 빨리 와, 강아리!

"아저씨가 여기로 온다고요? 저기, 잠깐만요! 여보세요?"

깜짝 놀란 아리가 외쳤지만 승연은 일방적으로 전화를 끊어 버렸다. 황당한 표정으로 전화기를 노려보는데 김 비서가 문자를 보내왔다.

[15분쯤 후에 이석현 씨 아파트 앞에 도착할 겁니다. 천천히 준비하고 내려오세요.]

아리는 멍하니 메시지를 들여다보다가 인상을 찌푸렸다. 갑작스러운 상황 변화가 이해가 되지 않았지만 김 비서 아저씨가 이쪽으로 오고 있다니 외출할 준비를 해야 했다.

"김 비서 아저씨가 왜 진 여사님하고 같이 움직이는 걸까? 내가 여기 있는 건 어떻게 알고?"

갑자기 마음이 급해지고 이상하게 심장이 두근거리기 시작했다. 아리는 테이블 위에 놓아둔 커피 잔을 집어 들어 무심히 입으로 가져갔다. 그러다 생각보다 뜨거운 커피가 목구멍에 걸렸고 그 바람에 들고 있던 컵이 출렁거리며 뜨거운 커피가 손등에 튀었다.

"앗, 뜨거워! 미치겠네……."

아리는 커피 잔을 얼른 유리 테이블에 내려놓고 가방에서 손수건을 꺼냈다. 그러다 가방이 소파에서 바닥으로 떨어졌고 열린 지퍼 틈으로 안에 들어 있던 내용물들이 쏟아졌다.

가늘게 떨리는 손끝을 본 그녀는 주먹을 꼭 쥐며 심호흡을 했다. 그리고 사방으로 흩어진 소지품들을 대충 갈무리해 가방에 집어넣었다. 그리고 남은 커피를 모두 마셨다.

'석현 군, 아니 석현 오빠에게 말하면 분명 같이 가겠다고 할 텐

데. 어쩌지?'

아리는 고민 끝에 혼자서 살짝 나갔다가 오기로 결정했다. 본인
은 감기 몸살이 다 나았다고 우기지만 한두 시간 더 쉬는 게 좋을
것이다. 게다가 진 여사와 나눌 이야기의 특성상 혼자 만나는 게
맞다는 결론을 내렸다.

"화장실 들렀다 나가야겠다."

재킷 겉주머니에 지갑을 넣고 한 손엔 스마트폰을 들며 현관문
을 나서던 아리는 거실 벽시계를 확인하고는 몸을 돌렸다. 그녀는
스마트폰을 식탁에 올려놓고 재킷은 의자에 걸쳐 둔 뒤 서둘러 욕
실로 들어갔다. 그 때문에 어제 자신이 쓴 메모지가 재킷 소매에
스쳐 바닥에 떨어진 것을 미처 발견하지 못했다.

"준비됐니? 좋아."

손을 씻고 거울에 비친 자신의 모습을 마지막으로 점검한 아리
는 화장실을 나왔다.

"잘 자, 석현군. 오빠가 깨기 전에 돌아올 수 있으면 좋겠는데."

살며시 침실 문을 열고 안을 들여다보니 석현은 깊고 고른 숨을
내쉬며 자고 있었다. 아리는 그의 품 안으로 뛰어들어 꺼림칙한 약
속 따위는 잊어버리고 싶은 충동을 억지로 누르며 조용히 문을 닫
았다. 그러고는 마음이 약해지기 전에 재킷을 들고 서둘러 현관문
을 나섰다. 그 소리가 잠들어 있던 석현을 깨웠다는 걸 모른 채였
다.

"김 비서 아저씨가 내가 여기 있다는 걸 안다는 건 회장님도 아
신다는 거겠지?"

엘리베이터에 오르며 아리는 조그맣게 한숨을 내쉬었다. 어쨌든

한 번은 정면으로 그분과 마주해 담판을 지어야 할 난제였다. 진 여사를 만나 부모님에 관한 이야기를 들은 후 제주도로 날아가 진 회장을 만나 자신의 마음을 밝힐 생각을 하자 마음이 무거워졌다.

비가 그친 아침 하늘은 잘 닦인 유리처럼 투명했고 공기도 맑았다. 석현이 자는 동안 조용히 집을 빠져나온 아리는 바로 아파트 로비 앞에 대기하고 있는 승용차에 탔다. 그러자 검은색 승용차는 바로 출발했다. 뒷좌석에 앉은 아리는 차창 밖으로 빠르게 지나가는 도시의 풍경에 잠시 시선을 두었다가 운전석에 앉은 김 비서에게 조심스럽게 물었다.

"아침에 김 비서 아저씨가 남긴 문자 보고 깜짝 놀랐어요. 아저씨는 어제 회장님을 수행해서 제주도에 가신 줄 알았거든요."

"나한테 개인적인 사정이 생겨서 박 비서가 회장님을 모시기로 했어. 아리 씨도 어제 선우진 사장 생일 파티에서 늦게 돌아올 테니 여기 남아서 아리 씨와 함께 오라고 지시하셨어. 그런데 어젯밤부터 아가씨가 통 전화를 안 받기에 문자 메시지를 남긴 거야."

"아아, 그랬구나. 어젠, 제가 좀 정신이 없어서 배터리가 방전된 것도 아침에 보고 알았어요."

도둑이 제 발 저린다고 얼굴이 화끈거렸지만 아리는 애써 태연하게 거짓말을 둘러댔다.

"그런데 여긴 어떻게 아시고……. 그것보다, 제가 여기 있다는 건 경호팀에서 보고받으신 거겠죠?"

아리는 궁금한 것을 조심스럽게 물었다. 그러자 잠시 침묵을 지키며 운전하던 김 비서가 어색한 어조로 말했다.

"생각 안 나요? 2년 전 밤에 내가 술에 취해 있던 이석현 씨와 아가씨를 여기로 데려다주었었는데."

"아, 그랬었죠."

"그리고, 경호팀이 한눈팔아 놓치더라도 난 아가씨 소재를 알아
둬야 한다는 게 회장님의 명령이었지."

"역시 회장님도 다 알고 계시겠네요. 내가, 지니 오빠 생일 파티
에 안 갔다는 거."

죄책감 어린 아리의 중얼거림에 놀랍게도 김 비서가 안심하라는
듯이 대답했다.

"그래요. 대신 이석현 씨 아파트에서 다른 친구분들과 함께 밤새
있었다고 알고 계시지."

"어머! 저기, 고마워요, 아저씨."

아리는 김 비서가 자신을 위해서 거짓말을 해 주었다는 사실에
놀랍고도 감사했다. 그러면서도 얼굴이 뜨거워서 김 비서 쪽을 보
지 못한 그녀는 시선을 떨구고 애먼 손가락만 꼼지락거렸다. 그런
아리의 귀에 김 비서의 낮게 가라앉은 음성이 들려왔다.

"내게 고마워할 필요 없어, 아리 아가씨. 나중에, 아가씨도 내
실수를 눈감아 준다면 우린 서로에게 빚진 게 없는 셈이니까."

"그게 무슨 말씀이세요?"

"사람이 살다 보면 이런저런 곤경에도 처하고 서로 돕고 용서하
는 일이 생긴다는 말이지. 흠흠! 신경 쓰지 말아요. 어쨌든 끝이 좋
으면 다 좋은 거니까."

"저기요, 아저씨 오늘 안색이 좀 안 좋아 보이는데 혹시 어디 아
프세요?"

아리는 뜻 모를 말을 하는 김 비서를 걱정스럽게 살피며 물었다.

언제나 신사답고 편안하게 상대를 대하는 김 비서가 오늘은 왠지 쫓기는 사람처럼 거칠게 운전을 하고 있었다. 게다가 진 회장의 비서인 그가 왜 진 여사의 심부름을 하고 있는 걸까? 상황에 따라 그럴 수도 있다는 생각이 들면서도 어쩐지 기분이 깔끔하지 않았다.

"요즘 신경 쓸 일이 있어서 그런지 감기 기운이 있어. 이 일만 끝내면 좀 쉬어야지. 하하!"

"네, 그러세요. 그런데 진 여사님은 어디에 계세요? 석현 오빠 집 근처에서 만나자고 들은 것 같은데 이 길은……."

"오는 길에 여사님께 전화를 받았는데 장소를 바꾸셨다고 그리로 오라고 하시더군. 걱정 마. 비행기 시간에 늦지 않게 공항까지 모실 테니까."

차창 밖 풍경을 살핀 아리가 문득 불안한 얼굴로 말하자 김 비서가 눈치 빠르게 설명해 주었다. 하지만 아리가 걱정한 건 결코 비행기 시간이 아니었다.

'어떡하지? 깨서 내가 말도 없이 나간 걸 알면 석현 군이 걱정할 텐데.'

아리는 서둘러 스마트폰을 찾았다. 하지만, 없었다.

"어머, 어떡해! 거기 놓고 왔나 봐!"

"뭘?"

당황한 표정으로 입술을 깨무는 아리를 룸미러로 확인한 김 비서가 궁금한 얼굴로 물었다.

"전화기를 석현 오빠 집에 두고 왔어요."

"돌아가는 길에 잠시 들르면 돼. 시간이 늦어지면 내가 전화해 줄 테니 걱정 마."

"네. 고마워요, 아저씨."

아리는 그래도 걱정을 떨쳐 내지 못한 표정으로 차창 밖으로 고개를 돌렸다. 그래서 김 비서의 눈빛이 날카롭게 번뜩이는 걸 보지 못했다. 그렇게 두 사람이 탄 승용차는 진여옥이 기다리고 있는 장소를 향해 도로를 달려 나갔다.

한참을 달려 김 비서가 아리를 데려간 곳은 가평에 있는 진 여사 집안의 여름 별장이었다. 청평 호수와도 가까워서 물놀이를 하거나 보트를 타는 등 수상 레포츠를 즐기기 좋은 데다 주변에는 산이 있어 계곡에서 한가로이 시간을 보내기에도 좋은 위치였다.

여름 휴가철이 지나서 조금은 한적한 느낌이었지만 점차 가을빛으로 물들어 가는 산은 아름다웠다. 평소에 놀러 왔다면 기대감에 들떴겠지만 지금 주변 풍경을 바라보는 아리의 마음은 무겁기만 했다. 솔직히 말해 진 여사에게 어떤 말을 듣게 될지 몰라 불안하고 긴장되었다. 그렇지만 더 이상 자신의 인생에서 도망치지 않기로 결심한 그녀였다.

"참 아름다운 곳이네요."

아리의 담담한 평가에 김 비서가 무심한 표정으로 대답했다.

"회장님 도움을 받아 2년 전에 진 여사님이 되찾은 시댁 재산 중 하나죠. 들어가 보세요, 아리 아가씨. 차를 보니 여사님이 먼저 도착하신 모양입니다. 말씀 끝나면 바로 출발할 수 있게 밖에서 대기하고 있을 테니까."

차를 세운 김 비서가 사무적인 어조로 무뚝뚝하게 말했다. 아리는 그런 김 비서에게 웃어 보이고는 뒷좌석에서 내렸다. 그리고 조용히 심호흡을 하고 씩씩하게 걸음을 떼어 놓았다.

"내가 순진한 아가씨를 호랑이 아가리 속으로 밀어 넣었군. 미안해요, 아리 아가씨. 하지만 나도 어쩔 수가 없었어."

눈에서 점점 멀어져 가는 젊고 아름다운 여자의 뒷모습을 어두운 눈빛으로 응시하며 김 비서는 혼잣말을 중얼거렸다. 그때 기다렸다는 듯이 김 비서의 휴대 전화 벨이 울렸다. 김 비서는 액정에 뜬 상대의 이름을 확인하고 곧바로 받았다.

"기다리시게 해서 죄송합니다. 아리 아가씨는 지금 별장 안으로 들어가고 계십니다."

별장 주변에 그림자처럼 포진하고 있는 경계심 어린 기운을 감지한 김 비서의 표정이 굳어졌다. 그리 넓지 않은 정원을 지나 현관문 앞에 선 아리가 벨을 누르자 집 안에 있던 이승연이 문을 열어 주는 모습을 날카롭게 지켜보며 김 비서는 상대에게 보고했다. 그러자 상대는 조용히 전화를 끊었다.

"이제부터 무슨 일이 생길는지……."

김 비서는 굳은 표정으로 나직이 중얼거렸다. 그때 예상하지 못한 인물에게서 전화가 걸려 왔다.

— 저 이석현입니다. 아리, 어디 있습니까?

석현의 다급하고 날 선 외침이 고막을 진동한 순간 김 비서의 입가에 쓴웃음이 맺혔다. 이건 계산에 넣지 않은 상황이라 어떻게 할지 김 비서는 잠시 고민에 빠졌다.

그런 상황이 벌어지고 있는 줄은 꿈에도 모르고 아리는 자신을 맞이하는 승연의 냉랭한 눈빛과 마주하고 있었다.

"좋은 아침이에요, 언니. 여기서 보니 새롭네요."

"늦었네? 그런데 너, 어제와 옷이 똑같네? 생일 파티를 아주, 열정적으로 즐긴 모양이지?"

아리의 모습을 쭉 훑어 내린 승연이 비웃는 어조로 말했다. 사실 할머니와 부모님이 나누는 대화를 우연히 듣게 된 승연은 이 얄미운 여자에 대한 질투와 시기심으로 가슴이 터질 것만 같았다. 더구나 화장기라고는 하나 없는 민낯임에도 불구하고 너무나 예뻐 보이는 강아리가 밤새 어디에 있었는지 알게 된 승연은 당장에라도 아리의 얼굴을 할퀴고 머리채를 쥐어뜯고 싶은 심정이었다. 왜냐하면 그동안 이석현에게 어떻게든 접근하려고 했지만 매번 냉정하게 거절당했기 때문이었다. 그런데 이 보잘것없는 여자가 그 남자와 함께 밤을 보낸 것이다.

"잠깐만요. 나 이승연 씨 투정이나 받아 주려고 여기 온 거 아니에요. 진 여사님 안에 계시죠?"

아리는 애써 짓고 있던 미소를 거두고 차갑게 물었다. 그동안은 승연의 무례한 태도를 참아 주었지만 아무래도 이젠 선을 분명히 해야 할 것 같았다. 그런데 아리가 승연을 무시하고 지나가려는 순간이었다.

"이석현 씨가 요즘 잘해 주나 보지? 하긴, 네 처지가 예전과는 하늘과 땅처럼 달라졌으니까 태도를 바꿀 만도 하겠지."

원한에 사무친 눈빛을 띤 승연이 이를 악물고 자못 동정적인 어투로 말했다. 순간 억지로 화를 누른 아리가 뒤를 돌아보았다. 그러자 현관문을 닫은 승연이 의기양양하게 말했다.

"할머니는 저기 서재에 계시니까 들어가 봐."

"방금 뭐라고 했어요?"

아리가 날카롭게 물었다. 거실로 가던 승연은 순진한 표정을 꾸미고 눈을 깜빡이다가 이내 입을 뗐다.

"무슨 말? 아, 이석현 씨 태도 변화에 대한 거? 이걸 말해 줘야 하나. 사실은 지난번 파티에서 너에 대한 이석현 씨 태도가 좀 과한 것 같아서 승호 오빠에게 알아봐 달라고 했거든. 그 남자 상류층 상대로 하는 중매쟁이들도 군침 흘리는 신랑감이더라. 그런데 전엔 여자에게 통 관심도 없던 집안 좋고 능력 있고 품행 단정한 엘리트께서 뭐 하나 내세울 것 없는 고아인 너에게…… 어머, 기분 나빠 하지는 마. 그냥 객관적으로 봤을 때 그렇다는 거니까. 아무튼 알아보니 오랫동안 해월 그룹 집안 딸에게 공공연한 애정을 품고 있던 남자가 갑자기 태도를 바꾼 데엔 이유가 있더라고. 나조차도 꿈에도 생각하지 못했던 이유가 말이지."

"하고 싶은 말이 뭐죠? 심통 난 애처럼 유치하게 굴지 말고 말해요."

아리는 인내심의 한계를 느끼며 싸늘한 어조로 말했다. 그러자 승연이 성난 눈빛으로 그녀를 노려보며 턱을 치켜들고 말했다.

"아하! 너, 이제야 진짜 성격 드러내는구나!"

이 천박한 게! 승연은 억지로 분을 삭이며 자못 불쌍하다는 투로 비아냥거렸다.

"그래, 지금은 그 남자를 차지한 것 같아서 뵈는 게 없지? 하지만 나중에 이석현 씨가 태도를 바꾼 진짜 이유를 들으면 울게 될걸? 충고하는데 인생 쉽게 살려고 하지 마. 이석현 씨 같은 남자가 너 같은 애한테 진심으로 빠졌을 거라고 믿는다면 넌 정말 바보야!"

남자 너무 믿지 마. 그러다 피눈물 흘리게 될 테니까!"

"하, 정말 웃기시네."

아리는 기가 막혀서 헛웃음을 지었다. 그러자 승연이 발칵 성을 냈다.

"너, 방금 그 건방진 태도 뭐야? 생각해서 충고해 준 거 고마워하지는 못할망정!"

"충고는 애정이 있는 상대에게나 도움이 되는 말이죠. 하지만 언니는 날 좋아하지 않는 걸로 아는데요. 혹시, 아직도 우리 석현 오빠에게 미련 있어요?"

"뭐, 뭐라고? 야! 너, 너 이 못돼 처먹은……."

정곡을 찔린 승연의 얼굴이 새빨갛게 물들었다. 아리는 코웃음을 치며 당황한 승연에게 차가운 어조로 말했다.

"꿈 깨세요, 이승연 씨. 언니 말처럼 그 남자가 어떤 목적과 의도를 갖고 태도를 바꾸었을지 모르지만 석현 오빠가 선택한 사람은 이승연이 아니라 나 강아리니까요. 난 이미 그 남자를 가졌고, 언니 차례는 없을 거란 사실엔 변함이 없어요. 설마 내가 버린 남자를 주워 가질 정도로 자존심이 없는 건 아니겠죠?"

"이, 이 나쁜 년! 너, 너 지금 그걸 말이라고 해? 듣자 듣자 하니까 너 정말 막돼먹었구나?"

머리끝까지 화가 난 승연은 말까지 더듬으며 발칵 소리쳤다. 하지만 아리는 흔들림 없이 대차게 응수했다.

"남의 허물을 보기 전에 자기 자신부터 한 번 돌아보시죠. 참고로 저는 온실 속 화초처럼 자란 사람의 충고보다 인생 경험 많은 분들의 충고를 더 마음에 새기는 편이에요. 아무튼 나를 걱정해 주는 흉내라도 내 줘서 고마워요."

아리는 피식 비웃음을 짓고 나서 시원스럽게 대꾸했다. 솔직히 속마음은 불안하고 심장이 너무 빨리 뛰어서 속이 울렁거릴 지경이 었지만 승연에겐 죽어도 흔들리는 모습을 보이고 싶지 않았다. 그런 줄도 모르고 평정심을 잃은 승연이 앙칼지게 소리쳤다.

"야! 너, 너 이제야 천박한 본성을 드러내는구나? 그 엄마에 그 딸이라더니. 이 나쁜……."

이성을 잃은 승연은 분노로 부들부들 떨리는 주먹을 꼭 움켜쥐고 금방이라도 아리에게 달려들 기세였다. 그에 맞서 아리는 본능적으로 긴장하며 방어 자세를 갖춘 순간이었다.

"승연아!"

진여옥의 서릿발 같은 목소리가 팽팽한 긴장의 줄을 툭 끊었다. 순간 승연은 그대로 얼어붙었다. 하지만 분함과 폭력적인 감정이 가시지 않은 눈빛으로 제 할머니를 바라보는 승연과 달리 아리는 침착하고 태연해 보였다.

아리의 모습을 본 진 여사는 속으로 혀를 찼다. 자신의 손녀는 들판의 잡초처럼 강한 생명력을 가진 저 아이의 상대가 되지 못한다는 걸 인정할 수밖에 없었기 때문이었다. 그러니 화근이 될 싹은 애초에 뽑아 버리는 게 미래를 위해 좋을 것이다.

"할머니, 저것이 먼저……."

"소란 피워서 죄송합니다, 여사님."

승연이 어리광과 투정이 묻은 음성으로 뭐라 말하려고 하는 걸 본 아리는 재빨리 정신을 가다듬고 진 여사에게 공손히 인사했다. 그러자 진 여사가 짧은 한숨을 내쉬고는 손녀에게 엄하게 지시했다.

"아리 양과 이야기 나누는 동안 승연이 넌 여기 앉아서 기다리고 있어. 조금 전에 네가 한 행동에 대해서는 나중에 이야기를 좀 해야겠다."

"하지만……. 네, 알겠어요."

억울함에 할머니에게 뭐라 반박하려던 승연은 싸늘하게 쏘아보는 진 여사의 기세에 놀라서 얼른 시선을 떨어뜨리며 어물어물 대답했다. 그런 승연에게 한심하다는 눈길을 던진 진 여사는 다정함을 가장한 표정으로 아리에게 권했다.

"우리 조용히 얘기 나눌까? 자, 어서 들어가자."

"아, 네에."

아리는 어색하게 웃으며 진 여사를 따라 서재로 들어갔다. 그런 자신을 승연이 죽일 듯한 눈초리로 노려보고 있었지만 무시했다. 지금부터 정신을 바짝 차려야 할 거란 예감 때문에 그녀는 바짝 긴장했다.

"아직 아침 안 먹었지? 나도 입이 깔깔해서 오는 길에 간단히 먹을 수 있는 음식을 사 왔어. 거기 앉아요."

방으로 들어서자 진 여사가 자못 상냥한 어투로 아리에게 자리를 권했다.

서재는 진 회장의 집보다 규모가 작았지만 한쪽 벽면이 모두 통유리로 되어 있고 다른 쪽 벽면엔 고풍스러운 서가와 간단히 음료를 마실 수 있는 와인 바가 꾸며져 있었다. 여유로운 시간을 보낼 수 있는 편안한 인테리어였다.

아리는 진 여사가 권한 대로 넓은 창 아래 놓인 테이블로 걸어갔다. 원목 테이블 위엔 몇 가지 수제 쿠키와 케이크, 한입 크기의 다

양한 샌드위치가 예쁜 접시에 담겨 있고 커피와 차가 든 포트가 각
각 준비되어 있었다. 그것들을 보자 본능적으로 허기를 느낀 아리
의 입 안에 침이 고였다. 그제야 어제저녁부터 음식을 먹지 않았다
는 게 생각났다.

"커피?"

자리에 앉자 진 여사가 물었다.

"네. 제가 따라 드릴게요."

"그럼 나도 커피로 줘."

진 여사는 편안한 소파에 앉았다. 그러고는 주의 깊게 아리가 커
피를 따르고 작은 접시에 쿠키와 샌드위치 몇 개를 덜어 담는 모습
을 지켜보았다. 그 움직임 하나하나가 단정하고 자연스러워서 어릴
때부터 예절 교육을 받고 자란 승연보다 오히려 더 기품 있어 보였
다.

'김 비서 말이 오라버니가 지난 2년 동안 이 아이에게 개인 교
수까지 붙여서 철저히 교육을 시켰다고 하더니, 보람을 느낄 만하
겠어.'

시기와 질투심에 배가 아프면서도 어쩔 수 없이 인정할 수밖에
없는 타고난 우아함과 기품을 아리에게서 발견한 진 여사는 속이
쓰렸다. 그런 진 여사에게 아리가 사려 깊은 눈빛으로 물었다.

"블루베리 케이크 좋아하시죠?"

"내 취향을 기억하고 있었네? 그래, 한 조각 먹어 볼까? 고마
워."

진 여사는 애써 미소 지으며 아리가 내민 접시를 받아 들었다.

두 사람은 잠시 말없이 어색한 분위기에서 커피와 음식을 먹었

다. 하지만 아리는 생각했던 것보다 긴장해서인지 음식이 잘 넘어가지 않았다.

"왜, 입맛에 맞지 않니?"

겨우 쿠키 한 조각과 샌드위치를 반쯤 먹고 포크를 내려놓는 아리를 본 진 여사가 물었다. 아리는 어색한 미소를 지으며 대답했다.

"아무래도 여사님 말씀부터 듣는 게 좋을 것 같아요."

"음, 그럼 그럴까? 나도 통 식욕이 안 생기는구나."

진 여사도 수긍하고 커피 잔을 입으로 가져갔다. 긴장감 어린 침묵 때문인지 주변의 소리들이 너무나 선명하게 들렸다. 어디선가 산새 소리도 들려왔고 여러 가지 희미한 소리들이 서로 어우러져 들려왔다. 그 속에는 근처에 공군 기지나 경비행기 착륙장이라도 있는지 희미하게 헬리콥터의 프로펠러 돌아가는 소음과 자동차의 엔진 소리까지 섞여 있었다. 불협화음을 이루는 소음에 맞춰 아리의 심장도 불안하게 두근거렸다.

'사실은 저 진짜 겁나요. 할머니, 오늘 여기서 무슨 말을 듣게 되더라도 제 마음이 흔들리지 않게 도와주세요!'

아리가 조용히 마음을 다잡는데 문득 도자기 잔을 내려놓는 소리가 정적을 깼다. 이어 시선을 든 진 여사가 냉정한 눈빛으로 그녀를 응시했다. 순간 아리는 그 냉랭한 눈빛에 놀라 움찔했다.

"우리 승연이 때문에 기분 상했지? 그 애가 곱게만 자라서 사소한 일에도 마음을 다치는 일이 많아. 나이만 먹었지 아리보다 순진하고 어리광도 많은 편이지."

진 여사가 웃으며 먼저 말을 꺼냈다. 겉으로는 손녀의 부족함을 말하고 있지만 속뜻은 거친 세상 풍파에 치일 대로 치인 계집애와는 태생부터 다르다는 뉘앙스를 풍겼다. 아리는 그런 제 해석을 자격지심 탓이라 생각하며 붉어진 얼굴로 고개 숙여 사과했다.

"죄송합니다. 저도 잘한 건 없었어요."

"또래이다 보니 사소한 일로 의견 충돌이 생길 수도 있지. 그래도 아리가 승연이보다 연하니까 언니에게 대드는 건 별로 좋지 않아 보이네. 어찌 보면 아리에게 제일 가까운 친척이 되는데 서로 사이좋게 지냈으면 해."

"네에. 네? 저, 저기…… 방금 뭐라고……?"

자신이 잘못한 것도 있기에 묵묵히 꾸중을 듣고 있던 아리는 진 여사가 언급한 '친척'이라는 단어에 번쩍 정신이 들었다. 하지만 작정하고 그런 아리의 반응을 유도했던 진여옥은 웃음기를 거둔 차가운 눈빛으로 입을 뗐다.

"전혀 예상하지 못했던 말은 아닐 텐데?"

"네?"

"지금까지 지켜본 결과 아리는 눈치 빠르고 영리한 아가씨야. 여기까지 날 만나러 왔을 때는 그만한 심중을 갖고 온 게 아니었니?"

진 여사의 직설적인 공격에 아리는 할 말을 잃었다. 이미 산전수전 세상 풍파를 다 겪은 여인의 눈에 자신의 속내가 너무나 쉽게 간파당했다는 사실에 당혹스러우면서도 한편으로는 진 여사가 무섭다는 생각이 들었다. 하지만 아리는 곧 마음을 다잡고 정면 승부를 택했다.

"네, 여사님 말씀이 모두 맞아요."

"훗, 예상했던 것보다 당돌한 아이였군. 과연 내 오라버니를 닮

앉어. 그래서 그 양반도 아리를 결국엔 핏줄로 인정할 생각을 한 거겠지만."

진 여사는 어쩔 수 없이 쓴웃음을 지으며 인정했다. 그러나 이내 표정을 달리해 신중한 눈빛으로 날카롭게 아리에게 물었다.

"아리는 친부모님에 대해 어디까지 알고 있지? 혹시 할머님께서 따로 언질을 준 게 있었니?"

"아니요. 그랬다면 제가 이 자리에 여사님을 만나러 나오지도 않았겠죠. 저는 다만 어른들이 하시는 말씀을 듣고 나름대로 추측만 하고 있을 뿐이에요."

"어떤 추측?"

"그게…… 어쩌면, 제 엄마가 돌아가신 외할머니와 회장님 사이에서 태어난 게 아닐까 하는."

조심스럽게 털어놓던 아리는 진 여사의 표정이 황당하다는 듯 점차 굳어지는 걸 보고 말끝을 흐렸다. 자신이 그동안 잘못 생각하고 있던 게 아닌가 하는 예감이 들었기 때문이었다.

"저런, 내가 가장 처음 떠올렸던 오류에 빠진 모양이군."

"제가, 잘못 알고 있는 거라면, 여사님께서 말씀해 주세요."

아리는 당혹감을 숨기지 못하고 진 여사에게 요청했다. 순간 진 여옥의 눈빛이 차갑게 물들더니 이내 과거의 어느 시점을 회상하는 듯 아득해졌다.

"그래. 어쨌든 너도 진실을 알아야 하니까. 그래서 여기 온 것일 테고."

생각을 고른 진 여사가 마침내 무거운 어조로 입을 뗐다. 그리고는 아리의 눈을 똑바로 응시하며 건조한 어조로 말을 이었다.

"아리가 짐작한 것처럼 내 오라버니와 아리 외할머님은 젊은 시절에 서로에게 마음이 있었어. 하지만 결국 각자 다른 배필을 만나 혼인을 했고 그 이후로는 오랫동안 만나지 못하고 소식도 끊긴 채 살았지. 당시에 난 어렸지만 오라버니가 좋아했던 상대방 아가씨의 얼굴을 똑똑히 알고 있었지. 워낙에 돈 버는 일 이외엔 다른 데 관심이 없었던 양반이었으니까. 아마 부잣집 딸이었던 내 단짝 동무도 마찬가지였을 거야."

진 여사는 옛일을 회상하며 희미하게 미소 지었지만 아리는 어떤 불길한 예감 때문에 웃을 수 없었다. 아니나 다를까, 이어진 진 여사의 말에 아리는 속으로 신음을 삼켜야 했다.

"왜냐하면 나와 같이 그 모든 걸 지켜본 그 동무가 나중에 내 오라버니와 결혼했거든. 다행스럽게도 내 오라버니는 자기 핏줄에 대한 강한 애착을 갖고 있는 양반인 데다 여자보다는 돈 벌어 집안을 일으켜 세우는 데 더 중점을 두고 살아온 탓에 바람피워서 올케언니 마음을 상하게 한 적은 없었어."

담담한 어조로 설명을 이어 가던 진 여사의 눈빛에 눈에 띄게 그늘이 드리워졌다. 덩달아 아리도 마른침을 삼키며 긴장한 자세로 진여옥의 다음 말을 기다렸다.

"하지만 아리도 들어 알고 있겠지만 남자들은 첫사랑을 죽을 때까지 잊지 못한다는 말이 있지. 내 올케언니도 아마 그 말을 평생 마음에 가시처럼 안고 살았던 거 같아. 부부 사이는 서로를 존중하며 아들 둘을 낳고 남부러울 것 없이 키웠지만 내가 곁에서 보기에도 오라버니는 올케언니에게 깊은 정은 주지 않더구나. 마음은 한 길로만 흐른다는 말이 있지. 아리도 다른 여자에게 마음을 준 남자

351

가 제 곁에 있는 여자에게 어떻게 대하는지 잘 알 거야."

"아, 네에."

자신과 석현에 대해 훤히 알고 있다는 암시를 하는 진 여사의 잔인한 일침에 아리는 쓴웃음을 삼켰다. 그런 아리를 차갑게 응시하며 진 여사가 말을 이었다.

"모두를 위해 과거의 일이 세월에 묻혔으면 좋았으련만. 사람 일은 뜻대로 풀리지 않아 인연이 악연으로 바뀌는 건 순식간이더구나."

"무슨, 일이 있었던 거죠?"

진 여사가 말을 끊고 한참 동안 자신을 쏘아보자 긴장한 아리는 조심스럽게 물었다. 그러자 들고 있던 커피잔을 내려놓은 진 여사가 냉랭한 어조로 다시 말을 시작했다.

"어느 날 내 둘째 조카가 올케언니에게 사랑하는 아가씨가 생겼으니 약혼녀와 파혼하겠다는 청천벽력 같은 선언을 했다더군. 얘기를 들어 보니 친구가 일하는 회사에 찾아갔다가 거기서 아르바이트를 하고 있던 가난한 여대생과 인연이 닿았는데 젊은 혈기에 금세 빠져들었던 모양이야."

"아아!"

불길한 예감이 등줄기를 타고 흘러내리자 아리는 의미 없는 탄식을 흘렸다. 그런 아리에게 진 여사가 냉소 어린 눈길을 고정한 채 말했다.

"결혼식을 겨우 한 달 앞두고 벌어진 일이니 집안이 발칵 뒤집힐 일이었지. 게다가 내 오라버니가 사업을 하는 데 꼭 필요한 집안과의 혼인이었어. 오라버니 귀에 말이 들어가면 그야말로 난리가 날 일이라 올케언니는 내게 도움을 청했지. 그런데 그 아가씨를 만나고 그 집안에 대해 알아보다가 놀랄 만한 사실을 알게 된 거야."

"그럼, 그럼……?"

아리는 뭐라 할 말이 없었다. 진 여사가 수긍한다는 뜻으로 고개를 끄덕였다.

"그래. 그 아가씨가 바로 아리 양 엄마야. 어쨌든 당시 내 올케언니는 대를 이은 악연을 끊고 싶어 했지. 아마 나라도 그랬을 거야. 그래서 그 아가씨를 협박하기도 하고 회유도 해서 결국엔 헤어지게 만들었어. 내 오라버니는 장남보다는 둘째 아들에 대한 애정과 기대가 컸기 때문에 더더욱 그래야 했어. 며느리 될 아가씨는 유서 깊고 권력 있는 정치인 집안의 무남독녀 외동딸이니 그 결혼을 깬다면 내 조카는 빈털터리로 집안에서 쫓겨날 게 분명했지. 그러니 올케언니 입장에서는 모든 수단과 방법을 동원해서 둘을 갈라놓을 수밖에."

"……"

진 여사의 설명이 계속되는 동안 아리는 가슴이 아팠지만 어떤 말도 할 수가 없었다.

"누구보다 자식에 대해 잘 알고 있는 올케언니는 결국 아들이 정신을 차리고 돌아올 거라고 생각했고 결과적으로 언니의 판단이 옳았다는 걸 입증했어. 처음엔 비틀거렸지만 조카는 곧 제 아버지처럼 강단 있고 현실적인 사내로 성숙해져서 예정대로 결혼하고 아이들을 낳아 키우며 완벽한 가정을 꾸렸으니 말이야. 사소한 몇 가지 문제가 있었다면."

진 여사는 거기서 말을 끊고 목이 마른 듯 커피를 한 모금 삼켰다. 아리는 자신의 엄마가 겪었을 마음고생과 힘겨운 시간들이 어떠했을지 짐작이 되자 가슴이 아파 눈물이 날 것만 같았다. 아리가 입술을 꼭 다물고 커피 잔만을 뚫어지게 응시하는데 진 여사의 설명이 이어졌다.

"제일 큰 문제는, 그 아가씨가 임신을 했었고 낙태를 위해 병원에서 만나기로 했던 날 사라졌다는 거야. 두 번째 문제는 올케언니가 부탁해서 내가 그 아가씨에게 전해 준 돈 봉투를 발견한 아가씨의 어머니가 날 찾아왔다는 거고."

"그날, 제 외할머니가 그간의 일들에 대해서 알게 되신 건가요?"

눈물을 삼키느라 아리의 목소리는 갈라져서 떨려 나왔다. 그렇지만 진 여사는 냉정한 표정으로 무심히 고개를 끄덕여 보였다.

"그래. 그 아가씨가 편지 한 장 남기고 종적을 감췄다고 들었어. 우리로서는 굳이 그 아가씨를 찾아 줄 이유가 없었고 자존심 강한 아리 외조모님은 돈 봉투를 돌려주고 떠나셨지. 그런데 그 모습을 우연히 우리 집에 오시던 오라버니가 보게 된 거야."

"혹시…… 당시에 회장님께서도, 모든 진실을 알고 계셨던 건가요?"

긴장된 마른침을 삼킨 아리는 양손을 꽉 맞잡았다. 뭔가 아주 중요한 진실이 숨어 있을 거란 예감으로 심장이 요동쳤고 손이 떨리기 시작했기 때문이었다.

"아리 외할머니가 나를 찾아왔을 때 내 둘째 조카는 이미 결혼한 후였어. 그리고 이미 아리 엄마는 가출을 한 상태였지. 나로서는 우리 집안과 오라버니 부부 사이가 흔들리는 걸 원하지 않았어. 그래서 모든 진실을 오라버니에게 말했지만 돈을 받고 아리 엄마가 중절 수술을 했다고 말할 수밖에 없었어. 나를 비난한다 해도 어쩔 수 없어. 다시 그때로 돌아간다고 해도 난, 같은 선택을 했을 거야."

진 여사의 태도는 단호했고 손톱만큼의 양심의 가책도 내비치지 않았다. 진여옥은 그 대가로 친구이자 올케언니가 자신에게 얼마나 잘해 주었는지 굳이 언급하지 않았다. 그리고 아리의 엄마를 조카에게서 떼어 내기 위해서 자신이 고용한 사람이 얼마나 집요하고 위협적으로 협박과 회유를 했는지도 고백하지 않았다. 진 여사의 입장에서는 힘없고 가난한 아가씨를 불쌍히 여기는 것보다 자신의 이해득실이 먼저였기 때문이었다.

"솔직히 오라버니도 올케언니와 내게 뭐라 할 입장은 아니지. 첫사랑의 딸이라는 것만 빼면 아리 양 엄마는 며느릿감으로 자격 미달이지. 이미 겪어 봐서 알겠지만 그 누구라도 당신 이득과 의지를 배반하는 걸림돌이 된다면 양심의 가책 없이 냉혹하게 버리고 제거하는 게 내 오라버니의 본성이니까. 비록 아리 양 외할머님께 돌려받긴 했지만 낙태와 맞바꾼 엄청난 돈이 어디에서 나왔을 거 같아? 바로 내 오라버니야. 올케언니가 둘째 조카가 술김에 아주 곤란한 상대를 건드렸다고 하니 선뜻 내어 주셨다고 하더군."

아리는 진 여사의 입에서 술술 흘러나오는 잔인한 진실에 가슴 깊은 곳에서 분노가 끓어오르는 걸 느꼈다. 뭐라도 집어 던지거나 비명이라도 지르고 싶어 가슴이 터질 것만 같았다.

"그럼…… 고의든 아니든, 결론적으로 내 할아버지 되실 분이 나를 죽이려는 일에 암묵적인 허락을 한 셈이네요. 그런데, 우연인지 운명인지 내가 회장님을 만나게 된 거고요."

"우연? 운명? 정말 그렇게 생각해? 그렇다면 아리는 내 생각보다 훨씬 순진한 아가씨로군. 하긴, 그러니 아무것도 모르고 지금까지 오라버니 곁에 머물고 있는 거겠지. 철저하게 이용당하는 줄은 꿈에도 모르고 말이야."

"회장님이 저를 이용하고 있다고요? 그게, 무슨 뜻이죠?"

조롱 섞인 진 여사의 눈빛은 차디찼다. 아리는 오싹해지는 기분을 애써 억누르며 최대한 침착하게 진 여사를 응시했다. 그러자 그녀가 냉소를 머금고 말했다.

"인간에게는 타고난 본성이라는 게 있어. 누구보다 부에 대한 갈망과 권력욕이 강한 사람이 바로 진승필이란 사내지. 그런 사람이 하루아침에 자선 사업가로 변신해 자기 재산을 모두 사회에 환원하겠다고 나섰어. 아마 오라버니를 아는 사람이라면 누구도 진심이라고 믿지 않을 거야. 내 오라버니는 진씨 집안을 이 나라에서 최고가는 명문가로 만들겠다는 당신 꿈을 포기할 양반이 아니야."

잠시 말을 멈춘 진 여사의 눈빛이 광기에 가까울 정도로 강렬하게 빛났다. 아리는 그 모습에 문득 가슴에 한기가 드는 오싹한 기분을 느꼈다.

"이제 그 꿈은 내 아들과 승호를 통해 발현될 시기를 기다리고 있을 뿐이지. 아리는 그 꿈을 향한 그럴듯한 이미지를 구축하는 도구로 쓰여지는 것뿐이란다. 한마디로 언젠가는 내 오라버니의 손녀로, 진씨 집안의 일원으로 인정받을 거란 착각은 하지 않는 게 좋을 거야."

묵묵히 진 여사의 폭로를 듣는 동안 아리의 안색은 하얗게 질렸고 꼭 다문 입술도 바르르 떨렸다. 진여옥은 불안하게 흔들리는 아리의 눈동자를 똑바로 응시하며 냉정하게 말을 이었다.

"내가 비밀을 하나 더 말해 줄까? 아리는 2년 전 아르바이트를 하던 카페에서 내 오라버니를 만난 게 정말로 우연이라고 생각해? 아니! 내 오라버니는 처음부터 아리가 누군지 알고 그곳에 찾아갔던 거야. 믿기지 않는다면 김 비서에게 물어봐. 나도 그 사람에게서 들은 사실이니까."

진 여사는 의기양양한 표정으로 이제 자기 편이 되었다고 판단한 김 비서를 거론했다. 진 회장의 최측근이라고 할 수 있는 김 비서를 손에 넣은 이상 이제 판세는 자신이 원하는 대로 움직일 거라 진 여사는 생각했다. 교묘하게 아리와 진 회장 사이에 의심의 싹을 심어 놓아 자기 뜻대로 아리를 움직이게 만들 수만 있다면 반은 성공한 셈이었다. 진여옥은 의심과 불신으로 흔들리는 아리의 마음에 쐐기를 박기로 작정했다.

"회장님이 아리를 손녀로 인정했다면 처음부터 아리에게 당신이 누군지 밝혔을 거야. 하지만 내 오라버니는 아리를 나에게는 물론이고 수십 년 동안 충심을 다하고 목숨까지 바친 측근들에게조차 철저히 신분을 숨긴 채 사교계에 소개할 준비를 시키셨지. 그게 무슨 의미일 거 같아?"

"……."

"미안하지만 아리는 진씨 집안의 이 거대한 프로젝트를 이끌어 가기에 부족하다는 결론을 내리신 거야. 그래도 어쨌든 핏줄은 핏줄이니 옆에 두고 적당한 가문의 남자와 짝지어서 최종 목표를 달성하기 위한 도구로 삼겠다는 판단을 하신 눈치라더라."

"김 비서 아저씨가, 그렇게 말씀하셨나요?"

아리는 심장까지 차갑게 얼어붙는 기분을 느끼며 배신감과 혼란을 드러내듯 바르르 떨리는 손을 꽉 움켜쥐었다. 사실 김 비서는 그런 말을 한 적이 없었다. 하지만 진여옥은 자신의 바람을 담은 거짓 추측을 아리가 믿도록 교묘하게 얼버무리고 다른 민감한 주제로 방향을 돌렸다.

"그런 걸 직접적으로 언급하는 바보는 없어. 하지만 오랫동안 한 사람을 모신 사람이라면 주인의 의중 정도는 쉽게 파악할 수 있지 않겠어? 참, 그건 그렇고 내 오라버니께서는 아리 상대로 이석현 군이 아니라 당신 꿈에 돋움이 될 다른 집안의 자제들을 물색 중이라고 하던데. 아리가 원한다면 내가 넌지시 오라버니에게 말해 아리에게 힘을 실어 줄 수도 있어. 공식적으로는 남들에게 말할 수 없어도 어찌 됐건 아리는 내 손녀나 마찬가지이니 말이야."

진 여사가 부드럽고 친절한 어조로 제안했다. 너무 달아서 구역질이 날 것 같은 단맛이 어떤 것인지 그 순간 아리는 알 것 같았다. 머리는 복잡하게 얽혀 무거웠고 가슴 깊은 곳에서 슬금슬금 기분 나쁘게 차오른 뜨겁고 역한 감정의 덩어리가 숨구멍을 막히게 만들었다.

"신경 써 주셔서 감사해요. 하지만 그 일은, 석현 오빠와 관련해서는……."

"아리 기분 상하게 하려는 건 아니지만 김 비서에게서 아리가 회장님과 했다는 거래에 대해서 들었어. 내 오라버니의 성격과 일 처리 방식을 고려하면 석현 군은 절대 아리와 맺어질 수 없어. 아리도 친부모가 그랬듯이 사랑을 이루지 못하고 정략결혼에 희생되는 게 마음에 걸려서 그래."

동정 가득한 표정으로 아리의 안색을 살핀 진 여사가 마치 큰 결심이라도 한 것처럼 다시 말을 이었다.

　"그래서 아리가 진심으로 원한다면 내가 두 사람이 멀리 도망칠 수 있도록 도와주겠다는 얘기야."

　"도망이요? 하지만 전, 저는……."

　오만 가지 복잡한 감정이 한꺼번에 밀려와 아리는 혼란스러웠다. 진 여사에게서 들은 이야기를 어디까지 믿어야 할지 알 수도 없었고 이런 제안이 진심인지 아닌지도 판단하기 어려웠기 때문이었다. 그런 아리를 빤히 응시하던 진여옥이 백에서 두툼한 봉투 하나를 꺼내 테이블에 올려놓았다.

　"이게, 이게 뭐죠?"

　"비행기표야. 그 안에 얼마간의 현금과 머물 수 있는 별장의 주소와 열쇠도 같이 넣었어."

　"그런데 이걸 왜 저에게……?"

　의구심 어린 표정으로 묻는 아리에게 진 여사가 담담히 설명했다.

　"물론 아리는 집으로 돌아가서 아무 일도 없었던 것처럼 김 비서와 함께 회장님이 계신 제주도로 날아가도 돼. 그럼 이곳에서 내게 들은 진실은 영원히 묻히게 되겠지. 하지만 사랑하는 사람을 택하겠다면 이 비행기표가 데려다주는 곳으로 가서 기다려. 아리가 사라지면 석현 군은 분명히 아리를 찾아 헤맬 거야. 그럼 내가 은밀하게 그 청년에게 아리의 행방을 알려 줄게."

　"여사님……."

　"난 아리가 어떤 길을 선택하든 영원히 이곳에서 있었던 일을 함구할 거야. 선택은 아리가 하는 거야."

진 여사가 냉정한 얼굴로 말했다. 진여옥으로서는 이 젊은 아가씨가 무엇을 택하든 잃을 게 없는 일이었다. 하지만 아리는 달랐다. 한참을 테이블 위에 놓인 비행기표를 응시하던 아리는 떨리는 손을 뻗어 그것을 손에 꽉 움켜쥐었다. 그걸 지켜본 진 여사의 입가에 회심의 미소가 번져 나가는 순간이었다.

"아앗! 안 돼요! 거기 들어가지 마요!"

서재 밖에서 승연의 놀란 비명 소리가 들려왔다. 그리고 말이 끝나기가 부섭게 서재 문이 벌컥 열렸다. 그리고 문 앞에 나타난 남자는, 잔뜩 화가 난 표정의 진 회장과 석현이었다.

13장

너에게 가는 길

더없이 맑고 청명한 하늘에서 하나의 작은 점처럼 보이던 헬리콥터가 목적 지점을 찾아 정확히 경비행장의 활주로에 안착했다. 긴장된 굳은 표정으로 헬기에서 내리기 직전 석현은 조종사를 보며 크게 소리쳤다.

"수고하셨습니다. 세아와 그레이엄 씨에게 고맙다고 전해 주십시오."

"네! 그럼 행운이 함께하길 바랍니다."

"그래야죠."

싸늘한 미소를 머금고 중얼거린 석현은 프로펠러 돌아가는 요란한 소리와 거센 바람을 뒤로하고 대기 중인 차를 향해 달렸다. 석현의 부탁을 받은 선우진이 이곳에서 가장 가까운 친구에게 부탁해 미리 준비시켜 놓은 차량이었다.

"이석현 씨? 저는 선우 사장님 지시 받고 왔습니다. 타시죠."

석현이 가까이 다가가자 건장한 체구의 남자가 말했다. 하지만 석현은 고개를 저으며 명확한 어조로 대답했다.

"운전은 내가 하죠. 진에게 고맙다고 전해 줘요."

석현은 당황한 남자의 곁을 지나 운전석에 탔다. 그리고 미리 숙지해 놓은 지도를 떠올리며 빠르게 운전해 나갔다. 그러면서 아리가 사라지고 그녀의 행방을 찾아 이곳으로 오기까지의 지옥 같았던 시간을 떠올렸다.

그가 뭔가 잘못되었다는 걸 깨달은 건 아리가 두고 간 스마트폰을 이리저리 들여다보고 있을 때였다. 때마침 스마트폰에서 메시지 알림음이 울렸다. 평소였다면, 아니 그것이 아리의 휴대 전화가 아니었다면 신경도 쓰지 않았을 것이다.

[깜빡 잊은 게 있어서. 미리 말해 두는데 오늘 우리 할머니하고 만나는 거 우리 할아버지한테는 절대 비밀이야. 김 비서 입장 곤란하게 만들고 싶지 않다면 명심해. 그럼 조금 있다가 별장에서 보자.]

문자를 보낸 사람은 이승연이었다. 진 회장 여동생의 손녀인 바로 그 이승연. 순간 석현은 손끝에서 시작된 불길한 예감에 온 신경이 찌릿, 하고 곤두서는 기분을 느꼈다. 다음 순간 그는 빛의 속도로 아리의 최근 통화 목록과 문자를 검색했다. 그러자 저절로 거친 욕설이 흘러나왔다.

"빌어먹을! 이 사람들, 대체 무슨 음모를 꾸미고 있는 거야?"

문자의 내용으로 미루어 볼 때 진 회장의 심복인 김 비서는 이미 진여옥에게 넘어간 게 분명했다. 그리고 그가 알기로 지금 진승필 회장은 제주도에 머물고 있다. 그렇다면 진 회장이 자리를 비운 사이 김 비서가 아리를 데리고 지금 진여옥과 이승연이 있는 모처로 향하고 있다는 뜻이었다.

자기 스마트폰을 떨어뜨리고 간 줄도 모를 정도로 아리가 긴장하고 정신이 없는 상태로 나간 거라면, 분명히 중요하지만 좋지 않은 일이 연관되어 있다는 의미였다. 석현의 심장은 불안함에 미친 듯이 요동쳤다. 그는 숨을 깊이 들이마신 후 천천히 내뱉으며 냉정을 되찾으려고 노력했다.

'생각을 해. 당장 그 아이에게 가려면 어떻게 해야 할지 생각해 내!'

자칫 잘못하면 2년 전보다 더한 후회와 좌절을 경험할 거란 섬뜩한 예감으로 피가 얼어붙는 듯했다. 그렇게 생각하자 석현은 정신이 번쩍 들었고 맹렬하게 두뇌 시스템을 가동하기 시작했다.

'별장! 진 회장님 별장은 아닐 테고, 그렇다면 진 여사의 별장은, 어디 있지?'

잠시 고심한 석현은 자신의 전화기를 찾아 들고 재빨리 번호를 눌렀다.

"나야, 이석현. 너 지난번에 진승필 회장 조카 집안에 대해서 취재 들어갔다고 했었지? 그래서 말인데 부탁 하나 하자."

석현은 유력 신문사에서 정치부 기자로 일하고 있는 베테랑 기자 친구에게 용건을 털어놓았다. 정확히 5분이 지났을 때 그는 자신이 원하는 정보를 손에 넣을 수 있었다. 다음엔 냉정하게 마음을 가라앉힌 후 김 비서에게 전화를 걸었다.

"저 이석현입니다. 아리 지금 어디 있습니까?"

석현은 예의 따위는 걷어차 버리고 용건부터 꺼냈다. 그러자 짧고 불편한 침묵 끝에 깊은 한숨 섞인 음성으로 김 비서가 답했다.

— 그걸 왜 나한테 묻습니까?

"아리 휴대폰 메시지를 확인해 보니 김 비서님이 직접 데리러오셨더군요. 어딥니까?"

석현은 치미는 성질을 삼키고 건조한 음성으로 물었다. 하지만 전화기를 움켜쥔 그의 손가락 마디마디는 관절이 하얗게 도드라질 만큼 스마트폰을 꽉 쥐고 있었다.

— 아가씨에게 급한 용무가 있어서 지방에 잠시 들렀다가 바로 제주행 비행기를 타실 겁니다. 그러니 걱정 말고…….

"그럼 아리 바꿔 주세요. 당장 아리에게 꼭 해야 할 말이 있습니다. 아니, 지금 제가 그곳으로 가겠다고 말해 주십시오."

석현은 어쩔 수 없는 초조감을 드러내며 김 비서의 말을 끊고 끼어들었다. 여기서 이렇게 시간 낭비하고 있는 게 마음에 들지 않았다.

— 무슨 급한 용건인지 모르겠지만 아가씨는 지금 나와 같이 있지 않아요. 설사 이석현 씨가 온다 해도 한 시간 내에 가평에 도착하지 못하면 소용없어요. 나중에…….

석현은 더 이상 김 비서의 말을 듣지 않고 통화를 끝냈다.

"가평, 여기였어!"

그는 조금 전에 친구에게서 메일로 받은 진여옥의 별장들 중 가평에 있는 건물을 검색했다. 그리고 김 비서의 말대로 한 시간 내에 자동차로 가는 건 무리라는 결론을 내렸다. 그렇다면 해결책은 단 하나였다.

"진? 나 당장 아리한테 가야 돼. 너와 세아의 도움이 필요해!"

친구들에게 도움을 청하는 일. 평소였다면 죽어도 하지 않았을 일이지만 아리에게 가기 위해서는 자존심 따위는 중요하지 않았다.

그렇게 해서 지금 석현은 아리를 향해 달리고 있었다. 때로는 자신의 전부를 걸고서라도 잡아야 할 순간이 있다. 지난 2년 동안 그것을 뼈저리게 경험한 그였다.

'사람 애간장을 이렇게 태울 거냐? 이따가 보자고, 이 여자야!'

활짝 열린 서재 문 앞에서 석현은 속으로 이를 부득 갈았다. 하지만 진 회장과 별장 앞에서 딱 마주친 순간 석현은 사태의 심각성이 자신이 짐작했던 것 이상이라는 걸 깨달았기에 일단은 지켜보는 쪽을 택했다.

"오, 오라버니!"

갑자기 들이닥친 사람들이 누구인지 알아본 진 여사의 얼굴은 경악에 차 하얗게 질렸다. 그러나 석현은 진 여사의 심정 따위는 안중에도 없었다. 석현에겐 창백한 얼굴과 고통스러운 빛으로 짙게 물든 눈동자로 자신을 응시하는 아리만이 보였다. 그는 그녀가 꼭 움켜쥐고 있는 두툼한 봉투를 주시했다.

"여, 여기는 어, 어떻게……?"

진 회장과 석현의 뒤에서 당황해 어쩔 줄 몰라 하는 승연에게 잠깐 눈길을 준 진여옥이 자리에서 벌떡 일어나며 억지 미소를 지으려고 했지만 실패였다. 화를 가까스로 참고 있는 듯한 진 회장의 냉혹한 눈빛과 마주한 순간 진 여사의 손은 심장만큼이나 벌벌 떨렸다. 게다가 자리에서 일어나려다가 무릎에 힘이 풀려 털썩 주저앉는 바람에 말도 끝맺지 못했다.

"할머니!"

깜짝 놀란 승연이 달려 들어와 진여옥을 부축해 주는 동안 서재 밖에 있던 건장한 체구의 정장 차림의 경호원들이 조용히 문을 닫았다. 그 바람에 진 여사는 자신이 독 안에 든 쥐 신세가 되었다는 걸 깨닫고 더욱 창백하게 질려 버렸다. 진 회장은 아주 잠깐 그런 진여옥에게 비웃음 어린 눈길을 주었을 뿐 아리에게 관심을 옮겼다.

"회장님께서 여긴, 여기엔 어떻게……?"

아리는 눈을 몇 번 깜빡인 후에야 지금 자신이 마주하고 있는 상황이 실제라는 걸 인식했다. 석현이 싸늘한 눈빛으로 그녀의 눈을 응시한 채 뚜벅뚜벅 테이블로 다가왔다. 그리고 그녀가 움켜쥐고 있는 봉투를 빼앗아 내용물을 빠르게 살펴보았다. 그러는 동안 그의 표정은 돌처럼 굳어졌고 눈빛은 폭풍이 일기 전의 하늘처럼 어둡고 무겁게 가라앉았다. 저런 표정의 석현을 건드리는 건 죽음이라는 걸 오랜 경험을 통해 알고 있는 아리는 저도 모르게 숨을 삼켰다. 역시나 고개를 들고 그녀를 응시하는 그의 눈빛에 잘 벼린 칼날처럼 서늘한 푸른 불꽃이 일렁이고 있었다.

"그래서, 도망칠 거야, 강아리?"

석현이 억양 없이 낮게 잠긴 음성으로 물었다. 그 순간 아리는 그의 눈에 담긴 강렬한 분노와 슬픔, 원망 같은 복잡한 감정을 본 듯도 했다.

'이 남자, 나를 못 믿는 거야? 내가 기껏 이런 협박에 넘어갈 거라고 생각한 거야?'

불끈 성질이 솟구친 아리는 턱을 치켜들고 석현을 노려보며 똑같은 어조로 되물었다.

"글쎄요. 내가 어떻게 할 거 같아요? 우린 어떤 약속도 한 적 없잖아요. 안 그래요?"

"강아리!"

석현이 기가 막힌다는 듯 엄한 어조로 그녀를 불렀다. 아리도 지지 않고 그를 마주 쏘아보면서 실내에는 긴장된 침묵이 흘렀다. 잠시 그런 두 사람을 지켜보던 진 회장이 낮은 한숨을 내쉬고는 석현의 손에 들려 있는 서류들을 훑어 내렸다. 그동안 진여옥 또한 숨을 죽인 채 미친 듯이 머리를 굴려 이 상황에서 벗어날 변명거리를 찾았다.

"오라버니. 오해하지 마세요. 저는 그냥, 단지 아리에게 휴식이 좀 필요한 것 같아서⋯⋯."

"휴식?"

비행기표와 현금 뭉치, 그리고 열쇠를 테이블에 탁, 하고 던지는 진 회장의 눈빛은 냉랭했고 하얗게 센 숱 많은 눈썹은 못마땅한 심기를 여실히 드러내며 가운데로 모아졌다. 진여옥은 등줄기를 따라 진득한 식은땀이 흘러내리는 걸 느끼며 서둘러 말했다.

"그러니까 이, 이번 추석 연휴에 말이에요. 승연이하고 승호도 같이 가면 좋을 것 같아서, 그래서⋯⋯."

"그래서 내 등 뒤에서 몰래 깜짝 선물을 준비했다는 말이냐? 내가 이 정도도 못 해 줄 것 같아서?"

"그, 그럴 리가요! 절대 그런 의도는 아니었⋯⋯."

진 회장이 경멸하는 눈빛으로 빈정거리자 진 여사의 얼굴은 순식간에 붉어졌다. 아리는 지금까지 이 노련하고도 교활한 여인이 이토록 당황하는 모습을 본 적이 없었기에 조금은 딱하다는 생각마저 들었다. 그 순간 들려온 진 회장의 냉소적인 한마디에 아리는 놀란 숨을 삼켜야 했다.

"그게 아니라 아리 엄마에게 했던 것처럼 이 아이도 제거하고 싶었던 거겠지."

"오, 오라버니!"

진승필이 이미 모든 진상 조사를 끝냈다는 걸 깨달은 순간 진여옥의 얼굴에서 핏기가 사라졌다. 하지만 진 여사를 쏘아보는 진승필의 눈빛은 무심했고 그 입에서 폭로되는 진실은 불안에 벌벌 떠는 진여옥을 인정사정없이 후려쳤다.

"내 아내와 넌 이 아이 어미에게 억지로 돈 봉투를 쥐여 주고 미리 중절 수술 할 병원까지 물색해 놓았지. 하지만 감시자를 따돌리고 이 아이 엄마가 나타나지 않자 넌 사람을 시켜서 아리 어미를 이곳으로 데려와 감금했지. 안 그러냐?"

"그, 그 일은 올케언니가 부탁해서, 전 그저 심부름을 한 것뿐⋯⋯."

진여옥은 필사적으로 함정에서 벗어나려고 발버둥쳤다. 하지만 진승필은 냉혹하고 가차 없이 그런 동생을 비웃었다.

"아니! 그건 전적으로 네 필요에 의해서 네가 주도적으로 벌인 일이다. 당시 너는 우리 둘째가 결혼할 집안이 운영하는 회사에 엄청난 투자를 했고 그것의 성공 여부에 따라 네 시댁은 물론이고 네 남편의 사활이 걸려 있었으니까."

"그, 그건⋯⋯."

차마 부정할 수 없었다. 감춰 왔던 오랜 치부가 하나둘 진 회장의 입에서 폭로되자 진 여사는 하얗게 질린 얼굴로 오들오들 떨었다. 진승필은 그런 여동생을 조롱하듯 차디찬 어조로 말을 이었다.

"하지만 너와 달리 우린 그 결혼이 틀어지더라도 다른 집안과의 혼사를 충분히 성사시킬 수 있는 위치였기 때문에 내 아내는 너만큼 아리 어미를 떼어 놓는 데 필사적일 이유가 없었다. 차선책으로 정략결혼을 시키고 나서 딴살림을 차려서 아리 모녀를 돌볼 수 있게 해 줄 수도 있었으니까. 그렇게 하면 비록 자존심은 상하더라도 내가 딴마음을 품지는 못할 거란 사실을 그 사람은 잘 알고 있었을 거다. 영리한 여자였으니까."

진 회장의 냉정하고도 현실적인 말 한 마디 한 마디가 진여옥의 약점을 찔렀다. 그런데 아이러니하게도 그 말에 아리 역시 상처를 받았다. 아리는 심장을 찌르는 지극히 현실적인 진실에 새어 나가는 신음을 참기 위해 입술을 깨물었다. 아직은 더 들어야 할 사연이 있기 때문이었다.

"넌, 내 아들을 한 번만 만나게 해 달라고 울며 매달리는 아리 어미에게 거짓말을 했지. 해외에 나가 조용히 기다리고 있으면 우리 둘째를 그곳으로 보내 주겠다고 회유하면서. 동시에 내 아들에게는 아리 어미가 돈을 받고 낙태한 뒤 외국으로 떠났다는 거짓말을 하고 말이야. 하지만 이 아무리 기다려도 내 아들이 오지 않자 아리 어미가 한국에 몰래 들어왔고, 그 아이가 보게 된 건 내 아들의 결혼식이었지. 그 후 아리 어미가 종적을 감췄다는 걸 안 넌 내 아내에게는 가짜 낙태 증거 서류를 보여 일이 깔끔하게 마무리된 것처럼 꾸몄더구나."

"아니에요! 누구한테 무슨 소리를 들으셨는지 몰라도 전 그런 일한 적 없어요, 오라버니! 저는 정말 모르는 일이에요. 아, 아마 올케언니가 시킨 일일 거예요!"

여기가 벼랑 끝이다. 여기서 밀리면 정말 끝장이기에 진여옥은 필사적으로 죽은 자를 방패 삼아 미친 듯이 머리를 굴렸다.

"아, 아리 외할머니가 집을 나간 딸의 방에서 돈 봉투를 발견하고 저를 찾아왔을 때 제가 얼마나 놀랐는지 오라버니도 보셨잖아요? 그때 올케언니가 자기가 한 일에 대해서 오라버니에게 고백했고 지난 일은 덮자고 두 분이 결론 내리셨고요. 아무리 제 사정이 급해도 그렇지, 어떻게 친정 집안 핏줄을 밴 아가씨에게 그런 몹쓸 짓을 했겠어요? 이건 저와 오라버니를 이간질하려는 나쁜 작자의 짓인 게 분명해요! 말해 봐라, 아리야. 내가 너를 여기에 부른 건 네가 진씨 집안 핏줄이라는 걸 말해 주려고 한 것뿐이었지? 나는, 난 너를 돕고 싶은 마음에서 그런 것뿐이다. 그렇지?"

울며불며 눈물로 호소하던 진여옥이 이번엔 아리를 보며 간절한 눈빛으로 애원했다. 아리는 늙은 여인의 두 눈에 담긴 비굴하고 추한 눈물을 가만히 응시했다. 지나간 일이니 죄든 허물이든 덮고 진 회장의 불 같은 분노에서 자신을 도와주는 게 모두에게 평화를 가져다주는 일이라고 여인은 매서운 경고와 함께 애원하고 있는 듯했다.

아리는 그런 뻔뻔한 태도에 가슴이 찢기는 것처럼 아팠다. 너무 아파서 보니 실제로 제 손톱이 손바닥에 박힐 정도로 세게 주먹을 움켜쥐고 있었다.

"저는……."

아리는 어렵사리 입을 열었지만 말이 나오지 않았다. 그런 아리의 어깨를 석현이 위로하듯 가만히 잡았다. 그런 두 사람에게 만감이 교차하는 듯 슬픈 눈빛을 한 진 회장이 밖을 향해 싸늘한 음성으로 소리쳤다.

"김 비서! 그 사람 데리고 들어오게!"

진 회장의 말이 떨어지자마자 서재 문이 열리고 기다렸던 듯 김 비서가 나타났다. 김 비서를 본 순간 진 여사의 얼굴은 배신감으로 파랗게 질리며 흉하게 일그러졌다. 그제야 이 모든 함정과 돌아 버릴 것 같은 상황이 어떻게 만들어졌는지 깨달았기 때문이다. 하지만 진여옥의 얼굴은 김 비서의 옆에 다소곳이 서 있는 여인을 알아본 순간 흙빛으로 변했다.

"바, 박 비서?"

"그동안 안녕하셨어요, 사모님?"

경악한 얼굴로 목 졸린 듯한 소리를 내는 진여옥을 향해 박 비서가 비웃는 눈빛으로 상냥하게 인사했다.

"너, 네가 어떻게?"

박소민은 예전에 진여옥이 부리던 사람이었다. 영리하고 눈치가 빨라서 믿고 맡기는 일이 많았다. 그러다 보니 자연스럽게 진 여사가 아리의 엄마와 조카 사이의 일을 처리하는 사건의 전말을 모두 보고 들으며 뒷수습을 했었다. 하지만 그 후 얼마 되지 않아 불미스러운 일로 박 비서를 해고하고 자신의 집안 근처에는 얼씬도 하지 못하게 해외로 쫓아 보냈었다.

박소민도 그때의 일을 떠올렸는지 쓴웃음을 지으며 조롱기 어린 눈빛으로 말했다.

"제가 어떻게 이 자리에 오게 됐는지 궁금하세요?"

진 여사는 분노를 참느라 주먹을 꽉 쥐었지만 박 비서를 노려보는 눈동자는 지진이라도 난 것처럼 불안하게 흔들리고 있었다.

"원숭이도 나무에서 떨어질 때가 있다는 속담이 있죠? 여사님께서 가족을 잃고 힘들어하시는 회장님께 둘째 아드님의 결혼 전 연애 사건을 상기시키며 위로하셨던 말씀이 단서가 되었다고 들었어요."

역시나! 그랬을 거란 추측이 맞아떨어진 걸 확인하는 진 여사의 얼굴이 화악 일그러졌다. 그런 진 여사를 보며 박 비서는 담담히 말을 이어 나갔다.

"저기 계신 김 비서님이 오랫동안 수소문하셔서 캐나다 시골에서 살고 있는 저를 찾아오셨죠. 어릴 땐, 그땐 정말 몰랐어요. 여사님의 그 잘난 아드님을 사랑하게 되었다는 죄로 아리 씨의 어머니와 같은 처지가 되어 상처투성이 몸과 마음으로 떠돌게 될 줄은 말이죠."

"박 비서!"

"여사님은 자기 입장에선 아주 쿨하고 통 큰 여장부이시니 지난 일은 모두에게 좋을 게 없으니 덮고 잊고 살자고 말씀하시겠죠. 물론 저도 이젠 좋은 남자 만나서 일곱 마리의 강아지를 키우면서 행복하게 살고 있으니까 그렇게 말할 수도 있겠네요. 여사님에게 끌려가 무면허 의사에게서 받은 중절 수술 후유증 때문에 평생 내 자식을 갖지 못하는 몸이 되긴 했지만, 이젠 그것도 내 운명이려니 하고 받아들이게 되더군요."

담담한 어조로 흘러나오는 박 비서의 사연은 오히려 끔찍한 독화살이 되어 진여옥의 양심에 날아가 꽂혔다. 곁에서 제 할머니를 부축하고 있던 승연마저 충격으로 파랗게 질릴 정도였다.

그 순간 진여옥에게 남아 있던 아리의 동정심은 티끌 하나 없이 사라졌다. 아리는 자리에서 벌떡 일어나 창가로 걸어갔다. 조금씩 드러나는 추한 진실에 가슴이 답답하고 토할 것만 같아서였다. 탐욕과 비정한 마음으로 오염되지 않은 공간이 절실했다. 겨우 창틀에 기대서는 창백한 얼굴의 아리를 미안함과 동정심이 담긴 눈으로 바라보며 박 비서가 말했다.

"미안해요. 아리 씨. 내가 당시에 조금 더 현명하고 착한 사람이었다면 어떻게든 아리 씨 엄마를 도와주려고 노력했을 거예요. 지금까지 살아오면서 내내 그 일이 마음에 걸렸어. 그래도 아리 씨 엄마는 나보다 훨씬 용감한 사람이라 딸을 지킬 수 있었을 거야. 그래서 이제라도 내가 아리 씨 엄마와 아리 씨를 위해 뭔가를 해 줄 수 있게 되어서 다행이야. 회장님께 내가 알고 있는 모든 사실을 말씀드렸으니 이제 내 양심의 빚은 조금이나마 던 셈이니까."

"저는…… 죄송해요. 솔직히 전 무슨 말을 해야 할지 모르겠어요. 저는 엄마가 아니니까요."

고개를 돌린 아리는 솔직하게 말했다. 박 비서는 이해한다는 표정으로 고개를 저었다.

"내가 잃어버린 아이도 딸이었어요. 내가 바라는 게 있다면 아리 씨가 그 아이 몫까지 행복하게 살아 줬으면 하는 거예요. 마음껏 사랑하고 행복하게 살아요. 그럼, 만약 나중에, 다시 만날 일이 있다면 그때 우리 좋은 친구가 될 수도 있겠죠. 잘 있어요."

박 비서는 아리에게로 다가가 그녀의 손을 다정하게 꼭 잡아 주고는 따스한 미소와 함께 그 손을 놓았다. 아리는 왠지 모르게 눈물이 차오르고 가슴이 먹먹해져서 그저 떨리는 미소만 지어 보였다. 박 비서는 그 마음을 다 이해한다는 듯 아리를 한 번 안아 주고는 진 회장과 김 비서에게 살짝 묵례를 한 뒤 그대로 서재를 나갔다.

문이 닫히자 서재 안에는 숨 막힐 듯한 침묵이 내려앉았다. 그 사이 석현이 소리 없이 조용히 아리의 곁으로 다가왔지만 아리는 바닥만 뚫어지게 노려볼 뿐 그를 쳐다보지 않았다. 가슴속에서 뭔지 알 수 없는 뜨겁고 묵직한 덩어리가 소용돌이치며 금방이라도 팡, 터져 버릴 것만 같은 감정을 가누기에도 버거웠다.

"진여옥, 이래도 네가 무슨 짓을 저질렀는지 부인할 셈이냐?"

마침내 진 회장이 냉랭한 어조로 추궁했다. 순간 진 여사는 온몸을 강타하는 공포에 휩싸였다. 진 회장이 최소한 2년 전부터 자신이 저지른 죄를 눈치채고 집요하고 끈질기게 추적해 증거와 증인을 하나하나 수집하며 오늘을 계획했다는 사실이 드러난 이상 진여옥에게는 숨을 곳도 도망칠 곳도 없었다.

"용서해 주세요, 오, 오라버니! 난 정말 우리 집안과 친정을 위해서……."

진여옥은 즉각 바닥에 무릎을 꿇었다. 하지만 끝까지 자기변명에 급급한 여동생의 염치 없는 태도에 결국 진 회장의 분노가 폭발했다.

"닥쳐라!"

"오, 오라버니……?"

"그래, 다른 죄의 진상은 그렇다 치자. 그렇지만 넌 내 등 뒤에서 내가 가장 믿는 사람을 매수해 내게 칼을 꽂으려 했다. 그것도 모자라 내게 하나 남은 친손녀를 제거하려고 했어!"

"잘못, 잘못했어요! 한 번만 용서해 주세요, 오라버니! 흑, 흐흐흑!"

진 여사는 아이처럼 손을 싹싹 빌며 눈물로 애원했다. 가슴을 싸하게 하는 씁쓸함에 아리는 고개를 돌려 흠 하나 없는 푸른 하늘을 올려다보았다. 그런 아리의 손을 석현이 꽉 쥐었지만 잠시 움찔할 아리는 그를 쳐다보지 않았다.

"지금까지 사업을 하면서 지켜 온 철칙이 몇 가지 있다. 그중 하나가 뭔지 아니? 어떤 경우에도 인면수심, 사람의 얼굴을 하고 짐승의 마음을 가진 자와는 상대하지 않을 것! 그런 본성을 가진 사람은 반드시 내 뒤에서 칼을 겨누거든."

"오, 오라버니!"

진 회장의 서릿발 같은 눈빛에 겁을 먹은 진여옥은 숨 막힐 듯한 음성으로 말을 제대로 잇지 못했다. 그런 늙은 여동생에게 진 회장이 가차 없는 결단을 내렸다.

"지금 이 순간부터 진여옥 너는 내 동생도 핏줄도 아니다."

천륜으로 맺어진 동기간의 정을 끊어 내는 일이었다. 아무리 진승필이라도 감정이 복받쳐 올라왔지만 이내 냉정하게 마음을 갈무리했다. 그것이 아리에 대한 속죄이고 그 아이를 지키는 첫걸음이 될 것이기 때문이었다. 진 회장은 무감각한 눈빛으로 냉혹하게 말을 이었다.

"설혹 내가 죽는다 해도 빈소에 찾아오지 마라. 나 역시 네게 어떤 일이 생겨도 상관하지 않을 터이니까! 이 방에서 걸어 나가는 그 순간부터 너와 나는 남이다. 또 한 가지! 공적이든 사적이든 너와 네 가족은 물론이고 친족들과 관련해 내 이름과 우리 진씨 집안의 영향력에 기대어 이득을 볼 생각은 하지 마라. 그런 말이 단 한 번이라도 내 귀에 들린다면 그에 상응하는 대가를 치르게 될 거란 사실을 명심해 둬라!"

"오라버니! 어떻게 하늘과 부모님께서 정해 주신 천륜을 끊으시겠다는 거예요? 이제 오라버니와 피를 나눈 유일한 동기는 저만 남았는데 어떻게 그런 무정한 말을……."

진여옥이 새파랗게 질린 얼굴로 애원했지만 진 회장은 굳은 표정과 어두운 눈빛으로 차갑게 그런 진 여사의 말을 자르고 소리쳤다.

"아직도 모르겠니? 그게 바로 네가 나와 우리 집안에 한 짓이야!"

"아, 아니에요! 저는, 저는 그런, 그런……."

마지막까지 자기변명에 급급하던 진여옥은 아리와 눈이 마주친 순간 절망 어린 신음을 흘리며 입을 다물 수밖에 없었다. 곁에서 그런 할머니의 비참한 몰락을 지켜보는 이승연의 얼굴도 수치심과 참담함으로 일그러져 붉게 물들었다. 아리는 복잡한 마음을 어떻게 가누어야 할지 몰라 입술을 깨물었다.

"꼴 보기 싫으니 당장 나가라!"

진 회장이 낮게 잠긴 서릿발 같은 음성으로 소리치고는 등을 돌렸다. 그러자 진 여사의 입에서 아이 같은 울음이 터졌다.

진여옥은 현실을 너무나 잘 알고 있었다. 진승필이라는 거목이 사라진 자신의 집안은 한낱 초원의 풀꽃처럼 사람들의 발길에 차일 게 뻔했다. 그렇게 되면 평생의 꿈으로 모든 기대를 건 아들의 야망과 미래 역시 한 치 앞도 분간하기 어려운 안갯속에 휩싸이게 되는 셈이었다.

그것뿐인가? 소문이란 발이 달려 있지 않고 바람 같아서 삽시간에 퍼질 게 분명했다. 앞으로 사람들의 눈총과 비웃음을 온몸으로 견디며 살아가야 할 금쪽같은 손자 손녀의 미래는 또 어떻게 될 것인가? 그야말로 눈앞이 깜깜해지는 순간이었지만 아무리 둘러봐도 이 난국을 타개할 열쇠가 없었다.

"흑흑! 할머니! 우리, 가요. 나 자존심 상해서 더 이상 못 참겠단 말이야!"

얼굴이 벌게진 승연이 울음을 터뜨리고 제 할머니를 잡아끌며 소리쳤다. 진 여사는 손녀의 힘에 이끌려 바닥에서 겨우 몸을 일으켰지만 문으로 향하는 발걸음이 떨어지지 않았다. 그때 진 회장의 목소리가 서재에 낮게 깔렸다.

"나는, 편협하고 독선적인 인간이다. 그래서 나는, 살아도 죽어도 너를 용서하지 못할 거다."

"흑흑, 오라버니……."

"네가 너와 네 집안을 다시 일으켜 세울 수 있는 방법은 단 한 가지, 아리 저 아이에게 용서를 받는 길뿐이다. 그것이 가능하다면 말이다."

빈정거림인지 마지막 선의인지 가늠하지 못한 진 여사는 진승필의 등을 쳐다보았다. 순간 언제나 태산같이 견고하고 높게만 보였던 진 회장의 어깨가 힘없이 툭 떨어졌다.

물기 어린 눈으로 이번에 진 여사는 누가 보아도 탐이 날 만큼 잘난 청년에게 기대어 서 있는 아리를 보았다. 순간 아리가 진 여사의 눈길을 외면했고 체념의 한숨을 삼킨 진 여사는 승연의 손에 이끌려 서재를 나갔다. 그런 진 여사의 얼굴엔 온통 절망뿐이었다.

진여옥과 승연이 나가자 김 비서도 조용히 그 뒤를 따랐고 서재 문이 닫혔다. 이제 방 안에는 진 회장과 아리, 석현만이 남게 되었다. 곁에서 묵묵히 이 모든 상황을 지켜보았던 석현의 주의와 신경은 오직 아리에게 쏠려 있었다.

"괜찮니?"

모든 감정이 사라진 듯한 하얀 얼굴과 먹물처럼 짙어진 눈빛으로 바닥만 노려보고 있던 아리가 고개를 들어 석현을 보았다.

"어떻게 된 거예요? 내가 여기 있는지 어떻게 알았어요?"

"네가 놓고 간 스마트폰에서 단서를 찾았어. 그레이엄의 헬기와 선우진의 인맥을 좀 활용했지. 회장님은 요 앞에서 만났고."

석현은 간결하게 설명해 주었다. 자기보다 한발 빨리 도착한 석현을 본 진 회장이 놀라워하면서도 못마땅한 빛을 보였지만 마지못해 그가 함께 별장 안으로 들어가는 걸 허락했고, 진 여사가 혹시나 해서 배치해 둔 사설 경호원 몇 명을 김 비서의 수하들이 가볍게 해치운 일 같은 건 입도 뻥긋하지 않았다.

진 회장이 자신을 배제하고 이 모든 각본을 진행하려 했던 것에 대해 석현 또한 몹시 서운했지만 '집안 문제'라는 관점에서 보면 이해하지 못할 것도 없었다. 하지만 나중에 아리와 따로 그것에 대해서 대화할 필요는 있다고 생각했다. 그렇지만 지금은 일단 그녀를 챙겨야 할 때였다.

"아, 그랬구나. 그런데…… 어머! 뭐 하는 거예요?"

맥없이 중얼거리던 아리는 석현이 자신을 번쩍 안아 올리자 깜짝 놀라 반사적으로 그의 어깨를 꼭 쥐며 외쳤다. 그러자 진 회장도 눈살을 찌푸리며 그를 날카롭게 쏘아보았다. 석현은 아랑곳하지 않고 대형 책꽂이 앞에 놓여 있는 편안해 보이는 안락의자를 향해 걸었다.

"제발, 내려 줘요!"

"모르나 본데 너 금방이라도 쓰러질 것 같은 얼굴이야. 꼼지락거리지 말고 얌전히 있어. 안 그러면 키스해 버릴지도 몰라."

석현은 몸을 비트는 아리의 엉덩이를 꽉 쥐며 무뚝뚝하게 말했다. 순간 아리의 얼굴은 불에라도 덴 듯 확 달아올랐다. 석현의 말을 들은 듯 진 회장이 인상을 찌푸리는 게 보였다.

"나중에 두고 봐요!"

"누가 할 소리!"

얼굴을 새빨갛게 물들이며 쏘아붙이는 그녀에게 온기 없이 씩 웃어 보인 석현도 지지 않고 응수했다. 아리는 내심 움찔했지만 지금은 그와 말씨름을 할 타이밍이 아니었기에 입술을 깨물고 참았다.

"뭐 마실 거 줄까?"

아리를 의자에 조심스럽게 내려놓은 석현은 진 회장이 보란 듯이 그녀의 이마 위로 흘러내린 머리카락을 다정히 넘겨 주며 물었다. 아리는 당황해서 얼굴을 붉혔다.

"아니, 난 됐어요."

"아니야. 열이 있는 거 같은데 물이라도 마시는 게 좋겠다."

아리가 그를 째려보며 제발 그만하라는 눈짓을 보냈지만 석현은 더욱 다정한 연인처럼 손등으로 그녀의 이마까지 짚었다. 그러더니 테이블로 다가가 생수를 컵에 따랐다. 그러다 책장에 비스듬히 기대어 눈을 가늘게 뜬 채 자신을 노려보는 진 회장에게 물었다.

"여기 완벽한 다과가 준비되어 있는데 회장님은 뭐 필요하신 거 있으십니까?"

"필요한 거라……."

화를 겨우 참는 듯 진 회장의 하얀 눈썹이 꿈틀거렸고 입술 선이 완고하게 앙다물렸다. 잠시 석현을 쏘아보던 진 회장이 빈정거리는 차가운 어조로 입을 뗐다.

"내게 원하는 건 자네가 이 자리에서, 그리고 이 아이에게서 비켜 줬으면 하는 거네. 어떤가, 그렇게 해 주겠나?"

"회, 회장님!"

깜짝 놀란 아리가 당황한 얼굴로 외쳤지만 두 남자 모두 그녀를 쳐다보지도 않았다.

"죄송합니다, 회장님. 지난번에도 말씀드렸지만 그건 안 됩니다. 이제는 회장님께서도 포기와 인정이라는 단어와 친해지셨으면 좋겠습니다. 저와 아리에 관한 한 말이죠."

"내가 왜?"

진 회장이 코웃음을 치며 묻자 석현은 흘깃 아리를 쳐다본 뒤 의미심장한 미소를 지어 보이며 대답했다.

"설마 그 이유를 몰라서 제게 묻는 건 아니실 테지요, 회장님."

"자네야말로 지나치게 자신만만한 거 아닌가? 우리 아이는 자네보다 훨씬 괜찮은 녀석과 짝지어 줘도 모자람이 없어. 자네에겐 우리 아이의 짝이 될 자격이 없네!"

진 회장의 공격은 매서웠다. 순간 석현의 당당했던 눈빛이 흔들렸지만 이내 여유로운 표정을 꾸미며 어깨를 으쓱해 보였다.

"그건 회장님이 아니라 아리의 마음과 선택에 달린 거겠지요. 지금까지는 거래를 미끼로 회장님 마음대로 저 아이를 휘두르셨을지 몰라도 이젠 상황과 입장이 달라지지 않았습니까?"

"이, 이 건방진 녀석!"

"죄송합니다. 하지만 저도 더 이상은 물러설 수 없으니 어쩔 수가 없습니다."

진 회장이 얼굴까지 붉히며 벌컥 소리를 지르자 석현은 쓸쓸한 표정으로 정중히 고개를 숙였다. 그런 두 남자의 시선이 쩌릿, 불꽃을 일으키며 충돌했다. 지난번 진 회장의 집 서재에서의 담판 이

후 처음 마주하는 그들이었다. 그때와 한 치도 달라진 게 없는 입장 차이를 확인하는 순간이었다.

"지금 뭐 하시는 거죠? 그만들 하시죠, 두 분 다!"

아리는 이 상황이 기가 막히고 한편으로는 화가 나서 나직이 쏘아붙였다. 마치 고기 한 덩어리를 두고 서로 으르렁거리는 맹수 같은 두 사람은 정작 고깃덩어리 신세로 전락한 아리의 마음 따위는 신경도 쓰지 않는 듯했다.

"아리야!"

"애야, 잠깐만! 가지 마라!"

두 남자에게 싸늘한 눈길을 준 아리는 자리에서 벌떡 일어나 문으로 걸어갔다. 그제야 정신을 차린 석현과 진 회장이 동시에 그녀를 붙잡으려 했다. 문 앞에 멈춰 선 그녀는 굳은 표정으로 몸을 휙 돌렸다.

"혼자 있고 싶어요. 그러니까 두 분 모두 따라오지 마세요! 아시겠어요?"

아리는 분노와 혼란스러운 감정으로 떨리는 음성으로 경고했다. 그런 그녀의 두 눈에는 어느새 뜨거운 눈물이 차오르고 있었다. 아리는 아이처럼 손등으로 눈물을 쓱 닦고는 곧바로 서재 문을 열고 걸어 나갔다. 그녀의 기세가 하도 싸늘해서 뒤에 남은 석현과 진 회장은 얼어붙은 채 서 있었다.

"후우! 정말 저대로 내버려 둬도 될까?"

아무래도 손녀에 관한 한 자신감이 없는 진 회장은 평소답지 않게 난감해하는 얼굴로 중얼거렸다. 석현은 천천히 심호흡을 한 후 단호하게 대답했다.

"절대 혼자 두면 안 되죠."

석현은 바로 움직였다. 활짝 열린 서재 안에 홀로 남은 진 회장은 다시 한번 긴 한숨을 내쉬었다. 그런 진 회장의 모습은 10년은 훌쩍 늙어 버린 것처럼 지치고 슬퍼 보였다. 김 비서가 안으로 들어오며 진승필에게 조심스럽게 물었다.

"어떻게 할까요, 회장님?"

진 회장은 한참 동안 말이 없었다. 그러더니 이내 소리 없는 미소를 지으며 중얼거렸다.

"내버려 두게. 이제 이석현 저 녀석이 어떻게 문제를 풀어 가는지 지켜보자고."

"그럼 아리 아가씨의 짝으로 이석현 씨를 허락하시는 겁니까?"

김 비서가 은근한 기대감을 품고 묻자 진 회장이 의미심장한 눈빛으로 대답했다.

"그건 내가 아니라 아리 저 녀석에게 달렸지. 이 군이 내게 정확하게 일깨워 주지 않았나."

나를 할아버지로 받아들일지 어떨지 역시 아리의 마음에 달려 있고 말이지. 진 회장은 속으로 덧붙이며 눈부신 가을 햇살이 찬란히 부서져 내리는 창가로 다가섰다. 그런 진승필의 눈에 아름답고 당당한 여자로 성장한 손녀와 그 아이를 진심으로 사랑하게 된 훤칠하고 반듯한 청년이 보였다.

'이제, 미래는 너희들의 것이다. 부디 더 아프지 말고 행복만 하거라.'

따스한 온기로 일렁이는 진 회장의 시선이 푸르디푸른 하늘로 향하며 아득한 그리움을 머금었다. 그곳에 노인이 사랑했던 모든 이들이 있었고 언젠가 자신도 그들을 만나러 떠날 것이다. 시리도록 아름다운 이 계절을 몇 번이나 더 만끽하며 사랑하는 아이들이 굳건히 자리 잡는 걸 지켜볼 수 있을까?

'이 나이 먹어도 사람의 욕심은 끝이 없구나. 그래도 아리 네가 행복한 모습을 조금이라도 더 오래 보고 싶은 이 할애비의 마음을 멈출 수가 없어.'

진승필은 고요히 미소 지으며 눈을 감았다. 정말로 오랜만에 찾아온 평화롭고 편안한 시간이었다. 태산이 무너져도 아씨를 지켜줄 든든한 돌쇠 녀석을 찾았으니 이제는 조금 쉬어도 좋으리라.

• • •

핑글, 핑그르르⋯⋯. 갑자기 밖으로 나오자 머리 위로 쏟아져 내리는 강렬한 햇살에 눈앞이 뿌예지며 현기증이 밀려왔다. 순간 아리는 눈을 질끈 감고 나서 천천히 심호흡을 했다. 하지만 여전히 심장은 버거울 만큼 빨리 뛰었고 숨도 가빴다. 기세 좋게 서재를 박차고 나왔을 때와는 영 딴판으로 세상 한가운데에 혼자 던져진 듯 불안하고 두려웠다.

"휴우."

아리는 차가운 손으로 이마를 짚으며 가느다랗게 신음 섞인 한숨을 내쉬었다. 석현의 말처럼 열이 있는지 손끝에 닿은 살갗이 뜨끈뜨끈했다. 그것이 마음의 감기 때문인지 실제로 몸이 아파서인지 알 수 없지만, 아픈 건 확실했다.

"아리야!"

석현이 자신의 이름을 부르며 달려오는 걸 본 순간 아리는 휙 몸을 돌려 걷기 시작했다. 그에게 약한 모습을 또다시 들키고 싶지 않았다. 스스로 마음의 혼란을 정리하지 못한 상태에서 그와 마주하고 싶지 않았기 때문에 아리는 본능적으로 도망쳤다. 하지만 얼마 가지 못해 그녀는 석현의 손아귀에 붙잡히고 말았다.

"따라오지 말라고 했죠? 좋은 말로 할 때 이 손 놔요, 이석현 씨!"

"싫어! 네가 소리치고 울고불고해도 절대 못 놔. 내가 어떻게 잡은 넌데!"

"뭐, 라고요?"

석현이 성난 얼굴로 마주 소리친 순간 아리는 놀라서 입을 딱 벌렸다. 그러자 석현이 답답해서 미치겠다는 눈빛으로 그녀를 노려보며 외쳤다.

"강아리, 넌 왜 항상 네 멋대로지? 날 먼저 좋아하고 사랑한 것도 그렇고 내 허락도 없이 제멋대로 그걸 끝내고 도망친 것도 그래! 왜 모두 내 허락도 없이 너 혼자 시작하고 끝내느냔 말이야! 이유도 모르고 매번 너한테 당하기만 하는 내 입장을 한 번이라도 생각해 봤어?"

"잠깐만요, 지금 여기서 그걸 따지고 싶어요? 그래요! 나 혼자 맘대로 석현 군 좋아하고 끝내서 대단히 미안하네요. 자, 이제 사과받으니까 만족해요? 아주 좋아 죽겠어요?"

아리는 하필이면 지금 이 순간에 딴지를 걸어 사람 속을 뒤집어 놓는 그가 미워서 눈물이 날 것만 같았다. 하지만 손아귀에서 벗어나려고 애를 쓰는 그녀를 꼼짝 못 하게 자신의 앞으로 와락 끌어당긴 석현은 낮게 깔린 음성으로 냉정하게 대꾸했다.

"아니, 그걸로 부족해! 네가 사라졌다는 걸 알고 내가 받았던 충격과 상실감, 후회에 대해서는 생각해 본 적 있어?"

"아, 진짜! 이제 와서 그게 그렇게 억울해요? 귀찮게 괴롭히던 여자애 하나 따위 사라지면 춤이라도 춰야 하는 거 아니에요? 그리고, 내가 왜 석현 군 그런 마음까지 헤아리고 사과해야 하는 거죠?"

"사랑하게 됐으니까! 그때 내가 널, 사랑하기 시작했다고, 젠장!"

아리는 화가 나서 마구 소리치고는 씩씩 거친 숨을 몰아쉬며 그를 노려보았다. 그러자 석현이 못 참겠다는 듯 더 크게 소리쳤다. 순간 아리는 입을 딱 벌리고 눈을 깜빡이며 그를 올려다보았다.

"석현 군, 아니 오빠……."

"너는, 내가 그게 무슨 감정인지 이해하지도 못하고 준비되지도 않은 상태인 채로 날 차 버린 거야. 그리고 오늘 아침 네가 사라졌다는 사실을 알았을 때, 나는 그때의 공포를 다시 한번 뼛속까지 느끼게 됐지. 나를 믿고 조금 더 기다려 줄 수는 없었던 거니? 나와 함께 고민하고 슬픔을 나눌 기회를 줄 수는 없었니?"

그의 목소리와 눈빛에 숨기지 못한 마음의 상처가 고스란히 묻어났다.

"내가 그렇게 너에게 형편없는 남자였다는 걸 깨닫는 건 더럽게 자존심 상하는 일이었어. 어릴 적 풋사랑이었고 서로의 몸을 가진 연인이 되었지만 정작 넌, 네 인생에서 중요한 결정을 할 때에도 네가 가장 연약하고 힘든 상황에 처했을 때조차도 나를 믿지 못했던 거야! 빌어먹을!"

솔직히 한 번도 석현의 입장에서 그런 생각을 해 본 적이 없었다. 때문에 아리는 미숙하고 어설프기만 했던 자신의 사랑 방식이 얼마나 이기적인 것인지 뒤늦게 깨닫고 멍해지고 말았다. 당혹감과 수치심으로 인해 아리의 얼굴은 다시 뜨거워졌다. 하지만 사람이 궁지에 몰리면 오히려 억지를 쓰는 법인가 보았다. 아리는 그의 가슴을 세게 밀쳐 내며 소리쳤다.

"그래요! 난 바보 같고 멍청한 데다 이기적인 아이예요! 그렇게 억울하면 이번엔 오빠가 날 버리면 되겠네!"

"뭐야? 함부로 말하지 마!"

그녀의 양어깨를 쥔 손아귀에 저도 모르게 힘을 준 석현이 성난 눈빛으로 소리쳤다. 하지만 이미 이성의 끈을 살짝 놓친 아리의 상처받은 마음을 대신해 혀가 제멋대로 움직였다.

"왜요, 내가 진승필 회장님 손녀라니까 놓치기 아까워요? 웃기지 말아요! 난 그냥 나예요. 내 핏속에 누구 유전자가 뒤엉켜 흐르고 있는지는 상관없어요! 나는 여전히 가진 거 없고 부모 없는 고아 강아리니까요! 회장님 덕 보며 인생 쉽게 살 생각일랑 하지도 마요, 이석현 씨!"

"강아리!"

"자꾸 부르지 말아요. 내가 강아리인 건 알고 있으니까! 석현 군이 희망원 뒤뜰에서 처음 봤던 그 어리고 철없고 바보같이 순진해서 이기적인 짝사랑이나 죽어라 하다가, 혼자 상처받고 도망친 그 강아리가 나예요!"

"아리야……."

그녀의 두 눈에 차오른 뜨거운 눈물이 뺨을 타고 뚝뚝 떨어지자 석현은 당황했다. 하지만 아리는 눈물을 닦을 생각도 하지 못하고 가슴 깊은 곳에 응어리져 있던 슬픔과 불안, 후회와 아픈 마음을 그의 앞에서 남김없이 모두 쏟아 냈다.

"어쩌면 우리 엄마가 돌아가신 외할머니와 회장님 사이에서 난 숨겨진 딸일지 모른다는 짐작을 하면서도 한 번도 진실에 대해서 묻지 못했던 겁쟁이가 바로 나예요. 그것에 대해 입을 연 순간 세상에 남은 단 하나뿐인 핏줄일지 모르는 분까지 잃어버릴까 봐 두려움에 떠는 소심하고 멍청한 여자가 바로 나라고요. 그래서 죽을 힘을 다해 내 마음에서 석현 군을 지우려고 노력했고 열심히 회장님의 기준에 맞는 아가씨가 되려고 애썼어요. 그게 내가 보낸 지난 2년 이라는 시간이에요. 어쩌면 난 내가 진짜 아가씨가 되었다고 착각하고 있었는지도 몰라요."

아리의 투명한 눈빛이 흔들리고 어느 순간 뜨거운 물기가 어리기 시작했다.

"아리야."

"하지만 진 여사님 얘길 듣고 깨달았어요. 난 여전히 2년 전의 바로 그 강아리일 뿐이라는 걸요! 낡아 빠진 옷가지를 걸치고 있든 명품으로 온몸을 휘감고 있든 난 석현 군이 알고 있는 그 강아리에서 한 치도 벗어나지 못한 소심하고 어설프기 짝이 없는 그 강아리일 뿐이에요! 그러니까 그렇게 억울하고 분하면 가 버려요! 다들 나만 혼자 두고 가 버리잖아!"

결국 아리는 터져 버렸다. 자신 안에 꽁꽁 숨기고 눌러 온 외로움과 불안함, 타인에게 절대 드러내 보이지 않았던 연약함과 상처를 여과 없이 석현 앞에 펼쳐 보이며 울었다.

솔직하게 자신의 약점과 강인함을 동시에 인정하며 울고 있는 그녀는 자신이 얼마나 아름답고 눈부신지 알지 못했다. 투명한 눈물방울이 은빛 가을 햇살을 받아 영롱하게 반짝이다가 푸른 잔디 위로 툭, 비처럼 떨어져 내린 순간 청량한 바람 한 줄기가 불어와 그런 아리를 위로하듯 머리카락을 흐트러뜨리고 지나갔다. 그런 아리의 모습에서 눈을 떼지 못한 채 석현은 가슴이 풍선처럼 부풀어 오르고 심장이 뜨거워지는 감정에 떨리는 숨을 들이마셨다가 천천히 뱉어 냈다.

"소심하고 유치한 데다 겁 많고 울보인 너, 그래도 널 사랑해. 나를 머리 꼭대기까지 돌아 버릴 만큼 화나게 만들고 당황해서 숨고 싶게 만들 때도 많지만, 그래도 널 사랑해. 사랑한다, 강아리."

"오, 오빠?"

아리는 갑작스러운 그의 고백에 놀라 젖은 속눈썹을 깜빡였다. 그러자 그녀를 눈부신 듯 바라보는 석현의 검은 눈동자도 수줍게 떨리며 얼굴빛이 발그스름하게 물들었다. 그런 석현의 모습이 낯설면서도 가슴이 설레자 아리는 숨을 멈췄다. 심장이 무섭게 두근거렸다. 오직 이석현이라는 남자만을 온 마음으로 느꼈다.

"2년 전, 네가 사라진 후 나는 나였지만 내가 아니었어. 뭘 해도 무엇을 먹어도 누구와 함께 있어도 그저 무미건조하기만 했으니까. 그러다 세아 할아버님 장례식장에서 너와 다시 마주쳤지. 강아리, 그날의 나를 기억해?"

석현은 말을 멈추고 입을 꾹 다물었다. 따가운 가을 햇살이 머리를 빙빙 돌게 만들고 어디선가 들려오는 풀벌레 소리와 산새 소리만이 두근거리는 심장 소리와 함께 아리의 귓가에서 크게 울릴 뿐이었다. 싱그러운 푸른 잔디 위에 마주 선 두 사람은 오직 서로만을 눈에 담고 세상을 잊었다. 대답하는 아리의 목소리가 가늘게 떨려 나왔다.

"기억해요. 내가, 어떻게 잊을 수 있겠어요?"

"난 그제야 내가, 뭘 잃어버렸는지, 아니 뭘 갖고 있었는지 깨달았지. 그걸 되찾지 못하면 죽을 때까지 후회할 거란 걸 깨달았다. 나는, 네가 강아리든 진아리가 되든 상관없어. 너는, 나를 살아 있게 하고 앞으로도 살아가게 할 이유니까. 완고하고 멍청할 정도로 둔한 내 심장을 뛰게 하고 나를 웃고 울게 만들어 주는 유일한 여자가 바로 너니까. 너만이 내게 주어진 모든 시간을 함께하고 싶은 단 한 사람의 여자다, 강아리."

"오빠……."

이석현이라는 남자가 이렇게 솔직하고 길게 말한 적이 있었던가? 아리가 기억하는 한 단 한 번도 없었다. 얼굴이 온통 벌게져서는 긴장으로 굳은 자세로 버티고 서서 간절하게 자신을 응시하는 석현의 모습에 아리는 가슴이 뻐근하게 벅차올랐다.

"이건……?"

아리는 그가 자신의 왼손 네 번째 손가락에 반지를 끼워 주는 모습을 숨죽인 채 바라보았다. 단순한 은빛 링에서 영롱하게 빛나는 물방울 모양의 다이아몬드에서 시선을 든 아리의 눈에 긴장한 표정으로 숨을 기다리는 그가 보였다.

"네 마음 몰라주고 속상하게 해서 미안해. 대신 이제 평생 너만 바라보고 사랑할게. 절대 혼자라는 기분 느끼지 않게 내가 더 많이 노력하고 아낄게."

"오빠."

"맹세코 단 한 번도 어떤 여자와 평생 같이 살고 싶다는 생각 해본 적 없어. 하지만 아리 너라면, 아니, 아리 너니까 그러고 싶어졌어. 아리야, 나와 결혼해 주겠니? 아니, 우리 결혼하자."

"나는, 난……."

오랫동안 꿈꾸었지만 한 번도 이루어질 거라 생각지 못했던 일이 아리의 앞에서 벌어졌다. 그녀는 뭐라 말해야 할지 몰라 아이처럼 훌쩍였다. 세상에 혼자라고 느꼈던 외로운 순간에도 미련스럽게 놓지 못했던 어린 사랑이 꽃으로 피어나려 하고 있는데 그녀는 아이처럼 엉엉 울어 버렸다. 그런 그녀를 석현이 자신의 가슴에 꼭 끌어안았다. 그리고 눈을 감고 아리의 귓가에 쉰 듯한 젖은 음성으로 속삭였다.

"고마워. 정말 고맙다, 강아리! 잘할게. 내가 잘할게."

"흑흑…… 난 아직 아무 대답도 안 했거든? 흑흑! 더 많이 애태우고 오빠 속 까맣게 탈 때까지 말 안 할 거야. 꼭 그럴 거야!"

아리는 주먹으로 그의 등과 어깨를 두드리며 토라진 아이처럼 억지를 부렸다. 그런 제 여자를 가슴에 더 꼭 끌어안으며 석현은 커다랗게 웃은 뒤 말했다.

"그래, 마음대로 해. 대신 죽어도 내 곁에서 떠나지 마라. 그것만 약속해! 나는 그거면 돼!"

석현은 푸르디푸른 하늘을 올려다보았다. 그리고 마음속으로 조용히 말했다.

'할머님, 그곳에서 저희들 보고 계시죠? 지난번에 묘원으로 찾아갔을 때 약속드렸죠. 이제 아리가 저 때문에 우는 일 없게 할 거

라고. 지켜봐 주세요. 저희들 행복하게 살겠습니다.'

유일하게 결혼 허락을 구하고 싶었던 분, 석현은 생전에 자신을 친손자처럼 아끼고 믿어 주셨던 아리의 외할머니께 약속하며 스스로도 마음에 새겼다. 그리고 그 하늘에서 막내아들을 지켜보며 미소 짓고 있을 어머니에게 처음으로 당신 생명을 맞바꾸어 낳아 주셔서 고맙다는 말을 했다.

"이젠 울지 마. 그리고, 이제 돌아갈 시간이야."

석현이 그녀의 머리카락을 부드럽게 쓸어 넘겨 준 뒤 아직 눈자 위에 남은 물기를 닦아 주며 나지막이 속삭였다.

"어, 어디로?"

아리는 그가 이끄는 대로 그의 손에 이끌려 걸으며 물었다.

"어디든! 네 할아버지 진승필 회장님한테 붙잡히기 전에 얼른 도망쳐야 한다고! 뛰어, 아리야!"

"어, 엄마야!"

석현은 씩 개구쟁이처럼 짓궂게 웃으며 별장 쪽을 흘끔 쳐다보더니 속력을 냈다. 아리는 기가 막히기도 하고 웃음도 났다. 그런 그녀에게 석현도 환하게 웃어 보였고 두 사람은 이내 차에 타고 별장을 빠르게 빠져나갔다. 푸른 가을 하늘에 빨간 고추잠자리가 한가롭게 날아다니는 기분 좋은 오후였다.

에필로그
그대가 있는 풍경

3개월 뒤 12월 첫 주 금요일 오후.

그 남자, 이석현이 변했다. 아니, 아주 매우 많이 수상해졌다. 마지막 기말고사를 마치고 강의실을 나오면서도 아리는 홀가분한 기분을 느끼지 못한 채 고민에 빠져 있었다.

"아리 언니! 시험도 끝났는데 우리 어디 가서 맛있는 거 먹어요."

"어? 미안! 오늘은 약속이 있어서, 다음에 가자. 나 먼저 갈게!"

아리는 후배들의 기대 어린 표정이 실망으로 바뀌는 것을 뒤로 하고 건물을 나섰다. 그러자 기다리고 있던 깔끔한 검은색 코트 차림의 남자가 다가와 깍듯이 묵례를 했다.

"아가씨, 정문 앞에 차를 대기시켜 놓았습니다."

"이러실 필요 없다니까요."

"죄송합니다. 저희는 윗분의 지시를 따를 뿐입니다."

남자를 알아본 아리가 약간의 짜증 섞인 항의를 하자 경호원은 희미한 미소를 지으며 완고하게 답했다. 그러고는 그녀의 옆으로 살짝 물러나 길을 터 주었다. 주변을 엄호할 테니 아리에게 앞서가라는 무언의 신호였다. 2주 전의 그 운명적인 날 이후로 줄곧 반복되는 상황이고 어쩌면 앞으로도 한동안 계속될 일이었기에 아리는 체념의 한숨을 내쉬며 걸음을 떼어 놓았다.

잠시 후 그녀는 승용차의 뒷좌석에 앉아 지난 석 달간의 일들을 떠올렸다.

· · ·

별장에서의 사건이 있은 뒤 아리는 진 회장의 집에서 나와 한동안 석현의 아파트에서 생활했다. 진 회장이 짜 놓은 모든 일정들에 불참하는 대신 학교생활에 비중을 두었고, 그동안 만나지 못했던 친구들과 어울렸다. 물론 대부분의 시간과 일상의 소소한 일들에 항상 석현이 있었다.

그렇지만 두 사람은 오래 한집에서 살지는 못했다. 소식을 접한 석현의 할아버지와 아버지가 결혼식을 올리기 전까지는 절대 동거하는 걸 허락하지 않겠다는 입장을 고수하셨기 때문에 석현은 두 형에게 거의 끌려가다시피 아파트에서 퇴출당했다. 그 모습을 지켜본 아리는 당황했지만 유쾌하고 따뜻한 가족들의 환영에 가슴 뭉클해지는 기분을 맛보았었다. 그리고 불굴의 의지를 다진 석현은 가족들과 친구들의 온갖 방해 공작에도 불구하고 호시탐탐 아리가 머무는 아파트에 드나들었다.

아리는 그런 그를 놀렸고 가끔은 타박하며 등 떠밀어 보내기도 했지만, 솔직히 진짜 진짜 행복했다. 사랑받고 있으며 기꺼이 한 가족으로 받아들여지고 있다는 사실은 그녀에게 커다란 힘이 되어 주었다.

그런데 사람의 욕심이란 끝이 없는지 그런 행복의 가운데 있으면서도 외롭게 그 큰 집에 머물고 있을 진 회장에 대한 걱정과 복잡하게 얽힌 마음을 떨쳐 낼 수가 없었다. 그녀의 심란함은 한가위가 다가올수록 더해져 갔다. 그러나 한번 크게 다친 마음은 쉽게 열리지 않았다. 무엇보다 다시 상처와 마주해야 한다는 사실에 움츠러드는 자신을 어쩔 수 없다는 게 문제였다. 그런 아리의 정신을 번쩍 들게 해 준 사람이 바로 석현이었다.

"네가 무엇 때문에 고민하고 있는지 알 것 같다. 하지만 돌아가신 부모님과 외할머니에 관한 진실과 이렇게 저렇게 얽힌 사연들은 과거의 일이야. 돌아가신 할머님께서 아리 널 회장님께 부탁하신 것도 너의 미래를 위해 과거의 잘못을 용서하고 마음을 푸신 거라고 난 생각해."

어느 날 밤, 사랑을 나누고 나서도 한참을 잠 못 이루는 그녀를 뒤에서 꼭 안아 주며 석현이 사려 깊은 음성으로 조용히 말문을 열었다. 하지만 아리는 아무 대답도 하지 않고 가만히 있었다. 그런 그녀를 꼭 안아 주며 그가 다시 말했다.

"중요한 건 그 결정으로 네가 행복해질 수 있는지의 여부야. 난 네가 그분을 용서하든 안 하든 너의 의견을 존중할 거야. 그러니까 네 마음을 열심히 들여다봐, 아리야."

"회장님은 오빠를 그리 좋아하지 않아요. 그런데도 내가 회장님과 화해하길 바라요?"

한참 동안 가만히 있던 아리는 천천히 몸을 돌려 그를 마주 보며 물었다. 석현은 희미하게 웃으며 그녀의 뺨과 헝클어진 머리카락을 애정 어린 손길로 어루만졌다. 그러고는 아리의 이마와 콧잔등, 마지막으로 입술에 짙고 달콤한 키스를 해 준 뒤 잠긴 음성으로 대답했다.

"어쨌든 아리 네 할아버지시니까. 네 가족은 내게도 가족이야. 그리고 진승필 회장님께서 이 세상에서 유일하게 이길 수 없는 사람은 아리 너뿐이지. 그대만 날 버리지 않는다면 회장님, 아니, 할아버님도 날 막을 수 없으실걸?"

석현이 짓궂게 씩 웃었다. 아리는 그 모습에 가슴이 뭉클해지는 걸 느끼며 그를 꼭 끌어안았다. 그리고 석현의 귓가에 조용히 속삭였다.

"내일, 나랑 같이, 회장님 뵈러 같이 가 줄 거죠?"

"음, 응. 당연하지!"

석현은 그녀를 반듯이 눕혔다. 오직 그녀만을 향한 사랑을 담고 반짝이는 그의 눈동자가 바로 눈앞으로 다가온다고 느낀 순간 석현의 뜨거운 입술이 부드럽게 아리의 숨결을 머금었다. 상대를 갈구하는 뜨거운 입술이 맞물리고 서로를 향한 욕망으로 바르르 떨리는 젊고 건강한 두 몸이 겹쳐지며 불꽃이 팡, 하고 터졌다. 그것이 시작이었다.

그 밤, 그들은 다시 한번 뜨겁고 열정적인 사랑을 나누었다.

$\bullet$ $\bullet$ $\bullet$

다음 날 늦은 오후, 그들은 진 회장을 찾아뵈었다. 저녁노을이 곱게 물드는 시간이었다. 잔디 위로 물드는 노랗고 붉은 노을을 받으며 주변을 서성거리던 진 회장은 벨이 울리자마자 손수 대문을 열고 밖으로 나왔다.

"얘야……."

진 회장이 목이 메어 떨리는 음성으로 말했다. 못 본 사이 더 늙고 연약해진 듯한 노인의 모습에 아리는 가슴 밑바닥에서 뜨거운 것이 울컥하는 걸 느끼고 석현의 손을 꼭 잡았다. 그러자 석현이 힘을 보태 주듯 다정히 그 손을 마주 잡고는 고개를 끄덕여 보였다. 아리는 조용히 심호흡을 하고 나서 진 회장을 바라보았다. 그리고 석현의 손을 천천히 놓고 노인에게로 한 걸음씩 다가갔다.

"……할아버지."

그 말이 목에 걸린 듯 낮게 쉬어 흘러나왔다. 순간 긴장해서 딱딱하게 굳어 있던 진승필의 어깨가 살짝 떨렸고 눈시울이 뜨거워졌다. 이어 노인의 눈동자에 엷은 물기가 고였다. 진 회장이 두 팔을 활짝 벌리고 속삭이듯 말했다.

"집에 돌아온 걸 환영한다, 내 강아지."

더 이상 주저할 것은 아무것도 없었다. 아리는 할아버지의 넓고 따스한 품에 안기며 울음을 터뜨렸다. 그 순간 과거의 상처나 아픔 같은 건 사라지고 오직 집으로 돌아왔다는 깊은 안도감과 따스함만이 남았다.

잠시 후 진 회장은 손녀를 품에서 마지못해 풀어 주었고 석현이 얼른 그녀를 제 곁으로 잡아당겼다.

"그동안 안녕하셨습니까, 할아버님."

"자네는, 그동안 잘 지낸 것 같군."

"모두, 손녀 따님 덕분입니다."

두 남자 사이에 아주 짧은 순간의 신경전이 벌어졌지만 공통의 평화 구역을 확보한 남자들은 이내 웃으며 대문을 함께 넘어갔다.

• • •

그날 이후로 모든 게 다 순조롭고 다 잘될 것만 같았다.

'그런데 뭐가, 어디에서 잘못된 걸까?'

아리는 스쳐 지나가는 차창 밖 겨울 풍경을 우울한 기분으로 바라보며 입술을 지그시 깨물었다. 거리는 벌써 크리스마스 분위기를 물씬 풍기고 있었다. 하지만 낮게 내려앉은 회색빛 하늘과 차갑고 습기 어린 공기만큼이나 아리의 기분도 가라앉아 있었다. 2주 전까지만 해도 지금과는 전혀 다른 기분이었는데 말이다.

2주 전, 더 이상은 미룰 수 없다는 듯 석현의 집안에서 두 사람의 약혼과 결혼을 위한 공식 식사 자리를 제안해 왔다. 결혼과 여자에게 통 관심을 갖지 않았던 막냇손자의 마음이 언제 변할지 모른다고 생각했는지 석현의 할아버지가 결혼식을 재촉했기 때문이다. 게다가 워낙 석현이 그녀에게 푹 빠졌다는 기색을 숨기지 않았기에 진 회장도 못 이기는 척 두 사람의 결혼을 허락해 주는 쪽으로 마음을 정한 눈치였다.

진 회장과 아리가 이 회장의 자택으로 초대를 받아 간 저녁 식사 자리는 내내 화기애애한 분위기였다. 자연스럽게 두 어른의 입에서 석현과 아리의 약혼식에 관한 주제가 논의되기 시작한 참이었다.

"우욱, 읍!"

아리는 훅, 하고 올라오는 울렁거림을 참지 못하고 그만 조그맣게 헛구역질을 하고 말았다. 사실 싱싱한 해물과 채소가 먹음직하게 담긴 커다란 전골 냄비가 식탁에 올려졌을 때부터 약간 비위가 상했는데 갓 지은 밥이 식탁에 놓이면서 어른들의 대화가 귀에 들어오지 않을 만큼 속이 뒤집어지기 시작했다. 참아 보려 했지만 식은땀이 흐르고 점점 창백해지는 안색을 숨기기 어려웠다. 그러다 석현의 큰형수님이 해물탕을 덜어 그녀의 앞에 놓아 준 순간 아리는 더 이상 참지 못하고 손으로 입을 틀어막았다.

"아리야, 괜찮아?"

바로 옆에서 심상치 않은 기색을 감지한 석현이 걱정스럽게 물었다. 사실 얼마 전부터 컨디션이 좋지 않다고 투덜거린 탓에 그 역시 걱정하고 있던 참이었다. 아리는 식탁에 둘러앉은 모든 사람들의 시선이 자신에게로 모아지는 걸 애써 담담히 받아 내며 물컵으로 손을 뻗었다.

"괜찮아요, 오빠. 그냥…… 요즘 기말고사 준비하느라 좀 예민해서 그런가 봐요. 하하!"

"얼굴빛이 안 좋아. 정말 괜찮은 거냐?"

진 회장이 아리의 안색을 살피며 물었다. 그녀는 좋은 분위기를 망친 게 속상한 마음이 더해져서 그런지 조금 전보다 더 강해진 해물 비린내를 도저히 참기 힘들었다.

"네. 읍! 저기…… 잠깐 실례…… 읍!"

결국 아리는 하얗게 질린 얼굴로 자리에서 벌떡 일어나 주방에서 뛰쳐나갔다.

"아리야!"

깜짝 놀란 석현은 즉시 아리를 따라가려고 했다. 그런데 큰형수가 석현을 만류했다.

"잠깐만요, 삼촌! 제가 가 볼게요."

"네? 하지만 형수님……."

"남자들은 참 둔하다니까. 죽을병 아니니까 걱정 말고 기다리세요, 삼촌!"

일현의 아내는 곱게 눈을 흘긴 후 시아버지와 시할아버님께 의미심장한 눈빛을 던지더니 급히 자리를 떠났다.

석현은 이해할 수 없는 핀잔을 주고 자신을 자리에 앉힌 형수님의 뒷모습을 쳐다보며 멍한 얼굴로 눈을 깜빡였다. 대체 무슨 일인지 알 수 없다는 얼굴이었다. 하지만 이 회장을 위시한 다른 이씨 집안 남자들은 어느 정도 눈치를 채고 놀람 섞인 흐뭇한 미소를 교환했다.

그 자리에서 굳은 표정으로 미소 짓지 않은 사람은 진 회장뿐이었다. 진 회장은 바보처럼 안절부절못하는 석현을 매섭게 노려보며 찬물만 벌컥벌컥 삼켰다. 그 빈 잔을 묵묵히 채워 주며 미소를 삼키는 사람은 물론 석현의 할아버지 이 회장이었다.

그렇게 얼마의 시간이 흐른 뒤 일현의 아내가 다시 식탁 앞에 나타났을 땐 석현의 인내심이 한계에 도달했을 때였다.

"아리는 어떠니?"

석현의 아버지가 가장 먼저 며느리에게 물었다. 그러자 일현의 아내가 환한 미소를 지으며 대답했다.

"아리 씨는 괜찮아요. 대신 오늘은 삼촌과 아리 씨의 약혼식이 아니라 결혼식 날짜를 잡아야 할 것 같아요."

"그럼, 그럼 아리가……?"

석현이 얼빠진 얼굴로 중얼거렸다. 그러자 일현의 아내가 빙그레 미소 지으며 말했다.

"축하해요, 삼촌! 곧 아기 아빠가 되실 거 같네요."

"아기, 아빠……?"

석현은 마치 뒤통수를 세게 얻어맞은 것 같은 표정이었다. 하지만 식사 자리에 있던 이씨 집안 사람들은 일제히 환호성을 지르며 축하의 말을 쏟아 냈다. 이현이 그의 어깨를 툭툭 두드리며 짓궂게 무슨 말인가를 했지만 석현은 마치 딴 세상으로 떨어진 사람처럼 창백한 눈빛으로 석상처럼 뻣뻣하게 서 있었다.

막 돌아온 아리가 목격한 건 바로 그 순간의 석현이었다. 문득 그들의 시선이 마주쳤고, 다시 만난 이후 처음으로 그가 먼저 시선을 피했다. 마치 뭔가에 화들짝 놀란 겁먹은 아이 같은 눈빛이었다.

그날 어른들은 석현과 아리의 결혼식 날짜를 잡았다. 신부의 배가 부르기 전에 식을 올려야 한다는 석현의 형수님들의 강력한 주장이 반영되어 해를 넘기지 않고 12월 마지막 주에 가족과 친구들만을 초대한 작은 결혼식을 올리기로 한 것이다. 신혼집은 진 회장의 강력한 주장으로 현재 진 회장의 자택에서 시작하는 걸로 합의를 보았다.

"처음부터 그 집은 아리를 위해서 설계되고 지어진 집이야. 장차 태어날 아이들을 위해서도 딱 적당한 환경이지."

이미 증손자들의 미래까지 계획하고 있었다는 듯한 진 회장의 발언에 모두가 입을 딱 벌리고 반박하지 못했다. 솔직히 아리나 석현 모두 어디에서 살게 되든 상관없었다. 아니, 사실은 갑작스럽게 자신들에게 닥친 놀라운 문제를 소화하기에도 벅찼다는 게 옳을 것이다.

'내가, 엄마가 된다고?'

아리는 석현의 큰형수님이 가져다준 임신 테스트기를 받아 들었을 때만 해도 반신반의했지만 막상 그것이 현실로 닥치자 머릿속에 아무것도 떠오르지 않았다. 그리고 자신처럼 충격을 받은 듯한 석현의 모습과 맞닥뜨렸을 때는 더욱 마음이 심란해졌다. 피임에 대해서는 한 번도 생각하지 못했을 만큼 석현에게 푹 빠져 있었다는 사실보다 더 그녀를 당황시킨 건 어쩌면 그가 그녀의 임신을 기뻐하지 않을지 모른다는 불안감이었다.

그날 저녁 내내 석현은 알맹이가 빠져나간 허수아비처럼 말하고 웃고 움직였다.

· · ·

그 후로도 석현은 마치 영혼이 빠져나간 사람처럼 그녀를 대했다. 임신이라는 특별한 상황과 어른들의 성화에 떠밀려 결혼식 준비와 졸업 시험을 준비하느라 정신없이 바쁘고 힘든 시간을 보내는 그녀의 곁에서 석현은 묵묵히 제 역할을 수행했지만 말수가 확연히 줄었다. 최근 들어서는 연락이 되지 않는 일이 잦았고 함께 있어도 딴생각에 빠져서 그녀가 하는 말을 놓칠 때가 많았다.

무엇보다 임신 소식을 접한 그 순간 이후로 그녀에게 손을 대는 걸 극도로 조심했고, 아니, 사실은 가까이 오는 것도 꺼려 하는 눈치였다. 게다가 우연하게라도 스킨십을 하게 되거나 손이 닿을 때면 화들짝 놀라서 굳어지기 일쑤였다. 그러니 아리도 덩달아 예민해지고 마음이 복잡해질 수밖에 없었다.

'도대체 뭐가 문제지? 혹시, 나에 대한 마음이 식은 건 아닐까? 그래서, 도망치고 싶은 건 아닐…… 스톱! 그만해, 강아리!'

끝도 없이 가지를 뻗어 가는 부정적이고 나쁜 생각들에 억지로 브레이크를 걸며 아리는 심호흡을 했다. 이미 배 속에 자리를 잡은 아기를 위해서라도 그러면 안 되었다. 어른들은 행여 그녀가 다칠세라 경쟁적으로 사람을 붙여 불편함이 없도록 신경을 써 주시고 계셨다.

아리는 한숨을 삼키며 경호원 겸 운전기사를 흘끔 쳐다본 뒤 차창 쪽으로 다시 눈길을 주었다. 내년이면 국회 의원 선거가 있는데 진 여사의 아들이 본격적으로 정치에 입문하면서 출사표를 던졌다고 들었다. 진 회장은 분명하고 엄하게 자신과 아리를 끌어들이지 말라고 경고했지만 행여라도 총선의 유세 여파가 아리에게 미칠까 봐 극도로 신변 안전에 주의를 기울이고 있었다. 할아버지의 그런 마음 씀을 알기에 아리는 더 이상의 군말은 하지 않기로 마음먹었다. 하지만 솔직히 진 여사의 죄를 용서하고 화해할 수 있을지 아리는 자신이 없었다.

'아가야, 엄마는 그렇게 넓고 따뜻한 마음 그릇을 갖지는 못했나 봐. 그렇지만 너를 위해서 좋은 사람이 되도록 열심히 노력할 거야. 그것만은 약속할게.'

아리는 아랫배를 보호하듯이 감쌌다. 아직은 자신 안에 새 생명이 자라고 있다는 사실이 실감 나지 않을 때가 있었다. 하지만 아리는 자신이 조금씩 더 강해지는 걸 느낄 수 있었다. 자신의 아이를 위해서라면 못할 일이 없을 것 같았고 이 아이의 아빠도 그래 주기를 바랐다. 그런데, 그건 아직 너무 큰 기대일까? 아리는 다시 우울해졌다. 눈물이 날 것도 같았다. 아무래도 의사 선생님 말씀처럼 호르몬이 춤을 추고 있는 모양이었다.

'잠깐, 춤이라고?'

문득 고개를 든 아리의 눈에 회색빛 하늘을 수놓으며 춤추듯 나리는 하얀 물체가 보였다.

"어, 눈이네!"

첫눈이었다. 그 순간 실제인지 환상인지 알 수 없을 만큼 아랫배에 놓인 그녀의 손끝에서 콩알처럼 단단하게 뭉쳐 있던 뭔가가 살짝 움직였다. 순간 아리는 숨을 멈추고 눈을 동그랗게 떴다. 다음 순간 눈물이 핑 돌았다. 엄마는 혼자가 아니라는 듯, 아기가 자신이 거기 있다는 걸 알려 주는 첫 태동이었다.

그때 가방 안에서 스마트폰 벨이 울렸다. 꺼내 보니 석현이었다. 요즘 그가 먼저 전화를 걸어 온 적이 없었기에 아리는 긴장한 채 전화를 받았다.

"여보세요?"

— 시험은 끝났지?

그의 음성은 평소처럼 담담하게 들렸다. 아리는 눈을 꼭 감고 안정감을 느끼게 해 주는 그 목소리에 안도의 한숨을 내쉬며 대답했다.

"응, 끝났어요."

— 그럼, 진이 놈 카페로 올래?

"지금?"

— 응. 너에게 해야 할 중요한 얘기가 있어. 기다릴게.

전화가 일방적으로 끊기자 아리는 불끈 주먹을 쥐고 마음속으로 중얼거렸다.

'이 남자가 정말! 좋아, 나도 더 이상 안 참아! 걱정 마, 아가야.

이 엄마가 네 아빠 정신 바짝 나게 혼쭐을 낼 테니까. 두고 보렴!'

아리는 새로운 힘을 얻은 것 같은 기분을 느끼며 눈을 반짝였다. 문제가 있다면 직접 부딪쳐서 해결하는 게 맞다. 그게 자신의 스타일이라는 걸 바보처럼 잊고 있었다.

"미안한데, 선우진 사장님 카페로 가 주세요."

아리는 운전석을 향해 부탁했다. 룸미러로 아리의 안색을 살핀 경호원은 군말 없이 차를 돌렸다.

그런데 진의 카페에서 내린 아리가 마주한 광경은 조금 이상했다. 평소라면 영업이 한창일 시간에 카페 문이 굳게 잠겨 있고 〈임시 휴일〉이라는 팻말까지 걸려 있었다. 아리가 고개를 갸웃하는데 마치 기다렸다는 듯 진이 그녀 앞에 나타났다. 그것도 중요하고 격식을 차려야 할 자리에서나 입는 멋진 정장 차림으로 서둘러 닫혀 있던 카페 문을 열고 안에서 뛰어나왔다.

"왔니?"

"응. 여기서 석현 오빠 만나기로 해서. 그런데 오늘 장사 안 해? 무슨 일 있는 거야?"

걱정이 된 아리는 진의 얼굴을 살피며 물었다. 그러자 슬쩍 그녀의 시선을 피한 진이 뒷머리를 긁적이며 대답했다.

"어, 아주 중요한 행사가 있어서. 들어가 봐. 석현이 녀석이 갑자기 들이닥쳐서 내 정신을 쏙 빼놓더라. 어서 가 봐."

"석현 오빠가 먼저 도착했구나. 흠, 그런데 요즘 바쁘다고 했는데 이 시간에 웬일이지?"

"그러게 말이다. 이 무슨 생난리인지."

"응? 무슨 난리?"

"하하! 그냥 말이 그렇다고. 녀석이 뭐 마려운 강아지처럼 문만 보고 있을 거다. 빨리 들어가, 빨리!"

수상쩍게 변명을 얼버무린 진은 파리 쫓듯이 손까지 휘휘 저었다. 그러나 막상 아리가 고개를 갸웃하며 몸을 돌리려 하자 그녀를 불러 세웠다.

"잠깐만, 아리야."

"응? 왜?"

그녀는 의아한 얼굴로 돌아섰다. 그러자 진은 전에 없이 깊은 눈빛으로 그녀를 빤히 응시했다. 그러더니 뜬금없는 질문을 던졌다.

"너, 행복하니?"

"어? 응, 물론 당연히 행복하지."

아리는 1초의 망설임도 없이 대답했다. 그런 아리의 눈동자를 바라보며 진은 천천히 고개를 끄덕였다.

"그래. 그럼 됐어."

"싱겁기는. 오빠 좀 수상해. 혹시 무슨 일 있어?"

문득 걱정이 확 밀려오자 아리는 진의 안색을 살폈다. 그러자 순식간에 진지함을 싹 지운 진이 개구쟁이 같은 얼굴로 그녀의 머리를 헝클어뜨리며 씩 웃었다.

"일은 무슨! 우리 똥강아지가 부러워서 그렇지! 아, 여기서 뭐 하냐? 나 석현이한테 눈총 맞아 죽고 싶지 않다. 어서 들어가라, 어서!"

붙잡고 엉뚱한 얘기를 한 건 싹 잊어버린 것처럼 진은 아리의 등을 거의 떠밀다시피 카페 안으로 밀어 넣었다. 그러고는 밖에서 문을 잠가 버렸다. 순간 그녀는 당황해서 멍하니 닫힌 문을 바라보았다. 그러자 두껍게 코팅된 검은색 유리문 밖에서 선우진이 개구지 게 미소 지으며 손을 흔들었다. 어쩐지 진의 시선이 자신이 아닌 어깨 너머 어딘가로 향하는 것 같다고 느낀 순간이었다.

또로롱……. 조용한 실내에 잔잔한 피아노 선율이 흐르기 시작 했다. 그러고 보니 항상 오디오에서 흘러나오던 음악 소리가 아니 라 진짜 피아노를 연주하는 소리였다. 깜짝 놀란 아리는 몸을 휙 돌렸다. 그러자 그녀 앞에 놀라운 풍경이 펼쳐졌다.

진의 카페는 완전히 변신해 있었다. 테이블은 양쪽으로 정렬해 놓고 그 사이에 붉은 카펫이 깔려 있었다. 그리고 그 길 양쪽엔 겨 울에는 구경도 하기 어려운 아름다운 꽃들이 장식되어 있고 완벽하 게 내려진 블라인드로 인해 빛이 차단된 실내엔 은은한 향초와 간 접 조명들로 인해 환상적인 분위기가 연출되었다. 그리고 중앙의 테이블엔 두 사람만을 위한 완벽한 테이블 세팅이 되어 있었다.

하지만 아리의 시선을 사로잡은 건 검은색 그랜드피아노 앞에 앉아 있는 그 남자였다. 실내에는 그가 연주하는 'Maybe'가 잔잔 히 흘렀다. 지난번 저녁 초대 자리에서 그의 형제들이 어릴 때부터 피아노를 배웠는데 그중에서 석현이 가장 소질이 많아서 어른들은 물론이고 피아노 레슨 선생님의 기대와 관심을 한 몸에 받았다는 말을 들었던 기억이 났다. 하지만 음악 쪽으로 진로를 잡은 건 그 의 둘째 형인 이현이었다.

꽤 오랫동안 석현을 알아 왔지만 아리는 석현이 악기를 연주하 는 모습을 한 번도 본 적이 없었다. 그 때문에 놀란 얼굴로 자신도 모르게 피아노 앞으로 다가갔다. 그리고 그녀를 바라보는 석현의 눈빛이 변했다고 느낀 순간 곡이 바뀌었다.

"아아……. 사랑이 늦어서 미안해."

늦은 사랑에 대해 노래하는 그의 목소리는 그녀를 향한 눈빛만큼이나 감미롭고 애틋했다. 어느새 아리의 눈에서 눈물이 고이기 시작했다. 이곳으로 달려오는 동안 불안하게 요동치며 아팠던 심장을 따스한 물처럼 감싸 주는 온기에 몸이 떨려 왔다. 그는 노래로, 음악으로 그녀를 꼼짝 못 하게 다시 자신에게 묶어 놓고 있었다.

노래는 끝났고 피아노 연주도 멈췄다.

"……."

그는 눈처럼 하얀 드레스셔츠 위에 기품 있고 세련된 디자인의 짙은 색 정장을 입고 있었다. 꼿꼿한 자세로 손가락을 가볍게 피아노 건반 위에 올려놓은 채 앉아 있던 석현이 똑바로 그녀를 응시했다.

그 순간 아리는 옅은 눈물이 맺힌 그의 눈동자를 목격하고 놀란 숨을 삼켰다. 그래서 그를 마주하게 되면 정신 차리게 한판 하겠다는 애초의 생각은 완전히 잊어버리고 말았다. 피아노 의자에서 일어난 그가 그녀에게로 뚜벅뚜벅 걸어왔다.

"오빠?"

아리는 아이처럼 코를 훌쩍이며 손등으로 눈물을 닦았다. 그런 그녀를 석현이 와락 끌어당겨 품에 꼭 끌어안았다. 놀란 그녀가 고개를 들려고 했지만 그가 허락하지 않았다.

"너 울게 하지 않겠다고 할머님께 약속했는데, 속상하게 해서 미안하다."

"흑흑…… 나 속상하게 만든 건 알아요?"

"미안하다. 겁이 나서 그랬어. 그래서 멍청하게 굴었지."

그의 진솔한 고백에 깜짝 놀란 아리는 석현의 가슴을 밀어 내고 고개를 들었다. 그는 어둡고 곤혹스러운 감정을 고스란히 담은 눈빛으로 그녀를 내려다보고 있었다. 아리는 손을 뻗어 그의 야윈 뺨을 부드럽게 감쌌다. 그러고 보니 요 몇 주 사이에 살이 많이 빠져서인지 더욱 이지적이고 날렵해 보였다.

"말해 줘요. 뭐가 오빠를 힘들게 했는데?"

"아리, 너를 잃어버릴까 봐 죽도록 겁이 났어."

"뭐라고요?"

아리는 전혀 예상하지 못한 말에 놀라 눈을 깜빡였다. 그러자 심호흡을 한 석현이 떨리는 손을 그녀의 배에 가만히 가져다 댔다. 순간 그녀는 숨을 죽였고 그는 숨을 멈췄다.

그렇게 잠깐의 시간이 흐른 뒤 그가 침을 꿀꺽 삼키고 쉰 듯한 음성으로 말했다.

"······내 어머니."

"아."

"어머니는 나를 낳고 돌아가셨어. 그래서 아버지는 사랑하는 아내를 잃으셨고 내 형들은 엄마를 잃었지. 그래, 물론 내 잘못은 아니라는 걸 알고 있어. 하지만······."

그의 잘못이 아니라고 아리는 고개를 흔들었다. 석현은 뺨 위로 떨어지는 아리의 눈물을 다정하게 닦아 주었다. 그러는 동안에도 석현의 눈빛은 어둡고 무겁게 가라앉아 있었다. 아리는 그의 아픔과 죄책감을 알아차리지 못하고 원망과 의심만 했던 자신이 미워졌다. 이럴 땐 어떻게 해야 할지 그녀는 아직 몰라서 더욱 마음이 아팠다.

"머리로는 알고 있는 사실이 마음으로는 받아들여지지 않는 경우가 있지. 아마 나도 아주 어릴 때부터 그랬던 거 같아. 그래서 누군가를 좋아하는 일이, 내 감정을 표현하는 일이 두려워서 더 철저하게 내 마음을 통제했던 건지도 몰라."

그는 잠시 말을 멈추고 그녀의 눈동자를 깊숙이 응시했다.

"그런데, 아리 넌 달랐어. 통제할 수도 거부할 수도 없다는 걸 인정할 수밖에 없었어. 정신을 차리고 보니 내가 미친 듯이 사랑에 빠져 있더라."

석현이 오늘 처음으로 미소다운 미소를 지어 보였다. 그러나 이내 그의 눈빛은 희미한 그림자가 드리워졌고 아리는 다시 숨을 죽인 채 기다렸다.

"하지만 너무나 당연한데도 난 내 사랑의 결과로 생명을 갖게 될 거라는 건 생각도 못 했다. 정말 꿈에도 생각하지 못했던 충격이었어. 알아. 정말 바보 멍청이지. 그래서 우리, 아기에 대해 알게 되었을 때……."

석현은 마른침을 꿀꺽 삼켰다. 목울대가 크게 몇 번이나 오르내린 후에야 그는 겨우 다시 말을 이었다.

"내가 어머니에게 그랬던 것처럼, 이 아이가 아리 너를 내게서 영원히 빼앗아 갈지 모른다는 두려움에 숨도 쉴 수가 없더군. 누군가가 내게 벌을 내린 것 같았지."

"아니에요! 그렇지 않아요!"

아리는 고개를 마구 흔들었다. 그제야 석현이 얼마나 무섭고 아프게 스스로를 자책했을지 이해가 되어 가슴이 아파 왔다. 동시에 이 남자가 겪었을 혼란과 자신을 향한 진심이 느껴지자 새롭게 눈물이 솟구쳤다.

"나는, 오빠가 생각하는 것보다 강해요. 안 그랬다면 황소처럼 우둔하고 앞만 보고 직진하는 남자를 내 남자로 만들지 못했을 테니까요, 이석현 씨!"

아리는 일부러 더 활짝 미소 지으며 주장했다. 그러자 석현이 작게 웃음을 터뜨렸다.

"그래, 맞아. 진이 놈 주먹에 한 방 얻어맞고 나서야 정신이 번쩍 들면서 그걸 깨닫게 되더군."

"어머! 지니 오빠가 석현 군을 때렸다고요? 아이참! 아무리 그래도 감히 내 남자를 때려? 어디 봐요! 어딘데? 씨이, 나중에 두고 봐, 선우진! 자기가 뭔데 사람을 때려, 때리기를!"

눈물이 쏙 들어가 버렸다. 놀란 아리는 석현을 확 밀쳐 내고 눈과 손으로 그의 몸을 샅샅이 훑으며 걱정과 속상한 마음을 쏟아 냈다.

선우진이 들었다면 무척 서운해했을 발언이었다. 왜냐하면, 진 또한 오랫동안 곁에서 그녀를 마음에 담아 왔지만 아리의 행복을 위해 오래전에 '오빠'라는 이름으로 남기로 결심했다는 걸, 석현은 오늘에야 알게 되었기 때문이다.

하지만 진이 그 사실을 죽을 때까지 가슴에 묻을 거란 사실을 석현은 잘 알고 있었다. 석현 또한 굳이 그 일을 아리에게 알리지 않을 것이다. 어떻게 찾은 사랑인데, 어떻게 거머쥔 행복인데! 아리와 아기, 자신의 가족을 사랑하고 지키는 일에 관한 한 기꺼이 비겁하고 이기적인 남자가 될 수 있을 것 같다고 석현은 생각했다.

"오빠!"

아리는 자신을 와락 다시 품에 꼭 끌어안는 석현의 행동에 살짝 짜증을 내며 항의했다. 그런 아리의 입술에 짧고 달콤하게 입 맞추어 반항을 잠재운 석현이 잠긴 음성으로 말했다.

"대신, 이 아이 하나만이야. 너를 다른 사람과 나누어 갖는 건 자신 없거든!"

"어머, 자기 자식하고 경쟁하는 아빠가 어디 있어요?"

아리는 어이없다는 얼굴로 눈을 깜빡였다. 그런 제 여자의 예쁜 얼굴을 보기에도 아깝다는 듯이 석현이 손끝으로 눈으로 어루만지며 단호하게 말했다.

"난, 너를 누군가와 나누는 게 싫어. 게다가 넌 아직 어리다고, 아가씨. 아이들 때문에 네가 하고 싶은 일, 이루고 싶은 꿈, 그것들을 포기하는 일이 생길 수도 있어."

"그건 포기가 아니라 절충하는 과정을 통해 해결할 수 있을 거예요. 그리고 가족계획은 혼자가 아니라 나랑 같이 세워야죠! 난 이 아이에게 동생들을 만들어 주고 싶어요. 나처럼 혼자라서 외롭지 않게 오빠네 가족처럼 다복한 가정을 만들고 싶다고요. 그러려면 이석현 씨, 체력을 좀 더 튼튼하게 길러야 하겠네요? 참, 요즘 시간 없어서 운동도 못 하는 거……."

재잘재잘, 그녀의 입술이 움직이며 끝없이 흘러나오는 말들을 가만히 듣던 석현은 결국 웃음을 터뜨리고 말았다. 이 여자는 어떻게 이렇게도 쉽게 그의 걱정과 불안함을 날려 버릴 수 있을까? 설혹 가슴 안에 그런 마음의 찌꺼기가 잔재한다고 해도 매 순간 시원한 바람처럼 흩어 버릴 여자.

그녀가 있는 모든 풍경은 충만한 행복이고 아름다운 시간의 기록이었다. 만약 그의 남은 시간 속 어느 날 그녀가 사라진다면, 그 풍경은 한없는 외로움과 그리움으로 채워질 것이다. 그는 아리 역시 자신과 다르지 않으리라는 것을 알고 있었다.

석현은 더 이상 참지 못하고 아리의 입술을 덮쳤다. 두 개의 숨결이 하나로 이어지는 생명의 신비로움을 함께하고, 기적 같은 새 생명의 탄생과 성장을 함께 지켜볼 유일한 여자.

"사랑해, 아리야."

이젠 자연스럽게 흘러나오는 그의 고백에 그녀가 웃었다. 그 미소에 답하며 그도 미소 지었다. 석현은 자신의 아이를 품은 사랑하는 여인을 가슴에 꼭 안았다.

그때 굳게 닫혀 있던 카페 문이 빼꼼히 열리며 선우진이 커다란 음성의 볼멘소리로 외쳤다.

"이봐, 거기 두 사람! 그만들 하지? 눈꼴시어서 더는 못 봐 주겠다!"

"왜 그래? 난 보기만 좋구만! 어이, 그다음엔 19금 장면 기대한다?"

친구들 중 하나가 킥킥 웃으며 놀려 댔다. 그러자 봇물이라도 터진 것처럼 카페 문밖에서 왁자한 웃음소리가 들려왔고 너도나도 짓궂은 말들을 보태기 시작했다. 이어 벌컥 문이 열리고 두 사람의 친구들이 우르르 들이닥쳤다. 그걸 본 아리의 눈이 휘둥그레졌다. 아리는 잔뜩 못마땅한 표정으로 마지못해 그녀를 품에서 놓아주는 석현에게 물었다.

"세상에! 이게 다 뭐죠?"

"조용히 너랑 단둘이 있게 해 달랬더니. 선우진이 배신을 때렸어."

선우진의 심술기 가득한 표정을 본 석현이 투덜거렸다. 아마 제 마음에 확실한 마침표를 찍고 싶었던 거겠지. 그는 그렇게 이해했다. 그리고 그들을 친구들과 함께 축복해 주고 싶었을 거란 사실역시 짐작할 수 있었다. 아리에게 희망원 친구들은 가족이라는 걸석현도 선우진도 잘 알고 있었다.

마지막으로 세아와 준 그레이엄 부부가 도착하자 친구들은 즉석에서 아리와 석현의 약혼식을 열어 주었다. 아리의 임신으로 인해바로 결혼식으로 직행하는 것을 아쉬워한 세아의 아이디어였다.

아리는 친구들이 준비해 준 예쁜 핑크빛 드레스와 우아한 화관, 아름다운 백장미 꽃다발을 들고 근사한 약혼자를 향해 환하게 미소지었다. 석현은 벅차오르는 뜨거운 가슴으로 약혼녀의 손을 잡았다.

'그대, 영원히 내 곁에 있어라. 눈부신 나의 신부, 내 사랑아. 그대가 있는 풍경은, 내게 언제나 행복일 터이니.'

친구들의 환호와 야유, 부러움의 박수를 받으며 석현은 행복하게미소 지었다. 12월의 신부가 될 아리에게 입맞추며 그는 주문처럼말했다.

"사랑해, 아리야. 사랑한다, 내 신부!"

— fin

작가 후기

안녕하세요, 신현정입니다.

모 사이트에서 이 글을 연재할 때만 해도 연둣빛 새순이 사랑스러운 봄이었는데 어느새 계절은 성큼 가을로 접어들고 있네요. 그동안 건강하게 지내고 계셨죠?

이 작품 〈그대가 있는 풍경〉은 올해 이북으로 출간된 〈밤은 시작되고〉와 여름에 연재를 마친 〈그해 여름〉이라는 글과 시리즈랍니다. 중간에 턱, 걸치고 있는 작품이라 앞뒤 연결하지 않고도 무난히 한 작품으로 읽기에 부담이 없을 거라 생각해요. 하하!

〈그대가 있는 풍경〉은 여주인공인 아리의 사랑스러우면서도 강인한 의지와 항상 그 자리에 뿌리내려 든든히 지켜 주며 쉴 그늘과 열매로 인생을 풍요롭게 만들어 주는 남자 주인공 석현이 풀어 가는 이야기랍니다. 학창 시절과 어른이 되어서도 한두 번쯤은 경험

했을 법한 짝사랑의 아픔과 설렘, 마침내 진실한 나만의 반쪽을 찾아내고 사랑을 깨달은 후에 그 사랑을 지키기 위해서 어떻게 고군분투하는지 지켜보는 재미가 있기를 바라 봅니다.

혼자 걸어도 좋지만 누군가 곁에서 함께 같은 시간과 공간, 추억을 공유할 수 있다면 인생은 조금 더 풍요롭고 행복한 빛으로 채색될 것 같아요. 그대가 있어서 비로소 완성되는 따뜻하고 행복한 풍경들, 그런 모습을 사진에 담듯이 인생이라는 페이지에 차곡차곡 쌓아 가는 가을날이 되었으면 좋겠네요.

오랜만에 종이책으로 엮어 내는 글입니다. 여러모로 부족한 부분 채워 주시고 신경 써 주신 뿔미디어 편집팀 여러분, 감사해요. 그리고 글 쓰느라 투정 부리고 예민하게 굴어도 참고 이해해 주신 부모님, 그리고 소중한 우리 막냇동생, 고맙다. 아 참, 늘 곁에서 조언 아끼지 않고 좋은 충고 해 주는 내 친구 정희, 사랑한다. 마지막으로 가장 감사하고 싶은 독자님들께 항상 건강과 행복이 가득한 나날 되시길 기원합니다.

저는 또 다른 이야기로 찾아뵐게요. 여전히 부족하지만, 그래서 더 열심히 노력하는 작가로 다시 돌아오는 날을 꿈꾸어 봅니다.

감사합니다.

2017년 가을의 초입에서,

신현정 드림.